LA VIE SUR MESURE

MARIUS GABRIEL

Traduit de l'anglais (États-Unis)
par Laure Valentin

City
Poche

Édition originale parue aux États-Unis en 2017
sous le titre *The Designer*, Lake Union Publishing
Adaptation de la couverture par : lookatcia.com
Photos : © Barnaby Newton

ISBN : 978-2-8246-1953-8
Code Hachette : 82 3511 0

Collection dirigée par Christian English & Frédéric Thibaud.
Catalogue et manuscrits : city-editions.com

Dépôt légal : Octobre 2021

À Mervat

Un

Copper n'était mariée que depuis dix-huit mois. Sans se targuer d'être une experte en relations conjugales, elle s'estimait capable de sentir quand un mariage battait de l'aile, et c'était très certainement le cas du sien.

Tout en écoutant son mari interviewer un résistant français, elle songeait aux recommandations glanées dans la presse féminine. À défaut d'une mère ou d'amies disponibles, c'était son unique source de conseils avisés. Elle s'abstenait de « critiquer, importuner ou se plaindre ». Elle se gardait bien de « réclamer constamment de nouvelles toilettes » tout en évitant de « paraître négligée et peu soignée ». Quant à la consigne de ne pas servir « de plats rebutants dans de la vaisselle sale et sur une nappe douteuse », elle faisait de son mieux malgré les restrictions que subissait Paris en temps de guerre.

Certes, elle ne commettait aucune de ces fautes, mais cela ne l'empêchait pas de se demander où était son mari jusqu'à deux heures du matin, à qui appartenait le rouge à lèvres dont était taché le col de son uniforme, ni pourquoi, ces derniers temps, il la traitait comme si elle faisait partie des meubles.

— Y a-t-il quelque chose à manger ? demanda Amory Heathcote en lui jetant une feuille griffonnée.

En tant qu'assistante, elle devait taper à la machine ses notes en sténo afin de les renvoyer aux États-Unis par le service de presse. En tant qu'épouse, elle s'attachait à lui offrir un foyer chaleureux malgré leurs déplacements. Elle assurait à Amory un certain confort, pourvoyait à ses besoins et le préservait autant que possible des contrariétés de la vie.

— Il y a du vin, du pain et du fromage.

Son mari sembla mécontent.

— Rien d'autre ?

— Je demanderai à la logeuse.

Paris venait d'être libéré et ses habitants se montraient d'une générosité émouvante à l'égard des Américains, mais comme les Français étaient affamés, les provisions se faisaient rares.

Elle alla voir la propriétaire et revint avec pour butin un demi-saucisson et quatre œufs durs. Amory et François Giroux fumaient sur la petite terrasse surplombant la rue de Rivoli, qui portait encore les stigmates des combats de rue après la récente émeute parisienne. En bas, une patrouille américaine de quatre soldats contait fleurette à des Françaises, dont les rires flottaient jusqu'à eux depuis la rue.

— Savez-vous comment on surnomme vos GI ? demanda Giroux. On les appelle les soldats aux chewing-gums.

— Je ne trouve pas ça très reconnaissant, observa Copper.

Giroux fronça les sourcils tout en contemplant la scène en contrebas.

— Ils se pavanent dans tout Paris en distribuant des barres chocolatées. Nous ne sommes pas des gamins.

— Ils essaient simplement d'être gentils.

— Je suis Français et communiste, madame. Je n'aime être à la botte de personne, ni des Allemands ni des Américains.

— Je me demande si vous nous pardonnerez un jour de vous avoir libérés, dit Copper.

Après des années d'humiliation et de souffrance sous l'occupation nazie, la fierté des Français avait tout du hérisson : garnie de piquants à l'extérieur, mais chatouilleuse en dessous.

— Avant, on ne voyait que du feldgrau dans nos rues, maintenant on ne voit que du kaki.

Giroux les divertissait depuis une heure avec toutes sortes d'histoires, certaines plus grandiloquentes que d'autres, sur le rôle héroïque qu'il avait joué dans la Libération de Paris. Sentant que leur intérêt commençait à s'émousser, il proposa :

— Cela vous dirait de voir quelque chose de remarquable cet après-midi ?

— Remarquable dans quel sens ? s'enquit Amory.

Giroux pinça le bout de la Camel qu'il fumait.

— Les collabos pensent pouvoir se cacher, mais nous savons où les trouver. Nous débusquons les traîtres, un par un, et justice est rendue.

— L'épuration sauvage ?

— C'est comme ça qu'on l'appelle. Aujourd'hui, nous allons en punir quelques-uns.

Amory tendit l'oreille.

— Pourquoi pas ? Ça me plairait bien de voir ça. Attendons Fritchley-Bound. Il voudra nous accompagner.

Se tournant vers Copper, il demanda :

— Où est-il ?

— À ton avis ?

Depuis que la ville avait été libérée des Allemands, c'était une fête perpétuelle. Or, George Fritchley-Bound, également surnommé « le Fripon de la Bande », n'avait jamais pu résister à une fête. Ce journaliste britannique s'était joint à eux quelques semaines auparavant. Ancien du collège d'Eton, il était constamment saoul à divers degrés ; mais ils s'étaient attachés au personnage. Le Fripon de la Bande n'était toujours pas rentré à l'heure du dîner, si bien qu'ils commencèrent sans lui. Le pain était plus dur que le saucisson, et le vin plus âpre encore, mais ils étaient tous affamés.

— Qui est ce traître ? demanda Amory à Giroux.

Giroux répondit d'un air sombre tout en sciant le saucisson avec son opinel :

— Un homme qui a causé grand tort à la France. Vous verrez.

— Vont-ils le tuer ?

— Peut-être.

Copper fit la grimace. Ils avaient déjà vu de telles horreurs après l'invasion alliée, un raz-de-marée d'hommes et de machines déferlant à travers l'Europe en direction de Berlin. Paris était toujours secoué par leur passage.

Amory ne semblait guère troublé par le spectacle des estropiés et des morts récents. Cela dit, il était correspondant de guerre, endurci envers ces choses-là. Elle avait beau l'aimer, c'était l'homme le plus froid qu'elle connaisse.

Cinq minutes plus tard, le Fripon de la Bande arriva. Si son corps était réapparu, cependant, son esprit demeurait lointain, car il était ivre mort, soutenu par deux GI.

— Sympa pour un rosbif, fit l'un d'eux, à bout de souffle – Fritchley-Bound était costaud et il fallait gravir plusieurs volées de marches jusqu'à l'appartement. Mais il ne sait pas s'arrêter. On vous le met où ?

Ils récupérèrent Fritchley-Bound et le laissèrent tomber sur son lit. D'après son expérience en la matière, Copper jugea bon de le tourner sur le côté et de placer un pot de chambre à portée de sa main. Contre toute attente, Fritchley-Bound ouvrit un œil injecté de sang et le darda sur eux :

— Me suis-je déshonoré ?

— Pas plus que d'habitude, répondit Amory. Mais vous passez à côté d'une belle occasion. Giroux nous emmène voir la Résistance rendre son auto-justice.

— Dommage. La loque aimerait voir ça.

Il essaya de se redresser, mais aussitôt, il se cramponna la poitrine. Son visage, un masque de cuir cramoisi, vira au blanc. Ils durent le rattraper pour lui éviter de glisser au sol. Fritchley-Bound leva vers Copper un regard suppliant :

— Copper, ma vieille amie.

— Non, George. Je ne veux pas voir quelqu'un se faire tuer.

— S'il vous plaît, faites ça pour moi.

— Je refuse.

— Vous rendriez une fière chandelle à ce vieux George. Une double page. Le rédac chef heureux. Une carrière sauvée.

Il lui agrippa le bras.

— L'appareil est dans l'armoire, juste là. Il doit rester quelques clichés sur la pellicule.

— Bon sang, George, fit-elle avec humeur. Vous ne pouvez pas continuer comme ça.

Il agita une grosse main molle – pour lui donner raison ou faire taire ses protestations, elle n'aurait su le dire – et se laissa tomber à la renverse, la mine cadavérique.

Amory la regarda en arquant un sourcil.

— Les dernières volontés d'un mourant. Vas-tu refuser ?

— Je peux bien lui faire ce plaisir, répondit Copper en s'éloignant d'un pas lourd vers l'armoire. Mais je ne recharge pas l'appareil. Si la pellicule est pleine, tant pis.

Elle examina l'arrière du vieux Rolleiflex abîmé – aussi ironique que ce soit, Fritchley-Bound tenait à son appareil photo allemand d'avant-guerre. Il restait une demi-douzaine d'images.

— Zut, alors !

— Tu peux rester à la maison si tu veux, dit Amory.

Fritchley-Bound se réveilla en reniflant.

— Non, ne restez pas. Vous êtes une brave, la salvatrice de ce bon vieux Fripon de la Bande. Ma reconnaissance éternelle.

— Combien de temps cela va-t-il durer ? demanda-t-elle en hissant l'appareil sur son épaule. Vous profitez tous de moi. J'en ai assez. Allez, en route.

Elle ne comptait plus les fois où elle avait remplacé Fritchley-Bound, parce qu'il était trop saoul pour travailler. Elle avait pris des photos à sa place et même rédigé des articles. Il s'était contenté d'effectuer quelques corrections d'un crayon tremblant avant d'expédier son travail sous son propre nom. Elle n'en tirait absolument rien, si ce n'est la gratitude de Fritchley-Bound et la conviction, sans exagération, de lui sauver sa carrière. Un de ces jours, son journal allait découvrir le pot aux roses et c'en serait fini pour lui. Secouée sur le siège rigide de la Jeep, elle regardait Paris défiler à côté d'elle. L'air sentait fort le cheval et le crottin. Privée d'essence, la ville avait replongé dans le XIXe siècle, avec les carrioles et les calèches bringuebalant sur les boulevards. Les seules automobiles consistaient en quelques taxis ou jeeps comme la leur, pleines de soldats, de journalistes et de touristes de guerre.

Les façades étaient vérolées depuis les révoltes et l'on apercevait quelques camions calcinés, ainsi qu'un tank allemand en pièces dans le Jardin des Tuileries, mais dans l'ensemble, Paris était magnifique. En comparaison avec Londres, où ils avaient séjourné plus tôt dans l'année, Paris était assurément gai, surmonté d'or et ourlé de vert, avec la courbe fière de la tour Eiffel qui se dressait au-dessus des arbres et des toits dans un ciel céruléen. Le drapeau tricolore volait à tous les coins de rue, et partout les filles circulaient à bicyclette.

— On ne croirait pas qu'il y ait eu une guerre, dit Copper.

— Il n'y en a pas eu, répondit Amory sur un ton ironique. La capitulation est bien plus facile que la riposte.

Giroux lui décocha un regard mauvais.

— Et vous, monsieur, demanda-t-il de manière appuyée, peut-on savoir pourquoi vous n'êtes pas au combat ?

Amory éclata de rire, nullement décontenancé par la provocation. Comme toujours, il en fallait plus pour le déstabiliser, mais Copper prit sa défense :

— Mon mari est réformé du service militaire. Il a le cœur fragile.

— Le cœur fragile ? répéta Giroux en scrutant le mètre quatre-vingt-cinq dégingandé d'Amory.

— Il a souffert de rhumatisme articulaire quand il était jeune.

Giroux sourit. Copper avait souvent vu ce sourire sceptique.

À la vérité, c'était surtout grâce à son père banquier qu'Amory avait évité l'armée, plus qu'au rhumatisme articulaire de son enfance. Amory était l'héritier d'une famille fortunée de Nouvelle-Angleterre et diplômé de Cornell. Il tenait sa supériorité pour acquise. Copper, dont l'histoire familiale était différente et qui n'avait fréquenté qu'une école de dactylographie, était plus sensible à ce genre d'affronts. Elle s'était laissée séduire au cours d'un après-midi d'été à Long Island. C'était son premier amant, et à sa grande surprise, il l'avait épousée six mois plus tard.

Aucune des deux familles ne s'était réjouie de leur union. Du côté Heathcote, on était atterré qu'Amory n'ait pas choisi un beau parti parmi l'une des jeunes débutantes de l'année. Quant au père de Copper, un Irlandais veuf employé d'usine, il estimait qu'Amory était l'engeance de ces bons à rien qui opprimaient les ouvriers. Et, comme l'un de ses frères l'avait si délicatement formulé, Amory était sans doute un enfoiré avec les femmes.

À en croire le jeune homme, toutefois, il admirait les luttes menées par sa famille contre les maux du capitalisme. À l'instar de nombreux intellectuels aisés, il se plaisait à pencher du côté gauche du spectre politique.

Peut-être était-ce simplement l'attirance des contraires. Ou le fait qu'elle se soit montrée plus ouverte en matière sexuelle que ne l'étaient les jeunes filles de la bourgeoisie. Elle avait été séduite par sa beauté de vedette de cinéma. Il avait d'épais cheveux blonds et des yeux d'un bleu électrique presque violet, nuance qu'elle n'avait encore jamais vue auparavant. Il était d'un raffinement naturel et lui avait paru parfaitement à l'aise dans ce monde qu'elle ne connaissait pas, mais auquel elle aspirait en secret. Amory avait été envoyé en Europe en tant que correspondant de guerre. Comme elle refusait de rester seule, il l'avait emmenée, faisant appel au réseau de sa famille afin d'obtenir les autorisations pour deux. Ce serait leur grande aventure. Il estimait que tout le monde devait pouvoir tirer un certain bénéfice de la guerre. Dans son cas, un prix Pulitzer. Il écrivait un roman qui remporterait le plus gros succès depuis Hemingway – qu'il avait cherché à rencontrer dès leur arrivée à Paris. Pour Copper, son génie était incontestable, quels que soient ses défauts.

C'était précisément pour ce génie qu'elle tenait bon, dix-huit mois après leur mariage. Ses illusions s'étaient en grande partie taries, notamment l'espoir qu'il lui soit fidèle. Amory était bel et bien un enfoiré avec les femmes. Ses frères avaient vu juste sur ce point. Un soir qu'il était ivre mort, il lui avait révélé que son propre père avait été infidèle pendant toute la durée de son mariage et que sa mère avait « appris à l'accepter ». La suggestion étant qu'elle en fasse de même.

Copper rejeta la tête en arrière, laissant le vent jouer dans sa chevelure longue et abondante, d'un roux cuivré, qui lui avait valu son surnom[1]. Et à vingt-six ans, elle s'était plus habituée à Copper qu'à Oona, son vrai prénom. Ses cheveux étaient assortis d'une peau claire et de grands yeux gris-vert, témoignage de sa lignée celte. Elle aimait sentir la brise soulever ses longues mèches. Les femmes qu'elle apercevait dans la rue étaient si bien mises, comparées aux Américaines. Elles trottinaient sur des talons compensés, les épaules bien droites à la manière des hommes, arboraient des chapeaux extravagants et montaient leurs bicyclettes avec un aplomb désarmant. Leurs jupes étaient courtes et dévoilaient leurs mollets. Comment faisaient-elles ? Chez elle, comme en Grande-Bretagne, les rationnements imposaient des tenues simples et monochromes depuis quatre longues années. Comment diable ces Françaises, en dépit de restrictions bien plus sévères, étaient-elles toujours aussi chics ? Il y avait là un secret latin qu'elle était soudain bien décidée à découvrir. Et tant pis si on l'avait sommée de « ne pas réclamer de nouvelles toilettes ».

Copper se pencha en avant et cria pour se faire entendre dans le vent :

— Je veux des habits parisiens.

Amory tourna la tête à demi, lui présentant son profil grec avantageux.

— Quoi ?

— Une robe de Paris. Je veux une robe de Paris.

— Je ne te prenais pas pour une coquette.

— Eh bien, je veux de nouveaux vêtements, insista Copper. J'en ai assez du kaki.

En effet, elle était lasse de cette salopette d'un vert olive et des uniformes ternes dont était constituée l'in-

1 En anglais, *copper* signifie « cuivre ».

tégralité de sa garde-robe. Elle avait l'impression d'être une insulte à cette belle ville, la risée de ces Parisiennes hautaines.

— Qu'en dites-vous, Giroux ? demanda Amory.

Giroux jeta un œil vers Copper par-dessus son épaule et répondit d'un ton peu amène :

— Les femmes. Toutes les mêmes. J'ai bien quelqu'un pour vous, mais les affaires d'abord, madame. Ensuite, le plaisir.

— Rangez-vous ici ! ordonna Giroux.

Amory gara la jeep à l'emplacement que lui indiquait le Français, dans le quartier de Montmartre, non loin d'un groupe de jeunes hommes rassemblés au coin d'une rue. Tous portaient des vêtements élimés trop légers pour la saison.

— Ce sont des membres de la Résistance ? demanda Copper à Amory.

— Ils en ont tout l'air.

Copper se concentra sur le viseur de l'appareil photo. Joyeusement, les hommes prirent la pose, bombèrent le torse et agitèrent leurs casquettes en sifflant.

Soudain, on les appela au bout de la rue et dans un cri, les hommes détalèrent en faisant claquer leurs espadrilles sur les pavés. Giroux adressa un signe de tête à Copper et Amory pour leur indiquer de les suivre.

— Maintenant, vous allez voir ce qu'on réserve aux collabos, annonça-t-il.

Ils s'engouffrèrent à la suite du groupe dans la rue suivante, constituée d'une enfilade de maisons ordinaires. Les hommes avaient acculé leur proie, une jeune mère qui venait de sortir de chez elle en poussant un landau. À présent, elle tentait désespérément d'ouvrir la porte pour retourner à l'intérieur, mais on la traînait déjà au bas des marches avec son enfant.

— C'est une femme, s'exclama Copper.

L'échauffourée s'intensifiait et elle avait peur pour le bébé, dont les hurlements se faisaient entendre par-dessus les clameurs. Amory la retint par le bras pour l'empêcher de s'élancer.

— N'interviens pas.

La femme portait un manteau et un béret. On les lui arracha pour les jeter dans le caniveau. Ses cheveux blonds tombèrent librement autour de son visage, livide de terreur. Copper constata qu'elle ne devait pas avoir plus de dix-neuf ou vingt ans. Quelqu'un s'empara du bébé dans le landau. La mère essayait de supplier les hommes, tendant les bras pour qu'on lui rende son enfant, mais elle reçut un coup sur la bouche et elle s'effondra. On la redressa aussitôt tout en lui arrachant ses vêtements.

Copper avait la gorge nouée.

— Qu'a-t-elle fait ? demanda-t-elle.

— C'était la maîtresse d'un membre de la Gestapo, dit Giroux.

S'il ne prenait pas part à l'agression, il l'observait d'un œil vif, une cigarette au bec, les yeux plissés dans la fumée.

— L'enfant est de lui.

— Que vont-ils faire à cette femme ?

— Regardez comme elle est grasse. La truie, fit Giroux avec amertume. Elle s'est gavée de beurre pendant qu'on crevait de faim.

À présent, elle était presque nue. Les bras devant sa poitrine, elle s'efforçait de cacher son visage. Son corps replet était blême, déjà marqué d'empreintes rouges.

Presque déserte au début de l'incident, la rue s'était remplie. On sortait des maisons pour se joindre à la foule ou l'on criait par les fenêtres. La vague de haine était pareille à un vent chaud. Un homme maintenait à l'écart le nourrisson en pleurs, comme s'il s'apprêtait à le précipiter sur les pavés. La mère essayait désespérément de retrouver son enfant, mais elle était ballottée de mains en mains. Chacun la frappait ou lui tirait les cheveux. Des filets de sang lui coulaient déjà du nez et de la bouche. Soudain, les cris se changèrent en rugissements. Quelqu'un venait d'apporter une vieille chaise de cuisine et un nœud coulant.

— Oh, non, souffla Copper.

Elle dégagea son bras de la poigne d'Amory et s'élança.

— Copper, reviens ! s'écria-t-il.

Tant bien que mal, elle était parvenue à franchir les quelques mètres houleux qui la séparaient de la femme en détresse, fendant la foule comme un demi de mêlée. Copper passa les bras autour d'elle pour tenter de la protéger, mais des dizaines de mains l'arrêtèrent. À la force des bras, on l'emmena à l'écart et elle fut projetée à terre sans ménagement.

— Tu es folle ? lui demanda Amory en l'aidant à se relever. Tu aurais pu te faire tuer.

— Ils vont la lyncher. Fais quelque chose !

— On ne peut rien faire.

À bout de souffle et contusionnée, Copper se tourna alors vers Giroux :

— Arrêtez-les !

Ce dernier répondit en suçotant son mégot :

— Vous êtes courageuse, mais stupide, madame.

La foule hissa la femme en larmes contre un lampadaire. Elle tendit les bras vers son bébé dans un ultime geste de désespoir. Copper était incapable de fermer les yeux pour ne pas voir.

On poussa la victime sur la chaise en bois, où elle se recroquevilla, les joues baignées de larmes et le nœud autour du cou. On fit alors venir un petit vieux dans la foule. Il portait un tablier blanc et tenait une paire de ciseaux de cuisine. Son visage fripé était dénué d'expression.

— Voici Le Blanc, le chef pâtissier, expliqua Giroux. La Gestapo lui a pris deux fils.

Le vieil homme empoigna les cheveux blonds de la femme et entreprit de les tailler méthodiquement à l'aide de ses ciseaux. La foule scandait : « Collaboratrice ! Putain ! » Au début, la femme criait à chaque coup de ciseaux, puis elle finit par se taire, acceptant son sort. Sa tête était secouée en tous sens pendant que le vieil homme cisaillait tant et plus. Il travaillait à un rythme enlevé. Des cris de joie retentirent quand la dernière boucle dorée glissa sur le trottoir. Encore insatisfait, le vieil homme s'attela aux dernières touffes de cheveux, jusqu'à ce que le crâne soit aussi lisse que celui d'un poupon. Puis il lui cracha ostensiblement au visage avant de rebrousser chemin vers sa boutique. Sur son passage, il reçut de nombreuses accolades. Copper priait pour qu'on en reste là et qu'il ne se passe rien de pire.

— Rendez-lui le bébé, cria-t-elle aux hommes.

Dans de grands éclats de rire, on rendit l'enfant à la victime, qui le serra contre son cœur. Le nourrisson semblait indemne, mais il hurlait de terreur, le visage chiffonné et écarlate. La mère le porta à son sein et il le suça avec avidité, tandis que son petit corps était secoué de sanglots sporadiques. Giroux poussa alors Copper vers la femme.

— Allez-y, Jeanne d'Arc. Prenez-la, votre photo.

Copper s'avança. L'appareil devant sa taille, elle se concentra sur la femme qui semblait pétrifiée par le choc. Elle avait perdu toute sa belle fraîcheur.

Je suis désolée, dit Copper.

La femme la regardait, les yeux injectés de sang et la mine indéchiffrable. Copper prit deux clichés.

Maintenant que le spectacle était terminé, la foule commençait à se disperser. Quelques-uns s'attardèrent pour voir la femme à moitié nue allaiter son enfant comme une Madone en disgrâce. La porte de sa maison demeurait fermée et Copper constata que les rideaux étaient tirés devant toutes les fenêtres. La femme resterait assise là, objet de toutes les haines, jusqu'à ce que sa famille trouve le courage de la ramener à l'intérieur. Ses habits étaient éparpillés dans la rue et le joli landau entièrement détruit.

— Fin de la promenade, lança Giroux, laconique.

Copper ramassa le chemisier déchiré de la femme et l'enveloppa du mieux possible sur ses épaules pour préserver sa pudeur, mais Amory la tira en arrière sans ménagement.

— Tu t'es comportée comme une sotte ! fit-il. Non, mais qu'est-ce qui t'a pris ?

— Comment pouvais-tu rester là sans rien faire ?

— Je ne faisais pas rien. J'étais en reportage. Et toi, tu es venue pour prendre les photos de Fritchley-

Bound, pas pour jouer les avocates de la défense dans un lynchage de rue.

— J'ai pris les photos, rétorqua-t-elle d'un ton morose. Et si sa gueule de bois l'empêche de rédiger son article, je crois que je m'en chargerai aussi.

— Tu es bien trop impulsive. Tu agis toujours sans réfléchir. Tu étais censée nous suivre sans rien dire. Combien de fois vais-je devoir te rappeler que tu ne dois pas t'impliquer ?

— C'était une scène répugnante.

— Elle a de la chance qu'ils n'aient pas massacré son petit bâtard, dit Giroux d'un ton impassible. Savez-vous ce que fait subir la Gestapo à ses prisonniers ?

— Elle n'a rien fait d'autre que tomber amoureuse et avoir un bébé.

Il ricana.

— La logique féminine, j'imagine.

— On m'a élevée pour détester le fascisme, répliqua-t-elle. Mon père et mes frères ont été tabassés et jetés en prison par des voyous de ce genre. Vos soi-disant partisans ne valent pas mieux que les brutes d'Hitler.

Giroux la dévisagea d'un œil dubitatif, puis il jeta son mégot de cigarette.

— Bon, très bien, allons chercher vos habits parisiens.

— Je n'en veux plus, répondit Copper alors que Giroux les conduisait vers la jeep.

— Pourquoi ? Parce qu'une putain s'est fait raser le crâne ? Elle méritait pire que ça.

— Je crois que cet homme n'a absolument rien à voir avec la Résistance, murmura Copper à l'oreille d'Amory. Je le déteste.

— Il est tout à fait possible d'aimer Paris tout en détestant les Français, répondit Amory sur le même ton.

Ils prirent le chemin du centre-ville. Copper consacra la fin de pellicule de Fritchley-Bound aux détails singuliers qui attiraient son attention : des bouquets signalant les coins de rue où une mort avait eu lieu, des buveurs de café profitant du soleil en terrasse devant des restaurants aux vitrines émaillées d'impacts de balles, des hommes sur une échelle qui décrochaient l'enseigne en allemand d'un cinéma pour soldats. Peu à peu, elle retrouvait son calme. Au bout de vingt minutes, ils atteignirent une devanture discrète dans une ruelle chic près des Champs-Élysées. En découvrant le nom de Lelong, Copper se sentit de bien meilleure humeur. Lucien Lelong était l'essence même de ce à quoi elle aspirait : la poudre, le parfum et les belles toilettes, les frous-frous et les fragrances sucrées.

— Avez-vous déjà entendu parler de Lelong ? demanda Giroux en voyant sa réaction.

— Oh, oui, j'en ai entendu parler, répondit Copper.

Elle était presque disposée à pardonner à Giroux cet épisode scandaleux avec la collabo. Posséder quelque chose, n'importe quoi, avec la griffe de Lelong, symbole de la mode française la plus classique, était l'un de ses rêves. Tout aussitôt, ses espoirs retombèrent.

— Mais je ne peux pas m'offrir ses robes.

— Ne vous en faites pas pour ça. Je pratique le jiu-jitsu.

— Le jiu-jitsu ?

Il se tapota le nez en répondant :

— Je sais exercer une pression là où il faut.

La boutique était conforme aux attentes de Copper. Avec des tons nacrés aux murs et des tentures en soie grise, elle était éclairée par des lustres étincelants.

— C'est magnifique, fit-elle dans un soupir.

On eût dit que la guerre était déjà terminée, et avec elle l'ère des vêtements aussi pratiques qu'insipides. Devant elle se déployaient des robes satinées et des toilettes sophistiquées, présentées avec chapeaux et accessoires assortis. L'atmosphère était parfumée et une douce musique émanait d'un haut-parleur invisible. Quelques vendeuses attendaient en silence derrière leurs comptoirs. Il n'y avait personne d'autre. Copper effleura du bout des doigts un manteau divin. La vendeuse la plus proche lui adressa un sourire inexpressif.

— Puis-je vous aider, mademoiselle ?

— Nous venons voir monsieur Christian, déclara sèchement Giroux avant de les précéder dans la cage d'escalier au fond de la boutique.

Ils montèrent au premier étage où se trouvait l'atelier, situé dans une longue salle illuminée par une rangée de fenêtres. Les lieux étaient silencieux et déserts. Une dizaine de tenues attendaient d'être achevées, épinglées sur des mannequins en bois, mais il n'y avait aucune couturière. Leurs outils étaient épars sur les bancs de travail, comme si elles s'étaient enfuies au beau milieu de leur ouvrage. Giroux poussa une porte et ils pénétrèrent dans un petit salon. Ses rideaux en crêpe de Chine grise et ses panneaux d'un blanc nacré étaient éclairés par des appliques murales en bronze. Il y avait de nombreux miroirs en pied où les clientes pouvaient s'admirer, mais une fois encore, personne ne semblait travailler là, à l'exception d'un homme debout devant la fenêtre. Vêtu d'un costume à rayures fines, il se tenait dans la pénombre des rideaux. Il tourna vers eux son visage au teint clair, où se devinait une vague appréhension.

— Voici monsieur Christian, annonça Giroux. Je t'amène une cliente, mon vieux.

M. Christian, un homme dégarni à l'aube de l'âge mûr, émergea de ses tentures, telle une créature farouche débusquée de sa tanière.

— Enchanté.

Il prit dans sa main chaude et souple celle que lui tendait Copper et esquissa une révérence courtoise.

— Comment allez-vous ? demanda Copper, un peu gênée. Désolée de faire irruption dans votre sanctuaire privé.

Chassant cette idée d'un geste de la main, il répondit :

— Vous êtes la bienvenue, madame… ?

— Heathcote.

Les syllabes anglo-saxonnes semblèrent lui poser problème et il ânonna :

— Hisse-Côte.

Puis il la jaugea du regard, la tête inclinée sur le côté.

— Et à quoi pensiez-vous au juste ?

Avant qu'elle puisse répondre, Giroux intervint :

— Une tenue complète. Avec chapeau et accessoires.

— Oh, ce serait au-dessus de mes moyens, je le crains, dit Copper avec un rire nerveux. J'avais seulement envie d'une robe, peut-être…

— Lucien Lelong se fera un plaisir de vous offrir l'ensemble en cadeau, insista Giroux. N'est-ce pas ?

M. Christian tressaillit.

— En cadeau ?

Copper était mortifiée.

— Je ne saurais accepter.

Sans lui prêter attention, Giroux dévoila ses dents pointues et demanda avec dédain au couturier :

— Où sont toutes vos clientes ? La boutique est déserte. C'est peut-être parce que votre clientèle était composée de nazis, de collabos et de reines du marché noir. Peut-être est-il plus raisonnable pour ces personnes-là de rester chez elles par les temps qui courent.

Les joues de M. Christian virèrent au rose et il se mordilla la lèvre comme un enfant honteux. Copper se tourna vers Giroux.

— Ce n'est pas ce que j'ai demandé, Monsieur Giroux. Je ne veux rien de gratuit. Dites-moi seulement combien cela coûtera.

— Ça ne coûtera rien, insista Giroux. La Maison Lelong a collaboré avec les nazis pendant quatre ans. Il est grand temps d'expier.

— La Maison Lelong a tenu les Allemands à distance pendant quatre ans, rétorqua M. Christian à mi-voix, le visage plus rouge que jamais. C'est grâce à Lelong que la mode existe encore à Paris.

— Qui se soucie de la mode ? s'exclama Giroux. De toute façon, Chanel et vous, comme les autres parasites bourgeois, vous cédez aux caprices des riches et des classes décadentes dans la langue qui leur plaît le mieux. Vous n'êtes qu'une bande de traîtres.

— Permettez-moi de vous contredire, monsieur, répondit le couturier avec une voix plus grave d'un ton.

À l'évidence, il n'était pas homme à chercher le conflit, mais il conservait une dignité mesurée.

— Nous avons notre propre opinion sur le sujet, reprit-il. Mais elle est insignifiante et nous nous ferons un plaisir de servir madame.

— Je ne peux pas accepter, dit Copper en foudroyant Giroux du regard.

— Je vous assure, madame, que ce sera un changement très appréciable pour moi, pauvre couturier qui passe ses journées sans clientes, dit M. Christian non sans une pointe d'ironie. Si ces messieurs veulent bien quitter la pièce, je prendrai vos mesures.

— Pourquoi devrais-je quitter la pièce ? grommela Giroux.

M. Christian leva les yeux au ciel.

— Il m'est pratiquement impossible de prendre des mesures en présence de ces messieurs.

— Comment ça… pas même le mari ? s'étonna Amory.

— Surtout pas le mari.

— C'est ma femme, nom d'un chien.

En guise de réponse, M. Christian indiqua la porte en fermant les yeux. À l'évidence, il ne bougerait pas – ni ne rouvrirait les paupières – tant que les hommes ne seraient pas sortis. Il émanait de sa posture immobile une assurance autoritaire. Au grand amusement de Copper, Amory et Giroux finirent par sortir de la pièce en tapant du pied, claquant la porte derrière eux. M. Christian ouvrit les yeux et dit en soupirant :

— Et maintenant, si madame veut bien ôter l'appareil photo ? Et ses vêtements de dessus ?

Décrétant qu'elle discuterait plus tard de la question du paiement, Copper retira le Rolleiflex qui pendait autour de son cou et se délesta de sa salopette en toile. M. Christian la replia aussi soigneusement que s'il s'était agi de la robe d'une reine, puis il s'absorba dans l'examen de la jeune femme en sous-vêtements, son menton charnu pincé entre le pouce et l'index.

— Quel dommage, dit-il.

— Qu'est-ce qui est dommage ? demanda Copper.

Étrangement, elle n'éprouvait aucune gêne à être ainsi évaluée par le couturier dans un état de semi-nudité.

— Vos mensurations.

En se mordillant la lèvre, il lui passa un mètre ruban autour du buste.

— Mais on peut facilement y remédier.

Il produisit un carton et en souleva le couvercle pour révéler deux objets généreusement arrondis.

— Je recommande toujours ceci à mes clientes que la nature a négligées.

— De faux seins ?

— Caoutchouc mousse. D'avant-guerre. Très difficile à obtenir de nos jours.

— Non, merci. Je vais m'en tenir à ce que j'ai.

Il les mit de côté.

— Vous avez peut-être raison. Mais vous ne ressemblez pas à une Française, madame.

— Est-ce bien ou mal ?

— Disons que votre manque de formes est un inconvénient que nous pourrions tenter de pallier avec du rembourrage.

— Je vous en prie, pas de rembourrage.

— Mais dans votre cas… avec votre taille haute, vos longues jambes, votre vitalité et votre taille…

Il recula pour la détailler tout en se caressant la joue, un coude dans sa main.

— Manifestement, vous êtes athlétique.

— J'ai horreur du sport. Mais les Américaines sont très actives, vous savez.

— En effet. Vous avez un air de garçonne, ce n'est pas une mauvaise chose, croyez-moi. D'ailleurs…

Il sembla s'animer en tournant autour d'elle.

— C'est stimulant. Un défi. Les cheveux sont acceptables. Et le visage, bien sûr. Les jambes… impeccables.

— Je suis contente que vous approuviez quelque chose.

— Je me rappelle une époque où montrer ses chevilles était le summum de l'obscénité. Maintenant, on exige la jambe entière. Bien, commençons.

Il se mit au travail. Tout en se laissant mesurer, Copper l'observa à son tour. Il avait un long nez aquilin et une bouche douce et sensible. Elle remarqua ses chaussures noires vernies et ses manchettes amidonnées, ses fragrances d'eau de Cologne. La porte s'ouvrit et l'une des vendeuses, anxieuse, avança la tête :

— Excusez-moi, Monsieur Christian, mais le dénommé Giroux vole tout ce qui lui tombe sous la main. Il se remplit les poches.

— Laissez-le prendre ce qu'il veut, répondit le couturier avec humeur. Allez-vous-en.

La porte se referma. M. Christian ébaucha de nombreuses silhouettes sur un carnet.

— Puis-je vous demander comment une Américaine se retrouve à Paris en temps de guerre ?

— Mon mari est correspondant de guerre. Il a tiré des ficelles pour me faire obtenir une habilitation qui me permette de l'accompagner.

— Peu de femmes seraient enthousiasmées par une telle habilitation.

— Oh, je suis toujours prête pour l'aventure. J'accompagne mon père et mes frères depuis le jour où je sais marcher. Ils me faisaient même porter ma propre pancarte.

— Une pancarte ?

— Elle proclamait : Un bon salaire pour une bonne journée de travail.

— Un vœu pieux.

— Je trouve que c'était formateur.

— Votre mari est un beau jeune homme, souligna M. Christian. Vraiment, l'un des plus beaux que j'aie jamais vus.

— Oh, il est plaisant à regarder. Mais je peux supporter de le perdre de vue de temps en temps. Ce que je ne supportais pas, en revanche, c'était l'idée de rester à la maison pendant qu'il s'amuse de son côté. Et puis, sans moi, il est vraiment désemparé.

— S'amuser ? fit-il en haussant les sourcils. Je dois vous dire que vous êtes ma première cliente américaine, Madame Hisse-Côte, mais si elles sont toutes comme vous, le monde ne va pas s'en remettre.

— Vous croyez ?

— Tenez-vous droite, s'il vous plaît. La main sur la hanche, la tête sur le côté. Bien. Vous avez le port requis. C'est une bonne chose. Les Européennes s'affament pour rester minces, ce qui leur donne l'air un peu pincé, sans compter qu'elles restent flasques. Mais là, c'est autre chose. Vous devez cette minceur à votre musculature. Pourtant, votre corps n'a rien de masculin. C'est une notion très nouvelle.

— Il y a plein de femmes comme moi à New York, répondit Copper, amusée. Là-bas, elles passent leurs journées à courir, vous pouvez me croire.

— Si je puis me permettre, que ferez-vous une fois que vous vous serez lassée de « l'accompagner » ?

— Si j'ai des doutes, vous voulez dire ?

— Ce que je veux dire, c'est : quand vous voudrez quelque chose pour vous-même.

— Eh bien, il y a toujours le travail ménager et la cuisine. Il y a beaucoup à apprendre sur les aspirateurs, vous savez. Je rêve de perfectionner ma tarte aux pommes à l'américaine depuis ma tendre enfance. Et d'avoir six petits bébés tout roses, comme maman.

— Vous vous moquez.

— Oui, en effet, admit-elle. Excusez-moi. L'aventure me plaît jusqu'à présent, Monsieur Christian. Je ne me projette pas très loin.

— Remarquable. Je vais faire des croquis. Peut-être pourriez-vous revenir dans un jour ou deux ?

— Merci.

— Il n'y a pas de quoi. Vous pouvez vous rhabiller à présent.

Alors qu'elle prenait congé, il se pencha sur sa main dans un geste galant. Elle pouvait presque apercevoir son propre reflet sur son crâne dégarni. De toute évidence, il l'appréciait et elle était ravie de l'avoir déridé. Il dégageait une impression de douceur et de réserve bien éloignée de l'arrogance hautaine à laquelle elle s'attendait de la part d'un couturier parisien. Il la raccompagna en haut des marches et la regarda descendre. Elle eut un dernier aperçu de son regard noisette qui la suivait.

— Vous m'avez embarrassée, dit-elle vertement à Giroux une fois en bas. Demander à ce brave petit monsieur de refaire toute ma garde-robe !

— Ce brave petit monsieur a habillé des femmes de nazis.

— Je suppose qu'il n'avait pas vraiment le choix.

— Tout le monde a le choix, mam'zelle. Dior a fait le sien.

— Dior ?

— C'est son nom. Christian Dior. C'est l'un des deux assistants de Lelong. L'autre est Pierre Balmain, mais il paraît que Dior est meilleur.

Elle remarqua les poches débordantes de Giroux. Une grande paire de ciseaux à cranter dans l'une et des rubans de soie dans l'autre. Elle songea avec amertume qu'il donnait une piètre définition de la Libération de Paris.

DEUX

Comme Copper l'avait anticipé, le Fripon de la Bande était trop mal en point pour rédiger l'article. Elle s'en chargea, tapant sur son Underwood portative jusqu'à en avoir mal aux doigts. George était un bon journaliste autrefois, et comme elle savait imiter son style lapidaire, le texte était convenable. Une fois développées, les photographies faisaient leur effet, elles aussi. Le résultat était bon, peut-être un brin incisif, et constituait un parfait antidote aux lignes ronflantes qui noircissaient les pages des journaux. À peine George avait-il réussi à s'extraire du lit qu'il s'était remis à boire. Copper avait été contrainte de mettre elle-même l'article et les photos sous pli afin de les envoyer à son rédacteur en chef. La seule contribution du journaliste à son papier était la signature exécutée d'une main tremblante sur la lettre d'accompagnement. Elle laissa le paquet sur la table. Il l'enverrait, c'était bien le moins qu'il puisse faire.

Fritchley-Bound était tout de même reconnaissant. Il revint de sa beuverie suivante avec un cadeau pour elle, emballé dans une feuille de papier brun huileux nouée par une ficelle de boucher.

— Qu'est-ce que c'est ? demanda-t-elle d'un ton soupçonneux.

— Du foie gras. C'est du foie d'oie. Un mets très raffiné pour les Français, expliqua-t-il en lui tapant l'épaule. Vous avez toute ma gratitude, vieille amie. Je ne le répéterai jamais assez.

Elle n'avait jamais goûté au foie gras et elle n'appréciait pas beaucoup l'apparence du morceau. Bien inspirée, elle l'emporta en cadeau lorsqu'elle retourna chez Lucien Lelong un jour plus tard.

Cette fois, elle s'y rendait seule, laissant Amory à l'appartement devant sa machine à écrire. Elle trouva le salon tout aussi calme que la dernière fois. Les vendeuses échangeaient des messes basses en petits groupes, comme des gazelles surveillant un léopard. Leurs yeux soulignés au khôl la suivirent tandis qu'elle se frayait un chemin entre les présentoirs et gravissait l'escalier.

L'atelier, en revanche, était plus animé. Trois jeunes femmes étaient penchées côte à côte sur un ouvrage commun, vraisemblablement une robe de mariée. Leurs cheveux rêches et leurs bras costauds contrastaient avec le satin blanc sur lequel elles cousaient des sequins avec dextérité. Les lieux lui semblaient tout droit sortis d'un film surréaliste. Elle retrouva Christian Dior dans le petit salon. Il faisait face à la fenêtre, dans la même posture que la fois précédente. Il tourna vers elle son visage au long nez avec une certaine retenue.

— Oui ?

— Bonjour, Monsieur Christian.

En la voyant, il s'égaya.

— Ah, Madame Hisse-Côte. J'ai une création pour vous.

— Je vous en prie, tout le monde m'appelle Copper.

— Copper ? répéta-t-il, surpris.

— Je dois ce surnom à mes frères, fit-elle en désignant ses cheveux. À cause de cette couleur cuivrée. Mon vrai prénom est Oona, mais personne ne m'appelle jamais ainsi.

— Je préfère de loin Oona. Copper, c'est trop quelconque pour une femme éblouissante.

Elle était gênée d'offrir un paquet aussi gras dans un lieu immaculé, mais en dépliant le papier, il ouvrit de grands yeux ronds.

— Un foie gras tout entier ! se récria-t-il.

— Ça vous plaît ? On m'a dit que c'était bon.

— C'est pour moi ?

— Si vous l'acceptez.

Elle n'en revenait pas de voir ses yeux soudain humides.

— Excusez-moi.

Il se rua hors du salon avec son paquet. En son absence, elle s'approcha de la fenêtre. La rue chic en contrebas était silencieuse. Pourquoi restait-il planté là toute la journée, à regarder Dieu sait quoi ?

Il revint sans le foie gras, les joues rouges et les yeux gonflés.

— J'espère que je ne vous ai pas contrarié ? dit-elle avec inquiétude.

— Je me suis laissé émouvoir. Vous êtes très prévenante. Les cartes m'avaient prédit un cadeau aujourd'hui, mais je ne me doutais pas qu'il me viendrait de vous. Cela fait longtemps que je n'ai pas goûté de foie gras, mon péché mignon.

— Oh, j'en suis ravie.

— Où est votre époux ?

— Il n'est pas venu cette fois.

— C'est peut-être mieux ainsi. Entre le couturier et sa cliente, c'est un peu comme au confessionnal. On met son âme à nu et chacun rapproche l'autre de Dieu.

Il partit d'un petit rire.

— Avant d'aller plus loin, dit-elle, j'aimerais mettre les points sur les i : il est hors de question de vous faire travailler pour rien. C'était l'idée de Giroux, pas la mienne. Je serai heureuse de vous payer.

Il ouvrit grand les mains et répondit :

— Et moi, je serai heureux de vous l'offrir.

— Certainement pas. Je suis mortifiée par la façon dont Giroux a osé vous parler.

Soudain, son regard brun si doux parut chagriné.

— Ma chère, si vous souhaitez trouver ceux qui n'ont *pas* collaboré avec les Allemands, je vous invite à visiter les cimetières de Paris. Quant à ceux qui ont encore deux jambes pour marcher et de l'air dans les poumons, vous pouvez être certaine qu'ils ont collaboré. Mon patron, Lucien Lelong, a tenu tête aux nazis quand ils ont voulu délocaliser à Berlin tous les créateurs et leurs employés. Il a refusé. Il aurait pu se faire fusiller, vous savez.

— Je l'ignorais.

— On se fait fusiller pour si peu. Imaginez comme les Allemands étaient furieux de voir les Parisiennes toujours souriantes et tirées à quatre épingles ! Ils nous disaient : « Vous avez perdu la guerre, pourquoi êtes-vous si joyeux ? » Ce à quoi nous répondions : « Vous avez gagné la guerre, pourquoi êtes-vous si tristes ? » C'était notre Résistance à nous. Avoir pour mission de donner du style aux épouses des officiers nazis, cela aussi, c'était une forme de résistance. Nous prouvions à quel point le goût français était supérieur au leur.

— Alors, dans ce cas, vous êtes un héros de la Résistance, répondit Copper en souriant.

— Giroux est une petite brute, comme ses hommes.

— S'en prennent-ils à vous ?

— Bien sûr. Ils admirent Staline et haïssent toute beauté. Ne vous inquiétez pas, nous allons nous remettre au travail, retrouver notre ancienne vie.

— Et la robe, combien… euh… ? demanda-t-elle avec plus de tact.

Il se mordit la lèvre inférieure.

— En des circonstances plus conventionnelles… disons environ cinq mille francs. Mais oublions cela pour le moment.

Il lui montra ses croquis.

— Qu'en pensez-vous ?

Elle se pencha sur le dessin tout en essayant de convertir cinq mille francs en dollars. C'était affreusement cher, même avec la dévaluation du franc. Mais la robe ! Elle en avait le souffle coupé. Il l'avait dessinée sans le moindre effort. Les lignes fluides et gracieuses ébauchaient une tenue ravissante.

— C'est tout à fait charmant.

— Vous trouvez ? Le problème, ce sera de trouver suffisamment de soie. Les Allemands ont tout confisqué pour leurs parachutes. Nous avons du taffetas pour le jupon.

— Je n'ai pas vraiment besoin de soie.

— Permettez-moi, ma chère, de me faire ma propre opinion à votre sujet.

Il parlait avec grand sérieux.

— Au sujet de la femme qui se cache à l'intérieur de *ceci*, reprit-il en agitant un doigt expressif vers son pantalon et son chemisier kaki.

— Mais ce sera hors de prix.

Absorbé dans son propre dessin, il ne semblait pas l'avoir entendue.

— J'adore les robes évasées. Il n'y a rien de plus romantique. La taille est fine, et vous voyez les courbes du buste et des épaules ?

— Je comprends pourquoi vous vouliez m'affubler de faux seins.

— Le buste est le plus bel attribut du corps de la femme, prononça-t-il en posant un regard apitoyé sur la poitrine menue de Copper. Dans les limites de ce que la nature accorde à chacune, naturellement.

— Monsieur Christian, je vous soupçonne de faire un complexe vis-à-vis de votre mère, déclara-t-elle d'un ton grave.

Étonné, il cligna des yeux, puis sourit. Si les commissures de ses lèvres s'étiraient vers le haut, cependant, son regard demeurait tombant, mélancolique.

— Ma mère raffolait des toilettes élégantes, bien sûr. Mais je me souviens par-dessus tout de son parfum.

Il ferma les paupières.

— Partout où elle allait, des senteurs florales l'accompagnaient.

— Une dame charmante, je n'en doute pas.

— J'aimerais vêtir de fleurs toutes les femmes. Rappelez-vous, dans la Bible, les lis des champs. Même Salomon, dans toute sa gloire, n'était pas vêtu comme un seul d'entre eux.

— Ambition intéressante.

Il brandit un index.

— Je vais au-delà. Mon ambition est de sauver les femmes d'elles-mêmes.

— Juste ciel. Courons-nous un si grand danger ?

— Entre les petits cardigans noirs de Chanel et ces brutes qui créent les uniformes militaires, on peut le dire. Sans parler des zazous et de leurs fantaisies. Ni des diktats du vêtement standard, avec ses deux poches, ses cinq boutons et ses six coutures. Votre nature est en péril.

— De nos jours, tout le monde cherche l'efficacité.

Il haussa une épaule.

— Ce mot… Je vous en prie, ne l'employez plus jamais en ma présence.

Copper éclata de rire.

— C'est promis.

— Bon, je vais travailler à partir de ce modèle.

— Comme vous voudrez.

Elle avait envisagé un vêtement simple et coquet pour son retour à New York, mais si M. Dior avait envie de la transformer en gravure de mode, il serait malvenu de protester. Cinq mille francs représentaient un coût astronomique pour une robe, et elle aurait pu s'en procurer chez Sears pour cinq dollars américains, cependant ce serait peut-être son unique occasion de posséder une création parisienne.

— En effet, c'est ce que je veux, déclara-t-il avec conviction.

En dépit de sa douceur, il émanait de cet homme une force d'acier.

— Ce ne sera pas une mince affaire d'obtenir le tissu. Il me faudra au minimum six mètres de soie. Mais je crois savoir où en trouver.

En la raccompagnant, il lui dit :

— Vous êtes une femme captivante. Votre mari a bien de la chance.

Copper sourit.

— Je le crois, en effet. D'ailleurs, je vais rentrer chez moi de ce pas pour le lui dire.

L'appartement embaumait le Chanel N°5. C'était le parfum de la saison. Coco Chanel en avait offert des litres aux GI afin de se racheter une réputation après sa collaboration avec les nazis. À leur tour, les soldats s'en étaient servis pour négocier des faveurs sexuelles, si bien que l'on retrouvait cette fragrance sur toutes les catins de Paris.

— Tu as reçu quelqu'un ? demanda-t-elle à Amory, qui travaillait à son roman, martelant les touches de sa machine à écrire.

— Non. Pourquoi ?

— Ça empeste le Chanel.

— Ah, oui. Un type douteux est passé pour essayer de me vendre quelques flacons. Il en a vaporisé partout pour me montrer que c'était de l'authentique.

— C'est sur *toi* qu'il en a vaporisé.

Elle esquiva son étreinte et se dirigea vers la chambre. Leur lit était fait à la hâte – pas comme elle l'avait laissé –, les oreillers étaient bosselés et tachés de fard à joues. Debout devant le lit, elle s'efforça de retenir ses larmes. Amory l'approcha par-derrière.

— Ça ne signifie rien, tu sais.

— Vraiment ?

— Tu es la seule qui compte à mes yeux, Copper.

Elle fit volte-face pour le regarder.

— Apparemment, je ne te suffis pas.

— Eh bien, on ne peut pas dire que notre vie sexuelle soit explosive ces derniers temps. On dirait que tu ne veux plus faire l'amour.

Cette accusation douloureuse lui arracha une grimace.

— À qui la faute ?

Il se frotta le menton avant de répondre :

— Je crois que je me suis mal comporté dernièrement. Trop d'alcool, trop de sexe, trop de fêtes, trop de tout, à vrai dire. Je travaille d'arrache-pied sur mon roman et ça me désinhibe.

— Tu es toujours désinhibé.

— Eh bien, c'est ma nature. Tu le sais.

Cette fois, elle pleurait pour de bon.

— Oh, Amory. Dans notre lit.

— Je pourrais te jurer que je vais changer, mais autant te jurer de changer la couleur de mes yeux. C'est inutile. Tu sais bien qu'elles se jettent à mon cou.

Il avait l'assurance d'un homme conscient de sa beauté.

Les larmes brûlantes dévalaient ses joues et elle les essuya d'un geste rageur.

— Je crois que je ne le supporterai pas plus longtemps.

— Ce n'étaient que de petits baisers, des câlins. Nous ne sommes pas allés plus loin.

— Pour ce que ça vaut, sache que je n'en crois pas un mot.

Il haussa les épaules et retourna à sa machine. Copper tira les draps du lit en essayant de calmer ses pleurs. Ce n'était pas la première fois, ni la deuxième, ni même la troisième. Elle s'était bercée d'illusions quant aux infidélités d'Amory. Elle avait accepté ses mensonges éhontés en se persuadant que c'était sans importance ou qu'elle s'en fichait, tant qu'il l'aimait. En réalité, ce n'était pas vrai. Et c'était la première fois qu'il invitait une autre femme dans leur lit. Non seulement, c'était blessant, mais cela en disait long sur l'indifférence totale de son mari envers ses sentiments.

Elle avait un tempérament de feu, autrefois. Orpheline de mère, elle avait grandi avec cinq frères et sœurs dans un appartement bondé. La petite rouquine manifestait avec son père et ses frères, elle participait aux piquets de grève.

Les autres gamins l'envoyaient négocier avec les brutes dans la cour de récréation. Véritable garçon manqué, elle avait été renvoyée de Saint-Columba pour avoir cogné sœur Bridget, à qui personne n'avait encore jamais osé rendre ses coups. D'après Amory, il était tombé amoureux d'elle pour son impétuosité.

La vie conjugale avait étouffé ce feu, lentement, mais sûrement. Amory l'avait refroidi par son flegme et son détachement permanents. Elle avait envie de piquer une colère et de hurler, mais elle en était incapable, les cris restaient bloqués. Elle pouvait tenir tête à une foule de lyncheurs, pas à son mari.

Si elle invectivait Amory, il ne s'agirait plus uniquement de « critiquer, importuner ou se plaindre », comportement proscrit chez les bonnes épouses. Il se retrancherait dans une forteresse de glace. Cet homme détestait que l'on fasse étalage de ses émotions. La crainte qu'il finisse par se lasser d'elle était omniprésente. Il fallait réparer un mariage qui battait de l'aile, pas le fuir. Du moins, c'était ce que recommandaient les experts.

Elle alla dans la cuisine.

— Tu veux du café ? demanda-t-elle à Amory sur le ton le plus impassible dont elle était capable.

Elle vit son visage se détendre lorsqu'il comprit qu'elle ne ferait pas d'esclandre ni n'exigerait de discussion approfondie.

— Avec joie. Comment était-ce chez Dior ?

— Il a créé une tenue pour moi, dit-elle en assemblant le percolateur dans un geste machinal.

Sa voix était tendue malgré ses efforts pour se maîtriser.

Je tiens à le payer. Il demande cinq mille francs.

— Je te les donnerai.

Elle refusait de se laisser acheter aussi facilement.

— Non, merci, répondit-elle d'un ton cassant. J'ai de l'argent.

— Si tu as envie de le dépenser comme ça. La mode est morte, tout le monde le sait.

— Qu'est-ce que tu en sais, toi ?

— Ne me réponds pas sur ce ton.

— Alors, ne me dis pas n'importe quoi.

La machine à écrire produisit une série de cliquetis lorsqu'il tapa une autre phrase de ses longs doigts agiles.

— Sortons ce soir.

— Où ça ?

— À *La Vie Parisienne*. Il paraît que c'est le bar le plus décadent de Paris.

— Je crois que j'ai eu ma dose de décadence pour la journée.

— Oh, allez, ma belle. Nous sommes à Paris. Cela n'arrangera rien de rester ici à nous morfondre.

Si elle ne sortait pas avec lui, elle ignorait comment elle occuperait son temps, mais la perspective de devoir garder un œil sur son mari la dégoûtait. De toute façon, elle n'avait pas le choix. Ce serait encore pire de rester assise chez elle à se demander quelle nuance de rouge à lèvres elle retrouverait sur son col.

— D'accord, fit-elle d'une voix atone. Je viendrai.

La Vie Parisienne s'avéra exactement le genre d'endroit qu'Amory fréquentait. Dans toutes les villes où ils avaient séjourné, il avait dégotté des repaires de ce type. Il aimait s'y relaxer et s'amuser, observer, prendre des notes. Et se saouler, aussi.

L'établissement était situé dans une rue étroite non loin de leur appartement. L'entrée avait un aspect caverneux et un groupe de femmes tapageuses et vulgaires se chamaillaient devant la porte – pour des questions d'argent, vraisemblablement. Elles lorgnèrent Amory lorsqu'il passa pour entrer.

À l'intérieur, on se serait cru dans une grotte. Les salles étaient pleines à craquer, sombres et enfumées. Des centaines de portraits ornaient les murs. Tout au fond, assise au piano, une grosse dame en costume d'homme et portant un chapeau melon jouait du jazz. Quelques couples dansaient. Toutes les tables paraissaient occupées. Copper était rebutée par l'atmosphère des lieux, mais Amory avait retrouvé sa bonne humeur.

— Ça me plaît, ici. Allons boire un verre.

Au bar, il y avait foule. Les autres clients les dévisageaient avec hostilité. Soudain, une silhouette distinguée les rejoignit d'une démarche fluide. C'était Christian Dior en tenue de soirée, ses joues glabres colorées.

— Quelle surprise de vous voir ici.

Copper était heureuse de découvrir un visage familier et amical.

— Monsieur Dior ! s'exclama-t-elle.

Il la prit dans ses bras et dit :

— Venez à notre table, dans l'angle. De là, on peut voir tout le monde. C'est notre activité de prédilection.

Fendant la foule jusqu'au coin opposé, ils passèrent devant une table où un homme aux cheveux en bataille et au visage fin tenait en haleine un auditoire attentif.

— Cocteau, leur annonça Dior. Il n'arrête pas de parler. J'aimerais vous présenter mon cher ami Francis Poulenc, le compositeur. Francis, voici la beauté américaine dont je t'ai parlé, et voici son mari.

Poulenc était un homme laid, mais avenant, aux cheveux coiffés en brosse. Il les accueillit avec courtoisie lorsqu'ils contournèrent la table tant bien que mal pour se faire une place dans le recoin exigu. Copper, qui n'était pas férue de musique, n'avait jamais entendu parler de lui, contrairement à Amory.

— Monsieur Poulenc, ce serait un honneur que de pouvoir vous interviewer. Je suis correspondant de guerre.

— Eh bien, je ne suis pas le général de Gaulle, même si j'ai servi comme humble fantassin.

— Vous étiez dans l'armée ?

— Poulenc et moi avons été appelés ensemble. Nous avons joué un rôle glorieux dans une campagne sans gloire, dit Dior. Nous plantions des oignons. Avec d'affreux sabots en bois. Chaque pied pesait deux kilos, je vous assure.

— Trois, minimum, renchérit Poulenc. Pour bien comprendre le mot de *saboteur*, il faut connaître le sabot français dans toute sa majesté massive et indestructible.

C'est une chaussure conçue pour faire dérailler un train ou briser un crâne allemand.

— L'âme de la France, acquiesça Dior. Rigide jusqu'au bout. Que buvez-vous ?

— Une boisson française, répondit Copper.

Pour la première fois depuis ce matin, elle se sentait d'humeur joyeuse.

— Non, une boisson parisienne.

— Je m'en charge, lança Dior avant de disparaître dans la foule.

— Il vous a bien décrite, lui dit Poulenc.

— Vraiment ?

— Vous l'impressionnez. Pour lui, vous êtes un nouveau genre de femme. Le monde va connaître un choc.

— Je ne sais pas si c'est positif.

— Il est rare qu'il se fasse de nouveaux amis. Il est très timide.

— Mais il a sa manière bien à lui de voir les choses.

— Ah, vous vous en êtes déjà rendu compte, fit Poulenc sur un ton solennel. J'ajouterais que vous avez marqué des points en lui apportant un foie gras tout entier. C'est un excellent début pour une amitié.

— Je le lui ai offert, parce que je n'avais rien d'autre.

— Vous n'auriez pas mieux choisi. Il est aussi gourmand qu'un enfant. Vous pouvez être certaine qu'il a déjà tout mangé.

— Il est trop empâté, commenta le mari de Copper derrière son carnet.

— Oui, vous ne trouvez pas qu'il ressemble à un pingouin avec son smoking ? Et moi, à un phoque ?

— On dirait que le régime allemand lui a bien profité, observa Amory.

— Sa sœur, Catherine, a été arrêtée par la Gestapo, dit Poulenc à mi-voix. Quelques semaines avant l'invasion. Elle faisait partie de la Résistance. On l'a envoyée à Ravensbrück, un camp de concentration en Allemagne.

— Oh, comme c'est affreux, s'exclama Copper. A-t-il des nouvelles ?

— Uniquement par le biais des voyants extralucides que Dior consulte chaque jour. Il est très superstitieux, vous savez. Ils lui ont assuré qu'elle était encore en vie, mais…

Il haussa les épaules.

Dior revenait, accompagné par un serveur qui portait un plateau chargé de verres.

— Kir Royal, annonça-t-il à la cantonade. Avec du Dom Pérignon, naturellement. J'adore le Dom Pérignon.

Tout le monde leva son verre.

— Aimez-vous cet endroit ? demanda Dior à Copper, la tête inclinée sur le côté.

Elle le trouvait légèrement différent hors de son atelier, plus détendu et moins introverti.

— C'est intéressant, répondit-elle par politesse. Mais dites-moi, ces femmes à la drôle d'allure, là dehors, ce sont des prostituées ?

Stupéfait, Dior haussa les sourcils. Il semblait à court de mots. Amory sourit à sa femme.

— Je suis sûr que tu as raison, en un sens, ma chérie.

— Comment ça ?

Personne ne lui répondit. Une autre tournée de cocktails au champagne fut servie. Le bar devenait de plus en plus bruyant et comble. Dans un tonnerre d'applaudissements, une belle blonde sculpturale s'installa au piano et entonna une chanson d'une voix suave de contralto.

— C'est Suzy Solidor, dit Poulenc à Copper. La propriétaire du bar. Cocteau a investi. Il est rusé, ils vont se faire une fortune. Vous voyez tous ces tableaux sur les murs ? Ils représentent tous Suzy.

Copper les observa plus attentivement et constata que Poulenc disait vrai.

— Il y en a beaucoup. Certains sont tout de même meilleurs que d'autres.

Il tendit le doigt.

— Celui-ci est le plus réussi. De Lempicka. Ici, vous avez un Picasso. Et là, une peinture de Braque. Elle s'est mis en tête de devenir la femme la plus peinte de l'histoire. Vanité colossale ou pur génie, personne n'arrive à trancher.

— Je la trouve merveilleuse, dit Copper, enchantée par le visage saisissant de la chanteuse, sa coupe à la garçonne blond platine et sa voix vibrante.

— Vous trouvez ? fit Poulenc en la regardant. Je peux vous la présenter, si vous voulez. À vos risques et périls.

— Oh, j'aimerais beaucoup.

— Bien sûr, répondit-il dans un demi-sourire.

Une fois encore, elle avait l'impression de ne pas saisir ce qui paraissait pourtant évident aux autres. À présent, la pianiste entonnait *Lily Marlène*. C'était un air populaire chez les soldats alliés, interprété en français ce soir, mais à l'origine la chanson était allemande et Copper était étonnée de l'entendre dans un tel endroit à un tel moment. Des sifflets et des protestations fusèrent parmi le public, mais Mlle Solidor persévéra, non sans une certaine provocation.

— C'est sa chanson emblématique, expliqua Poulenc. Elle la chantait tous les soirs devant les officiers nazis. La Résistance la déteste. Elle la chante pour leur montrer qu'ils ne lui font pas peur.

— Suzy est courageuse, mais pas très avisée, ajouta Dior.

Copper sourit avec ironie.

— C'est amusant, on m'a dit exactement la même chose tout récemment.

Poulenc se pencha vers elle et murmura :

— Elle dînait avec Cocteau et Coco Chanel au Ritz toutes les semaines pendant l'Occupation. Seuls les amis proches des Allemands avaient le droit d'y séjourner. Chanel avait une suite là-bas. Disons qu'un certain secteur n'était pas franchement hostile aux nazis, si vous me comprenez.

Un groupe composé de trois jeunes femmes, belles et élégamment vêtues, s'installa à la table adjacente.

— Les mannequins de Schiaparelli, dit Dior. Le rêve de tous les couturiers parisiens. Ne sont-elles pas magnifiques ?

Copper admira les jeunes femmes, resplendissantes dans leurs robes en satin. Elles étaient tellement radieuses qu'elle en oublia ses propres vêtements miteux. Leurs toilettes étaient à couper le souffle. Elle aurait beau s'habiller comme elles, elle ne serait jamais aussi éblouissante que ces femmes.

Les ragots, ponctués de fous rires, allaient bon train autour de la table. Les Alliés avaient atteint la Marne. Coco Chanel était une espionne nazie, disait-on, et elle s'était enfuie en Suisse avec son amant allemand. Les communistes seraient sur le point d'envahir Paris. Le maquis aurait abattu Maurice Chevalier, accusé de collaboration, et traquait à présent Mistinguett. On avait tué le maréchal Pétain et planté sa tête en haut d'une pique. Il circulait toutes sortes de rumeurs à en donner le tournis.

Le champagne aussi lui donnait le tournis. Cela faisait bien longtemps qu'elle n'avait pas bu ainsi et elle était un peu éméchée. Pas suffisamment, toutefois, pour ne pas constater qu'Amory avait abordé une jeune femme bouclée, dont le décolleté plongeant révélait une opulente poitrine à laquelle il accordait toute son attention. Copper vit la femme rejeter la tête en arrière et rire gaîment à ce qu'il venait de dire.

Elle se retourna vers Poulenc et Dior, assis côte à côte, tels deux enfants timides dans une soirée entre adultes.

— Tout le monde a le droit d'être aimé, dit-elle d'une voix pâteuse.

— Francis et moi sommes trop laids pour être aimés, déclara Dior en vidant son verre. Je crois qu'il nous faut une autre tournée.

— Il a une opinion très basse de lui-même, dit-elle à Poulenc, une fois que Dior se fut éloigné.

— Très basse et très haute à la fois.

— Il passe ses journées debout à la fenêtre, à regarder dehors, comme s'il attendait quelque chose.

— Ah, oui. Nous nous demandons tous ce que la vie réserve à notre petit monsieur Dior. C'est un vrai génie, vous savez. Il a subi une terrible désillusion. Son père a fait faillite et Christian a été contraint de fermer sa galerie d'art et de vendre tous ses tableaux – des chefs-d'œuvre de Dufy, Miró, Dalí et d'autres – pour une bouchée de pain. Maintenant, il crée des robes pour femmes.

— D'après Amory, la mode est morte.

— On me disait que la musique était morte. Que toutes les combinaisons de notes possibles avaient été épuisées et qu'il n'y avait plus aucune mélodie nouvelle à écrire. Pourtant, je me flatte d'avoir su composer des airs originaux que personne n'avait encore jamais entendus. Simples peut-être, mais agréables, faciles à retenir et inédits. Je serais étonné que Dior ne soit pas capable du même exploit.

— Dans ce cas, peut-être deviendra-t-il riche et célèbre.

— Il a des amis qui l'aiment, c'est déjà ça. Et il a de la chance. Avec Dior, on peut compter sur trois choses : sa chance, son talent et son amitié.

Le talentueux M. Dior revint avec une autre tournée. La compagne d'Amory gloussait toujours. Ses yeux d'un bleu vif pétillaient et ses boucles brunes dansaient autour de son visage tandis qu'elle minaudait. Copper remarqua qu'elle était anglaise, avec un fort accent cockney.

— Qui est cette femme ? demanda-t-elle à Dior.

— Une Londonienne. Elle se présente comme mannequin.

— Elle fait du gringue à mon mari.

Poulenc secoua sa tête aux cheveux courts.

— Celle-là fait du gringue à tous les hommes qu'elle croise.

Chacun rapprocha sa chaise de celle du voisin pour accueillir de nouveaux venus. Jean Cocteau, Suzy Solidor et quelques autres les rejoignaient. Poulenc fit signe à la chanteuse blonde, désignant la chaise à côté de Copper.

— Suzy, voici Copper. Elle voulait te rencontrer. C'est la toute nouvelle muse de Christian.

Suzy n'était pas aussi jeune que Copper l'avait cru de prime abord. C'était une belle femme d'une quarantaine d'années environ, avec un visage aux allures de masque. Sous sa chevelure platine, deux yeux marron légèrement tombants se posèrent sur Copper.

— Christian a toujours très bon goût, déclara-t-elle d'une voix éraillée.

— Oh, je ne suis la muse de M. Dior en aucune manière, protesta Copper, un peu gênée.

La chanteuse posa une main délicate sur celle de Copper.

— Tu es une bouffée d'air frais, susurra-t-elle. Jeunesse, énergie, fraîcheur. C'est ce dont nous rêvons tous. Nous sommes tellement las de la grisaille. Mais parle-moi un peu de toi.

— Il n'y a rien à dire, madame.

— Copper, je t'en prie. Tu feras une muse parfaite pour Christian. Quand les Américaines sont belles, elles sont plus belles que n'importe qui. Maintenant, raconte-moi tout.

Elle souriait, révélant des dents tout aussi saines et impeccables que le reste de sa personne.

Cette attention ardente, aussi flatteuse qu'elle soit, faisait rougir Copper des pieds à la tête. La langue déliée par les cocktails, elle bredouilla, évoqua son enfance, la mort de sa mère, son histoire orageuse avec Amory. La chanteuse écoutait, le menton posé sur sa main, son regard rêveur rivé à celui de Copper. Ses narines frémissaient comme si elle humait un encens rare et précieux. À la fin du récit, Suzy se pencha vers Dior.

— Quelle découverte, Christian. Cette enfant est exquise.

— Tout à fait exquise.

— J'ai l'intention de te la piquer.

— Je ne te le permettrai pas.

Elle avait beau savoir qu'ils plaisantaient, Copper se sentait mal à l'aise d'être au centre de l'attention. Elle essaya de se faire toute petite, mais Mlle Solidor lui attrapa la main. Le geste se voulait chaleureux, et pourtant il lui donna l'impression d'être prise au piège. Par chance, Jean Cocteau se tourna vers eux, balayant l'ensemble du groupe de son regard hypnotique. À cause de son français hésitant – et du Dom Pérignon –, Copper avait du mal à suivre ses paroles.

— Qu'est-ce que *Le Théâtre de la Mode* ? demanda-t-elle, reprenant une phrase que Cocteau répétait.

— C'est une idée de Lelong, dit Poulenc.

— Ce n'est pas une idée de Lelong, elle vient de Nina Ricci, intervint l'un des mannequins.

Les autres se mêlèrent à la conversation.

— Elle n'est pas non plus de Nina Ricci, mais de son fils, Robert.

— Je croyais que c'était l'idée de Cocteau.

— Non, précisa l'intéressé. La mode m'ennuie.

— En tout cas, d'où que vienne cette idée, c'est du pur génie.

Dior se lança dans les explications :

— Nous devons montrer au monde qu'en dépit de la guerre, Paris reste la capitale de la haute couture. Pas New York. Bien sûr, nous devons organiser des défilés de mode au printemps, mais il y a quatre-vingts ou quatre-vingt-dix maisons de couture à Paris. Il faudrait créer des milliers de nouveaux modèles et nous manquons de tissu. Nous n'avons presque plus de soie. Les Allemands l'ont prise. Nous n'avons ni boutons, ni fil, ni cuir, ni fourrures, rien de ce qu'il faudrait. Alors, l'idée consiste à…

— … à faire un défilé de mode avec des poupées, lança l'un des mannequins Schiaparelli, fébrile.

— Des poupées ?

— De petites figurines de soixante centimètres de haut avec des tenues miniatures.

— Sur des podiums miniatures.

— Oui. Chaque maison de haute couture créerait une petite scène avec un thème. Un conte de fées, une scène parisienne. Et les nouveaux modèles seraient ainsi présentés.

— C'est une idée ridicule, dit quelqu'un en riant.

— Je trouve que c'est une idée merveilleuse, s'exclama Copper, envoûtée par cette vision. Absolument enchanteresse.

Elle chercha Amory du regard pour partager son enthousiasme, mais il s'était éclipsé en compagnie du soi-disant mannequin anglais. Elle ne le voyait nulle part. Son cœur se serra douloureusement. Où étaient-ils partis ? Dans le hall, peut-être ?

Elle se leva.

— J'ai besoin de prendre l'air.

— Que se passe-t-il ? lui demanda Suzy Solidor.

Sans lui répondre, Copper quitta la table et se fraya un chemin dans la foule jusqu'au hall d'entrée. Ils n'y étaient pas. Elle sortit en trombe dans la rue. La jeep avait disparu. Amory et le mannequin étaient partis.

Dior apparut à côté d'elle.

— Que se passe-t-il ?

— Mon mari a disparu.

Elle essaya de rire, mais ce fut un sanglot qui lui échappa.

— L'herbe est plus verte ailleurs, ajouta-t-elle.

Suzy Solidor les avait suivis à son tour.

— Les hommes sont tous les mêmes, dit-elle en lui prenant le bras. Reviens au bar.

Copper se dégagea.

— Merci, mais je crois que j'en ai assez. Je rentre chez moi.

— Laissez-moi vous appeler un taxi, proposa Dior.

— Je vais marcher. Ce n'est qu'à quelques rues. Et puis, je ne tiens pas à arriver trop tôt. Ce ne serait peut-être pas très délicat.

— Je vous accompagne, insista Dior. Le temps de récupérer nos manteaux.

Il retourna à l'intérieur. La chanteuse blonde observait Copper.

— Je connais ce genre-là, dit-elle. Il ne mérite pas tes larmes.

Copper, qui ne voulait rien entendre, tourna les talons.

— Vous ne le connaissez pas.

— *Au contraire*, répondit l'autre femme, non sans une pointe de compassion.

Elle lui caressa le bras avant d'ajouter :

— Je connais très bien ces hommes. Ils offrent un peu de plaisir pour beaucoup de souffrances.

— Eh bien, c'est mon mari.

— Ça peut toujours changer, chérie.

Bientôt, Dior revint avec un chapeau de feutre et une élégante veste en gabardine, portant sur le bras le manteau élimé et infiniment moins raffiné de Copper. Il l'aida à l'enfiler. La chanteuse resta devant la boîte de nuit et les regarda s'éloigner dans la rue.

— Reviens demain, lança-t-elle à Copper.

Le danger des raids aériens n'était pas encore passé. Aucun des lampadaires n'était allumé, mais on était moins strict avec les coupures de courant. Les rideaux des hôtels particuliers restaient ouverts, semblables à des sequins dorés parsemés sur du velours noir, et les bateaux qui sillonnaient le fleuve dans un ronronnement de moteurs transportaient des éclats rouges et verts reflétés par l'eau de la Seine. Partout, des couples se promenaient, riaient et s'embrassaient à la faveur de l'obscurité.

— C'est gentil de votre part, dit Copper à Dior.

— Ce n'est rien, j'aime marcher. Une privation de la guerre qui reste difficile à surmonter, c'est le manque d'essence. Cela nous a contraints à redécouvrir notre ville à pied.

— Au moins, les Allemands sont partis.

— Les Allemands sont partis. Mais nous ne sommes plus nous-mêmes. Nous avons échangé notre place avec les Américains, à votre avantage, bien sûr. Vous avez la mode, et nous les zazous.

Ce n'était pas la première fois qu'elle l'entendait employer ce terme.

— Les « zazous » ?

Il haussa les épaules.

— Ces affreuses femmes adeptes de jazz, aux épaules carrées et aux gros godillots. Elles portent les cheveux ramenés sur la tête comme une meule de foin, d'immenses lunettes de soleil et du rouge à lèvres carmin. C'était une façon de cracher au visage des nazis, je le conçois, mais il est temps de revenir à la véritable élégance.

— Et qu'est-ce que la véritable élégance ? demanda-t-elle avec ironie alors qu'ils traversaient les rues pavées désertes.

— S'habiller avec soin.

— C'est tout ?

— Tant s'en faut, mais disons que l'essentiel est là.

Ils arrivèrent à l'appartement rue de Rivoli. Au soulagement dc Copper, la jeep n'était pas garée devant. Au moins, Amory n'avait pas emmené cette femme dans leur lit.

Comme s'il suivait le fil de ses pensées, Dior demanda :

— Depuis combien de temps êtes-vous mariés ?

— Un an et demi. Nous avons parcouru bien du chemin ensemble.

Il hocha la tête.

— Vous méritez d'être heureuse.

— C'est plutôt insaisissable, vous ne trouvez pas, le bonheur ? répondit-elle.

— Oui, c'est insaisissable.

— Merci beaucoup, Monsieur Christian. Vous êtes très aimable.

— Il n'y a pas de quoi. Nous nous verrons demain à l'atelier, je l'espère.

Il la raccompagna sur le pas de sa porte. Elle l'ouvrit, consciente qu'elle éclaterait en sanglots dès qu'elle se retrouverait seule. Aussitôt, elle eut un mouvement de recul. Ce fut une scène d'horreur qui l'accueillit dans le couloir. George Fritchley-Bound gisait face contre terre dans une flaque de sang noir.

Elle se précipita vers lui et le retourna pour le regarder. Il était dans cette position depuis si longtemps que le sang avait coagulé sur son visage. Ses yeux étaient révulsés dans leurs orbites. Il était raide mort.

Trois

— Il n'y a aucun facteur externe, annonça le commissaire de police.

Il feuilletait le rapport du médecin légiste. En temps de guerre, les autopsies étaient vite expédiées et ne duraient grossièrement qu'une demi-heure.

— La cause de la mort est une hémorragie due à une rupture d'ulcère à l'estomac.

Il leva les yeux vers Copper et Amory, toujours assis en face de lui, à son bureau.

— Le foie montrait des signes d'alcoolisme avancé.

— C'était un gros buveur, concéda Amory en haussant les épaules.

— L'alcoolisme a causé l'ulcère et c'est l'ulcère qui l'a tué. Il a vidé trop de bouteilles, et en fin de compte, c'est lui qui s'est vidé, conclut le commissaire en laissant retomber le rapport. Cette affaire ne nous intéresse pas, il n'y aura pas d'enquête. Fin du sujet. Vous pouvez récupérer le corps de votre ami.

Dans la rue devant le poste de police, Amory passa un bras autour de Copper.

— Ça va ?

Elle le repoussa d'un geste furibond.

— Je te défends de me toucher.

— Du calme.

— Tu m'as laissée gérer ça toute seule. Comment as-tu osé ?

— Enfin, comment voulais-tu que je sache que ce vieux bougre avait cassé sa pipe ? demanda-t-il sur le ton de l'évidence.

— Forcément, tu ne pouvais pas le savoir. Tu étais dans le lit de cette femme jusqu'à l'aube.

— Pour tout te dire…

— As-tu la moindre idée de ce que j'ai enduré ? demanda-t-elle, tremblante de fatigue et de colère. J'ai trouvé le pauvre George mort par terre, j'ai dû parler à la police. Et tout ce sang !

Copper se couvrit le visage.

— Oh, mon Dieu, le sang. Il y en a partout. Il aura imprégné le parquet.

— Nous allons déménager aujourd'hui même. Nous devons quitter Paris, de toute manière, et nous rapprocher au maximum de Dijon. Nous pourrions nous mettre en route sans plus attendre, maintenant que la police en a terminé avec nous.

Elle frissonna.

— Je remercie Dieu pour ce cher Dior. Sans lui, je ne sais pas ce que j'aurais fait. Il a été formidable. Il m'a aidée à surmonter ma crise d'hystérie, il s'est entretenu avec la police. Un véritable chevalier servant.

Elle ajouta en se tournant vers son mari :

— Je ne te le pardonnerai jamais, Amory.

Son calme était inébranlable.

— Sois raisonnable. Je suis sorti prendre l'air. Tu étais partie quand je suis revenu au night-club. Je me demandais où tu étais passée.

— Alors ça, c'est fort ! Tu t'es jeté sur cette femme et tu l'as culbutée dans la Jeep.

— Oui, eh bien, toi, tu avais l'air d'un coq en pâte avec cette lesbienne.

— Quelle lesbienne ?

— La bombe aux cheveux blonds, Solidor.

— Suzy ? Elle n'est pas lesbienne.

— Ma chère Oona, rassure-moi, tu n'es pas naïve à ce point !

Elle avait horreur qu'il utilise son nom de baptême lorsqu'ils se disputaient.

— De quoi est-ce que tu parles ?

— Enfin, tu n'as pas compris quel genre de boîte c'était ? Tu n'as pas remarqué que les femmes étaient viriles et les hommes efféminés ?

— Quoi ?

— C'est un repaire d'homos. Solidor est une gouine notoire. Cocteau est gay, Poulenc est gay, et ton Christian Dior est le plus gay de tous.

Elle était abasourdie.

— Tu vas me dire que ta petite Londonienne était lesbienne, elle aussi ?

— Non. C'était la seule femme normale de la soirée. C'est pour ça que nous sommes sortis prendre l'air.

Copper songea aux convives de la veille, aux clients attablés, à la pression de la main de Suzy sur la sienne, à ces « femmes » étranges à la voix rauque devant la porte. Christian Dior était-il ce qu'Amory qualifiait avec mépris de « gay » ? Auquel cas, c'était le premier qu'elle rencontrait. À sa connaissance. Jusqu'à présent, elle avait toujours entendu ce terme associé à des cas d'abus, à quelque chose de malsain. Christian était tout sauf malsain. Et pourtant, il avait cette touche de féminité, cette compréhension parfaite du point de vue des femmes. Une douceur qui n'avait rien de masculin.

— Ça m'est égal, décréta-t-elle enfin en secouant la tête. Le comportement de Christian a été irréprochable. C'est un meilleur homme que toi, et de loin.

Le visage d'Amory se ferma.

— Sale garce.

Elle avait l'impression de le voir tel qu'il était pour la première fois et elle était atterrée. En réaction, elle éprouvait une violente colère contre lui, contre elle-même.

— Tu ne m'imposeras pas le silence, Amory. Tout s'est terminé hier soir. Tu n'imagines pas combien c'était affreux. Tu n'es même pas triste que ce pauvre George soit mort.

Il agita la main dans un geste impatient.

— Bien sûr que je suis triste qu'il soit mort. Mais tu as entendu le rapport d'autopsie, il s'est causé ça tout seul. Personne n'aurait rien pu faire. Je suis désolé que tu aies passé un mauvais moment.

— Tu ne te soucies de rien du tout. Je ne m'en étais pas encore rendu compte. La seule chose qui importe pour toi, c'est ton propre plaisir.

Il se leva et prit le temps de réfléchir pendant un moment, comme s'il méditait sérieusement ses paroles, tandis que les jeeps et les camions passaient en cahotant sur la route.

— Il ne s'agit pas uniquement de plaisir, dit-il enfin. C'est plus que ça. Il s'agit de la vie. Je suis écrivain. J'ai besoin d'expériences, Oona. Si rien n'entre en moi, alors rien n'en sortira. Je ne peux pas refuser la vie.

— Est-ce que tu me reproches de t'empêcher de vivre ?

— Tu ne comprendras jamais.

— Non, apparemment pas. As-tu seulement pensé que tu pourrais attraper quelque chose ? Et me le transmettre ?

— Je ne couche pas avec ce genre de femmes.

Elle était sidérée par son impudence.

— Je ne pense pas que tu prennes la peine de savoir de quel genre de femmes il s'agit, répondit Copper avant de prendre une grande inspiration. Je ne pars pas à Dijon avec toi. Je reste ici, à Paris.

Il cligna des paupières.

— Tu ne peux pas quitter le train en marche. Tu es ma femme.

— Je demande le divorce.

Il leva les yeux au ciel, exaspéré par cette conversation.

— Ne sois pas ridicule.

Copper serrait les poings.

— Fais ce que tu veux, dit-elle en grinçant des dents, mais ne m'infantilise pas, Amory.

Il secoua la tête, interloqué.

— Tu as changé, Copper. Qu'est-ce qui te prend ?

— Je suis sérieuse. Je demande le divorce.

— Réfléchis à ce que tu dis. Un divorce, c'est très sérieux.

— Ce ne sont que quelques mots prononcés devant un juge, rétorqua-t-elle. Exactement comme le mariage.

— Tu sais bien que tu ne le penses pas vraiment.

— Pas jusqu'à présent, mais tu m'as fait changer d'avis.

— Je ne savais pas que tu étais aussi cynique.

— J'ai été à bonne école.

— Si c'est ce que tu souhaites, d'accord, je m'en fiche. Mais attends que nous soyons rentrés à New York.

— Ce sera tout aussi bien ici.

— Je ne vais pas te laisser toute seule.

— Je ne suis pas une enfant. Et c'est moi qui te laisse, pas l'inverse.

— Tu sembles oublier que je suis responsable de toi.

Cette remarque acheva de lui faire perdre son sang-froid.

— « *Responsable* » ? Je te sers avec dévouement et tu me traites comme une moins que rien. J'aimerais bien savoir qui est responsable de qui.

— Il est impossible de discuter quand tu es dans cet état, Copper.

— C'est pareil pour moi, fit-elle sèchement.

Sur ce, elle tourna les talons et s'en alla, le laissant planté sur le trottoir à la regarder partir.

Au bout d'un moment, il la rejoignit et la prit par le bras pour qu'elle se retourne vers lui.

— Peut-on savoir ce que tu comptes faire ici, toute seule ?

Elle dégagea vivement son bras.

— Ce que je fais déjà : écrire des articles et prendre des photos pour les journaux britanniques.

Amory ne put réprimer un rictus.

— Chérie, remplacer George de temps en temps n'a pas fait de toi une journaliste.

— Je ne suis pas de cet avis, figure-toi. Le rédacteur en chef de George est incapable de faire la différence entre mon travail et le sien. Ils ont déjà imprimé une dizaine de mes articles sans poser de questions. Il n'a pas pris le temps de poster mon dernier papier. Il est toujours sur la table de l'entrée.

— C'est le dernier papier de George !

— C'est *mon* article, répondit-elle avec colère. C'est moi qui ai couvert le sujet, qui ai pris les photos et qui l'ai écrit. George n'y a même pas mis son nez. Il était ivre mort pendant tout ce temps. Tu sais quoi ? Il est sacrément bon, cet article.

— Alors, comme ça, tu es journaliste ?

— N'essaie pas de me rabaisser, Amory. George est mort. J'ai son appareil photo et sa machine à écrire. J'obtiendrai l'accréditation des Britanniques et je parlerai à son rédacteur en chef. S'ils refusent de me verser un salaire, je me lancerai à mon compte.

— Je vois que tu as déjà réfléchi à tout.

— Oui, en effet. En épongeant le sang de George, j'ai eu le temps de réfléchir.

Elle s'éloigna de nouveau, et cette fois il ne la suivit pas.

Dior passa lui rendre visite à l'appartement vers midi, silhouette élégante aux joues rougies par le vent d'automne.

— J'ai une heure pour déjeuner, dit-il en guise de salutations. Je viens voir comment vous allez après cette tragédie.

— Vous êtes bien aimable, Monsieur Dior. Je ne sais pas comment je m'en serais sortie sans vous, hier soir.

— Il n'y a pas de quoi. J'ai appris que c'était un ulcère ?

— Oui.

Ensemble, ils regardèrent la tache étendue sur le parquet où elle s'arc-boutait, une serpillière à la main.

— J'ai essayé la Javel, mais ça n'a pas fait grand-chose.

— Je vous apporterai du bicarbonate de soude. Nous n'avons pas de farine à Paris, ajouta-t-il avec ironie, mais du bicarbonate en abondance.

— C'est efficace contre les taches de sang ?

— Eh bien, c'est ce que me disait le boucher quand j'étais petit.

— On dirait une histoire tirée d'Agatha Christie, songea Copper à voix haute. Sauf que cela n'a absolument rien d'amusant.

— Vous ne pouvez pas rester ici, répondit Dior. C'est du grand-guignol plus que de l'Agatha Christie. Vous ferez d'affreux cauchemars.

— De toute manière, je vais devoir trouver un autre logement. J'ai rompu avec Amory. Je lui ai demandé le divorce.

— Ah, mon Dieu. Était-ce vraiment nécessaire ?

— Oui, répondit-elle, laconique. Vraiment.

— Je sais que vous divorcez comme un rien en Amérique, mais…

— Ce n'est pas vrai. Cette Américaine à laquelle vous parlez prend le divorce très au sérieux. Exactement comme le mariage.

— D'accord, ma chère, fit-il avec prévenance. Mais vous avez l'air souffrante.

— Plus je resterai avec lui, plus je serai malade.

Les yeux de Dior exprimèrent un intense chagrin.

— Parfois, ma chère, il faut supporter les infidélités des belles créatures si l'on ne veut pas les perdre.

— C'est ce que je pensais aussi jusqu'à maintenant. Mais je crois que j'aime mieux être seule que de souffrir constamment.

— La solitude aussi fait souffrir, dit-il à mi-voix.

— On s'y habitue.

— Oui, acquiesça-t-il. En effet.

— Il me dit qu'il est obligé de m'être infidèle, sous peine de tarir son inspiration. Comment puis-je vivre ainsi ?

— C'est bien quelque chose que Cocteau pourrait dire. En ce qui me concerne, je ne tire pas mon inspiration de l'infidélité. Je donnerais tout pour avoir quelqu'un à aimer.

Elle soupira.

— Vous passez à côté de votre déjeuner. Je peux vous préparer quelque chose ?

— Non, merci, dit-il en se tapotant la taille. Un peu d'abstinence ne peut pas me faire de mal.

— J'ai du vrai café.

— Là, c'est différent.

— Je n'aurais jamais dû l'épouser, dit-elle à voix basse tout en préparant la cafetière. C'était une terrible erreur.

En dépit du vent froid, ils s'installèrent sur le balcon surplombant la rue de Rivoli, afin de s'éloigner le plus possible de la tache macabre.

— La vie est une corde raide, commenta Dior. Une fois que l'on est en l'air, peu importe si tout vacille, on ne peut plus s'arrêter ni faire demi-tour.

— Il reste la chute.

— Oui. Je suis souvent tombé. Chaque fois, mon cœur s'est brisé.

Elle se remémorait ce qu'avait dit Amory au sujet de Dior. Sans doute les liaisons auxquelles il faisait référence concernaient-elles d'autres hommes. C'était curieux, mais cela ne la dérangeait pas outre mesure. En fait, elle éprouvait même une certaine solidarité.

— Eh bien, dit-elle, je suppose que c'est ma première et dernière fois.

— Dieu vous en garde, s'écria-t-il en sortant de sa poche de pantalon un chapelet de colifichets argentés. Je vais vous donner l'un de mes porte-bonheur. Il vous protégera.

Il détacha un bijou, qu'il lui tendit.

— Deux cœurs entremêlés. Ça signifie que vous trouverez votre véritable amour un jour. Conservez-les précieusement.

— C'est promis. Que représentent les autres ?

— Du muguet, afin que je ne manque jamais de travail. Là, c'est un fer à cheval. Une patte de lapin. Et ici, une initiale, *C*.

Elle était à la fois amusée et touchée par l'énumération solennelle.

— Et l'étoile ?

— Ah. C'est la plus importante de toutes. Ma mère me l'a donnée avant de mourir. C'est *mon* étoile. Vous savez, mon rêve, mon espoir, mon ambition. Je dois toujours la suivre.

— Quel est votre rêve, Monsieur Dior ?

— La gloire et la fortune, pardi !

Copper sourit en se disant que ce serait un caprice de la gloire et de la fortune si elles se décidaient à honorer de leurs faveurs cet homme timide et réservé.

— Merci pour le café. Je n'en avais pas bu d'aussi bon depuis des semaines. Où allez-vous passer la nuit ?

— Je l'ignore.

— Vous ne pouvez pas rester ici dans une telle atmosphère.

Il lui tendit une petite carte.

— Mon adresse. Venez passer la nuit chez moi.

— Oh, je ne peux pas m'imposer, mais je vous remercie.

— Comptez-vous vous réconcilier avec votre époux ?

— Je ne crois pas, répondit lentement Copper. Ça me semble impossible.

— Dans ce cas, vous devez venir chez moi, le temps que les choses s'arrangent. En tant que femme célibataire, vous ne trouverez aucune chambre d'hôtel à Paris.

Sa voix changea subtilement lorsqu'il ajouta :

— Vous savez que vous n'avez rien à craindre de moi ?

— Je le sais.

— Tant mieux. Nous dînerons à neuf heures. Je vous attends.

Elle le raccompagna à la porte. La perspective d'avoir un toit accueillant où passer la nuit était un grand soulagement. Une heure après son départ, un garçon arriva avec un énorme paquet de bicarbonate de soude et un mot de la part de Dior lui recommandant d'en saupoudrer la tache, puis de laisser reposer pendant une heure. Il avait signé par un trait d'esprit : « +tian ». En agitant le paquet au-dessus du plancher, Copper acquit le sentiment qu'elle avait au moins un ami à Paris.

Amory revint à l'appartement en fin d'après-midi. Il jeta un œil méfiant dans la chambre.

— Je me suis occupé de George.

— Comment ça ? demanda-t-elle d'un ton maussade.

— Je lui ai trouvé un emplacement au cimetière du Père-Lachaise. Il aurait apprécié. Les funérailles auront lieu demain à midi.

— Tu as été efficace.

— C'est vrai, je ne suis pas totalement inutile.

Il avisa alors sa valise, ouverte sur le lit.

— Tu ne vas pas réellement aller jusqu'au bout, n'est-ce pas ?

— Si tu veux savoir si je te quitte vraiment, alors la réponse est oui. Tu m'as menée en bateau pendant trop longtemps, Amory. Mais ça suffit. Je me suis assagie.

— Bon sang, Copper. Qu'est-ce qui te prend ? Ça ne te ressemble pas.

— Figure-toi que ça me ressemble, au contraire. C'est seulement un côté de ma personne que tu préfères ignorer.

— C'est une réaction excessive et ridicule. Tu me reproches la mort de George.

— Non, pas du tout, fit-elle en pliant un chandail à la hâte. Je te reproche d'avoir détruit notre mariage. Maintenant, je fais ce qu'il me reste à faire.

— De quoi s'agit-il, au juste ?

Elle pensa au porte-bonheur de Dior et répondit :

— Je vais suivre mon étoile.

Il soupira.

— Bon, tu as peut-être un talent pour l'écriture. Mais il y a une chose que tu ne peux pas changer : tu es une femme. On ne te laissera jamais approcher les combats.

— Je ne vais pas couvrir les combats. Il y a des dizaines d'histoires fascinantes qui n'attendent que d'être racontées, ici même, à Paris. L'article que je viens d'écrire, pour commencer, sur cette pauvre femme et son bébé. Je peux le vendre à la presse féminine. Peut-être même à *Harper's*. Le texte et les photos.

— Si tu as de la chance. D'accord, tu auras un article à ton nom, mais on ne t'en confiera jamais d'autres.

— Oh, si, crois-moi. Paris regorge d'histoires. Des histoires humaines. La renaissance de la haute couture française, par exemple. Paris va redevenir un centre de culture et de mode.

— Du journaliste de bonne femme, fit-il avec une grimace.

— Moque-toi si tu veux. Paris est la première grande ville à avoir été libérée des nazis. C'est une sacrée histoire et tout le monde voudra la lire, hommes comme femmes. Je trouverai des magazines qui publieront ce que j'écris.

Il hocha lentement la tête.

— Alors, il ne s'agit pas uniquement de ta colère envers moi.

La question la déstabilisa pendant quelques instants, puis elle décréta, comme si elle y réfléchissait pour la première fois :

— Non, en effet. C'est bien plus que ça.

— Au moins, c'est quelque chose. Il faut croire que j'ai été intolérable.

— Je n'aurais pas trouvé de meilleur mot.

— Je me demande comment je vais m'en sortir sans toi.

— Tu y arriveras.

— Sans doute.

Il s'approcha de la fenêtre et leva les yeux vers le ciel.

— Faut-il vraiment que tu partes tout de suite ? demanda-t-il sans se retourner.

— Je ne peux pas passer la nuit ici.

— Ça ne me dérange pas, moi. Si le fantôme de George vient nous rendre visite, au moins ce sera un joyeux esprit.

— On voit que tu n'as pas eu à récurer le sang de George sur le parquet avec du bicarbonate, souligna-t-elle. C'est une expérience que je n'oublierai pas de sitôt.

— Nous pourrions aller à l'hôtel.

— Non, merci. J'ai reçu une invitation.

Amory se retourna, stupéfait.

— De qui ?

— M. Dior.

— Tu frappes à la mauvaise porte, Oona, déclara-t-il sèchement. M. Dior n'est pas un homme à femmes.

— Je trouve au contraire que c'est précisément un homme à femmes, répondit-elle sur un ton monocorde. Mais pas comme tu le penses. Et je trouve ça répugnant que tu fasses de telles insinuations. Il est attentionné et courtois, un parfait gentleman.

— J'en déduis que je ne suis rien de tout cela.

— Non, en effet.

— Il ressemble à un gros poupon.

— Je me fiche de savoir à quoi il ressemble. C'est mon ami.

Une fois de plus, il se tourna vers le soleil couchant.

— Je pars pour Dijon après les funérailles demain. Et je prends la jeep. Tu n'auras aucun moyen de locomotion.

— J'achèterai une bicyclette.

Il poussa un soupir exaspéré.

— Prends le temps d'y réfléchir, bon sang.

— J'y ai réfléchi tout mon saoul, répondit-elle.

Elle baissa le couvercle de sa valise et la verrouilla dans un cliquettement décisif.

Naturellement, ce ne fut pas aussi simple que cela. Elle passa deux heures à pleurer amèrement sur la rive de la Seine, serrant sa valise sous le regard détaché des flots de passants. Amory était au centre de son existence depuis un an et demi, son compagnon, l'étoile qu'elle suivait. Son absence la remplissait d'un chagrin qui, sur le moment, lui paraissait infini. Elle ne savait même pas ce qu'elle ferait de l'heure suivante, sans parler du reste de sa vie.

Enveloppée de ténèbres et tremblante dans le froid qui montait de la rivière d'un noir d'encre, elle ne s'était jamais sentie plus esseulée, plus abandonnée. Plus d'une fois, elle fut tentée de reprendre sa valise et de rentrer rue de Rivoli.

Enfin, peu avant neuf heures du soir, elle se leva et s'éloigna en traînant les pieds, d'une démarche raidie par le froid, vers l'adresse de Christian Dior. La rue Royale était large et imposante, entre la place de la Concorde et l'église de la Madeleine. En chemin, elle croisa deux garçons qui vendaient du gui. Avec quelques francs, elle acheta toute une couronne de baies nacrées. L'appartement de Dior se trouvait dans un immeuble massif et l'on y accédait en gravissant plusieurs volées de marches très sombres et balayées par les courants d'air. Elle grimpa ainsi jusqu'au troisième étage, hissant derrière elle ses maigres possessions, puis elle s'arrêta devant sa porte et frappa. Dior l'invita à entrer, la délestant aussitôt de son manteau et de sa valise.

Après le froid d'automne morose, l'appartement de Dior était un havre d'élégance à la lumière tamisée. Il disparut avec son manteau et sa valise pendant qu'elle prenait connaissance des lieux. Il y avait là de vieilles photographies et quelques tableaux modernes hors du commun, des sculptures ainsi que des objets en porcelaine fine. Le papier peint était magnifique, avec un effet velours rouge et or, et les rideaux, comme elle pouvait s'y attendre, parfaitement réalisés. La table du dîner était dressée pour deux. Un petit poêle émaillé diffusait de la chaleur, mais comme dans tous les appartements parisiens, il régnait un froid glacial. Malgré cela, elle faillit pleurer de joie devant la beauté et la luminosité des lieux.

Dior revint en se frottant les mains.

— Et maintenant, un apéritif. J'ai du Dubonnet ou du Noilly Prat.

— Oh, je prendrai un Dubonnet, merci. Je n'aime pas les alcools secs.

Elle lui offrit le gui qu'elle avait acheté dans la rue.

— Je sais qu'il est encore tôt, mais je n'ai pas pu résister. Les baies sont si fraîches et mignonnes. Je ne sais pas s'il tiendra jusqu'à Noël. Ne vous inquiétez pas, ajouta-t-elle. Je ne vous demande pas de m'embrasser dessous, mais je ne doute pas que vous souhaiterez embrasser quelqu'un.

— En France, on attend le Nouvel An pour s'embrasser sous le gui, dit-il en prenant la couronne. Ce n'est pas du gui commun, vous savez, mais du gui de chêne. C'est bien plus rare, un vrai porte-bonheur.

Il l'accrocha au-dessus d'une porte. Il était fringant ce soir, vêtu d'une veste et d'une cravate bordeaux. Elle se rendit compte qu'il n'était pas d'âge moyen comme elle l'avait cru. Les rayures fines qu'il portait chez Lucien Lelong et son allure générale plutôt conservatrice le faisaient paraître plus vieux, mais il ne devait pas avoir plus de quarante ans. Dans son environnement intime, avec son double menton et sa bouche délicate, il avait quelque chose de presque juvénile.

— Vous êtes si gentil avec moi, lui dit-elle. Je ne sais pas ce que j'aurais fait sans vous.

— Je suis heureux d'avoir pu vous aider. On se sent parfois bien désarmé. Pour exprimer ce que l'on ressent, je veux dire. La gratitude d'avoir été libéré.

Il remplit deux verres avec précaution.

— Les années d'occupation ont été affreuses. Vous n'imaginez pas à quel point c'était lugubre. Pétain nous avait alliés à Hitler. Les Allemands pillaient la France ; et toute l'Europe, à vrai dire. Nous étions anéantis. On mourait de froid et de faim à Paris. À Paris ! C'était la *Pax Germanica.*

Il trinqua avec Copper.

— C'est un honneur de pouvoir faire preuve d'hospitalité avec la représentante de nos libérateurs.

— Je l'accepte avec plaisir au nom de Franklin D. Roosevelt.

Ils burent.

— Et puis, reprit-il en levant le doigt, vous êtes une jeune femme innocente seule à l'étranger. Il est de mon devoir de vous protéger. Maintenant, ajouta-t-il en faisant claquer ses lèvres, je vous prie de m'excuser un moment, j'ai à faire en cuisine.

Copper flâna dans l'appartement pendant qu'il préparait le souper.

La photo d'une jeune femme dans un cadre l'intrigua et elle le prit. Son visage ressemblait tant à celui de Dior qu'elle sut qu'il s'agissait de sa sœur, Catherine.

— Votre ami, M. Poulenc, m'a parlé de votre sœur. Je suis vraiment désolée.

Il passa la tête par la porte de la cuisine.

— Elle me reviendra. Regardez derrière le cadre.

Il avait glissé deux cartes de tarot sous la photographie.

— Le Six de Bâton et le Chariot, dit-il. Elles sortent toujours dans les interprétations de Mme Delahaye. Ça signifie un retour indemne.

— Elle vous ressemble beaucoup.

— J'aurais préféré que la Gestapo me prenne à sa place. Mais bien sûr, c'était elle qu'ils voulaient. Je n'avais pas le courage de faire comme elle : parcourir tout Paris à bicyclette, transmettre des messages pour la Résistance. Je n'avais qu'une envie : me claquemurer dans mon atelier et ne plus jamais affronter ce monde.

Copper était frappée par l'expression de son visage.

— Vous devez garder espoir.

— Mais on reçoit de si terribles nouvelles. On nous a dit que Ravensbrück était un endroit propre et sain, et maintenant on entend parler de maladies, de famine et de torture. Ce n'est pas tout. Il paraît que les nazis suppriment systématiquement leurs prisonniers. Une politique d'extermination. Des milliers et des millions de personnes gazées, leurs corps jetés dans des incinérateurs.

Elle ignorait comment le réconforter.

— Nous avons entendu les mêmes rumeurs. D'abord, nous n'y avons pas cru.

— Je m'attends à tout, de la part des nazis. On ne peut pas chasser le naturel.

Elle poursuivit son exploration pendant qu'il cuisinait. Il avait décoré son appartement avec goût, mais avec peu de moyens, devinait-elle, en usant d'ingéniosité plutôt qu'en dépensant de l'argent. Il avait su créer une impression de faste très rococo, sans verser dans la féminité. Elle remarqua un paravent chinois raffiné en soie jaune, derrière lequel était dissimulée une statue d'homme en bronze, un nu érotique. Elle songea à Amory. Où passait-il la soirée ? Avec la Londonienne ? Ou une conquête encore plus récente ? Elle n'avait pas envie de s'y appesantir plus longtemps.

— C'est votre mère ? demanda-t-elle en prenant le portrait d'une femme en robe édouardienne, dans un cadre en argent.

— Oui, c'est elle. N'a-t-elle pas un chapeau exquis ? Regardez ces plumes d'autruche.

— Elle doit beaucoup vous manquer.

— En effet. Ça fait douze ans.

— Ma mère aussi est morte jeune. Mon père ne s'est jamais remarié. C'était un ouvrier, né en Irlande. À force de travail, il est devenu contremaître, mais nous manquions toujours d'argent. Il se mobilisait pour de meilleures conditions de travail. Quand il a commencé, les employés travaillaient soixante heures par semaine pour un salaire de misère. Les usines étaient si dangereuses que les opérateurs perdaient souvent des membres ou étaient mortellement brûlés. Il a mené un combat acharné contre tout cela, mais il en a payé le prix. Il est mort d'une crise cardiaque quelques semaines après mon mariage avec Amory.

— Mon père était l'opposé du vôtre. C'était un homme riche. Il possédait une grande usine. Il voulait que je lui succède dans l'entreprise familiale. Lorsque j'ai opté pour une carrière dans les arts, il s'est fâché. Ensuite, il a fait faillite. Maintenant, c'est moi qui les fais vivre, lui et mes deux frères, grâce à mon art.

— Quelle ironie.

— Peut-être, mais c'est en partie ma faute s'il a tout perdu.

— Comment ça ?

— En constatant que ni mes frères ni moi n'allions reprendre la société, il a investi massivement tous les bénéfices dans le marché boursier. La Grande Dépression l'a ruiné. J'ai réussi à acheter une fermette où il habite paisiblement, dans la zone nono.

— « Nono » ?

— « Non occupée », vous comprenez. On nous a traités de France *ja-ja*, on nous a accusés de vivre sous le régime allemand par plaisir. Mais je ne crois pas qu'il soit exagéré de dire que sans mon travail ici, mon père et mes frères seraient morts de faim.

— Vous êtes un homme bon, Monsieur Dior.

— Je suis comme ci, comme ça. Ni *ja-ja* ni nono.

Il ressortit de la cuisine en souriant dans un nuage de vapeur odorante. Il portait un plat sur lequel trônait un énorme homard cramoisi.

— Par tous les saints, se récria-t-elle.

— Arrivée tout droit de Granville, ma ville natale, dit-il en rayonnant. Vous ne trouvez pas que c'est particulièrement approprié ? Une occupante de l'océan qui relie votre pays au mien. Regardez le magnifique ensemble qu'elle porte. Ces couleurs ! Ces jabots et ces nœuds ! Et son jupon. Même Schiaparelli ne pourrait pas rêver d'un tel costume.

— Comment savez-vous qu'il s'agit d'une femelle ?

— Ma chère, j'ai grandi en bord de mer. Je connais les homards.

Le homard était un festin de gourmet. Il était même accompagné par une bouteille de Pouilly-Fumé. Elle n'avait pas aussi bien mangé depuis son départ des États-Unis. Pourtant, au milieu du repas, elle se remit à pleurer.

— Que se passe-t-il ? demanda Dior, alarmé.

Elle reposa son couteau et sa fourchette et prit sa serviette pour se tamponner les yeux.

— Ils ont tous essayé de me dissuader de l'épouser, mais je ne les ai pas écoutés.

Dior lui tapotait la main.

— Vous savez, maintenant, vous pouvez attendre le prochain avec impatience.

Elle rit péniblement à travers ses larmes.

— Je ne prévois personne d'autre, Monsieur Dior. Je crois qu'Amory était mon premier et mon dernier.

— C'est ce que vous ressentez maintenant, mais vous êtes jeune. L'amour viendra bien assez tôt.

— En est-il comme ça pour vous ? se hasarda-t-elle à demander. L'un se termine et un autre commence ?

Les coins de ses lèvres retombèrent.

— Eh bien, vous ne devriez pas me prendre en exemple. Je ne suis pas vraiment… typique.

— Moi non plus. Que faites-vous quand vous vous lancez sur la corde raide et que vous constatez qu'elle oscille follement, que vous ne pouvez ni vous arrêter ni faire demi-tour ?

— Comme je vous l'ai dit, je tombe.

Elle leva vers lui ses yeux gris infiniment graves.

— Alors, vous avez devant vous une femme qui tombe, Monsieur Dior. On ignore encore jusqu'où et combien d'os resteront intacts après la chute.

Il effleura délicatement son poignet.

— Voyez-vous, ma petite, un parachute s'ouvrira comme une boule de coton blanche et vous vous poserez saine et sauve sur le sol.

— C'est réconfortant, dit-elle, guère convaincue.

— Vous pouvez rester ici aussi longtemps que vous le souhaiterez, ajouta-t-il en exerçant une pression légère du bout des doigts.

— Vous allez vous lasser de me voir.

— J'en doute. Vous êtes très décorative.

En dessert, il avait préparé une compote de fruits rouges, dont il s'excusa pour l'absence de crème, de sucre et de beurre. Ils eurent également droit à une petite tasse de café chacun, qui devait provenir d'un ancien stock invendu. Elle décida de lui offrir du café frais dès que possible.

Ils venaient de terminer le repas lorsqu'on frappa à la porte.

— J'espère que la présence de quelques amis ne vous dérange pas, dit Dior. Ils passent toujours après le dîner.

Une apparition franchit le seuil sous la forme de Suzy Solidor, vêtue d'un somptueux manteau long en zibeline. La fourrure s'ouvrit, révélant une robe fourreau lamée d'argent scintillant. La chanteuse ressemblait à une sculpture Art déco tout en platine étincelant. Ignorant presque le pauvre Dior, elle fondit sur Copper, les deux mains tendues.

— Ma petite Copper. Il paraît que tu as subi un bain de sang.

Ses doigts solides et glacés se refermèrent autour de ceux de Copper et ses lèvres fraîches se posèrent sur ses joues. Elle recula enfin pour la scruter comme le ferait un oiseau de proie avec une colombe.

— Ça t'a rendue immortelle. Tu es ravissante.

Sur ses talons apparut un gros bonhomme non moins survolté, aux cheveux hirsutes, affublé d'une barbe colossale tout emmêlée que surmontaient deux joues rondes comme des pommes de reinette et une paire d'yeux bleus globuleux rivés sur elle avec éclat.

— Voici donc le fameux joujou de Christian, lança-t-il d'une voix de stentor, faisant rebondir entre ses lèvres une cigarette allumée. Mon Dieu ! Quel loup, cet homme.

Vous garde-t-il enfermée dans le grenier, ma chère ? Et la clé est suspendue à une chaîne autour de son cou ?

Dior ne semblait pas décontenancé par ces salutations extravagantes.

— Vous connaissez Suzy, naturellement, dit-il à Copper. Et voici mon cher ami et homonyme, monsieur Christian Bérard.

— Pas de « monsieur » avec moi, je vous en prie, dit Bérard.

Il portait un petit chien blanc sous le bras. Il arracha le mégot de ses lèvres et se pencha sur la main de Copper, qu'il renifla comme un sanglier dénichant des truffes.

— On m'appelle « Bébé ». Comme « Mimì ». J'ignore pourquoi. Et voici Jacinthe, ajouta-t-il en lui présentant le chien.

Il dévisagea Copper un moment avant de s'exclamer :

— Quel charme, quel teint juvénile !

Il esquissa un sourire carnassier, révélant des dents abîmées.

— Vous avez quitté votre mari, à ce qu'il paraît ?

— Bébé ! souffla Dior.

À l'évidence, il avait fait savoir à tout le monde qu'il convenait d'éviter le sujet de son mariage.

— Je ne peux pas rester longtemps, annonça Suzy en lissant ses écailles argentées de sirène. Je dois être au night-club dans une heure.

— Comptes-tu encore leur jeter *Lily Marlène* en pleine face ? demanda Bérard.

— Ce soir comme tous les soirs.

— Jusqu'à ce qu'ils te pendent à ton lampadaire ?

— Qu'ils essaient pour voir, répondit Suzy. Je n'ai pas peur de la populace.

— Tu devrais. Ils ont une dent contre toi.

— Tu voudrais que je déguerpisse en Suisse comme Chanel ?

Suzy Solidor afficha une grimace hautaine.

— Je n'aurais jamais cru cette vieille chouette aussi lâche.

— Chanel est un génie, dit Dior. Je refuse d'entendre un mot contre cette femme.

— Quand même, je suis d'accord, elle a un côté vieille garce, intervint Bérard. J'en sais quelque chose, j'ai travaillé pour elle bien assez longtemps.

— Elle t'adorait.

— Oh, tout le monde m'adore, répondit Bébé avec arrogance.

Puis il huma l'air et dit :

— Je sens le homard. Ça veut dire qu'un petit paquet est arrivé de Granville. À tout hasard, n'y avait-il pas aussi une bouteille de Calvados, mon cher garçon ? Il fait un froid de canard, là dehors.

En souriant, Dior apporta une bouteille sans étiquette. La liqueur brûlante monta rapidement à la tête de Copper, mais Bérard vida son verre sans sourciller. Tous se pressaient autour du poêle, que Dior prit soin d'alimenter avec deux bûchettes.

— Je ne comprends pas pourquoi tout le monde s'oppose à Chanel, dit-il. Elle a fait exactement comme nous tous.

— Pas exactement, répondit Bérard en allumant une deuxième cigarette au mégot de la première. Elle a passé la guerre dans le confort du Ritz avec son amant nazi, célébrant la victoire avec du champagne confisqué avant de s'évanouir dans un nuage de N°5. Toi, plus que les autres, tu devrais la mépriser, mon cher.

— Ce n'est pas Chanel qui a arrêté ma sœur, se contenta de répondre Dior.

— Pas elle, mais ses copains. Et Coco n'a pas levé le petit doigt pour t'aider.

— Pourquoi m'aiderait-elle ? Je ne suis personne.

— Balivernes. Elle est jalouse de toi, jalouse de tous les jeunes créateurs. Et puis, ces derniers temps, elle ressemble à un vieux singe caduc. *Voilà* qui est impardonnable, à défaut de tout le reste.

Pendant que les hommes débattaient, Suzy Solidor passa un bras hâlé autour du cou de Copper et l'attira à elle.

— Viens au night-club avec moi ce soir, murmura-t-elle d'une voix vibrante d'excitation à l'oreille de Copper. J'ai un haschich divin du Maroc. On va bien s'amuser, toi et moi.

— Je ne peux pas, vraiment, répondit mollement Copper.

La bouche ouverte lui caressa le cou, propageant des frissons le long de son dos.

— Pourquoi pas ? Ton mari n'est pas là.

— Eh bien, vous savez, je… en fait, je suis en deuil, bredouilla Copper, consciente de paraître ridicule. Mon ami est mort pas plus tard qu'hier soir. Les… les obsèques ont lieu demain.

— Ai-je bien entendu le mot *obsèques* ? fit Bérard en se retournant.

— Oui.

— Celles de qui ?

— De George Fritchley-Bound. Il était journaliste. Un ami.

Bérard s'égaya.

— Mais *j'adore* les obsèques. Vous devez m'y inviter.

— Euh, je suis sûre que George n'y verrait aucun inconvénient, répondit Copper, un peu déroutée. De toute façon, il n'y aura pas foule. C'est au cimetière du Père-Lachaise, demain à midi.

— Tu viendras aussi, mon amour ? demanda Bérard à Dior.

— Bien sûr.

— Je chanterai devant la stèle, annonça Suzy.

— Mais pas *Lily Marlène*, pitié.

— Non, non. Quelque chose de simple, mais digne. *Le Chant des adieux*, peut-être ?

À cette perspective, Copper avait le cœur serré. Elle n'aurait pas su dire s'ils plaisantaient ou s'ils étaient sérieux.

D'autres coups retentirent contre la porte et un jeune homme ténébreux et maussade, emmitouflé dans un beau pardessus en poils de chameau, fit irruption à l'intérieur en maudissant le froid.

— On se croirait à Moscou, là dehors.

Dior le présenta à Copper.

— Mon collègue chez Lucien Lelong, Pierre Balmain. Bien plus talentueux que moi, évidemment.

— Ce n'est pas vrai, répondit Balmain en serrant la main de Copper. N'écoutez pas un mot qu'il vous dira.

— Nous allons tous aux funérailles de l'ami de Copper demain, annonça Bérard. Suzy chantera et je réciterai une oraison. Tu dois venir, Pierre. Ce sera un événement.

— Des funérailles, ce n'est pas un endroit pour tes singeries, Bébé, intervint Balmain en haussant les sourcils. Toutes mes condoléances, mademoiselle.

— Merci, murmura-t-elle.

Deux autres jeunes hommes très soignés arrivèrent. On eût dit deux gazelles. Ils lui furent présentés comme danseurs des Ballets des Champs-Élysées. À l'évidence, ils étaient en excellents termes avec Bérard et Dior, mais elle oublia leurs prénoms quelques instants après les avoir appris. La salle se réchauffait au fur et à mesure qu'elle se remplissait. La chaleur, les Calvados, le vin qu'elle avait déjà bu et les cigarettes interminables de Christian Bérard lui donnaient le tournis. Le fait que Suzy Solidor se colle contre elle et ne cesse de lui caresser la nuque ne l'aidait pas. Elle avait passé une terrible journée et la seule chose qu'elle souhaitait à présent, c'était se mettre au lit et sombrer dans le sommeil, mais c'était impossible.

— Ça ne va pas, chérie ? susurra Suzy.

— Je ne me sens pas très bien, avoua Copper.

— Tu es pâle. Mais ça te va bien.

Ses yeux étaient d'un brun riche et moiré sous ses épais sourcils bien dessinés. Son visage n'était pas simplement charmant. Il était beau. Sa silhouette était tout aussi remarquable : les bras et les épaules athlétiques d'une nageuse ou d'une joueuse de tennis, mais une poitrine rebondie et des hanches harmonieuses. Elle portait une montre incrustée d'émeraudes et un unique diamant étincelait sur une chaîne en platine autour de son cou.

Dior avait un gramophone, qu'il remonta pour jouer un disque des *Nocturnes* de Chopin. Les autres protestèrent contre cette mélodie trop languissante à leur goût, mais les valses de Strauss qu'il choisit à la place furent à leur tour décriées, car trop germaniques. Il leva les mains au ciel et les invita à choisir eux-mêmes. Un débat houleux éclata autour de la trompe dorée du gramophone, où l'on tirait les disques de leurs étuis pour les y ranger tout aussitôt. Enfin, on se mit d'accord pour écouter *Le Bœuf sur le toit* de Milhaud. Elle se sentait un peu intimidée dans ce décor exotique, avec des personnalités aux idées affirmées.

Bérard se disputait toujours avec l'un des invités à propos du comportement de Coco Chanel, tandis que Dior et Balmain s'étaient lancés dans une conversation discrète au sujet de leur métier.

— Je ne veux pas laisser tomber Lelong, disait Dior à voix basse. Il a été si bon avec moi.

— Avec moi aussi, répondit Balmain. Mais nous lui avons offert cinq années chacun, Christian. Dix longues années à nous deux. La guerre arrive à son terme. Il est grand temps de nous démarquer de notre côté.

— Tout ça, c'est bien joli, mais où trouver les fonds ? Toi, au moins, tu as une maman très dévouée. Moi, je n'ai personne.

— Tu as du génie. Tu pourrais amasser les fonds en un mois si tu le voulais. N'en as-tu pas assez de t'entendre dire quoi faire ou ne pas faire ?

— J'admets que ce serait agréable de pouvoir créer ce qui me chante, fit Dior dans un soupir. Mais je sens que je suis toujours en cours d'apprentissage.

— Tu as appris tout ce que Lucien Lelong avait à t'apprendre, répondit Balmain.

Il avait une façon de parler très déterminée, presque véhémente.

— Tu dois enfin te décider à prendre ton envol.

— Pour tout dire, je suis trop paresseux pour prendre mon envol, dit Dior en haussant les épaules. Ça ne me dérange pas de travailler dans l'ombre. Je n'ai pas ton caractère autoritaire. Je ne me vois pas en chef d'entreprise. Je me sentirais affreusement mal à l'aise si je devais jouer les patrons. Et puis, la liberté a un coût, tu sais. Si on était entrepreneurs, on ne passerait pas cette soirée sympathique entre amis. On développerait des ulcères, penchés sur nos livres de comptes.

— Comme tu voudras, moi je me lance, déclara Balmain avec détermination. La vieille garde a fait son temps… Worth, Lelong, Molyneux et les autres. La mode a besoin de sang frais.

— Tu me manqueras terriblement quand tu seras parti, dit Dior.

Copper perçut même des larmes dans ses yeux.

Balmain embrassa son ami sur la joue.

— Tu ne tarderas pas à me suivre. Tu verras.

Il sortit un carnet de sa poche, et bientôt les deux créateurs griffonnèrent des croquis tout en discutant boutique.

— Quand Dior s'est lancé dans la haute couture, tu sais ce que les gens ont dit ? murmura Suzy à l'oreille de Copper. Ils ont dit : « Christian s'est gâché. Il a choisi la facilité. Il aurait pu devenir tout ce qu'il voulait. » C'est l'un des hommes les plus intelligents de Paris, l'un des plus cultivés. *Et* l'un des plus populaires. Mais regarde-le, il est aussi sensible qu'un escargot qui rentre ses cornes chaque fois qu'on le touche. Il préfère vieillir dans l'arrière-salle de chez Lelong plutôt que de montrer son visage au grand jour.

Copper jeta un œil vers Dior. Avec ses joues roses, son allure androgyne et ses doigts manucurés, il ressemblait davantage à un prêtre paroissial qu'à un grand couturier. Elle était intriguée qu'un homme aussi conservateur puisse avoir des amis aussi hauts en couleur et vivre dans un monde où, pour reprendre l'expression d'Amory, les femmes étaient viriles et les hommes efféminés.

— N'a-t-il pas un… un ami ? demanda-t-elle avec finesse.

— Tu veux dire *un amant* ? De temps en temps. Je crains qu'il ne soit pas doué pour les garder. Même amoureux, il reste sur la réserve. Le manque d'assurance donne de piètres résultats dans la chambre à coucher, tu sais.

— Il est tellement gentil.

— Sa bande et lui sont uniques, tous du même type comme tu peux le voir. Mais ils ne trouvent jamais l'amour les uns auprès des autres. Ils s'entichent d'un genre d'hommes bien différent, des hommes qui ne leur ressemblent pas et, bien souvent, qui ne sont pas sensibles à leur charme.

— Comme c'est triste.

— Il pense que tu lui portes bonheur, reprit Suzy sans la regarder. Apparemment, ton arrivée lui a été annoncée par une vieille romanichelle, sa diseuse de bonne aventure. Jusqu'aux cheveux roux et au cadeau. Tu sais, le foie gras. Soit dit en passant, c'est bien la dernière chose qu'il devrait manger. Il est déjà trop gros.

— Oh, Seigneur. J'espère lui porter bonheur. Je ne me suis jamais considérée comme une personne très chanceuse.

Suzy écarta une mèche de cheveux sur le front de Copper.

— Te considères-tu comme une belle personne ?

— Oh, non. Pas du tout.

— Ça se voit. Le jour où tu prendras conscience de ta beauté, le monde pourra s'attendre à une surprise.

Copper était déconcertée.

— Je n'ai jamais été jolie.

— Avec ces yeux et cette bouche ? Ma belle, certaines femmes s'épanouissent sur le tard. Certaines très tôt, et d'autres jamais. En général, les fleurs tardives sont les plus resplendissantes.

Ses lèvres pleines et compactes esquissèrent un petit sourire chaleureux. Elle baissa les yeux sur la montre incrustée d'émeraudes à son poignet.

— Je dois y aller. On se voit demain.

Elle embrassa Copper sur la joue, y laissant une empreinte parfaite au rouge à lèvres, et s'en alla récupérer sa zibeline.

Après le départ de Suzy Solidor, Copper sombra dans une somnolence légère, tandis que les invités allaient et venaient dans un brouhaha de conversations. Poulenc arriva et lui présenta ses condoléances de manière très formelle, mais elle l'entendit à peine. Sans doute manquait-elle de repartie, mais elle était à bout de forces et son français s'épuisait. Ce fut un soulagement lorsque les derniers invités partirent enfin et que Dior lui montra sa petite chambre d'amis.

Elle s'endormit instantanément. Une heure plus tard, elle s'éveillait de nouveau, saisie de violents frissons. Pendant un moment, elle resta hébétée, incapable de déterminer si elle avait chaud ou froid. Elle décida qu'il ne s'agissait pas du froid ; Dior avait entassé des couvertures sur son lit et elle avait plutôt chaud. C'était un intense spasme nerveux qui la secouait comme un rat entre les mâchoires d'un terrier, incontrôlable quoi qu'elle fasse. Elle prit enfin conscience qu'il s'agissait d'une réaction émotionnelle à sa rupture avec Amory. En réalité, ce qu'elle subissait n'était autre qu'une crise existentielle. Elle ne s'était jamais sentie aussi seule et paniquée.

C'était réconfortant de tisser sa propre vie autour de celle de son mari. Cependant, si on lui enlevait ce tuteur, si elle laissait Amory quitter Paris sans elle, ne risquait-elle pas de s'affaisser comme du lierre arraché au mur ?

Son projet audacieux de poursuivre son chemin toute seule, d'entreprendre une carrière de journaliste, lui paraissait absurde à présent. Elle claquait des dents et ses jambes tressautaient dans cette chambre obscure qui lui était étrangère. Au fond, que connaissait-elle au journalisme ou à la photographie ? Que connaissait-elle à la vie ? Elle se mentait à elle-même. Ce qu'il lui restait à faire, c'était de se lever d'un bond, de chercher Amory et d'implorer son pardon en espérant qu'il accepte de la reprendre. Si elle empruntait l'autre chemin, elle risquait de sombrer dans l'abîme, un néant noir duquel elle ne serait jamais capable de s'extraire.

Les images des jours passés lui revenaient pêle-mêle à l'esprit. La mère qui serrait son bébé alors que le pâtissier lui tondait les cheveux. Les yeux mi-clos et vitreux de George, le visage encroûté de sang coagulé. La réaction d'Amory quand elle lui avait annoncé qu'elle ne l'accompagnerait pas à Dijon. La caresse érotique de la bouche de Suzy Solidor dans son cou. Les yeux bleus scrutateurs de Bérard, incarnant un désir qu'il n'éprouvait pas. À présent, ces visions lui paraissaient tellement sinistres que ses frissons redoublèrent et que sa peau frémissait d'horreur. Que faisait-elle ici ? Venait-elle de détruire sa vie ? N'avait-elle pas été trop dure envers Amory ? Il lui manquait atrocement. Pourquoi l'avait-elle chassé ? C'était de la folie pure.

Elle consulta sa montre. Il était trois heures du matin, et pourtant elle ne pouvait pas rester couchée plus longtemps. Elle émergea de la montagne de couvertures dans l'air glacial de la chambre et, refermant sa chemise de nuit autour de son corps frissonnant, sortit sur la pointe des pieds. La lumière brillait dans le petit salon. Dior était réveillé, blotti devant le poêle avec un carnet de croquis sur les genoux. Surpris, il leva les yeux.

— Ça ne va pas ?

— Je… je n'arrête pas de trembler, dit Copper en claquant des dents. Je crois que ce sont les nerfs.

Soudain, elle aperçut la silhouette de Christian Bérard, affalé sur le sofa derrière Dior.

— Oh, je suis désolée. Je ne voulais pas vous déranger.

— Ne vous inquiétez pas pour Bébé. Il a fumé deux pipes d'opium et il ne risque pas de se réveiller.

— De l'opium ?

— C'est un toxicomane. Ça le tuera un jour. Je crois que je suis condamné à perdre tous ceux que j'aime. Venez vous asseoir avec moi.

Il enfourna une autre de ses précieuses bûchettes dans le poêle. Une flamme discrète dansait derrière le verre trouble de la porte.

— C'est bien naturel d'être sur les nerfs. Les vôtres ont été soumis à rude épreuve.

Il était pelotonné dans une robe de chambre à impression cachemire, un foulard en laine noué sur la gorge. Il retira son foulard et le lui attacha dans un geste paternel. Curieusement, elle avait imaginé qu'il avait un corps rose et glabre, mais elle aperçut un triangle velu sur son torse.

— Je rêve toujours de robes, vous savez.

— Vraiment ?

— Oui, mais ensuite je dois me lever en pleine nuit. Il faut absolument que je les dessine avant de les oublier.

Il lui montra les ébauches fluides dans son carnet.

— Ce sont des robes de soirée en satin. La ligne de leur décolleté m'est apparue en rêve.

— Décidément, vous avez la mode dans le sang.

Il la regarda par en dessous, les paupières voilées.

— Oh, je sais ce qu'on dit de moi. Dior est un dilettante, Dior est un amateur qui gaspille son infime talent avec des robes ridicules pour des femmes ridicules. Mais il ne s'agit pas que de ça. La mode est un art, ma chère. Un art noble. À sa manière, Dior aspire à devenir un grand artiste, comme ses amis.

— Je le vois bien.

— Il m'a fallu dix ans pour apprendre le peu que je sais, d'abord avec Piguet, puis avec Lelong. Et cela me fascine de plus en plus. Trouver le tissu idéal pour exprimer mes idées. Connaître les textures simples et les plus complexes. Entrevoir le drapé de chaque étoffe, sa souplesse dans les mouvements, sa façon de changer de forme, tel un liquide sur le corps d'une femme.

Ses mains caressaient des courbes imaginaires dans le vide.

— Apprendre ce que l'on peut réaliser avec du shantung, avec un tweed élégant, de la laine épaisse ou du lin raffiné. Comment couper dans le biais afin que chaque pan de tissu se meuve en harmonie avec la femme qui le porte. Comment camoufler le laid et mettre le beau en valeur. Plisser, plier, froncer, ourler. Enfin, les mystères du métier.

Elle partit d'un petit rire terminé par un soupir. Sa voix douce et agréable l'apaisait. Copper sentait ses frissons diminuer.

— Vous êtes un homme très plaisant, Monsieur Dior. Pas étonnant que vos amis soient fous de vous.

Il jeta un œil vers Bérard qui s'était mis à ronfler comme un sonneur.

— Pour la plupart, ce sont des gens bohèmes, vous en conviendrez. Moi, en revanche, je suis un authentique bourgeois. C'est devenu une insulte depuis quelque temps. Dans la bouche de M. Giroux, par exemple, « bourgeois » est le plus abject des épithètes. Mais je sais ce que je suis et j'en suis fier. Je descends d'une lignée de solides Normands. Alors, je ne suis rien d'autre que cela, solide et normand…

— D'après vos amis, vous êtes un génie, répondit-elle.

Il hésita.

— Les vêtements s'interposent entre le monde et notre propre nudité. Cela peut être un déguisement, un costume de carnaval, une chimère. Ou bien cela peut exprimer la véritable nature d'un être, plus précisément que les mots ne le pourraient. Pour les hommes tels que moi…

Il changea de sujet sans conclure :

— Allez-vous vraiment demander le divorce à votre mari ?

— Oui. Mais je ne sais pas par où commencer. Nous devrons peut-être nous rendre à l'ambassade américaine.

— Comme vous êtes tous les deux résidents français et que vous divorcez *par consentement mutuel*, il vous suffit d'établir un accord et de le présenter devant un juge français. Vous pourriez être libres dans un mois, en tout et pour tout.

— Un mois !

— Grâce à l'empereur Napoléon, les lois du divorce en France sont très pratiques.

Copper en avait le souffle coupé.

— J'ignorais que ça pouvait être aussi rapide.

— Auriez-vous une hésitation ?

— Non. Mon mariage est fini. Il s'est achevé il y a longtemps.

— Si vous le souhaitez, je peux vous aider à rédiger l'accord.

— Merci.

Bientôt, elle piquait du nez en écoutant le grattement subtil de son crayon sur le papier et, de temps à autre, le crépitement des bûches qui s'affaissaient dans le poêle. Lorsqu'elle ouvrit à nouveau les paupières, ce fut pour constater que Dior l'avait reconduite, ou peut-être même portée, jusqu'à son lit. Ses frissons avaient cessé, la laissant faible et alanguie. Elle roula sur le côté et se rendormit aussi sec.

Quatre

Les obsèques de George furent un événement hors du commun à plus d'un titre. Les amis du défunt, plus nombreux et variés que l'on aurait pu s'y attendre, vinrent au Père-Lachaise pour un dernier adieu. Plusieurs correspondants et photographes étaient présents, dont beaucoup comptaient parmi les compagnons de beuverie du Fripon de la Bande et présentaient déjà, à midi seulement, divers degrés d'ébriété.

En plus de cela, tous ceux qui avaient promis de venir dans l'entourage de Dior n'arrivèrent pas seuls. Christian Bérard était drapé dans un manteau noir bouffant, sous lequel il était visiblement vêtu d'un pyjama couvert de cendres de cigarette et de marques de brûlure, son petit bichon frisé blanc, Jacinthe, toujours calé sous le bras.

Suzy Solidor était en tenue d'homme, redingote et chapeau haut de forme, avec une canne d'ébène et un veston brodé orné d'une chaîne en or. Les deux danseurs de ballet, costumés en Arlequin et Colombine, voletaient entre les tombes telle une apparition spectrale, accompagnés d'une personne de sexe indéterminé en cape carmin. Bien que les autres toilettes ne soient pas aussi fantaisistes, les chapeaux et les vêtements demeuraient suffisamment extravagants pour attirer l'attention.

On avait apporté des fleurs, ainsi que des objets moins conventionnels, comme un cheval à bascule ou encore une bicyclette bleue. Copper fut soufflée par l'aspect fantasmagorique de la scène, comme si l'événement n'était pas déjà assez irréel.

C'était une journée maussade et venteuse. Une lune blême en forme de faucille était suspendue derrière les arbres, qui déversaient leurs feuilles sur les rangées de sépultures monumentales. Non loin de là, un ange de marbre aux veines vertes observait la curieuse assemblée de ses yeux vides.

Amory vint à sa rencontre devant le caveau où serait inhumé le cercueil de George. Il portait son pardessus et le vent dansait dans ses cheveux blonds ; à ses côtés, nul autre qu'Ernest Hemingway, l'écrivain, avec qui il semblait s'être lié d'amitié. Tous deux étaient saouls.

— Tu n'es tout de même pas sérieuse avec cette fichue histoire de divorce, si ? lui dit-il sans préambule.

— Si, répondit Copper avec courage, oubliant sa terreur de la nuit passée. Je suis sérieuse. Tu vas recevoir les documents. Il te suffira de les signer.

Il éructa sans retenue.

— Et tu as décidé de rester ici ? reprit-il en balayant du regard le groupe hétéroclite venu rendre hommage au disparu. Avec cette bande de dingues ?

Elle sentit qu'au fond d'elle, quelque chose se mettait à saigner.

— Oui, je m'enfuis avec le cirque.

— Et d'abord, qui sont ces gens ? demanda Hemingway.

Il portait une chemise kaki, les manches retroussées au mépris du froid, et avait une cigarette entre les dents.

— Des amis de M. Dior. Ils tenaient à être présents.

Hemingway but une rasade au goulot de sa flasque avant de la remettre à Amory.

— À Paris, personne ne veut être simple spectateur. Tout le monde veut être acteur.

— Il ne t'a pas fallu longtemps pour te mêler à cette faune de cinglés, dit Amory. Tous les monstres de foire de Paris sont ici. Est-ce l'image que tu te fais d'un enterrement digne ?

— Étant donné que George est mort d'un excès d'alcool, rétorqua-t-elle, je dirais que c'est tout à fait approprié, en effet.

Amory se tourna vers le caveau, que deux maçons d'un certain âge terminaient de préparer pour George à grand renfort de truelles et de marteaux. Un tunnel d'aspect humide et peu engageant avait été pratiqué dans le mur. Les maçons s'affairaient à gratter la mousse et autres débris.

— Il appartient à une famille protestante qui a accepté que George soit inhumé auprès d'elle. Cela dit, nous allons avoir un problème, fit Amory d'une voix traînante.

— Quel genre de problème ?

— Tu vas voir, répondit-il sentencieusement.

La résolution de sa femme ne l'avait peut-être pas anéanti, mais il était d'humeur morose. Peut-être pensait-il que ce n'était qu'une bravade et qu'elle reviendrait à la raison au dernier moment. Dior les rejoignit, impeccable dans son costume noir et son chapeau melon. Il leur présenta ses condoléances les plus classiques. Une fois de plus, elle était frappée par le contraste entre son conservatisme petit-bourgeois et l'excentricité de ses amis. Elle était contente qu'il soit là pour la soutenir, avec ses manières toutes paternelles et sa discrétion habituelle.

Comme convenu par Amory, un aumônier de l'armée américaine arriva avec empressement. La cérémonie pouvait débuter. Les trois dizaines de participants endeuillés se rassemblèrent avec un vif intérêt. Les porteurs apparurent derrière un mausolée, transportant le cercueil de George en équilibre instable. Copper comprit immédiatement quel serait le problème. Le Fripon de la Bande était un homme imposant et le cercueil avait été choisi en conséquence, mais la niche, prévue pour un occupant plus menu, était étroite.

— Je crois que ça n'entrera pas, murmura Dior à son oreille.

— Je le vois bien.

L'aumônier avait commencé son office. Tant bien que mal, on hissa le cercueil jusqu'à l'ouverture pratiquée en hauteur, mais il ne tarda pas à se coincer. Impossible de le faire glisser plus loin.

— Si on enlevait les poignées, peut-être ? suggéra Dior.

À nouveau, le cercueil fut descendu jusqu'au sol. L'un des maçons offrit un tournevis et l'on dévissa les poignées qui disparurent aussitôt dans la poche d'un manteau. L'aumônier attendait avec impatience, jetant des coups d'œil furtifs à sa montre.

Sans poignées, le cercueil était encore plus difficile à manœuvrer. Une fois de plus, il resta bloqué. Amory pesta dans sa barbe. On déposa le cercueil à terre et les ouvriers entreprirent d'en déloger les moulures en bois, utilisant leurs truelles comme leviers. Leur effort conjoint produisit un grognement retentissant qui sembla amplifié par la boîte sur laquelle ils s'acharnaient. Dans l'assistance, tout le monde faisait grise mine, à l'exception de Bérard qui éclata de rire.

— Mon Dieu, pouffa Hemingway. Ce vieux chenapan n'a décidément pas envie de s'en aller.

Délesté de ses poignées et de ses corniches, le cercueil fut à nouveau hissé jusqu'au renfoncement. À présent, les porteurs et les maçons étaient écarlates et en sueur malgré le froid. Cette fois, s'il érafla les bords, le cercueil fut enfoncé en entier. Mais une nouvelle difficulté survint, car la boîte était trop longue et dépassait de plusieurs centimètres. Des ricanements et des soupirs consternés montèrent de l'assistance.

Les lèvres pincées, l'un des maçons s'avança sans qu'on le lui demande et abattit l'extrémité du cercueil de quelques coups de marteau. La planche tomba au sol, révélant les semelles usées de Fritchley-Bound. Les ouvriers s'empressèrent de cimenter une dalle de béton sur le sinistre trou. À bout de forces, les porteurs firent circuler une bouteille où ils burent à grandes lampées.

L'aumônier de l'armée conclut son office, referma son bréviaire et s'en alla d'un pas vif, manifestement ravi d'en avoir terminé. Mais le groupe singulier, rassemblé en hommage au défunt, ne semblait pas prêt à se séparer aussi vite. Comme promis, Suzy entonna *Le Chant des adieux* et Copper se rendit compte qu'il s'agissait de la version française de l'ancienne ballade *Auld Lang Syne*. Sa voix était forte et vibrante. Amory s'avança pour inscrire à la craie le nom de George ainsi que ses dates de naissance et de mort sur la stèle.

— La plaque ne sera pas prête avant plusieurs semaines, expliqua-t-il.

Des applaudissements élogieux éclatèrent à la fin de la chanson et l'on entendit sauter le bouchon d'une bouteille.

— Je pars pour Dijon maintenant, annonça Amory en tournant le dos à la foule bigarrée.

Il entraîna Copper derrière le mausolée, à l'abri du vent froid.

— Tu l'auras, ton divorce. Fais-moi envoyer les papiers, d'accord ?

— D'accord.

— Comment vas-tu faire pour l'argent ?

— J'ai quelques économies.

— Elles ne dureront pas longtemps.

Il sortit une enveloppe des replis de son manteau.

— Tiens. Prends ça.

— Je n'en veux pas.

— Prends, insista-t-il avec brusquerie. Si tu persistes à jouer les écervelées, tu en auras vite besoin.

— Ne me traite pas d'écervelée.

Elle était si furieuse qu'elle faillit lui jeter son argent au visage, mais le bon sens l'emporta. Au moins, son mécontentement l'aida à retenir ses larmes. Elle glissa l'enveloppe dans son sac. Il avait l'air malheureux comme les pierres.

— C'est absurde.

— Sans doute.

— Je ne veux pas que l'on puisse me reprocher quoi que ce soit si les choses tournaient mal, dit-il. J'ai promis à ta famille que je prendrais soin de toi, ça ne me plaît pas de te laisser.

— Ne t'inquiète pas. Je ne te reprocherai rien de ce qui se passera, Amory.

Il se frotta vigoureusement le visage, comme s'il était sur le point de pleurer.

— Je t'aime. Je ne sais pas ce que je ferai sans toi.

— Je croyais que tu scrais content de te débarrasser de moi. Maintenant, tu n'auras plus à te sentir coupable de tes liaisons.

— Je ne me suis jamais senti coupable. C'est peut-être tout le problème.

— Sans doute. Tu ne m'as jamais dit une seule fois que tu étais désolé.

— Est-ce que cela aurait pu faire une différence ?

— Non.

— Bon, très bien. Alors, c'est un adieu.

Il l'embrassa sur la joue. Ses lèvres lui semblèrent froides.

— Bonne chance, Copper.

— À toi aussi. Sois prudent.

Ce fut tout. Elle le regarda s'éloigner dans l'allée entre les tombes, son sac marin hissé sur une épaule et Hemingway à ses côtés. Il ne lui restait même plus la moindre rancœur contre lui. Rien qu'une forme de deuil. Avec lui disparaissait une grande part d'elle-même. Comment allait-elle se débrouiller sans lui ? Sa bravoure de façade s'était évaporée depuis longtemps. Elle était au désespoir.

Une main réconfortante se posa sur son épaule.

— Vous devriez rentrer et vous reposer maintenant, lui dit Dior d'un ton affable.

Elle hocha la tête en signe d'assentiment. Alors, il la prit par le bras et, sans se faire remarquer, ils abandonnèrent l'étrange fête funèbre.

L'appartement de Dior était sujet à un froid humide persistant typiquement parisien. Le petit poêle émaillé devait être vidé et rallumé tous les matins. Copper s'était chargée de cette tâche, mais elle ne tarda pas à se retrouver à court de papier pour faire prendre le petit bois. Il ne lui restait que la liasse de magazines féminins qu'elle transportait dans sa valise, avec leurs précieux conseils pour « savoir garder son mari ».

Elle en ouvrit un au hasard et parcourut quelques lignes : « Les hommes vivent pour être flattés. Les femmes aptes à montrer qu'elles apprécient leur compagnie, leurs avis et leurs goûts, et promptes à fermer les yeux sur leurs menus défauts, parviendront à s'attacher leur époux pour la vie. »

Décidément, quelle efficacité. Elle arracha la page avec dégoût, la chiffonna et la jeta dans le poêle.

Elle tenta un nouveau coup d'œil : « Ne restez pas debout à attendre son retour à la maison. Mieux vaut se mettre au lit et faire semblant de dormir. Si vous êtes encore réveillée, faites-lui comprendre que vous vous réjouissez qu'il rentre de si bonne heure. Il vous prendra sans doute pour une sotte, mais quoi qu'il en soit, c'est inévitable. »

Une sotte ? Pour l'être, en effet, elle l'avait été. Cette page aussi disparut dans le foyer.

Un troisième texte attira son regard : « Ne vous morfondez pas et évitez de pleurer si vous êtes malade. Les femmes ne doivent jamais l'être et vous ne feriez qu'inspirer du dégoût à votre mari. »

Était-ce vraiment la sagesse à laquelle elle s'était efforcée de se plier ? Pas étonnant qu'Amory lui ait marché sur les pieds. Elle froissa rageusement les pages et les fourra sous les bûches. Les autres magazines rejoignirent le panier à bois où ils seraient utilisés à bon escient. Elle ne les lirait plus jamais. Dorénavant, qu'on se le dise, elle écrirait ses propres articles.

De belles flammes s'élevèrent et la douce chaleur du poêle commença à se propager. À présent, Dior était réveillé. Il avait le rare talent de se montrer réconfortant sans que cela paraisse. Il ne fit aucune allusion au départ d'Amory ni à son chagrin évident. Au lieu de quoi, il prépara une théière et s'assit à côté d'elle pour la dévisager pensivement, la tête penchée comme à son habitude.

Elle referma les deux mains autour de la tasse de thé fumante.

— Pourquoi me regardez-vous ainsi, Monsieur Dior ?

— Je me disais que cette robe de chambre n'était pas acceptable.

Copper s'était emmitouflée dans son peignoir de laine.

— J'admets qu'elle n'est plus toute récente.

— Une robe de chambre constitue l'un des éléments les plus importants d'une garde-robe.

— Vraiment ?

— C'est la première chose que vous enfilez tous les jours, et c'est ainsi vêtue que votre mari vous voit chaque matin.

— Je n'ai plus de mari, au cas où vous ne l'auriez pas remarqué, souligna-t-elle.

— Vous n'attirerez aucun nouveau prétendant, insista-t-il d'un ton acerbe, si dès le saut du lit vous paraissez aussi mal fagotée.

— Je ne veux pas d'autre mari. D'ailleurs, je viens de décréter que je me fichais éperdument de plaire aux hommes, merci bien.

— L'indépendance n'est pas forcément synonyme de négligence, Copper. Selon mon expérience, les femmes célibataires sont les plus intelligentes. Bon, si vous le voulez bien, j'apporterai votre robe de chambre à mes couturières demain et je leur demanderai d'y ajouter quelques volants. Et peut-être un bel ourlet de velours.

Ils furent interrompus par la sonnerie du téléphone. Après une brève conversation, Dior revint en se frottant les mains.

— Excellente nouvelle. Quelqu'un peut me procurer la soie dont nous avons besoin pour votre robe, lui dit-il. Nous irons la chercher demain.

— Monsieur Dior, vous n'êtes pas obligé de faire ça pour moi. Ce n'était qu'un coup de folie, vous savez. Je me demande bien ce qui m'est passé par la tête, en pleine guerre qui plus est. J'ai honte de moi.

— Sauf que ce n'était pas un coup de folie. Tout a un sens. Et puis, pourquoi avoir honte ? Ce sont ceux qui cherchent à détruire la beauté qui feraient mieux d'avoir honte, pas ceux d'entre nous qui ne demandent qu'à la créer. Mais je ne vous ai pas tout raconté… Nous aurons même une automobile demain. C'est le week-end. Vous rendez-vous compte ? Nous devrions rendre visite à Mme Delahaye en chemin.

L'« automobile » promise par Dior s'avéra être un véhicule pour le moins étonnant, une Simca noire antédiluvienne adaptée tout spécialement pour rouler au bois de chauffage – depuis l'Occupation, il était impossible d'obtenir de l'essence. Un dispositif en forme de poêle était monté à l'arrière, d'où partaient des tuyaux qui couraient sur toute la carrosserie pour rejoindre un réservoir situé sur le capot. Copper avait déjà vu ce genre d'engins en ville, mais ils lui semblaient pour le moins périlleux et elle était atterrée à l'idée de voyager à bord de l'un d'entre eux. Dior, en revanche, était aux anges.

— Notre propre véhicule ! Cela fait quatre ans que je ne suis pas monté dans une voiture !

À l'entendre, on aurait dit qu'il s'agissait d'une Rolls-Royce.

Copper avait apporté l'appareil photo du Fripon de la Bande. Elle immortalisa ce curieux moyen de locomotion.

— On croirait une bombe volante, comme celles que les Allemands larguent au-dessus de Londres. Êtes-vous certain que ce soit sans danger ?

— Bien sûr. Elle appartient à une bonne amie qui l'a conservée en parfait état de marche.

La Simca était rouillée et bosselée de tous côtés, et le drôle d'appareil à bois semblait avoir été fixé par un amateur. En aucun cas il ne pouvait s'agir d'un véhicule bien entretenu. Copper songea avec nostalgie à la jeep militaire qu'Amory avait emportée.

— Si vous le dites.

— Je suis tout excité, reprit Dior, rayonnant. En route.

Vêtu d'une vieille veste en tweed, d'un pantalon en velours côtelé et d'un chandail, il avait l'air d'un instituteur de campagne. Elle remarqua qu'il lui ouvrait la portière du côté conducteur.

— Vous ne conduisez pas ? demanda-t-elle.

— Moi ? Bien sûr que non. Je n'ai jamais appris. J'ai horreur de tout ce qui est mécanique. Je ne sais même pas faire de la bicyclette. J'espère que vous savez conduire, ajouta-t-il en fronçant les sourcils.

Elle se mordait nerveusement l'ongle du pouce.

— Eh bien, j'ai passé mon permis aux États-Unis, mais je n'ai jamais vraiment conduit. Uniquement la jeep, et encore, si peu. Je ne saurais même pas faire démarrer cet engin.

Elle observa l'habitacle. La banquette arrière avait été retirée, remplacée par un tas de bois.

— Du carburant à profusion, déclara fièrement Dior. Nous pouvons rouler sur cent cinquante kilomètres.

Un passant, dubitatif devant leur absence de connaissances mécaniques, mais disposé à leur prêter main-forte, leur montra comment démarrer la Simca. Pour cela, il fallait allumer le poêle à l'arrière à l'aide d'un chiffon imprégné d'huile, puis attendre que les vapeurs s'en dégagent dans un concert de crachotements et de grondements. Enfin, le moteur se réveilla en toussotant et le véhicule fut ébranlé par le mécanisme de ses anciens ressorts.

— Vous voyez ? fit Dior sur un ton triomphant. Elle est magnifique.

Le cœur au bord des lèvres, Copper enclencha la marche avant et ils partirent dans un vrombissement, laissant dans leur sillage un nuage de fumée. Elle agrippait le volant à s'en faire mal aux doigts, luttant contre l'inclination naturelle que semblait avoir le véhicule pour toutes les directions à l'exception de la bonne. Qu'adviendrait-il si tout explosait ? La Simca bringuebalait sur la route à une cinquantaine de kilomètres-heure, son pot d'échappement ponctuant le trajet par de fortes détonations désordonnées.

Leur premier arrêt était la maison de Mme Delahaye, la diseuse de bonne aventure sur laquelle Dior misait tant. Elle vivait dans un appartement du XVIe arrondissement, modeste mais coquet, qui n'avait rien d'ésotérique. La femme en question était une petite bourgeoise tirée à quatre épingles, aux yeux de fouine et aux cheveux huilés tirés en chignon, avec un collier de perles autour du cou. Malgré cela, Dior se comportait avec le plus grand respect. À l'évidence, il la prenait très au sérieux.

Il présenta Copper à la voyante, qui la dévisagea attentivement avant de hocher la tête comme pour confirmer ce qu'elle soupçonnait depuis longtemps.

— C'est la jeune femme qui vous a apporté le cadeau comme je l'avais prédit ?

— Oui, madame.

— Montrez-moi vos paumes, mademoiselle.

Copper était un peu gênée de présenter des mains crasseuses à cause de la Simca. Mme Delahaye les inspecta soigneusement et suivit le tracé de ses lignes de vie, essuyant quelques grains de suie çà et là.

— Je vois de l'argent, beaucoup d'amour, mais aussi beaucoup de problèmes. Une femme aux cheveux d'or vous maintient dans son ombre. Nous devons absolument lire vos cartes, ma chère.

Elle sortit un jeu de tarot qu'elle mélangea méthodiquement avant d'étaler les cartes sur la table cirée. Mme Delahaye les examina.

— Cette jeune dame vous portera bonheur, annonça-t-elle à Dior. Gardez-la auprès de vous.

— J'en ai bien l'intention. Va-t-elle récupérer son mari ?

Mme Delahaye avança une carte sur laquelle on pouvait voir un cavalier.

— Il voyage loin, répondit-elle sur un ton énigmatique. Il pense à elle, mais la route pour revenir est longue et il est retenu dans un buisson d'épines. Il ne retrouve pas le chemin. Elle, ajouta Mme Delahaye en désignant une femme dans un jardin sur une autre carte, elle lui tourne le dos.

Copper fit la grimace.

— Mais une main arrive de l'est, poursuivit la cartomancienne. Elle dépose une couronne sur sa tête.

— C'est tellement merveilleux, fit Dior en soupirant. Et ma Catherine ? demanda-t-il.

Une fois de plus, la voyante battit les cartes avant de les étaler. Dior la regarda avec angoisse, tandis qu'elle les étudiait.

— C'est évident, annonça-t-elle sur un ton sans appel. Votre sœur est vivante, elle est en bonne santé et elle vous reviendra sous peu.

— Vous en êtes certaine ?

— Regardez vous-même.

Mme Delahaye détacha de l'ensemble un groupe de cartes.

— C'est clair comme de l'eau de roche, Monsieur Dior. La voilà. Les cartes ne mentent jamais.

Ému aux larmes, Dior porta une main à sa bouche. Ses yeux étincelaient.

— Merci, ma chère amie, dit-il lorsqu'il se fut ressaisi. Merci mille fois !

Si Copper était touchée par l'émotion de Dior, elle doutait des motivations de la voyante. Cette femme lui donnait un espoir qu'elle ne pouvait pas garantir. Elle savait que Catherine était sa sœur bien-aimée. Sa mère était morte, et avec un frère à l'asile de fous et l'autre suicidaire excentrique, la famille de Dior se réduisait comme peau de chagrin. Bien sûr, voilà pourquoi il se raccrochait à tous les signes insensés comme les prophéties de Mme Delahaye. Que de curieuses idées et folles fantaisies trottaient dans sa tête de solide Normand.

Il y eut un bref épisode dans le petit couloir après la lecture du tarot. Mme Delahaye murmura qu'elle ne pouvait pas accepter le cadeau que Dior tenait à lui offrir et ce dernier insista pour qu'elle le prenne. Il s'agissait évidemment d'un rituel entre eux, qui se terminait invariablement par un sourire affecté de la part de Mme Delahaye au moment d'empocher son paiement en douce, les yeux modestement baissés.

Ils poursuivirent leur trajet vers l'est et sortirent de Paris en direction de Meaux. Dior était d'excellente humeur.

— À ma connaissance, elle ne s'est jamais trompée, disait-il gaîment. Pas même dans les plus infimes détails. Si elle dit que Catherine reviendra, alors je la crois. Je refuse d'écouter tous ces cyniques qui me prennent pour un naïf.

Le pot d'échappement produisit une explosion plus retentissante que les autres et Dior gloussa lorsqu'elle sursauta.

— Comme c'est amusant !

— Ce pourrait l'être si je ne conduisais pas.

Les routes étaient jalonnées d'ornières creusées par les convois de tanks successifs, bien qu'il n'y ait presque pas de circulation à présent. Les roues fines de la Simca adhéraient difficilement à la chaussée accidentée. La vieille voiture cahotait dangereusement à gauche et à droite. Par endroits, le long de la route, des panneaux indicateurs en allemand se dressaient encore, dispensant leurs précieuses informations en affreuses lettres noires. Dior baissa la vitre et prit une profonde inspiration.

— Sentez le bon air de la campagne.

Une vague d'air froid qui empestait la bouse de vache emplit l'habitacle. Elle jeta un œil vers lui. Il avait une tache de suie sur le nez et elle ne put s'empêcher de sourire. Son entrain était contagieux.

— C'est agréable de vous voir heureux.

— J'ai envie d'être heureux. Et de rendre les autres heureux. C'est l'une de mes aspirations premières dans la vie, être un marchand de bonheur. Avouez que ce n'est pas si mal !

— C'est même très bien. Est-ce pour ça que vous avez choisi la mode ? Pour rendre les gens heureux ?

— Eh bien, à vrai dire, je crois que c'est la mode qui m'a choisi plutôt que l'inverse.

Il croisa les jambes, manifestement détendu.

— De mon modeste point de vue, je vois ce qui plaît aux gens, et j'apprends à le leur donner. Les nouvelles idées sont primordiales. L'art de plaire consiste à savoir ce que les gens veulent avant même qu'ils en aient conscience. Lelong procède de la même manière depuis des décennies : il change à peine une ligne ici, une nuance là. Chacune de ses collections ressemble à peu de chose près à la précédente. Si vous lui montrez une nouveauté, il vous renvoie à la planche à dessin pour la modifier, encore et encore, jusqu'à ce que le modèle ressemble exactement à tous ceux qu'il a déjà vendus. C'est ce qui rend fou Pierre Balmain. L'art de la mode consiste à créer de nouvelles collections chaque fois, même si pour ça, il faut se creuser la cervelle.

— Pourquoi ne partez-vous pas avec Pierre pour fonder une nouvelle maison de haute couture ensemble ?

— Je préfère l'arrière-boutique, déclara Dior résolument. Je ne suis pas ambitieux comme Pierre. J'ai vu mon propre père faire faillite, et à mon tour j'ai tout perdu. Revivre ça… non, merci. Je préfère mes crayons et ma tranquillité.

Ils atteignirent un petit village tout en pierre, niché dans la campagne. Au bout d'une longue rue aux maisons dispersées se trouvait une usine du XIXe siècle, désormais abandonnée, avec des rangées de fenêtres brisées ou aux volets fermés.

— Ce doit être ici, dit Dior.

Entouré d'immenses orties, le vieux moulin décrépit était presque inabordable.

— On dirait un château de conte de fées, commenta Copper.

— Nous devons trouver le dragon.

Il coucha les herbes hautes avec son parapluie afin de se frayer un chemin jusqu'à l'entrée, où il frappa énergiquement. Enfin, la porte s'entrouvrit, révélant la moitié d'un visage de femme.

— Qui êtes-vous ?

— Des clients, répondit-il sur un ton guilleret. Pouvons-nous entrer ?

— Le moulin est fermé. Mon père est malade, au fond de son lit. Que voulez-vous ?

— Du shantung.

— Nous n'avons rien, dit la femme en s'apprêtant à refermer la porte.

Avec une détermination inattendue, Dior la poussa de nouveau.

— Attendez. Je veux seulement jeter un coup d'œil, fit-il sur un ton persuasif, avançant son long nez dans l'entrebâillement pour regarder à l'intérieur. Allons, mademoiselle. Vous n'avez rien à craindre, nous sommes des amis.

Avec réticence, la femme ouvrit la porte pour les faire entrer. Elle avait une vingtaine d'années. Copper comprit pourquoi elle était aussi méfiante. Le foulard qu'elle portait ne parvenait pas à cacher son crâne récemment tondu, ni son œil au beurre noir et la lèvre fendue, autant de maux qui lui avaient vraisemblablement été causés en même temps.

— C'est la Résistance qui vous a fait ça ? s'enquit Copper.

La femme hocha la tête, la mine sombre.

— Ils ont battu mon père.

— Comment vous appelez-vous ?

— Claudette.

— Je suis vraiment désolé, Mademoiselle Claudette, dit Dior. Nous ne vous voulons aucun mal. Et maintenant, la soie. Est-il vrai que vous en avez ?

— Les Allemands ont tout confisqué, répondit la jeune femme, encore plus renfrognée.

— Je vous paierai généreusement, dit Dior. En argent comptant. Motus et bouche cousue. Vous n'aurez aucun ennui.

Des pleurs de bébé se firent entendre quelque part dans la bâtisse. Dior pencha la tête sur le côté.

— Garçon ou fille ?

— Garçon.

— Comment s'appelle-t-il ?

— Hans, répondit-elle, laconique.

— Je suis certain que vous changerez ce prénom pour Jean d'ici peu. Vous devez avoir besoin d'affaires pour lui, n'est-ce pas ?

Il prit frénétiquement quelques notes sur son carnet de poche.

Claudette hésita un moment, son regard alternant entre les deux nouveaux venus. Le visage affable de Dior sembla la rassurer. Elle les conduisit à travers les couloirs poussiéreux jusqu'à une réserve. Les rangées d'étagères étaient presque vides à l'exception de trois rouleaux de tissu enveloppés dans du papier brun.

— C'est tout ce qu'il me reste. Il n'y a rien d'autre.

Avec avidité, Dior déballa les rouleaux. Ils recelaient plusieurs mètres de soie chinoise aux couleurs citron vert, parme et rose clair. Dans cet environnement austère et après des années de kaki, les teintes étaient étranges, comme un rappel presque douloureux d'un monde disparu. Les yeux de Dior miroitaient.

— Combien en demandez-vous ?

— Mille francs le mètre.

Dior partit d'un petit rire complaisant.

— Pour qui croyez-vous que je confectionne des robes ? Marie-Antoinette ? Cent le mètre.

Une heure plus tard, ils reprenaient la route de Paris, la voiture remplie de soie. Dior serrait avec bonheur l'étoffe chatoyante contre son cœur afin de la préserver des taches de suie. Après une âpre négociation avec Claudette, ils étaient tombés d'accord sur deux cent cinquante francs par mètre.

— C'est très certainement le dernier shantung qu'il reste en France aujourd'hui, disait-il en gloussant. C'est vous qui allez le porter.

Il enfouit son visage dans la soie comme s'il avait les bras chargés de roses, et inspira avec volupté.

— Mon Dieu, quel parfum.

— Ça ressemble à quoi ? demanda-t-elle, intriguée.

— Vous n'avez jamais senti de la soie ?

— Pas que je me souvienne, admit-elle. Je ne porte que du bon vieux coton américain.

— Tenez. Sentez !

Il lui fourra la soie sous le nez et le véhicule faillit faire une embardée.

— Que pensez-vous de ça ?

— Ça sent l'animal, dit-elle en fronçant les narines. Comme la sueur dans les cheveux d'un enfant, en quelque sorte.

— C'est la séricine, la colle naturelle produite par les vers à soie. Une substance miraculeuse. Savez-vous que cela peut interrompre les saignements, guérir les blessures et permettre de conserver une peau jeune ?

— Vous inventez.

— Pas du tout. Je connais mon métier, jeune femme. La soie est le meilleur tissu à mettre en contact avec la peau. C'est un antiseptique qui préserve contre les rides.

— Eh bien, je ne porterai plus que de la soie désormais, déclara-t-elle d'un ton solennel.

— Quelle couleur aimez-vous ?

— Vert ou lilas, je crois. Je ne me suis jamais imaginée en rose.

— Ah, ma chère Copper. Comme vous vous connaissez mal, dit-il, le visage radieux. Le temps des feuilles et des bourgeons est révolu. Vous êtes une rose. C'est le moment d'éclore.

— Les rousses ne portent pas de rose.

— Balivernes. J'ai bien l'intention de vous prouver le contraire.

— Vous êtes un vrai tyran, dit-elle avec humeur. Vous ne cessez de me demander mon avis pour prendre ensuite la décision la plus opposée.

Il rit aux éclats.

— C'est la méthode socratique, ma chère. Dites-vous qu'il s'agit d'une éducation.

Il ricanait toujours quand l'un des vieux pneus éclata, leur imposant une halte brutale.

— Et maintenant, qu'allons-nous faire ?

— Vous savez que je ne suis pas mécanicien, répondit-il avec insouciance. Il doit bien y avoir un moyen d'arranger ça, en y regardant de plus près.

Copper sortit en soupirant. Elle fit le tour de la Simca d'un pas mesuré à la recherche de la roue de secours et des outils nécessaires pour la monter. Ils étaient rangés sous le brûleur à bois. Dior la regardait par-dessus ses bras chargés de shantung. Il agita la main pour l'encourager. Espérant que sa robe parisienne en vaille la peine, elle se mit au travail et délogea la roue de secours de son compartiment. Avec un intérêt bienveillant, Dior l'observa se débattre avec le cric, qui semblait à peine assez solide pour soulever la voiture et sa charge exceptionnelle de tuyauterie et de bois de chauffage.

— Je vais devoir trouver un logement, dit-elle en ahanant, penchée sur les outils rouillés.

— Ma chère, vous êtes la bienvenue chez moi aussi longtemps que vous le voudrez.

— C'est très gentil de votre part, mais je ne peux pas abuser éternellement de votre hospitalité.

— Jusqu'à présent, vous m'avez été d'une aide inestimable. Je n'aurais jamais su faire ce que vous faites en ce moment.

— Je dois tout de même trouver un appartement. Je ne peux pas retourner rue de Rivoli.

Il acquiesça.

— C'est certain.

— Et je dois me mettre au travail. Il faut bien que je gagne ma vie.

— Laissez-moi faire, dit-il lorsqu'elle remonta en voiture une demi-heure plus tard, en piteux état après avoir changé la roue. Je vais vous trouver un logement. J'ai ma petite idée.

Le lendemain, elle apporta son article et ses photographies au centre postal et les fit expédier par avion au *Harper's Bazaar* de New York. Elle avait signé le papier de son nom de jeune fille, Oona Reilly. Si elle voulait un nouveau départ, cela semblait tout indiqué.

Copper était consciente que postuler chez *Harper's* aurait semblé trop ambitieux, voire présomptueux, pour beaucoup. Mais quitte à se lancer dans le journalisme, autant commencer directement par le haut de l'échelle et revoir ses prétentions à la baisse le cas échéant. Et puis, comme elle l'avait dit à Amory, elle savait que son article était bon.

Harper's était avant tout un magazine de mode, mais ils consacraient un certain nombre de pages à la situation des femmes en temps de guerre. Il y avait une infime chance qu'ils soient intéressés. Dans son texte, elle soutenait l'idée que la punition des « collabos » consistait bien souvent dans l'agression d'une femme sans défense par une foule d'hommes, qui la déshabillaient entièrement et lui rasaient le crâne, ou pire. Il y avait là une dimension sordide qui n'avait pas grand rapport avec la justice.

À présent, elle allait devoir guetter leur réponse. En attendant, elle devait résoudre la question du logement.

Il s'avéra que Dior lui avait dégotté un appartement spacieux dans un immeuble rococo de la place Victor Hugo. À l'extérieur, les arbres avaient perdu leur feuillage et l'air était froid, mais l'appartement offrait un chauffage minimal et même de l'eau tiède une grande partie de la journée. Il avait appartenu à un sympathisant allemand, ancien client de Christian, qui avait fui Paris à la Libération après avoir payé deux mois de loyer d'avance.

— Alors, ça vous laisse deux mois pour prendre vos marques, dit Dior avec son optimisme habituel. Tout le temps du monde.

Le loyer était bien plus élevé qu'elle ne pensait pouvoir se le permettre un jour et elle rechignait à la perspective de devoir le payer elle-même dans deux mois. Avec ses trois chambres, l'appartement était plus vaste que nécessaire, mais il lui offrait un refuge temporaire. Très pratique, indubitablement. De plus, l'appartement disposait déjà de l'excellent mobilier du collabo et d'une luxueuse collection de verrerie Lalique. Dior lui avait même trouvé une aimable bonne, Mme Chantal, pour faire le ménage chez elle deux fois par semaine. Il lui avait avancé deux mois de salaire.

Cependant, Copper n'eut pas le loisir de savourer ce nouveau luxe. Dès qu'elle eut vidé ses valises, Dior, après s'être assuré qu'elle emporte son appareil photo « hérité » de George Fritchley-Bound, l'entraîna à l'extérieur pour lui montrer un projet qui l'enthousiasmait. À sa grande surprise, ce fut au Louvre que Dior la conduisit.

Le grand musée avait été dépouillé, pillé par les nazis, et nombre de ses chefs-d'œuvre légendaires, y compris la Mona Lisa, se trouvaient toujours en Allemagne. Seul le pavillon de Marsan, consacré aux arts décoratifs, grouillait d'animation. Dior emmena Copper dans une vaste salle où des dizaines de personnes, armées de manteaux et d'écharpes contre le froid, mettaient en place une exposition. On construisait et l'on peignait diverses estrades à échelle réduite. Chaque scène représentait de célèbres parcs et boulevards parisiens, ou dans certains cas, des décors imaginaires.

Dispersés devant ces toiles de fond oniriques se dressaient des mannequins en fil de fer, de deux tiers plus petits qu'une véritable femme. Si tous arboraient le même visage paisible en céramique, ce n'étaient pas de simples poupées. Chacune portait une création de haute couture en modèle réduit : robes, manteaux, chapeaux, chaussures minuscules à talons hauts, ceintures et sacs à main.

— Certaines ont même des sous-vêtements, lui annonça Dior avec sérieux tandis qu'ils progressaient dans la salle bondée. Entièrement cousus à la main. Les couturiers ont regroupé toutes les chutes de tissu que l'on aurait jetées autrefois, pour en faire des toilettes haut de gamme.

— C'est extraordinaire, s'extasia Copper.

— Les maisons se serrent les coudes pour réaliser ce défilé… en miniature. Elles sont toutes là : Nina Ricci, Balenciaga, Schiaparelli, Rochas, Hermès. N'est-ce pas magique ?

Copper regardait les petites mains s'activer alentour.

— Il n'y a que les Français pour imaginer une chose pareille. *Magique*, c'est bien le mot.

— Ne pensez-vous pas que ça ferait un article intéressant ? demanda-t-il malicieusement. Personne n'est au courant. La presse ne s'intéresse à rien d'autre qu'à la guerre. Vous êtes la seule journaliste de mode à Paris en ce moment.

— Je ne suis même pas journaliste, alors journaliste de mode…

— Eh bien, dit-il en désignant l'appareil photo suspendu autour de son cou gracile, c'est le moment idéal pour commencer, *n'est-ce pas ?*

On eût dit qu'une ampoule venait de s'allumer dans la tête de Copper. Elle brandit son appareil et se concentra sur un groupe de jeunes gens occupés à hisser un Arc de triomphe en version de poche.

— Monsieur Dior, vous êtes un génie.

— Je sais, répondit-il en toute modestie.

Elle prit le cliché avant de faire avancer la pellicule, tout excitée.

— Si *Harper's* n'aime pas mon article précédent, ils vont adorer celui-ci.

— Exactement. Dites au monde entier ce que nous préparons, Copper. Dites-leur qu'il n'y a pas que la mort et la destruction, la tragédie et la morosité. Les gens ont besoin de se réjouir un peu.

Un jeune homme chargé d'une tour Eiffel en carton les bouscula en passant. Il salua joyeusement Dior.

— C'est Marcel Rochas, lui dit-il. Je vous le présenterai plus tard.

Le brouhaha des discussions animées, des coups de marteau, du grattement des scies et des ouvriers affairés faisait écho sur les murs austères du palais. L'illusion qu'une ville miniature prenait vie était renforcée par les nuages de fumée de cigarette et de condensation qui s'élevaient vers les hauts plafonds et restaient en suspens au-dessus des maquettes comme une tempête dans une tasse de thé. Dior l'emmena en périphérie de la scène, vers une estrade représentant un salon décoré déjà terminé. Deux costumières tout en noir étaient agenouillées sur le sol et enfilaient d'exquises tenues sur les poupées soigneusement disposées.

— C'est le projet de la Maison Lucien Lelong, lui annonça Dior. Et voici mon patron, monsieur Lelong en personne.

Le célèbre couturier était un petit homme alerte vêtu d'un costume croisé à rayures fines. Il avait le regard vif et une moustache droite impeccable. Quand Dior lui présenta Copper, il la salua par un baisemain d'une galanterie surannée.

— Bienvenue à Paris, très chère, lui dit-il.

Son regard expert la détailla en un instant.

— Vous êtes journaliste ? Pour quelle revue, si je puis me permettre ?

— Je travaille pour *Harper's Bazaar*, déclara-t-elle avec audace.

— Excellent. J'espère vous voir dans mon salon très bientôt, susurra-t-il en ajustant sa moustache bien taillée.

Il lui tendit sa carte de visite.

— Je crois que nous pouvons prouver à vos lecteurs que, tout compte fait, la mode parisienne n'a pas dit son dernier mot.

— Ce que vous avez mis en place est exceptionnel, fit-elle en se baissant pour observer les figurines. Quelles adorables petites robes du soir !

— M. Dior est le grand talent de notre maison, déclara Lelong en posant une main sur l'épaule du créateur.

Copper vit Dior rougir.

— Vous êtes trop aimable, Maître, murmura-t-il.

À mi-voix, il entreprit d'expliquer ses modèles à Copper. Il y avait des robes de soirée en soie chatoyante ainsi que d'adorables petites robes à pois. Du bout de ses doigts replets, mais délicats, il parcourait soigneusement les créations lilliputiennes afin de lui montrer le souci du détail : des chaussures cousues à la main, de véritables boutons et de minuscules fermetures à glissière ; des ceintures à boucles, des sacs à main contenant des poudriers de poupée et des mouchoirs ourlés de dentelle. Sous les jupons, on retrouvait des combinaisons et des caracos qui semblaient brodés par des fées.

Il attira son attention sur les jolies boucles dans les petites oreilles en céramique ainsi que le jonc à l'un des poignets.

— Or et diamant. Conçu spécialement pour nous par Cartier.

Malgré sa timidité, Dior parlait de ses créations avec une assurance sereine. Si l'autorité de Lelong lui venait de son statut de propriétaire, celle de Dior relevait de l'intime conviction de l'artiste conscient de la valeur de son travail.

Lelong conservait une attitude de patron, une main dans la poche de sa veste et une cigarette au bec. Il avait été officier pendant la Grande Guerre, et des années à la tête de la mode parisienne n'avaient pas effacé son port militaire. Copper trouvait le contraste saisissant entre sa rigidité martiale et la douceur de Dior, mais à l'évidence, Lelong reconnaissait les qualités de son employé.

Attentive à ce que lui disait Dior, elle couchait tout sur le papier. Elle prit également plusieurs photographies en s'efforçant de les cadrer du mieux possible. Elle devait prendre sa nouvelle carrière très au sérieux tout en affectant l'assurance d'une professionnelle sûre d'elle et confiante en ses compétences.

De retour chez elle, place Victor Hugo, assise devant la machine à écrire de George, elle s'attela à une autre tâche : les explications délicates qu'elle devait donner à sa famille, sans parler de celle d'Amory, quant à sa décision de le quitter – même si, d'un point de vue technique, c'était lui qui était parti. Quoi qu'il en soit, ils s'étaient séparés en pleine guerre, accomplissant ainsi les sinistres prédictions que leurs deux familles avaient formulées au sujet de leur union. Après réflexion, elle écrivit deux lettres : la première, succincte, au père d'Amory, et la seconde, bien plus longue et détaillée, à l'adresse de son propre frère aîné.

Une fois qu'elle eut terminé, elle relut attentivement les deux lettres. Leur envoi représenterait un pas de plus sur la voie de leur séparation. Lorsqu'elles seraient expédiées, ils ne pourraient plus revenir en arrière. Au pays, la débâcle de leur mariage serait révélée au grand jour. Tout le monde saurait. Après cela, recoller les morceaux – bien qu'elle n'ait aucune intention de le faire – s'avérerait encore plus difficile, sinon impossible.

Pourtant, si elle voulait concrétiser les choses, c'était une étape incontournable.

Elle cacheta les deux lettres dans les enveloppes prioritaires de l'armée américaine qu'on leur avait remises et les déposa sur le guéridon de l'entrée. Puis elle retourna à la machine à écrire de George, *sa* machine désormais, afin de rédiger son article.

Cinq

Elle se mit tout de suite à écrire. Le sujet l'inspirait. Son expérience sous le nom de plume de George lui était profitable. Elle savait tourner des phrases courtes et dynamiques, et brosser un portrait vivant des personnages excentriques et hauts en couleur du monde de la mode parisienne. L'intérêt pour l'humain était la clé d'un journalisme réussi. Après un ou deux jours de travail, le résultat n'était pas mauvais. Mieux encore, il ne manquait pas de professionnalisme.

La seule ombre au tableau, c'étaient les clichés qu'elle avait pris. Les tirages que lui avait renvoyés le laboratoire présentaient des scènes d'intérieur bien trop obscures. Si elle voulait prendre d'autres photos d'intérieur, elle allait devoir investir dans un flash, ce que George n'avait jamais jugé bon de faire, étant donné que la majeure partie des événements qu'il couvrait avaient lieu en plein jour. Voilà qui signifiait des dépenses supplémentaires. Il y avait un beau portrait de Christian Dior, mais les photos des poupées étaient inexploitables. Elle en prendrait d'autres lors de ses prochaines visites, une fois qu'elle se serait procuré l'équipement adéquat.

Un saut aux étals de brocante qui florissaient sur les berges de la Seine tous les après-midi lui suffit pour trouver ce qu'elle cherchait. Le matériel photographique était rare, car les nazis avaient tout confisqué durant l'Occupation, mais à présent qu'ils étaient partis, toutes sortes de pièces dépareillées ressortaient de leurs cachettes. Un vieil homme vendait une collection d'appareils d'avant-guerre et d'accessoires, étalés sur une table branlante. Dans le lot, elle découvrit un flash en aluminium cabossé qui pouvait être synchronisé avec un appareil ; ou du moins, ce fut ce qu'elle déduisit du manuel d'utilisation à demi effacé et imprimé dans une langue étrangère – en tchèque, peut-être. Au moins, il y avait des diagrammes. Le vieil homme lui assura que le dispositif fonctionnait. Encore mieux, il avait une boîte d'ampoules au magnésium conformes à celles que la lampe exigeait. Elle marchanda âprement pour l'ensemble et finit par les obtenir à un prix qu'elle jugea tout de même exorbitant.

— Attention aux ampoules, beauté, l'avertit le vieux monsieur en emballant l'équipement volumineux dans une boîte en carton. Il arrive qu'elles mettent le feu aux objets.

Si cette nouvelle la refroidissait, elle n'en était pas moins ravie de s'entendre qualifier de beauté. Elle avait posté ses lettres pour l'Amérique le matin même et elle y vit un bon présage.

Elle rapporta ses trouvailles à l'appartement et s'attacha à comprendre comment fixer l'instrument au Rolleiflex. C'était une véritable énigme et les instructions en tchèque ne lui étaient d'aucun secours. Quoi qu'elle fasse, elle ne parvenait jamais à déclencher l'ampoule. Peut-être le vieil homme l'avait-il arnaquée en lui vendant du matériel hors d'usage.

Alors qu'clle se grattait la tête pour résoudre le mystère, on frappa à sa porte. Elle l'ouvrit pour découvrir une jeune femme sur le seuil. Copper la reconnut instantanément. C'était la brune à forte poitrine avec qui Amory s'était éclipsé le soir où George était mort. Elles se dévisagèrent pendant un moment.

— Il est parti, déclara sèchement Copper avant de lui claquer la porte au nez.

Du moins, elle essaya, mais la femme avait passé un pied dans l'embrasure. Comme sa chaussure n'était pas très solide, un douloureux bruit sourd retentit dans le couloir.

— Aïe ! s'écria la brune, qui sautillait sur une jambe en agrippant ses orteils blessés. Bon Dieu, vous étiez obligée de faire ça ?

— Vous n'auriez pas dû caler votre pied dans la porte, répliqua Copper. Il n'est pas ici, alors du balai, ma vieille.

— Je ne le cherche pas, dit la femme en reposant son pied au sol dans une tentative timide. Bon débarras, si vous voulez mon avis.

— Je ne vous l'ai pas demandé, s'exclama méchamment Copper.

— C'était un mauvais numéro. Vous avez bien fait de le flanquer à la porte.

— Je ne vais certainement pas vous remercier de m'avoir débarrassée de mon mari.

— Je n'ai pas ce mérite, répondit l'autre avec un fort accent cockney. Je crois que vous m'avez cassé le pied.

— Je l'espère bien, fit Copper avec satisfaction. Que voulez-vous ?

— J'ai besoin d'un endroit où crécher.

Ce ne fut qu'à ce moment-là que Copper aperçut une valise dans le couloir. Elle était sidérée.

— Vous me demandez sérieusement de vous accueillir chez moi ? fit-elle dans un souffle. Quel toupet.

À son plus grand dégoût, l'autre femme éclata en sanglots en pressant un mouchoir sur son visage.

— On m'a jetée dehors, fit-elle en sanglotant. Je n'ai nulle part où aller.

— Pas ici, en tout cas, répondit sèchement Copper.

— Je ne serais jamais venue vous voir si je n'étais pas désespérée.

Elle renifla en essuyant son nez rougi.

— Ça fait des heures que je marche, ajouta-t-elle avant de déglutir. Je peux au moins entrer pour boire un verre d'eau ? Et me reposer un moment ?

Copper était agacée.

— Prenez un verre d'eau, et ensuite passez votre chemin. Je ne veux même pas vous regarder.

Elle avait à peine terminé sa phrase que la petite brune entrait déjà d'un pas claudicant dans l'appartement, portant à bout de bras sa valise couverte de vignettes d'hôtels huppés. Elle se laissa tomber sur un fauteuil et étira ses jambes gracieuses.

— Vous n'iriez pas jusqu'à me faire une tasse de thé, par hasard ?

— Vous ne manquez pas d'air.

— Ce n'est jamais qu'un verre d'eau, répondit l'autre femme en tentant de négocier, sauf qu'elle est chaude et agrémentée de quelques feuilles de thé.

— Je sais très bien ce qu'est une tasse de thé. Et je n'en bois pas. Je suis américaine. C'est du café que nous buvons.

Copper entra dans la cuisine et remplit un verre au robinet.

— Ce n'est pas un restaurant.

— Oh, Dieu soit loué.

La nouvelle venue avala d'un trait le contenu du verre sans prendre le temps de respirer.

— J'en avais besoin.

De près, cette femme était un joli bonbon rebondi avec une bouche en bouton, un teint rose et blanc à l'anglaise et des yeux d'un bleu vif qui, curieusement, ne présentaient plus la moindre trace de larmes, bien que ses cils noirs soient encore humides, juste ce qu'il fallait. Consciente d'être observée à la loupe, la femme se redressa sur le fauteuil et bomba son opulente poitrine comme une tourterelle.

— On vous appelle Copper, c'est bien ça ? C'est amusant, parce qu'on me surnomme Pearl.

— Qu'y a-t-il d'amusant ?

Pearl afficha un sourire enjoué, dévoilant ses jolies dents.

— Vous savez, Copper et Pearl. Cuivre et perle.

— Je ne vois absolument pas où vous voulez en venir.

— On dirait une sorte de bijou, n'est-ce pas ?

— Non, pas du tout. Comment avez-vous su où me trouver ?

— J'ai entendu dire à *La Vie Parisienne* que votre monsieur Dior vous avait déniché cet appartement. Écoutez, je dois vous dire quelque chose.

Elle prit une inspiration.

— Je suis désolée d'être sortie avec votre mari ce soir-là. Sincèrement désolée. J'ai eu tort. Je pourrais dire que j'ignorais que vous étiez sa femme, mais ce serait un peu gros, pas vrai ? Enfin, quoi, vous étiez là tout du long…

— Oui, répondit froidement Copper. J'étais là tout du long.

— Mais c'est un très bel homme, n'est-ce pas ? Et tellement charmeur. C'est vrai, combien d'hommes connaissez-vous qui sachent réellement vous faire rire ?

— Un seul et unique.

La mine maussade de Copper fit perdre à Pearl son sourire.

— Écoute, frangine… commença-t-elle.

— Pas de familiarités avec moi.

— Il m'a clairement fait comprendre que ce n'était pas la première fois. Que c'était arrivé souvent et que tu t'en fichais.

— Je ne m'en fichais pas.

— Maintenant, je le sais. Bon, très bien.

Abandonnant l'idée de s'expliquer, Pearl retroussa les manches de sa veste.

— Voilà ce que ça m'aura valu.

Violacées sur sa chair blanche potelée, des empreintes de doigts traduisaient l'expression d'un homme violent.

— Qui vous a fait ça ? s'exclama Copper, atterrée.

— Mon vieux. Et ce n'est pas tout. Ailleurs aussi.

— C'est votre *père* qui vous a infligé ça ?

— Non, ma chérie. Là d'où je viens, le vieux, c'est le mari. Enfin, on ne peut pas dire que Petrus soit exactement ce qu'on appelle un mari, si ? Disons que c'est plutôt un directeur commercial. Un ami de baise.

— Je suis désolée pour vous, mais ce sont vos affaires et…

— Et s'il me trouve en revenant ce soir, j'y aurai droit. D'ailleurs, cette fois, il me tranchera sûrement la gorge.

Copper tressaillit.

— Vous plaisantez ?

— Pas du tout, frangine. Il a un couteau long comme ça.

Pearl écarta les mains.

— Je sais qu'il a tué deux hommes. Il n'hésiterait pas à me tuer et à me jeter dans le fleuve.

— Vous devez vous rendre à la police.

— Oui, et m'attirer des ennuis. Non, merci. C'est charmant ici, pas vrai ? fit Pearl en regardant autour d'elle. Vous êtes bien installée. Et quel goût !

— C'était meublé, dit Copper, réticente à s'attribuer le mérite de l'appartement.

— Vraiment ? Mon Dieu ! Tu as tiré le gros lot avec ton monsieur Dior. C'est drôle, je l'ai toujours pris pour une pédale.

— Ce n'est pas ce que vous croyez.

Les yeux d'un bleu de Chine s'ouvrirent en grand.

— Tu vas me dire qu'il ne paye pas le loyer, peut-être ?

— Il est temps que vous partiez, répondit sèchement Copper.

Pearl tira sur son décolleté pour dévoiler plus de poitrine, geste dont elle avait manifestement pris l'habitude chaque fois qu'elle voulait se montrer plus convaincante.

— Cet appartement est bien trop grand pour une seule femme. J'ai de l'argent.

Elle sortit de son soutien-gorge un épais rouleau de billets de banque.

— Tu vois ?

— S'il vous plaît, laissez votre poitrine tranquille.

— J'économise depuis des plombes. Je savais que je devrais quitter Petrus tôt ou tard et m'enfuir avant qu'il me tue.

Elle ajouta en agitant son pécule :

— Tu vas en avoir besoin, à moins que ton vieux à toi t'ait laissé un tas de fric.

Copper ouvrit la bouche pour répliquer, mais les mots lui manquaient. Il lui restait moins de deux mois avant de devoir commencer à s'acquitter du loyer, et après les dépenses du jour, son bas de laine avait encore diminué. L'aspect financier de cette proposition n'était pas négligeable.

— D'une oreille à l'autre, dit Pearl d'un ton glaçant. Il dit qu'il faut entièrement trancher la jugulaire et la trachée pour un meilleur résultat. Il l'a déjà fait.

— Arrêtez.

— Il dit que la tête se détache presque. Et le sang jaillit comme une fontaine.

— Ne soyez pas grossière. Ce chantage ne fonctionnera pas avec moi.

— Je ne cherche pas la charité, reprit la brune. Ce n'est qu'un accord purement économique. Et puis, on a des points communs. On va bien s'entendre, toutes les deux.

— Que pourrions-nous bien avoir en commun ?

— On est toutes les deux tombées sur des fumiers, dit Pearl en guise de réponse.

— À la différence que vous avez eu votre fumier *et* mon fumier.

— Je te laisse le mien, mais ce n'est pas un cadeau.

Pearl se leva et examina le matériel photographique étalé sur la table.

— Tu es journaliste, c'est ça ? Tu as tout l'équipement, à ce que je vois.

— Ne touchez à rien, ordonna Copper.

— Je poserai pour toi, si tu veux. C'est ce que je suis, au départ. Un modèle photo. Artistique, bien sûr. Rien de vulgaire.

— Le contraire m'aurait étonné.

— C'est comme ça que j'ai rencontré Petrus. Par la photo artistique. C'est un éditeur.

— Tiens donc… Et je suppose que les hommes qu'il a tués étaient ses rivaux dans le monde de l'édition ?

— Oui, comment tu le sais ? demanda Pearl, surprise.

— Une intuition.

Pearl lissa ses boucles brillantes.

— Je suis son modèle favori.

Copper pouffa avant d'avoir une idée :

— Connaissez-vous un peu les appareils photo ?

— Bien sûr. Je sais développer une pellicule. Un jeu d'enfants.

— Sauriez-vous faire fonctionner ce flash ?

Pearl inspecta le matériel.

— Tu dois d'abord insérer la batterie, puis brancher ce machin dans cette prise. Ensuite, il faut visser ce crochet sous l'appareil.

Avec une habileté déconcertante, Pearl assembla tous les éléments. Le dôme en aluminium bosselé du flash paraissait imposant, ainsi attaché sur le côté de l'appareil. L'ensemble avait pris une apparence très professionnelle.

— Tiens, dit Pearl en lui tendant l'appareil photo. Essaie-le.

Elle fit ressortir sa poitrine pigeonnante et prit une pose aguicheuse. À l'évidence, sa petite bouche était capable de s'étirer suffisamment pour révéler l'intégralité de ses dents blanches. Elle écarquilla ses grands yeux bleus comme un enfant émerveillé devant un gâteau d'anniversaire.

Copper braqua le Rolleiflex. Elle se rappela l'avertissement du vieil homme à propos des ampoules susceptibles de « mettre le feu aux objets ». Avec un peu de chance, en déclenchant l'obturateur, elle mettrait le feu à cette insupportable Angliche et la réduirait en cendres, se débarrassant ainsi de sa présence indésirable. Elle appuya sur le bouton de l'obturateur.

Une détonation retentit et un flash aveuglant illumina Pearl et toute la pièce derrière elle. Des volutes de fumée à l'odeur métallique montèrent vers le plafond.

— Et voilà, dit Pearl en ajustant sa robe, reprenant une posture normale. Ça fonctionne parfaitement. Tu es parée. Attends ! N'y touche pas.

Il était trop tard. Dans un élan d'enthousiasme, Copper avait essayé de retirer l'ampoule grillée afin de l'examiner. Elle était brûlante et la jeune femme poussa un cri avant de se précipiter dans la cuisine pour passer sous l'eau froide ses doigts où des cloques se formaient déjà. Tout en trépignant de douleur, elle entendit Pearl s'exclamer :

— Ça alors, cet appart est immense !

L'Anglaise des bas quartiers avait profité de son absence pour explorer les lieux.

— Qu'est-ce que vous faites ? Revenez ici.

— Oh, j'adore cette chambre. Petitc, mais aux proportions idéales. Comme moi. Je la prends.

— Non, hors de question ! Bon sang…

Copper sortit en trombe de la cuisine. Pearl avait déjà hissé sa valise sur le lit, dans la chambre voisine de la sienne. Les verrous s'ouvrirent dans un déclic.

— Sortez tout de suite.

— Sois raisonnable, frangine, fit Pearl en soupirant.

— Ne m'appelez pas frangine. Et ne me forcez pas à vous flanquer dehors par la force.

— Tu n'oserais pas.

— Je suis plus costaude que vous, insista Copper d'un air entendu. J'ai grandi avec quatre frères. Trois d'entre eux sont devenus pompiers et le cadet dirigeant syndical.

— Mais qu'attends-tu de moi ? demanda Pearl d'une voix plaintive. Je t'ai dit que j'étais désolée pour ton vieux, pas vrai ? J'ai bricolé ton appareil photo. Je prends la plus petite chambre et je paye quand même la moitié du loyer. Qu'est-ce que tu veux de plus ?

Elle se mit à sangloter et se sécha les yeux à l'aide de son mouchoir.

— Ce n'est pas en pleurant comme une Madeleine que vous arriverez à vos fins. Dehors !

Les larmes de Pearl se tarirent instantanément, comme si elle avait tourné un robinet.

— Je vais te dire ce que je vais faire, répondit-elle en retrouvant son rouleau de billets qu'elle tendit à Copper. Tiens. Prends-les.

— Je n'en veux pas.

— Tu as trois mois de loyer d'avance rien qu'avec ça, et bien assez pour acheter des provisions. Tu conserveras le reste pour moi. Garde-le. Moi, de toute façon, je dilapiderais tout en cinq sec. Ne me dis pas que tu n'as pas besoin d'argent, ajouta-t-elle avec perspicacité. Il t'a laissée sans le sou, pas vrai ?

Frustrée, Copper considéra les billets. Il était encore plus difficile de se débarrasser de cette femme que d'un chat errant. En même temps, la liasse dans sa main lui faisait tout drôle. De l'argent liquide. Elle referma les doigts autour du rouleau.

— Tu as intérêt à bien te tenir, dit-elle en serrant les dents. Pas d'entourloupes, sinon je te jure que je te fiche dehors. Et par la fenêtre, pas la porte !

— Oh, Dieu soit loué.

Pendant un instant, Pearl sembla sur le point de se jeter à son cou, mais elle se ravisa devant sa mine dissuasive.

— On va devenir comme cul et chemise, toutes les deux.

— Nous n'allons pas devenir comme cul et chemise. C'est mon appartement et tu es ma locataire. Mets-toi bien ça dans le crâne. C'est moi qui commande ici.

— D'accord, frangine.

— Je ne suis ni ta frangine, ni ta poule, ni le cul ni la chemise, ni aucune autre formule d'argot.

— C'est noté, je t'appellerai Fil de Cuivre.

Pearl ouvrit sa valise et en sortit toute une ribambelle de sous-vêtements affriolants de couleur vive.

— Si on se la buvait, maintenant, cette tasse de thé ?

Copper ne daigna même pas lui répondre. Elle retourna dans la cuisine pour soigner sa blessure.

Armée de son flash, Copper se rendit au pavillon de Marsan où les préparatifs allaient bon train dans un rythme encore plus effréné. Cette fois, elle mit beaucoup d'application dans ses photographies, consciente que chaque cliché grillait l'une de ses précieuses ampoules – et Dieu seul savait si elle pourrait s'en procurer d'autres. À sa masse de cheveux frisés poivre et sel, on reconnaissait aisément le surréaliste Jean Cocteau, assis sur une chaise en toile comme en ont les réalisateurs de cinéma. Sur une chaise haute similaire, à côté de lui, se tenait son amie Suzy Solidor, vêtue d'un pantalon de costume améthyste.

En voyant Copper, Suzy se laissa glisser au bas de la chaise et s'approcha d'un pas vif. On aurait dit une loutre, ou un autre animal tout aussi souple, quittant la berge pour se couler dans la rivière à la poursuite d'un poisson savoureux.

— Chérie, dit-elle à Copper en lui déposant un baiser langoureux sur chaque joue. Quel plaisir de te revoir. J'ai tant pensé à toi. Comment vas-tu ?

— Ça va, répondit Copper en essayant de se dérober.

Mais un bras souple s'était enroulé autour de sa taille et elle était prise au piège.

— Je te prépare une chambre chez moi. La plus coquette et la plus mignonne des chambres que tu puisses imaginer. Tu vas adorer.

— Oh, merci. Mais je viens de…

— Tu ne peux tout de même pas rester avec ce cher vieux Christian, ma belle. Il est ennuyeux à mourir.

Les yeux de la Française, d'un brun chatoyant, semblaient vouloir attirer Copper dans leurs abysses.

— Nous allons tellement nous amuser ensemble, je te le garantis.

— C'est vraiment gentil, répondit Copper sans conviction, mais j'allais justement vous dire que je ne suis plus chez M. Dior. Il m'a trouvé un adorable appartement sur la place Victor Hugo.

Les sourcils épais de Suzy se rejoignirent sur son front.

— Annule.

— Mais c'est impossible, j'ai déjà emménagé.

— Déménage.

— J'ai une colocataire.

— Quel dommage, fit Suzy, amèrement déçue. Tu jettes ton argent par les fenêtres. Tu serais tellement bien avec moi. J'aurais aimé que cet imbécile de Dior me consulte avant.

Copper avait un autre avis sur la question. Si elle s'installait chez Suzy, elle courrait le même risque qu'une souris prenant ses quartiers dans l'oreille d'un chat. Évidemment, elle se garda de lui en faire part.

— C'est l'homme le plus prévenant du monde. Si vous saviez combien il m'a aidée ces dernières semaines.

— C'est vrai, je te l'accorde, il est gentil. Mais il manque totalement de charisme.

— Oh, moi, je le trouve fabuleux. Tellement doux, un vrai gentleman.

Le bras de Suzy, d'une force étonnante, empêchait toujours Copper de s'échapper. La chanteuse la dévisageait avec une intensité alarmante.

— Dieu, comme tu es exquise. Ces cheveux. Cette peau. La lignée irlandaise, naturellement. Tu es une princesse de légende celte. Moi aussi, je suis celte, tu le savais ?

— Euh, non.

— Eh oui. Je suis née à Saint-Servan, en Bretagne. On aurait presque pu rejoindre l'Irlande à la nage depuis le pas de ma porte. Nous sommes du même sang, toi et moi.

Elle sourit, révélant une rangée de dents impeccables. Il y avait quelque chose de charmant chez Suzy Solidor. Son jeu de séduction était excessif, certes, mais efficace à coup sûr. Pourvu qu'elles aient le même penchant, elle devait obtenir tout ce qu'elle voulait des femmes sur lesquelles elle jetait son dévolu.

— Viens à mon night-club ce soir. Je t'attendrai.

— Eh bien, j'essaierai de venir, mais j'ai un article à écrire et…

— Écoute-moi, chérie, l'interrompit Suzy. Je peux faire beaucoup de choses pour toi. Je peux te présenter aux bonnes personnes, t'indiquer les bons endroits, les bonnes tenues à porter. Je peux tout t'apprendre. Si tu en as envie, bien sûr. Viens ce soir. Tu ne le regretteras pas.

— D'accord, dit enfin Copper, cédant à ses flatteries. Je passerai.

Suzy s'en réjouit.

— Excellent. Maintenant, viens rencontrer Cocteau.

Elle conduisit Copper vers la haute chaise en toile où le célèbre réalisateur était perché.

— Jean, il faut que je te présente Copper. Elle est journaliste.

— Journaliste ? répéta Cocteau. Je vous prenais pour la femme de ce beau jeune homme américain.

— Je couvre l'exposition pour *Harper's Bazaar*, avança Copper avec audace.

Le visage émacié et hagard de Cocteau s'illumina.

— *Vraiment ?* fit-il en sautant de sa chaise pour lui serrer la main. *Harper's Bazaar* s'intéresse à notre exposition ?

— Beaucoup, répondit effrontément Copper. Consentiriez-vous à nous accorder une photo, Monsieur Cocteau ?

— Je peux bien prendre une minute, dit-il avec amabilité.

Il écarta quelques mèches laineuses de son front. Le nom du grand magazine de mode exerçait déjà un effet magique. Elle espérait de tout cœur recevoir une réponse de leur part. Cocteau eut un mouvement de recul lorsque le flash tchécoslovaque se déclencha. Décidément, c'était une lumière très puissante.

Copper poussa un cri de joie en voyant Christian arriver, le teint frais et élégant dans son pardessus immaculé.

— Monsieur Dior !

— Je crois, déclara-t-il sur un ton solennel en acceptant son baiser, qu'il est grand temps que vous m'appeliez par mon prénom et que nous nous tutoyions. Mes amis m'appellent Tian. Quelle est donc cette épouvantable machine que tu braques sur tout le monde ?

— Le flash éblouit un peu, je l'admets, dit-elle.

— Je crains que tes sujets ne paraissent tous hallucinés, dit-il. Mais il existe peut-être un moyen de maîtriser ton éclairage pour un meilleur effet. Suis-moi.

Il la conduisit à l'étage, sur le balcon surplombant la salle. Comme il l'avait prédit, les ampoules étaient capables d'illuminer presque l'intégralité de la galerie, ce qui lui permit de prendre quelques beaux clichés aériens de la foule animée en contrebas.

— Ça donnera une bien meilleure idée de l'échelle, dit-elle. Merci, Tian. Tu es un homme brillant.

— Comment trouves-tu ton nouvel appartement ? s'enquit-il. Es-tu bien installée ?

— Figure-toi que j'ai trouvé une colocataire.

Elle lui raconta l'arrivée en fanfare de Pearl et de sa valise couverte de vignettes d'hôtels.

Dior arqua les sourcils.

— Tu l'as acceptée chez toi ? Après ce qui s'est passé ? Ma chère Copper, était-ce bien raisonnable ?

— Non, sans doute pas.

— C'est la première fois que j'entends parler d'une épouse bafouée qui offre le gîte à la maîtresse de son mari.

— C'est inédit pour moi aussi, admit Copper. Je me demande toujours comment elle m'a retrouvée. Sais-tu quelque chose à son sujet ? Elle m'a dit que son petit ami était éditeur.

— Elle a dit ça ? Il est éditeur en quelque sorte, j'imagine. Il publie ses collections de photos dans des enveloppes jaunes cachetées vendues sous le manteau, au coin des rues, par de jeunes hommes qui prennent leurs jambes à leur cou dès que les gendarmes pointent le bout de leur nez.

— Tu plaisantes. Ne me dis pas que Pearl figure sur ces photos.

— Je n'en ai jamais regardé de très près, répondit Dior avec tact, mais je crains que ce soit le cas.

— Oh, pour l'amour du miel.

— « Du miel » ? demanda Dior, intrigué.

— C'est une substitution.

— *Comment ?*

— À l'école de bonnes sœurs que je fréquentais, à Brooklyn, on risquait l'expulsion au moindre juron. Alors, nous avons trouvé des parades. *Pour l'amour du fiel*, ou encore juste *miel*. Ça ne m'a pas évité d'être renvoyée. Mais peu importe… Tu me dis que j'habite avec une femme qui pose sur des cartes postales obscènes ?

— Il faut bien gagner sa croûte. Et puis, ça pourrait être éducatif.

— J'ai été mariée. Je n'ai pas besoin d'éducation sexuelle.

— Peut-être pas, mais tu as besoin d'argent.

— Je n'ai pas un tel besoin d'argent, répondit Copper avec détermination.

Lorsqu'elle rentra chez elle, elle était bien décidée à dire deux mots à Pearl. Comme si ce n'était pas déjà assez grave qu'elle ait été la goutte d'eau qui avait fait déborder le vase de son mariage ! La dernière chose qu'elle voulait, c'était d'être mêlée de près ou de loin avec une femme à la réputation aussi douteuse. Si Pearl posait pour des photos de charme, comment savoir ce dont elle était capable ? Et quelle sorte de gens elle inviterait à l'appartement ?

Elle retrouva Pearl pelotonnée sous une pile de couvertures, les yeux et le nez humides.

— Que t'arrive-t-il ? demanda-t-elle d'un air suspicieux.

— Rien qu'un sale rhume, répondit Pearl, la voix enrouée. Ça ira mieux demain.

— Je dois te parler.

— Je veux bien faire un brin de causette, dit-elle avec un sourire laborieux.

Copper se rendit dans la salle de bains pour découvrir qu'elle avait été transformée en ce que ses frères auraient qualifié de buanderie de putain. Pearl avait lavé ses sous-vêtements bariolés et les avait suspendus un peu partout, sur des cordes à linge improvisées. Une paire de bas verts gouttait au-dessus du lavabo et elle dut esquiver d'innommables petites choses à volants encore humides pour atteindre les toilettes.

Quand elle réapparut, Pearl s'était enfoncée encore plus profondément dans son nid duveteux. Elle était saisie de violents frissons. Copper la soupçonnait fortement d'avoir mis en scène toute cette comédie pour désamorcer le conflit.

— J'aimerais savoir précisément ce que tu fais dans la vie.

Pearl claquait des dents.

— Quelle importance ? demanda-t-elle avec lassitude.

— C'est très important. Je dois savoir ce que tu fais pour être capable de me payer ta part.

— Eh bien, je pourrais te poser la même question, tu ne crois pas ?

— Écoute, reprit Copper en optant pour la franchise. J'ai entendu des rumeurs sur ton compte. À propos de ce que tu fais.

— Et tu veux savoir si c'est vrai, dit Pearl en essuyant la sueur sur son visage. Très bien. Autant te le montrer directement.

Elle émergea des couvertures, disparut dans sa chambre et en revint avec une liasse de photographies dans un portfolio en cuir.

— Voilà.

Le portfolio avait pour titre *Pearl, la reine des cannibales*, dans une écriture ronde à bouclettes. Les clichés représentaient une fausse jungle et mettaient en scène Pearl et un homme noir de forte carrure.

Copper avait dit à Christian Dior qu'elle n'avait pas besoin d'éducation sexuelle, mais ces photographies la laissaient sans voix. Le corps pulpeux et lumineux de la jeune femme était montré dans toutes les positions sexuelles possibles et imaginables.

Pearl s'enfouit à nouveau dans son cocon, le visage trempé de sueur.

— J'ai dû faire certaines choses pour m'en sortir. Sans ça, je n'aurais pas survécu.

— Tu aurais pu récurer des toilettes avant de te résoudre à cela.

— J'ai récuré des toilettes. Un paquet, figure-toi. Mais j'ai décidé que j'aimais mieux faire des cartes postales cochonnes plutôt que de nettoyer des toilettes. Je suis comme ça. Je ne suis pas le genre de fille à récurer des chiottes. Par contre, je suis du genre à manger trois bons repas par jour, alors j'ai fait en sorte de pouvoir me les payer. Sinon, j'aurais vite dépéri.

Copper lâcha le portfolio.

— Je ne pense pas que nous puissions nous entendre, toutes les deux.

— Je ne suis pas fière de ce que j'ai fait, dit Pearl d'une voix presque inaudible. Tu as peut-être raison, j'aurais dû persévérer dans le récurage de toilettes, mais sur le moment, ça m'a paru une bonne idée. Petrus m'a laissée croire que ce serait glamour et amusant. Et puis, il a fait en sorte que je n'aie pas toute ma tête au moment de prendre ces photos.

— Que veux-tu dire ?

— Gin, haschich, cocaïne, morphine et j'en passe.

— Ça non plus, tu n'étais pas obligée de le faire.

— Tu ne connais pas Petrus. Ce n'est pas facile de lui refuser quelque chose. Je devais m'enfuir, Copper. Il me mettait à l'aiguille.

— L'aiguille ?

— La cocaïne. Quand tu commences à t'en injecter, tu es accro pour la vie. Heureusement qu'il fait froid, parce que je n'ai pas pu porter de chaussures ouvertes pendant un moment.

Elle sortit un pied de sous les couvertures pour le montrer à Copper.

— Il utilisait ces veines-là, parce qu'il ne voulait pas que les traces d'aiguille se remarquent sur les photos.

Copper se laissa tomber lourdement sur l'accoudoir d'un fauteuil.

— Sainte Mère de Dieu.

Pearl contempla son pied délicat, marqué par une vilaine ligne rouge autour des orteils.

— Je serai malade pendant une semaine, le temps de me sevrer de tout ça, mais je tiens bon. C'est lui sur les photos. On ne voit pas son visage, mais on peut voir tous les endroits stratégiques. Ça ne m'a pas semblé si terrible. On se photographiait en train de prendre du bon temps, c'est tout. Mais quand il m'a fait commencer l'aiguille, il s'est mis à vouloir me présenter d'autres hommes. Tu saisis ? Des *amis* à lui, soi-disant. Tu vois où je veux en venir, pas vrai ?

— J'ai besoin de boire un coup.

Copper rejoignit le buffet, où l'ancien collabo avait laissé quelques bouteilles d'alcool à moitié pleines. Elle remplit deux verres de cognac pur.

— Comme je te raconte l'histoire de ma vie, poursuivit Pearl, j'aime autant te prévenir que j'ai besoin d'un boulot. Cet argent que je t'ai donné ? C'est tout ce que je possède dans ce monde. Je ne compte plus récurer de toilettes. Il va me falloir un vrai travail. Dès que j'irai mieux. Je vais finir d'apprendre toute seule la comptabilité. J'ai commencé, et comme une idiote, j'ai laissé tomber.

Elle avala le cognac.

— Quand j'ai appris que tu avais largué ce pauvre type, je me suis dit : c'est cette fille qu'il me faut. Tu m'inspires, Copper. Je savais que tu m'accepterais. Copper et Pearl. Comme je l'ai dit, nous sommes deux bijoux.

— Je serais étonnée qu'il existe des bijoux de cuivre et de perle, rétorqua Copper. Ça ne va pas ensemble.

Elle leva les yeux pour constater que Pearl pleurait. Ce n'était plus le charmant déluge théâtral qu'elle avait mis en scène lorsqu'elles s'étaient rencontrées, mais des larmes silencieuses qui roulaient sans retenue sur ses joues.

— Tu me trouves sale. Tu as peur que je te refile quelque chose.

— Je crois simplement que nous ne sommes pas faites l'une pour l'autre. Tu dis que nous sommes identiques, mais ce n'est pas le cas. J'ai toujours été respectable.

— Oh, je sais que je suis une mauvaise fille, reprit Pearl avec une certaine amertume. Je n'ai jamais été « respectable ». Mais il faut dire qu'on ne m'a jamais laissé ma chance. Jamais, depuis que je suis toute petite.

Copper avait honte de son choix de vocabulaire.

— Je comprends que…

— Non, tu ne comprends pas. Tu ne sais rien de moi, ni de la vie que j'ai menée. Tu es rapide pour juger, comme toutes les autres femmes. Les femmes sont les pires, tu sais. Pires que les hommes. Je crois qu'au fond, c'est parce qu'elles savent toutes qu'elles pourraient être à ma place.

— Je ne te juge pas. Nous sommes différentes, c'est tout.

Pearl essuya mollement ses larmes.

— Dans deux ans tout au plus, frangine, tu verras que ce n'était pas vrai.

— Peut-être bien, mais en attendant, ma place n'est pas avec toi. Chaque fois que je te regarde, je me rappelle ce qui s'est passé ce soir-là avec Amory. Je préférerais l'oublier.

— Alors, tout compte fait, tu me fiches à la porte ?

— Tu dois te trouver un autre logement. Dès que tu seras remise sur pied, je veux que tu t'en ailles. Sans rancune, mais c'est comme ça.

Pearl hocha la tête.

— D'accord, je chercherai autre chose. *Bye bye*, Fil de Cuivre.

Copper entendit Pearl vomir dans la salle de bains. Malgré elle, elle avait honte et craignait de s'être montrée plus brusque que nécessaire. Elle se concentra sur sa machine à écrire et son article, s'efforçant d'oublier la jeune femme et ses problèmes.

Elle travailla jusque tard dans la soirée, puis elle se rendit à *La Vie Parisienne*, comme elle l'avait promis à Suzy.

Le night-club était bondé. Elle jouait des coudes pour fendre la foule tapageuse à l'entrée, lorsqu'un très beau blond sur son trente-et-un la rejoignit, cigare à la main. Ce ne fut qu'en recevant un baiser inattendu sur les lèvres qu'elle prit conscience que l'homme en question n'était autre que Suzy Solidor.

— Tu es venue ! Bienvenue dans mon humble établissement. Michel, occupez-vous de miss Copper.

Suzy la laissa aux bons soins du chef de rang, qui conduisit Copper jusqu'à une table proche de la scène et y déposa une bouteille de champagne dans un seau à glace. Décidément, c'était un service cinq étoiles.

Dior était là, en compagnie d'un jeune homme au visage tendre prénommé Maurice. Il y avait la foule habituelle d'artistes et d'écrivains, dont un couple chagrin que Dior lui présenta comme étant Jean-Paul Sartre et Simone de Beauvoir. Elle se rendit compte avec stupeur que l'homme simiesque aux yeux noirs intenses, assis à côté d'une femme à la beauté saisissante, était le célèbre Pablo Picasso. Comme pour confirmer son identité, il griffonnait négligemment sur une serviette avec un reste de crayon à papier, attentif aux bavardages autour de la table. À peine eut-il terminé son croquis qu'un serveur lui subtilisa habilement la serviette et s'en alla, triomphant, sans doute pour la vendre une poignée de dollars à un quelconque collectionneur.

Comme si elle n'attendait que l'arrivée de Copper, Suzy s'avança dans la lumière et salua gracieusement son auditoire sous les applaudissements.

Elle entonna *Lily Marlène*, qu'elle interpréta comme une provocation, de sa voix vibrante de ténor. Pendant toute la prestation, Copper observa la chanteuse avec grand intérêt, le menton posé sur sa main, sourde à tout ce qui l'entourait. Même au cœur de cet hiver sans soleil, elle semblait venue tout droit d'une plage de la Côte d'Azur.

— Elle est spectaculaire, tu ne trouves pas ? demanda Copper à Dior.

Elle en avait des étoiles dans les yeux, au sens propre du terme. Après quelques coupes de champagne, ses yeux verts reflétaient la lumière avec éclat.

— Oh oui, prodigieuse, répondit le couturier.

— C'est terrible ce qu'ils lui font, intervint alors Maurice, le compagnon de Dior.

Leurs doigts étaient affectueusement entrelacés. Copper remarqua que Maurice portait du vernis à ongles rose.

— Tellement cruel, ajouta-t-il.

— De quoi parlez-vous ? demanda Copper, curieuse.

— L'épuration légale va l'accuser d'avoir collaboré et soutenu l'ennemi.

— Rien que pour avoir chanté *Lily Marlène* ?

— Il doit y avoir autre chose, dit Dior avec diplomatie. Elle n'a pas toujours été très prudente dans ses propos.

— Au moins, on ne peut pas l'accuser d'avoir couché avec des officiers allemands, fit Maurice en riant bêtement.

Copper fronça les sourcils.

— Maintenant que les Allemands sont partis, je crois que tout le monde devrait pardonner et oublier ce qui s'est passé.

— Aucune chance, répondit Dior. De nos jours, chacun veut montrer son voisin du doigt en disant : « Celui-là a collaboré, mais moi, je suis un héros. »

— La nature humaine, il faut croire, conclut Copper en soupirant.

— *Exactement*, renchérit Dior. Nous réécrivons tous nos propres histoires.

Il se pencha vers elle et murmura sur le ton de la confidence :

— Ta robe est pratiquement terminée.

— Oh, comme c'est excitant !

— Tu peux venir l'essayer dès que tu seras disponible.

— Promis.

Pendant le reste de sa représentation, Suzy Solidor ne fut guère moins provocante. Elle exécuta plusieurs chansons, grimée en homme, une autre en costume de marin, accompagnée par un chœur de matelots, et une dernière presque entièrement nue, son corps plantureux recouvert par des bouts de tissu doré aux endroits stratégiques, pour reprendre l'expression de Pearl. Sa voix allait chercher les notes les plus graves dans un grondement érotique. Parfois, il était difficile de déterminer si elle était un homme ou une femme, et Copper eut l'impression que certaines chansons lui étaient directement adressées. En regardant autour d'elle, elle trouva peu de personnes à l'identité sexuelle clairement définissable. La plupart se situaient entre les deux genres.

Après son spectacle, la chanteuse drapa une étole en hermine sur ses magnifiques épaules et fit le tour des tables, évoluant comme une reine en présence de ses sujets.

La robuste silhouette d'Ernest Hemingway se pencha soudain au-dessus de leur table. Il portait sa sempiternelle chemise kaki délavée et tachée.

— Il paraît que tu te lances dans le journalisme ? dit-il à Copper d'une voix tonitruante.

— Oui.

— C'est un métier de putain.

Il tira la chaise voisine, manquant de renverser le pauvre Maurice, et s'assit lourdement à côté de Copper.

— Petite, je peux t'apprendre à faire la putain.

Il se pencha vers elle, lui soufflant au visage son haleine aux relents d'absinthe.

— Il n'y a pas meilleur professeur.

— Vous êtes saoul, Monsieur Hemingway.

— J'espère bien. Je suis saoul et disponible. Chambre 117 du Ritz. Monte me retrouver plus tard dans la soirée.

— Non, merci.

— Tu as peur ?

— Pas le moins du monde.

Suzy Solidor approchait de leur table avec un nouveau plateau chargé de flûtes et de bouteilles de champagne. Sur le plateau, il y avait aussi un paquet enveloppé de papier de soie, attaché par un ruban en satin. Suzy le remit à Copper.

— Un cadeau pour toi, chérie.

Étonnée, elle l'ouvrit. Il s'agissait d'un recueil de poèmes de Verlaine à la reliure luxueuse.

— Merci, Suzy, dit Copper en admirant la sublime couverture en cuir de Cordoue.

Hemingway partit d'un rire caverneux.

— Alors, c'est ainsi que ça se passe ? Je me demandais ce qui s'était passé entre Amory et toi. Tu seras bien mieux dans ma chambre au Ritz, petite. Frappe trois fois. Je saurai te pervertir autrement que cette gouine cherche à le faire.

— Je n'ai aucune envie d'être pervertie par qui que ce soit, rétorqua furieusement Copper.

— Elle va te faire couper ta chevelure flamboyante et porter des habits de garçon. Quel dommage.

— Il y a pire comme sort, fit Suzy.

— Je vais te dire un truc, Suzy, reprit Hemingway. Je la prends ce soir, tu peux l'avoir demain, et lundi matin, nous lui demanderons de juger entre nous deux.

Copper n'en supporta pas davantage. Elle se leva en déclarant :

— Je rentre chez moi.

— Ne pars pas ! lança Suzy alors qu'elle détalait déjà.

— Le Ritz, chambre 117 ! s'écria Hemingway d'une voix de stentor. N'oublie pas.

Copper revint chez elle, accablée. À eux deux, Suzy et Hemingway avaient gâché sa soirée. Elle avait quitté son mari, mais cela ne faisait pas d'elle une proie toute désignée que l'on pouvait insulter librement. Ces deux monstrueux ego s'étaient disputé son attention de manière intolérable. Paradoxalement, elle regrettait presque le statut respectable d'épouse.

— Tu rentres tôt, dit Pearl.

Blottie dans sa robe de chambre, elle lisait un manuel de formation en comptabilité. Elle était toujours pâle et faible, mais elle avait fait l'effort de se laver. Ses cheveux étaient enroulés dans des bigoudis – voilà qui expliquait ses anglaises souples.

— Tu t'es bien amusée ?

— Pas vraiment.

Elle n'avait aucune envie de se confier à Pearl, mais elle n'avait personne d'autre à qui parler. Elle lui fit un bref résumé de la soirée. Pearl s'était emparée des poèmes de Verlaine et les lisait en écarquillant les yeux.

— Ça alors ! s'exclama-t-elle. Et après, tu trouves que je suis de la mauvaise graine ? Ce truc est sacrément salé.

— Je ne l'ai pas encore lu.

— Si quelques photos osées te perturbent, je te conseille d'éviter ça. C'est franchement pervers.

— Tu es mal placée pour me parler de perversion.

— Au moins, ce que j'ai fait, c'était normal, répondit Pearl, drapée dans sa dignité. Les rapports entre femmes n'ont rien de normal. C'est contre-nature.

— Je suppose que tu es une experte en matière sexuelle, lui dit Copper sans ménagement.

— Dans un sens, fit-elle en s'épongeant le nez et les yeux. Et puis, je connais Suzy Solidor. Cette femme est dangereuse.

Copper pouffa.

— Peut-on savoir en quoi Suzy serait dangereuse ?

— Quand elle jette son grappin sur quelqu'un, c'est foutu. Si tu tombes entre ses griffes, plus aucun homme ne posera jamais les yeux sur toi. Ça te suivra le reste de ta vie.

— C'est un peu fort venant de toi, tu ne trouves pas ?

— Je te parle d'expérience, répondit Pearl. Je sais ce que c'est que de se trimballer des regrets.

— Eh bien, avant que tu continues tes sermons, laisse-moi te garantir que je ne suis pas entre les griffes de Suzy, comme tu le dis. Personne n'a jeté son grappin sur moi. Je me remets tout juste d'Amory.

Sur ce, elle alla se coucher en emportant Verlaine. Alors qu'elle feuilletait les pages du recueil, elle fut saisie par leurs descriptions explicites de l'intimité lesbienne. Elle se croyait relativement au fait sur la question du sexe, mais à l'évidence, elle devait être bien plus innocente qu'elle l'avait pensé.

Reposant le livre, elle éteignit la lumière. Dans son esprit, l'image dorée de Suzy Solidor flottait sensuellement, ni vraiment homme ni vraiment femme. Malgré la fraîcheur du soir, elle avait si chaud qu'elle dut rejeter ses couvertures. Elle essaya de trouver le calme nécessaire au sommeil, sans tenir compte de la vilaine toux de Pearl dans la chambre voisine.

Elle s'éveilla en sursaut. Quelqu'un frappait à la porte de l'appartement. Croyant que l'immeuble était en flammes, Copper bondit hors du lit et enfila sa robe de chambre en toute hâte.

Elle se rua vers la porte, mais avant qu'elle ait le temps de l'ouvrir, Pearl surgit à côté d'elle et lui agrippa le bras.

— C'est Petrus. N'ouvre pas.

— Petrus ?

— Mon petit ami, répondit Pearl, livide. Je ne sais pas comment il a découvert où j'étais.

Copper regarda fixement la porte, ébranlée par le martèlement rageur de Petrus.

— J'appelle la police, dit-elle.

— Non ! C'est moi qu'ils arrêteront.

— Dans ce cas, que fait-on ?

Les coups cessèrent pendant un instant et un homme à la voix rauque leur cria dans un mauvais français :

— Eh, je vous entends. Je vous entends là-dedans. Ouvrez !

Pearl porta un doigt à ses lèvres, les yeux si exorbités que Copper distinguait le blanc tout autour de ses iris bleus.

— Pas un mot, fit-elle dans un souffle.

— Ne sois pas bête. Il sait bien que nous sommes ici.

Comme pour souligner l'évidence de cette observation, l'homme se remit à s'acharner sur la porte.

— Ouvrez ! Ouvrez, sales voleuses.

— Je vais ouvrir la porte, décida Copper.

Pearl la saisit à bras-le-corps pour l'arrêter.

— Non, je t'en prie. Il va me tuer.

— Je me fiche qu'il te tue, répondit-elle d'un air grave. Mais je ne veux pas qu'il saccage ma porte d'entrée.

Elle se débarrassa de Pearl et alla tirer le verrou.

L'homme qui fit irruption dans l'appartement était menaçant, hors de lui.

— Où est mon argent ? grogna-t-il plus qu'il ne parla.

Pearl, qui s'était réfugiée derrière elle, poussa un gémissement et Copper reçut la fureur de Petrus de plein fouet. Si les photos qu'elle avait vues ne montraient pas son visage, il s'avérait particulièrement hideux sous son masque de colère.

— Donne-moi mon argent !

— Elle n'a pas votre argent, intervint Copper.

— Si ! Elle a volé mon argent.

Il se glissa sur le côté pour la contourner et s'emparer de Pearl, mais cette dernière l'esquiva de l'autre côté.

— Je vais te tuer, putain.

Soudain, Copper se remémora l'énorme rouleau de billets que Pearl lui avait donné. Il devait y avoir un fond de vérité dans les accusations de Petrus. Pourtant, au même instant, elle décréta qu'il était hors de question de rendre le moindre centime à ce type.

— Elle n'a pas votre argent, répéta-t-elle. C'est moi qui l'ai.

Petrus s'interrompit et la regarda avec méfiance, les yeux jaunes comme ceux d'un lion.

— C'est toi qui l'as ?

— Oui, mais je ne vous le rendrai pas. Elle s'en est servie pour payer le loyer et il m'appartient désormais.

— Espèce de folle, cracha-t-il. Donne-le-moi.

— Non, je ne crois pas. Vous allez devoir partir maintenant. La prochaine fois que vous mettrez les pieds ici, j'appellerai la police.

Une fois de plus, il tenta d'attraper Pearl.

— Appelle la police. C'est une voleuse.

Copper commençait à se fâcher. Elle repoussa Pearl dans son dos.

— Et vous, vous êtes encore pire. Vous l'avez forcée à s'injecter de la cocaïne.

— C'est moi qui l'ai forcée ? Cette putain se met à genoux tous les jours pour me supplier d'avoir sa coca. Eh, p'tite ? Regarde ce que je t'apporte.

Il brandit un petit morceau de papier plié.

— Tu en veux, hein ? Viens, je vais t'en donner.

Copper sentit les doigts de Pearl se crisper de manière convulsive.

— Pearl n'en veut pas.

— Oh, si, elle en veut, dit-il en souriant. Hein, p'tite ?

Il déplia le papier pour révéler la poudre blanche qu'elle contenait. Pearl gémit.

— Maintenant, tu en as très envie, non ? Viens en chercher.

— Je dirai tout à la police, s'écria Copper en retenant fermement Pearl pour l'empêcher de bouger. Comment vous l'avez rendue accro, les photos, les coups… tout.

— Tu te crois courageuse, mam'zelle ? Tu ne sais pas qui je suis.

— Je sais que vous êtes un trafiquant de drogue et une brute. J'ai déjà eu affaire à des pires brutes que vous, monsieur. Et maintenant, fichez le camp.

Il cracha à ses pieds.

— Va te faire enculer.

— Sortez d'ici.

Cette fois, elle frappa l'enveloppe de papier qui lui échappa des mains, répandant la cocaïne sur le sol.

Il sortit alors un objet de sa poche. Un déclic se fit entendre et un long couteau affûté apparut brusquement à son poing.

— Tu vas voir que je suis très sérieux. Compris ? Elle revient avec moi tout de suite. Elle m'appartient.

— Elle n'ira nulle part.

Copper regardait fixement le couteau à cran d'arrêt, le cœur battant. Elle avait grandi à Brooklyn et elle avait vu les visages balafrés – et à l'occasion, les funérailles – qu'engendraient les règlements de comptes au couteau. Mais elle refusait de laisser Pearl partir avec cet homme.

— Elle reste avec moi. Rangez ce couteau.

— Oui, je vais ranger le couteau. Dans ta gorge.

Il fit un pas en avant, les yeux plissés.

— Dégage, ajouta-t-il.

Mais Copper, déterminée, restait bien campée sur ses jambes.

— Tu ne me fais pas peur. Fous le camp, mon gars, ou j'appelle la police tout de suite.

— Donne-moi l'argent. Puis donne-moi cette p'tite putain.

Elle s'apprêtait à répliquer lorsqu'il tendit brusquement la main vers elle – non pas celle qui tenait la lame, mais l'autre. Le poing s'écrasa sur son front et elle tituba en arrière, la vision floue. Blessée et encore sous le choc, elle entendit Pearl hurler de terreur et se concentra pour tenter de comprendre ce qui se passait. Comme dans un cauchemar, elle vit que Petrus avait empoigné la jeune femme par les cheveux et qu'il l'entraînait déjà dans le couloir. Dans un instant, il aurait disparu, et Pearl avec lui. Condamnée à un triste sort.

Jusqu'à présent, Copper avait refusé la réalité de la situation. Les hématomes de Pearl, ses traces de piqûres, ses frissons et ses vomissements, elle avait préféré tout occulter et, à vrai dire, elle n'y avait pas vraiment cru. Mais à présent que sa tête avait été heurtée par le poing impitoyable de Petrus, elle comprenait. Sans réfléchir, elle s'empara d'un lourd cendrier Lalique sur la table et le jeta vers la nuque de Petrus.

Elle était encore hébétée et son lancer fut maladroit. Le cendrier ricocha sur son crâne rasé. L'homme vacilla, mais ce n'était pas suffisant pour l'assommer. Il se tourna vers elle en poussant un rugissement de douleur et de rage, les lèvres retroussées. Il brandit le couteau, prêt à lui entailler le visage.

Mais elle eut tôt fait de retrouver ses esprits. Soulevant à nouveau le cendrier en verre, elle fit appel à la précision acquise par les mille matches de base-ball qu'elle avait disputés au parc avec ses frères et l'abattit entre les yeux ambrés furibonds de Petrus. Cette fois, un bruit sourd se fit entendre et il s'écroula, les narines en sang.

— Oh, Seigneur, tu l'as tué, se récria Pearl en baissant les yeux vers le corps inerte.

— Non, il est seulement K.-O. Qui me cherche me trouve, déclara Copper d'un air sombre en se penchant sur Petrus pour retirer le couteau de ses doigts flasques. Mère de Dieu, regarde-moi ce truc.

Elle trouva le mécanisme et replia prudemment la lame. Petrus revenait déjà à lui en geignant. Il agrippa son nez en sang et tenta de se redresser.

— Oh, que non, fit Copper en approchant le cendrier de son visage. Encore ?

— Non, répondit-il en crachant un filet de sang.

Il s'écarta du visage menaçant de Copper et se recroquevilla en levant une main tremblante.

— Ça suffit.

— Écoute-moi, mon gars. La prochaine fois que tu montreras ta sale trombine ici, je t'ouvrirai le crâne. *Et* j'appellerai les flics pour qu'ils jettent ta misérable carcasse au trou. C'est compris ?

— Oui, fit-il d'une voix enrouée, ses yeux injectés de sang rivés sur le cendrier.

— À partir de maintenant, ne t'approche plus de Pearl. Elle est sortie de ta vie et tu vas sortir de la sienne. Pigé ?

— Oui, grogna-t-il. Je comprends.

— Bien, fit Copper en reculant. Allez, va-t'en.

Une foule de voisins curieux s'était massée dans le couloir. Ils regardèrent Petrus sortir d'un pas vacillant en tenant son nez cassé.

— Bravo, madame, lança quelqu'un.

Des rires fusèrent. Copper souhaita une bonne nuit à tout le monde et referma sa porte à clé.

— Il m'aurait trucidée, dit Pearl. C'est la chose la plus courageuse que j'aie jamais vue.

— J'ai grandi dans un quartier difficile. Maintenant, au lit.

SIX

Les jours suivants, Copper aida Pearl à surmonter les symptômes de sevrage. Le corps perclus de douleurs, elle frissonnait constamment et souffrait à en pleurer. Étant donné que la jeune femme ne pouvait absorber que du thé au lait, Copper devint bientôt experte dans la préparation de cette décoction anglaise aux vertus étrangement réconfortantes.

Elle en apprit un peu plus sur l'histoire de Pearl. Comme Copper, elle avait grandi dans un quartier pauvre, l'East End de Londres.

— En réalité, je m'appelle Winifred Treadgold, pas Pearl. Mon nom de famille signifie littéralement « marche sur l'or », mais j'attends toujours, ajouta-t-elle avec ironie.

C'était une charmante fillette qui ne passait pas inaperçue. Un homme plus âgé, surnommé « Oncle Alf », avait commencé à « lui faire des choses » avant son douzième anniversaire. À l'âge de treize ans, elle avait subi un avortement à la sauvette qui avait signé la fin de son enfance, si tant est qu'enfance il y ait eu.

Elle s'était évadée par le travail. D'abord, elle avait trouvé un emploi dans une blanchisserie, où elle cravachait dix heures par jour et dormait avec les autres filles à côté des seaux à linge, subissant les émanations suffocantes de la soude caustique en échange d'un peu de chaleur. D'autres hommes avaient suivi Oncle Alf. Elle avait appris qu'elle pouvait se servir d'eux tout comme ils se servaient d'elle.

La Luftwaffe d'Hitler avait bombardé l'East End sans relâche pendant la Blitz, causant des milliers de morts et laissant un champ de ruines dans la ville. Dès la Libération de Paris, attirée par les lumières qui ne brillaient plus dans la vieille Londres sinistrée, elle était venue avec l'espoir de faire carrière en tant que modèle ou choriste dans une troupe. Au lieu de quoi, elle était tombée entre les mains de Petrus. Il lui avait suffi de quelques semaines pour devenir esclave de son aiguille et se laisser avilir comme il l'avait prévu.

— Il en a d'autres. Au début, je ne voulais pas le croire. Je ne suis pas très douée pour lire entre les lignes avec les hommes, tu sais ?

— Moi non plus, admit Copper à regret.

Elle était toujours sans nouvelles d'Amory. On aurait dit qu'il n'avait jamais existé. Dix-huit mois de mariage s'étaient évanouis du jour au lendemain, et maintenant elle errait dans les limbes. Il l'avait déjà oubliée, sans nul doute. Il n'avait même pas jugé bon de lui envoyer une carte postale.

En revanche, elle avait reçu deux courriers d'Amérique. Le premier, du père d'Amory, était très long et lui intimait de suspendre le divorce et de se réconcilier avec son fils au plus vite pour de nombreuses raisons, qu'il prenait soin de lister dans le détail. Elle en était étonnée, car elle ne s'était jamais sentie très appréciée par la famille Heathcote.

L'autre lettre, de son frère aîné Michael, était bien plus concise :

Tu as pris la bonne décision en divorçant de cet homme. Ne le reprends jamais, quoi qu'il arrive. Rentre à la maison. Je peux t'envoyer un billet si tu es fauchée.

Il n'y avait pas de *je te l'avais bien dit*. Elle en était reconnaissante, bien qu'il n'y ait pas non plus de marques de compassion. Elle savait que Michael s'exprimait au nom de toute la famille. Ils n'avaient jamais aimé Amory et avaient tous désapprouvé cette union. Elle était particulièrement proche de Michael, mais c'était un homme de peu de mots. Elle appréciait son soutien, même si elle n'avait nullement l'intention de rentrer au pays dans l'immédiat. Pour l'instant, elle remettait à plus tard ses réponses aux deux courriers.

Les documents du divorce lui furent envoyés. Elle les signa dans la section adéquate et, en temps voulu, la confirmation d'Amory arriva par courrier militaire, dûment signée. Elle était libre. Seul un ressentiment s'attardait, pour les années qu'elle avait gâchées auprès de lui.

Enfin, elle reçut une réponse du *Harper's Bazaar*.

Celle-ci se présenta sous la forme d'un télégramme plutôt énigmatique, remis en main propre sur le pas de sa porte. Le message était succinct : *Appelez Henry Velikovsky Ely-2038.* Et il était signé Snow Harpers.

Elle fixa le télégramme des yeux, le cœur battant. Snow Harpers ne pouvait être que la redoutable Carmel Snow, rédactrice en chef du magazine. Mais qui était

Henry Velikovsky ? Le grand moment était-il arrivé ? Allait-elle enfin percer ?

Copper se précipita vers son téléphone et composa le numéro. *Ely* était l'indicatif correspondant au central des Champs-Élysées. La voix d'homme qui lui répondit était grave et sophistiquée, avec un léger accent étranger.

— Bonjour, fit Copper en haletant. Je viens de recevoir un télégramme de Mme Snow, du moins je pense que c'est elle. Elle me demande de vous appeler. Du moins, je pense que c'est vous.

— Il est bien possible qu'il s'agisse de moi, répondit la voix très aimablement. Et il est bien possible qu'il s'agisse de Mme Snow. La seule inconnue dans l'équation, c'est vous. Puis-je vous demander votre nom ?

— Oh, veuillez m'excuser. Je suis Oona Reilly.

— Je m'en doutais. Seriez-vous libre pour dîner avec moi demain soir au Ritz ?

— Le Ritz ?

— Eh, oui. C'est mon hôtel, j'en ai bien peur. Disons vingt heures ?

— Très bien, répondit Copper, le souffle court.

Elle raccrocha le combiné. Au même moment, Pearl entra dans le salon. Elle avait l'air en meilleure forme que les jours précédents.

— C'était quoi ?

— Quelqu'un du *Harper's Bazaar* veut me voir, dit-elle, encore tout étourdie. Dîner demain soir au Ritz.

— Que vas-tu porter ? demanda Pearl, terre à terre.

— Dior ! s'exclama Copper en écarquillant les yeux. Je dois absolument voir Christian Dior.

En traversant le hall d'entrée du Ritz dans sa robe de soie rose, Copper avait l'impression d'être l'une de ces femmes dans les publicités des magazines, qui vous assurent que tel ou tel produit a changé leur vie. C'était la première fois, en vingt-six ans d'existence, qu'elle portait une tenue pareille. Si le corsage épousait son buste fin, la partie jupe était évasée autour de ses genoux. La robe était non seulement magnifique, mais elle lui allait à la perfection, sans le moindre défaut, comme si elle avait été conçue spécialement pour elle – ce qui était le cas. Christian Dior avait décelé avec précision ce qui mettrait sa silhouette en valeur, et il avait agencé la robe autour d'elle comme un sculpteur lui créant une seconde peau. Il avait même compensé son manque de poitrine par un décolleté plongeant entre ses deux seins discrets, flattant la ligne de son cou et de ses épaules graciles, avec un adorable petit nœud sur le cœur. Point de mire de tous les regards, elle marchait la tête haute, comme si, au lieu de l'humble Oona Reilly de Brooklyn, elle était une reine en visite dans la capitale.

— J'ai rendez-vous avec M. Velikovsky, annonça-t-elle au chef de rang, à la réception du restaurant.

— Le comte Velikovsky vous attend, répondit-il d'un air hautain.

Jetant un œil sur sa robe, il sembla lui pardonner cette faute de savoir-vivre.

— Suivez-moi, mademoiselle, dit-il avec indulgence en inclinant la tête.

Copper lui emboîta le pas, pénétrant dans un monde à part tout en torsades rococo, draperies dorées et lin blanc comme neige. L'éclairage était tamisé et la musique plus tamisée encore. Des nuages étaient peints au plafond et, sous ses pas, des paons étaient brodés sur le tapis moelleux. Et puis, il y avait des fleurs – une abondance de fleurs dont les senteurs éthérées flottaient dans l'air.

Le restaurant était plein et le serveur la conduisit entre les tables, suivant un tracé sinueux comme s'il souhaitait que tous les hôtes puissent l'admirer.

Attablé dans une alcôve, l'homme l'attendait en feuilletant un magazine. Grand et vêtu d'un smoking ajusté avec nœud papillon noir, il se leva à son approche et tendit la main.

— Comment allez-vous, Mademoiselle Reilly ?

— On a pris soin de me signaler que vous étiez comte, dit-elle, un peu essoufflée. Comment dois-je m'adresser à vous ?

— Toutes ces fadaises sont mortes avec la révolution d'Octobre, répondit-il en se penchant gracieusement vers sa main. Mais vous savez combien les serveurs sont snobs. Je suis un simple « monsieur », à présent.

Il l'invita à s'asseoir.

— Ou plus simplement Henry, si vous préférez.

— Dommage, j'avais très envie de dire *votre grâce* ou une autre formule d'usage. Pardonnez mon ignorance. Nous n'avons pas de comtes en Amérique.

— Vous avez un comte, Count Basie, et même un duc, Duke Ellington. Ils sont bien plus impressionnants.

Copper l'observa en prenant place en face de lui. Elle lui donnait une petite quarantaine d'années. À défaut d'être conventionnelle, sa beauté était saisissante. Le coin de ses yeux noirs était légèrement relevé, sans doute un héritage de ses ancêtres tartares. Il avait le nez épaté, les lèvres charnues et le bronzage d'un homme qui aime la vie au grand air. Ses cheveux étaient coiffés en arrière, dans un style typiquement étranger, ni français ni américain.

— Vous êtes russe ? demanda-t-elle.

— Oui. Cela pose-t-il un problème ?

— Seulement si vous mangez des nourrissons et faites brûler des églises.

— Très rarement. Je suis un Russe blanc. Mon père et moi nous sommes battus au sabre contre les bolcheviques en 1917. Malheureusement, ils avaient des mitrailleuses, alors nous n'avons pas longtemps résisté.

— Je suis contente de l'apprendre. J'ai moi-même un petit côté bolchevique.

Ses yeux noirs étincelèrent.

— Vous ne ressemblez à aucun des bolcheviques que j'ai connus.

— Eh bien, nous sommes doués pour les déguisements, vous savez.

— Je vois. Voulez-vous un cocktail ? J'ai un faible pour la vodka, naturellement, mais je n'insisterai pas si vous optez pour une boisson plus civilisée.

— Je crois que je n'ai jamais goûté de vodka. Je vous laisse commander à ma place.

— Dans ce cas, deux lévriers, dit-il au serveur, qui s'éclipsa docilement.

Velikovsky la dévisagea avec grand intérêt.

— Votre déguisement est l'un des plus réussis que j'aie jamais vus. Rochas ?

— À vrai dire, c'est une robe créée par un ami. Christian Dior, de la Maison Lelong.

— Dior ? Où ai-je entendu ce nom, déjà ? Ah, j'y suis. Il paraît que c'est une étoile montante de la mode.

— Oh, je me réjouis qu'on dise cela de lui. Nous essayons tous de le persuader d'ouvrir sa propre maison de haute couture.

— Vraiment ?

— Il a peur de quitter M. Lelong, mais il ferait fortune s'il se décidait à sauter le pas.

— Nous verrons ce que nous pouvons faire pour l'encourager. Vous semblez bien connaître le milieu de la mode parisienne.

— C'est un sujet fascinant, je trouve.

Incapable de se refréner plus longtemps, elle demanda :

— Travaillez-vous pour le *Harper's ?*

— Je crains que mon métier soit bien plus vague. Je m'occupe en transférant de petites sommes d'argent çà et là.

Elle était déçue.

— Vous ne vendez pas de puits de pétrole au Brésil, si ? Ou des bijoux de valeur que vous venez de trouver comme par hasard au coin de la rue ?

— Non, je ne suis pas un escroc, répondit-il, visiblement amusé.

— Tant mieux.

— Carmel Snow et son mari, George, font partie de mes amis. J'ai investi avec eux dans l'immobilier à New York. Vous avez éveillé la curiosité de Mme Snow avec l'article que vous lui avez envoyé, et elle m'a demandé de vous rencontrer.

— Elle a aimé ? demanda Copper, le regard brillant.

— Beaucoup. Il sera publié dans le numéro du mois prochain. D'ailleurs, l'une des raisons de notre rencontre ce soir, c'est que je dois vous remettre le paiement pour votre travail. Ce n'est pas une fortune, j'en ai peur, mais ce sont des dollars américains. Ma chère, que vous arrive-t-il ?

Copper n'avait pu retenir ses larmes.

— Désolée, fit-elle dans un sanglot. C'est si précieux à mes yeux.

Un mouchoir immaculé, offert par Henry Velikovsky, apparut dans son champ de vision brouillé.

— Je vous en prie, ma chère. Séchez vos larmes. Les gens vont croire que je suis cruel avec vous. Ma réputation de bienveillance risque d'être mise à mal.

Copper se moucha dans le carré de tissu monogrammé d'aspect luxueux.

— Merci. C'est la meilleure nouvelle que j'aie reçue depuis des semaines !

Il se carra dans son siège.

— Eh bien, pour Carmel, la bonne nouvelle, c'est vous. Le *Harper's* n'enverra plus de reporters en France avant la fin de la guerre. Cela vous place dans une position avantageuse. Actuellement, vous êtes la seule journaliste américaine à Paris. Carmel aimerait savoir si vous avez d'autres sujets en réserve.

— Oui, répondit-elle avec engouement. J'en ai un. En ce moment même, je couvre l'histoire la plus captivante qui soit.

Elle entreprit de lui parler du *Théâtre de la Mode*. Les mots se bousculaient dans sa bouche tant elle était impatiente de tout lui raconter. Elle lui apprit qu'elle avait déjà interviewé Jean Cocteau et d'autres noms célèbres, et qu'elle avait constitué un portfolio de photographies.

— Je leur ai dit que je travaillais pour le *Harper's*, avoua-t-elle. Disons que je me suis un peu avancée sur ce point.

— Si peu.

Ses yeux au charme exotique observaient son visage et ses mains avec attention. Sous son regard légèrement amusé, elle se sentait gauche, somme toute très américaine.

— Vous vous moquez de moi.

— Pas du tout, au contraire. C'est un véritable plaisir de rencontrer une personne aussi enthousiaste. Après des années de guerre, vous savez, ce monde est las. Il a besoin de fraîcheur, de jeunesse, de joie de vivre. Et vous, ma chère, disposez de ces qualités à profusion.

— Vous trouvez ?

— Certainement.

Leurs cocktails – un mélange original de vodka et de pamplemousse – arrivèrent.

— Je suppose qu'on les appelle « lévriers », parce qu'ils sont censés vous maintenir alertes et vifs ?

— Tout juste. C'est moi qui ai donné cette idée à Harry Craddock du Savoy de Londres avant la guerre. Ma principale contribution à la civilisation occidentale.

— Ces sommes d'argent que vous manipulez doivent être plutôt généreuses si elles vous permettent de séjourner au Savoy et au Ritz.

— J'aime vivre dans un cadre agréable. Je vous assure que j'ai été pauvre, très pauvre pour tout vous dire. Je n'ai jamais tenu pour acquis les petits luxes de la vie.

— Vous ne seriez pas voisin avec Ernest Hemingway, par hasard ?

Son visage rayonnait de plaisir quand il répondit :

— Figurez-vous qu'il occupe la chambre au-dessus de la mienne. Je l'entends tirer avec son pistolet de temps à autre. Il prétend qu'il y a des souris, mais je pencherais plutôt pour des éléphants roses. Êtes-vous mariée ? demanda-t-il sur un ton désinvolte.

— Je viens de divorcer.

— Je suis navré de l'apprendre.

— Ne le soyez pas. Il s'avère que c'est la meilleure décision que j'aie jamais prise.

Peut-être était-ce le lévrier, ou bien son regard franc et chaleureux, toujours est-il qu'elle se confia à Velikovsky sur les écueils de son mariage, son divorce avec Amory et ses ambitions pour l'avenir. Il l'écouta attentivement, posant le menu sur la table pour lui accorder toute son attention.

— Je ne doute pas que votre avenir sera radieux, lui dit-il. Chez *Harper's*, votre article a fait sensation. On vous considère comme un nouveau talent très prometteur.

— C'est vrai ?

— Carmel a été tout particulièrement impressionnée par les photos. Elle a vu toutes sortes de clichés de femmes au crâne rasé, mais le vôtre était spécial. La mère et l'enfant, une version tragique de la Nativité. Elle l'a trouvé percutant et poignant.

— Je vais le noter, dit Copper, aux anges.

— Ce que vous proposez sur le *Théâtre de la Mode*, c'est exactement le genre de sujet que Carmel recherche.

Il s'interrompit.

— Que diriez-vous de devenir reporter officiel pour le *Harper's* à Paris cette année ?

Le cœur de Copper bondit dans sa poitrine. Elle sentit ses joues et son cou virer au rouge et s'efforça de contrôler son excitation.

— C'est une offre merveilleuse.

— Je sens qu'il y a un *mais*.

— Mais je ne pense pas pouvoir accepter pour l'instant.

Il haussa les sourcils.

— Vous ne voulez pas être journaliste ?

— Oh, bien sûr que si. Vous n'avez pas idée comme j'en ai envie. Je ne rêve que de ça, mais j'aimerais mieux rester pigiste pour le moment.

Velikovsky se tira l'oreille, comme s'il était troublé et cherchait les mots justes.

— Puis-je vous demander votre âge ?

— J'ai vingt-six ans.

— Avez-vous conscience que peu de jeunes femmes de vingt-six ans reçoivent de telles propositions ?

— J'en suis bien consciente. Cela vous paraît peut-être arrogant ou insensé, mais je viens à peine de quitter mon mari. Je ne suis pas pressée de nouer d'autres liens. Je ne souhaite pas être liée à une seule revue, même aussi prestigieuse que le *Harper's Bazaar*. À mon compte, je conserverai cette liberté.

— Votre liberté est-elle si importante à vos yeux ?

— Oui, très.

— Même si un emploi salarié met du pain sur votre table ?

— Même si cela met du caviar sur ma table, dit-elle avec détermination. J'aime le journalisme et j'ai bien l'intention de persévérer, mais selon mes propres conditions. Je suis si heureuse que Mme Snow ait apprécié mon article, et j'espère de tout cœur qu'elle aimera encore plus le prochain. Seulement, je désire être libre de suivre mon chemin, sans que l'on me dise quels sujets traiter.

Velikovsky hocha lentement la tête.

— Comment en êtes-vous venue à écrire cet article ?

— C'est assez délicat à expliquer, mais disons que j'ai pris la place d'un mort.

Elle lui parla du Fripon de la Bande, lui expliquant comment il lui avait appris les ficelles du métier sans même en avoir conscience, et termina par sa mort sinistre et ses obsèques extraordinaires au Père-Lachaise en compagnie des surréalistes. Sa description l'amusa beaucoup. Il se laissa aller sur son siège et rit à gorge déployée jusqu'à en avoir les larmes aux yeux.

— C'est un sujet sérieux, dit-il en guise d'excuse. Je ne devrais pas en rire.

— Pourquoi pas ? répondit-elle, contente d'avoir pu divertir cet homme raffiné. Même George aurait ri.

À ce souvenir, elle hésita.

— D'ailleurs, c'est la dernière fois que j'ai vu mon mari. On peut dire que nous avons enterré notre mariage ce jour-là, en même temps que ce pauvre George.

Visiblement impatient que leur conversation se termine, le serveur arriva pour prendre note de leur commande, mais Copper était intimidée par le menu.

— S'il vous plaît, commandez à ma place, dit-elle. Vous connaissez bien plus de choses que moi.

— Vous me flattez, mais j'ai des goûts culinaires très simples. À quand remonte la dernière fois que vous avez mangé un très bon steak ?

— Il y a longtemps, admit Copper avec mélancolie.

— Avec des pommes de terre à la française ? Et un bon cabernet-sauvignon ?

— C'est le paradis.

Elle le regarda passer commande en se faisant la remarque qu'il était en excellente forme et paraissait athlétique pour son âge. Son veston était plat au niveau de son ventre et ses mains étaient puissantes et bien entretenues. Elle le soupçonnait d'être un dandy : la coupe de son smoking flattait sa silhouette, les pointes de son col étaient parfaitement amidonnées et son nœud papillon ajusté par une main experte. Soit il prêtait une attention toute particulière à son apparence, soit il avait une fée du logis à la maison.

— Êtes-vous marié ? s'entendit-elle demander.

— Comme vous, je l'ai été.

— Et cela ne vous a pas convenu ?

— Eh bien, ma femme m'a quitté de manière plus permanente que votre mari.

— Vous voulez dire qu'elle est morte ? Oh, je suis vraiment désolée.

Il esquissa un geste de la main.

— C'était il y a longtemps. Nous nous sommes rencontrés à un très jeune âge. Dieu nous a accordé de belles années avant de la rappeler à lui.

— Vous vous êtes mariés tôt.

— Nous avons tout fait très tôt. J'ai quitté mes études à Saint-Pétersbourg pour aller combattre les Allemands pendant la Grande Guerre. J'avais quinze ans. Je voulais être comme mon père, un général. J'ai passé quelques semaines au front avant qu'il me retrouve et me fasse renvoyer chez nous. Un ou deux ans plus tard, la révolution bolchevique a commencé. À l'époque, j'avais dix-sept ans et mon père et moi nous sommes battus côte à côte. Malheureusement, comme vous le savez peut-être, le monde a laissé les communistes nous prendre le pays. L'hiver est arrivé, c'était la fin. J'ai enterré mon père sur une montagne enneigée du Caucase et j'ai rejoint ce qu'il nous restait d'armée, repliée à Constantinople. C'est au cours de cette longue marche que j'ai rencontré Katia. Comme moi, elle était issue de la noblesse. Sa famille avait tout perdu pendant la révolution. Elle soignait nos blessés. Nous nous sommes mariés dès notre arrivée à Paris.

— C'est l'histoire la plus romantique que j'aie jamais entendue, dit Copper.

— Elle a contracté la leucémie, ce qui est moins romantique. J'aurais pu lui payer tous les traitements du monde, mais il n'en existe aucun.

— Je suis navrée.

— Oui, les années 1920 ont été dures. Mais j'ai découvert que je me rappelais encore quelques rudiments de mathématiques, même si j'avais quitté l'école pour aller tuer le Kaiser. J'ai réussi à nous bâtir un petit capital et je suis devenu, à ma façon, une sorte de financier. J'ai travaillé jour et nuit pour surmonter mon chagrin. Enfin, nous ne sommes pas ici pour parler de moi, ma chère. Nous sommes ici pour en apprendre plus sur vous.

— Mon histoire est loin d'être aussi romantique. Ce que mon mari a contracté, ce sont les autres femmes.

— Ce n'en est pas moins une tragédie. Il semblerait que vous vous soyez trouvée en le perdant ?

— On peut dire ça.

— Et maintenant, vous êtes seule ?

Copper hocha la tête.

— Vous devez me trouver sotte de ne pas sauter sur la proposition de Mme Snow.

— Sotte ? Non. Carmel est disposée à signer un contrat avec vous et j'admets qu'il me faudra affronter sa colère si je ne parviens pas à vous en convaincre, mais vous êtes éprise de liberté et je le comprends. Je suis comme vous. La situation évolue et vous êtes en bonne position pour sauter sur le premier sujet venu. Vous pouvez écrire sur tout ce qui vous chante et vendre votre travail à qui vous voulez. De plus, vous êtes libre d'accepter des commandes si le cœur vous en dit.

Une fois de plus, il tira sur le lobe de son oreille, habitude qu'il semblait avoir quand il était à court de mots.

— Naturellement, il y a toujours le danger de mourir de faim. Paris est la seule ville au monde où il soit encore considéré comme un art de se laisser mourir de faim. Mais je ne pense pas que vous en arriverez là. Vous écrivez bien, ce qui est rare, et vous avez un point de vue unique, ce qui est plus rare encore. Vous ne bêlez pas avec le troupeau.

— J'en suis soulagée.

— Vous avez du caractère, de la vivacité et de l'esprit.

Leurs steaks arrivèrent sur ces entrefaites. Ils étaient aussi succulents qu'il l'avait promis. Le régime de Copper était plutôt frugal depuis sa séparation, et elle dévora son plat comme une lionne affamée.

— Vous êtes très compréhensif, Monsieur Velikovsky.

— Henry, je vous en prie. Puis-je vous appeler Oona ?

— Avec joie, mais la plupart des gens me surnomment Copper.

— Copper, comme le cuivre ? Ça me plaît. En affaires, ma première réussite a été dans le commerce du cuivre.

— Vraiment ? Vous deviez avoir une boule de cristal.

— Il m'a fallu une certaine perspicacité pour comprendre que le monde se réarmait en prévision d'une guerre plus étendue et plus grandiose que la précédente. Le cuivre sert à fabriquer les balles.

— Vous êtes un véritable Daddy Warbucks.

— Qui est Daddy Warbucks, je vous prie ?

— Vous n'avez jamais lu *Annie, la petite orpheline* ? C'est une bande dessinée américaine. Daddy Warbucks est l'homme d'affaires qui s'est enrichi grâce à la guerre et qui prend Annie sous son aile.

— Ça me ressemble bien.

— Et comment avez-vous passé cette guerre *plus étendue et plus grandiose* ?

— Dans de curieux endroits, pas aussi confortables que le Ritz. C'est bon d'être de retour à Paris.

— Vous êtes très mystérieux.

— Ce n'est pas volontaire. La guerre n'est pas terminée et mon travail non plus.

— Je ne vois pas votre sabre.

Il sourit.

— C'est autant par les cervelles que par les sabres que l'on gagne une guerre. Mon rôle consiste à faire en sorte que les sabres arrivent au bon endroit au bon moment.

— Et comment vous y prenez-vous ?

— Je grimpe à la cime des arbres et je guette les passants.

— Ça paraît risqué.

— Il y a des hauts et des bas, répondit-il d'un ton badin.

— Alors, vous êtes un agent secret ?

— Si c'était le cas, vous le dirais-je ?

— Je suis simplement intriguée.

— Si vous avez l'intention de me mentionner dans l'un de vos articles, je vous arrête tout de suite. Mon métier est interdit d'accès.

— Et que se passera-t-il si vous êtes arrêté ?

— Tout dépend de qui m'arrête, *Herr* Hitler ou le camarade Staline. Dans les deux cas, ce ne serait pas une partie de plaisir.

— Allez-vous prendre votre retraite ? La guerre est presque gagnée.

— Une fois qu'elle sera gagnée, alors j'arrêterai, mais il n'y aura sans doute pas vraiment de fin, seulement un changement d'ennemis.

— Vous parlez des Russes ?

— Je parle des communistes.

— Quelle perspective déprimante.

— Pas pour moi. Je me demande bien comment j'occuperais mes journées sans la guerre. J'ai gagné suffisamment d'argent pour mes propres besoins et je m'ennuie facilement. Vous aussi, j'imagine, ajouta-t-il en lui remplissant son verre. Puis-je vous demander pourquoi vous vous êtes présentée comme une bolchevique ?

Elle sourit.

— Oh, je ne le suis pas vraiment, mais on nous a souvent appelés ainsi.

— Nous ?

— Mon père était ce que vous autres, les ploutocrates, qualifieriez d'agitateur syndicaliste. Il a organisé des grèves pour protester contre les mauvaises conditions de travail dans les années 1930.

— Je vous vois tout à fait, dans mon imagination. La petite Copper, frissonnante devant les murs gris de la prison.

— C'est à peu près ça.

— Alors, c'est plus vous que moi qui mangez des nourrissons et brûlez des églises.

— Depuis, je me suis forgé ma propre opinion, mais j'aurai toujours l'injustice en horreur.

— Tant mieux. Je ne vous demande qu'une seule chose, Copper. De rester en contact avec moi. C'est d'accord ? Je vous propose un rendez-vous régulier. Tant que je suis à Paris, dîner au Ritz une fois par semaine.

— Toutes les semaines ? Ici ?

— Eh bien, j'ai un petit bureau poussiéreux sur les Champs-Élysées, mais c'est plus convivial ici, qu'en dites-vous ? Même si je suis en déplacement, j'essaie toujours de rentrer à Paris le week-end.

— Je peux manger une quantité impressionnante de steaks, le prévint-elle.

— Ce sera l'une des raisons de cette amitié : vous empêcher de mourir de faim.

— Et quelles seront les autres ?

— Je pourrai garder un œil sur votre évolution. Quand vous enverrez un article au *Harper's*, j'organiserai le paiement. Et surtout, si vous manquez d'argent entre deux missions, je veillerai sur vous.

Elle le regarda avec méfiance par-dessus le rebord de son verre à vin en cristal.

— On dirait une araignée qui cherche à amadouer une mouche réticente pour l'attirer dans sa toile. Si j'accepte votre argent chaque fois que j'en manque, ne serai-je pas, de fait, votre employée ?

— Absolument pas. Vous serez seulement raisonnable.

— Si vous « veillez sur moi », qu'obtiendrez-vous en échange ?

— La satisfaction d'avoir soutenu un talent en herbe, répondit-il sans hésitation.

— Quelle élégante tournure de phrase, dit-elle un peu sèchement.

— Remettez-vous en cause mes motivations ?

— Oui, je serais tentée de le faire.

— Vous me blessez beaucoup, dit-il en posant une main hâlée sur le revers soyeux de son smoking. Je cherche seulement à vous aider.

— Oh, j'entends presque le lait de la tendresse humaine clapoter dans votre cœur.

Il partit d'un grand éclat de rire pour la deuxième fois de la soirée.

— Très bien, je l'avoue. Vous m'intéressez. J'aimerais apprendre à vous connaître.

— Vous aussi, vous m'intéressez, répondit Copper. Vous êtes un homme très intéressant. Mais je ne suis pas sur le marché.

— De quel marché parlons-nous ?

— Toutes sortes de marchés. Je ne veux plus de complications dans ma vie. Je ne veux plus de contrats d'aucune sorte. Alors, si vous me faites des avances…

— Je ne vous offre que mon amitié.

Elle marqua une pause, puis elle tendit son bras fin par-dessus la table et lui donna une énergique poignée de main très américaine.

— J'accepte avec plaisir votre amitié, tant qu'elle le reste.

— Excellent. Alors, nous nous reverrons samedi prochain à la même heure ?

— J'attends ce dîner avec impatience.

En effet, lorsqu'ils se séparèrent, l'appétit satisfait par des mets succulents, Copper sentit qu'elle avait gagné un ami en la personne d'Henry Velikovsky. Il était assez âgé pour qu'elle le considère comme un bienfaiteur et assez séduisant pour susciter son intérêt. En outre, il y avait chez lui cette aura de danger et d'exotisme propre à intriguer n'importe quelle femme.

Avant qu'ils ne quittent la table, il lui tendit une enveloppe bien garnie. Le rabat était frappé de son monogramme et elle était remplie de dollars flambant neufs. Copper s'en réjouit.

— Je n'en reviens pas.

— Pourtant, c'est bien réel. Je les ai imprimés moi-même.

— Ne me taquinez pas. C'est la première fois que je gagne de l'argent pour mon travail d'écriture.

— Certainement pas la dernière.

Il la raccompagna jusque dans la rue et lui appela un taxi.

— Vous pouvez toujours me joindre au numéro des Champs-Élysées en cas d'urgence. Si je ne suis pas à Paris, ma secrétaire me transmettra le message.

— Merci mille fois, Henry. Et merci pour votre oreille attentive. Cela faisait longtemps que je n'avais pas eu d'interlocuteur intelligent à qui me confier.

— J'espère que vous me considérez comme un confident à présent, ma chère Copper. Je peux être utile.

Ils se saluèrent et elle monta dans le taxi. Plus heureuse qu'elle ne l'avait été depuis des semaines, elle demanda qu'on la conduise place Victor Hugo.

Pearl était réveillée lorsqu'elle rentra. Cependant, une fois que Copper, encore émerveillée, lui eut raconté son histoire, Pearl s'exclama avec dégoût :

— Tu as refusé un poste au *Harper's Bazaar* et un beau millionnaire en une seule soirée, et tu es fière de toi ?

— Je n'ai refusé ni l'un ni l'autre, répondit Copper en riant gaîment. Disons que je m'accorde un peu d'espace pour me retourner.

— De l'espace pour te retourner ? Tu te prends pour le paquebot *Queen Mary* ou quoi ?

— Non. Mais je peux vendre mon travail et manger des steaks au Ritz toutes les semaines à leurs frais. En plus, je suis libre.

Elle leva les mains au ciel et se mit à danser autour de Pearl.

— Je suis libre !

Mais la jeune femme était morose.

— Tu en as de la chance. Aucun homme comme ça ne s'intéressera jamais à moi. Jamais de la vie.

Quelque chose dans son intonation interpella Copper. Elle cessa ses pirouettes et observa sa colocataire de plus près. Le teint de Pearl était cireux, ses yeux réduits à deux têtes d'épingle.

— Pearl ! s'exclama-t-elle avec effroi. Qu'as-tu fait ?

— Je n'ai rien fait, rétorqua-t-elle, sur la défensive.

Copper s'empara du livre posé à côté de Pearl. D'entre les pages tomba une seringue en verre. Une petite quantité de liquide trouble se trouvait encore dans le tube. Elle recula d'un pas, sous le choc.

— Oh, Pearl.

— Ce n'est pas si facile, rechigna-t-elle en ramassant la seringue pour la ranger précautionneusement entre les pages de son livre.

— Tu avais promis !

— Les promesses sont faites pour être enfreintes.

— Où te l'es-tu procurée ?

— À ton avis ? répondit Pearl avec amertume.

Copper éprouvait le besoin de s'asseoir.

— Tu n'es pas retournée le voir ? Tu n'as pas fait ça !

— Eh bien, si.

— Et la comptabilité ?

— Tant pis pour la compta, je n'arrive à rien.

— Ce truc va te tuer, dit Copper en s'efforçant de maîtriser la boule qui lui obstruait la gorge.

— Ce n'était qu'une injection. Histoire de me remettre d'aplomb.

— Je vais détruire cette aiguille.

Pearl attrapa le manuel et le serra dans un geste protecteur contre sa poitrine.

— Tu ne m'écoutes pas ? Ce n'était qu'une fois.

— Et quand l'effet sera retombé, il t'en faudra une autre, puis une autre.

— Tu ne sais pas ce que c'est.

— On peut t'emmener chez le médecin…

— Je ne veux pas de médecin. Personne ne fourrera son nez dans mes affaires.

— Pearl…

— Laisse-moi tranquille, Copper.

Sur ce, elle disparut dans sa chambre et tira le verrou de la porte derrière elle.

Sept

Copper quitta discrètement la table où tout le monde discutait avec animation en buvant du champagne, et se fraya un chemin dans la foule tapageuse qui envahissait *La Vie Parisienne* tous les soirs. Elle avait pris l'habitude d'y venir deux ou trois fois par semaine. C'était sa façon de se tenir au courant des derniers ragots dans le monde de la mode, étant donné que la boîte de nuit de Suzy était le lieu de rendez-vous des créateurs et des couturiers. Mais ce n'était pas tout.

Les semaines s'étaient succédé avec une rapidité étonnante. L'année 1945 était arrivée et les Alliés se trouvaient déjà en territoire allemand. Depuis le départ d'Amory, on eût dit que les lois de la pesanteur avaient été suspendues, la laissant flotter librement jusque dans les nuages purs. Tout avait commencé grâce à l'amitié de Christian Dior et de sa bande. C'était son billet d'entrée dans le monde de la mode. Elle connaissait toutes les rumeurs, tous les scandales. Elle commençait tout juste à appréhender la réalité de la haute couture, à savoir ce qui était nouveau et ce qui, en revanche, était résolument *has been*. Un avenir brillant s'offrait à elle, celui d'une journaliste capable d'écrire en toute légitimité sur les questions féminines et sur la mode.

La réponse positive du *Harper's* dès son premier coup d'essai lui avait mis le pied à l'étrier. Quelle joie de découvrir sa prose sur papier glacé et de voir son nom au bas de la page pour la toute première fois ! Son texte au style concis et efficace paraissait d'autant plus puissant qu'il côtoyait des articles sur les robes et les chaussures.

Ses dîners au Ritz avec Henry Velikovsky étaient rapidement devenus les moments les plus marquants de sa semaine. Elle aimait le rituel de leurs retrouvailles, écouter le récit de ses aventures, son enfance en Russie et le monde si romantique des promenades en traîneaux et des palais d'hiver où il avait vécu autrefois. En sa compagnie, elle se sentait chic et spéciale, des sentiments qu'elle n'avait pas éprouvés depuis fort longtemps. Leur amitié se changeait lentement et presque imperceptiblement en une relation plus intense, même si elle refusait encore de l'admettre. Après tout, elle lui avait clairement fait savoir qu'elle était inaccessible. Mais la vie n'avait pas son pareil pour déplacer les pièces sur le grand échiquier.

Par son intermédiaire, elle avait vendu deux autres textes courts à *Harper's Bazaar*. Carmel Snow était toujours friande d'histoires sur Paris, surtout quand elles abordaient le sujet de la mode. Au magazine, on attendait impatiemment son papier sur le *Théâtre de la Mode*, qu'elle rédigerait à la fin de l'exposition.

Et puis, il y avait sa troisième grande amie, Suzy Solidor. Elle la retrouva assise à sa coiffeuse, devant son reflet dans le miroir.

— Je m'inquiète pour toi, lui dit Copper en s'asseyant à côté d'elle.

— Pourquoi ?

— L'épuration. On ne parle quc de ça dans tout le night-club.

— N'aie pas peur, répondit Suzy. Je n'ai rien à me reprocher. Ces molosses ne peuvent rien me faire.

— Ils sont capables de tout. Ils peuvent te jeter en prison ou dans un camp d'internement.

— Chérie, le pire qu'ils puissent faire, c'est me coller une amende de quelques francs.

— J'espère que tu as raison.

— J'ai raison. Ne te fais pas de souci.

Leurs regards se rencontrèrent dans le miroir.

— Je ne suis pas un ange, mais toi oui, ma chérie. Tu es un ange parfait.

Elle tapota la joue de Copper tout en balayant son visage de son regard intense.

— Me trouves-tu repoussante ?

— Bien sûr que non.

D'abord, pour être honnête, l'intensité de Suzy l'avait intimidée. La compagnie de cette femme plus âgée lui faisait l'effet de l'absinthe, enivrante et dangereuse. Suzy ne se conformait à aucune règle et c'était en partie la raison de l'intérêt qu'elle suscitait chez Copper. En un rien de temps, elle avait pris une place importante dans sa vie. Elle avait pris en main son éducation, améliorant son français, son style vestimentaire, ses goûts en matière de cuisine et dans bien d'autres domaines. Elle lui avait fait découvrir ses écrivains fétiches, Baudelaire, Villon, Rimbaud, et tout un monde de possibilités nouvelles.

Comme avec Henry, mais de manière différente, elle avait la sensation de s'éveiller. La sensualité s'était insinuée dans sa vie comme une brise chaude à travers les fenêtres entrouvertes d'une pièce restée trop longtemps fermée. Autrefois, Amory était tout pour elle, surtout au début de leur mariage, mais ses infidélités l'avaient blessée si souvent et si cruellement qu'elle avait perdu confiance en lui. Et avec la confiance, le désir aussi s'en était allé. Plus que de simples rapports sexuels, elle s'était rendu compte qu'elle avait besoin d'intimité et de sécurité. C'était de la confiance que naissait le désir, non l'inverse. Quelque chose s'était refermé en elle, comme les pétales d'une fleur délicate, jusqu'à ce que de nouvelles personnes fassent leur entrée dans sa vie, Henry et Suzy.

— Et cette brute russe ? reprit Suzy.

Copper frissonna quand ses doigts remontèrent le long de son cou, aussi légers que des ailes de papillon.

— Si tu ne couches pas avec moi, c'est avec lui que tu couches ?

— Bien sûr que non.

— Bien sûr que non, fit Suzy en écho, d'un ton moqueur. Tu es un monument de chasteté et tes cuisses de marbre ne s'écartent jamais. Vraiment, chérie, ça te plaît de rendre ton monde complètement fou.

— Pas du tout.

— Menteuse.

Suzy posa fermement ses lèvres, fiévreuses et moites, sur celles de Copper. Aussi sophistiquée qu'elle soit dans le choix de ses tenues, Suzy ne mettait jamais ni parfum ni déodorant. L'odeur lactée de sa peau et celle, moins subtile, de ses aisselles, lui montèrent aux narines, à la fois grisantes et puissamment érotiques. Copper s'empressa de reculer.

— Pourquoi me refuses-tu toujours un vrai baiser ? demanda Suzy en effleurant les vagues chamarrées de sa chevelure rousse.

— Je ne veux pas t'embrasser comme ça.

— Pourquoi pas ?

— Ce n'est pas…

Copper ne trouvait pas le mot adéquat.

— Pas *décent* ? Pas *convenable* ? Pas *raffiné* ?

— Ce n'est pas moi.

— Mais tu as envie de moi, tout comme j'ai envie de toi. Je le sens.

— Tu veux dire que tu crois le sentir.

Suzy empoigna Copper par les cheveux dans un élan menaçant.

— Parfois, j'aimerais te faire mal.

— Parfois, j'aimerais que tu le fasses, répondit Copper à voix basse.

Pearl était dans le salon lorsqu'elle revint de *La Vie Parisienne* aux petites heures du jour. Affalée sur le sofa, son aiguille prête, elle écartait les orteils de son pied nu.

— Pour l'amour du ciel ! s'exclama Copper avec horreur. Tu ne peux pas faire ça dans la salle de bains ?

— On gèle là-dedans.

Pearl s'injecta soigneusement la substance avant de se détendre sur les coussins dans un soupir. Copper vit l'effet de la drogue aplanir tous les traits de son visage juvénile, le laissant aussi lisse qu'un pâton. La rechute de Pearl dans sa toxicomanie avait été une déception amère, mais si elle espérait s'en libérer un jour, ce serait selon ses propres conditions, non celles de quelqu'un d'autre.

— Tu es retournée chez Petrus.

La bouche de Pearl ébaucha le plus léger des sourires.

— Oui, je suis retournée chez mon grand diable noir.

— Et que dois-tu faire en échange de la cocaïne ?

— La même chose que toi.

— Je ne vois pas de quoi tu parles, répondit Copper, outrée.

— Je parle du rouge à lèvres sur ton visage. Ce n'est pas ta nuance, frangine.

Copper s'essuya la bouche d'un geste agacé.

— Ça pourrait être n'importe qui.

— Pas cette teinte si particulière, rouge comme le sang d'une vierge. C'est clairement elle.

— C'est une amie.

— Je suis plus âgée que toi, ma belle. Et un peu plus avisée sur les choses du monde.

— Tiens donc, je ne l'avais pas remarqué, répondit sèchement Copper.

Pearl s'étira, les yeux déjà vitreux.

— Est-ce que tu couches avec Suzy ?

— Ça ne te regarde pas, fit Copper d'un ton neutre. Mais pour information, non, je ne couche pas avec elle.

— Eh bien, si ce n'est pas encore le cas, ça ne va pas tarder, parce que c'est exactement ce qu'elle cherche. Elle gagne ta confiance. Tu es sa prochaine conquête.

Copper ricana.

— Pearl, vraiment. J'ai pour principe de ne pas me laisser sermonner par quelqu'un qui vient de s'enfoncer une aiguille entre les orteils.

— Cette femme est anormale.

— Si par anormale, tu veux dire qu'elle n'est pas aussi rasoir qu'un roman de gare, alors je suis d'accord avec toi.

— *La Vie Parisienne*, c'est sympa pendant un moment. On y va pour regarder les cinglés, boire quelques verres…

— Piquer les maris des autres, ajouta Copper.

— Mais tu y sors tous les soirs de la semaine. Tu en pinces pour elle.

— Et toi, tu es une toxicomane.

— Toi aussi. Tu la regardes comme un lapin regarderait un boa constrictor.

— Je n'ai jamais vu de lapin regarder de boa constrictor, alors je ne me permettrai aucun commentaire. Je me renseignerai la prochaine fois que j'irai au zoo de Brooklyn. En attendant, j'aime beaucoup Suzy, figure-toi. Elle est gentille avec moi, voilà pourquoi je la regarde comme je la regarde.

— Elle a envie de toi, ça se voit comme le nez au milieu de la figure. Elle se jette sur toi devant tout le monde. D'ailleurs, on ne parle que de ça.

— Laisse les gens parler.

— Dévier du droit chemin, je sais ce que c'est.

Pearl entreprit de ranger ses « accessoires », comme elle les appelait – sa collection de seringues et de petites ampoules –, les déposant dans une trousse de toilette avec une méticulosité léthargique.

— Je ne veux pas que tu finisses comme moi. Ensuite, c'est difficile de remonter la pente et de s'en sortir.

— Je le sais bien, reprit Copper d'un ton plus doux.

Pearl disparaissait des heures chaque jour. Sans doute travaillait-elle pour Petrus comme elle l'avait fait jusqu'à présent. Elle revenait toujours avec sa dose de cocaïne ou autres opiacés. Au moins, elle payait sa part de loyer. Copper ne pouvait pas s'en plaindre.

— On pourrait t'inscrire dans une clinique.

— Non, merci. Tout arrêter d'un seul coup ? Quand les poules auront des dents ! Au fait, que dit Henry de Suzy ?

— Contrairement à toi, Henry me laisse mener ma propre vie.

— Tu vas le perdre, répondit Pearl en bâillant.

— Comment veux-tu que je le perde ? Je ne le possède pas.

Le regard de Pearl présentait une ressemblance troublante avec celui de George, quand Copper l'avait retrouvé mort sur son parquet : voilé et fixe.

— Il te mange dans la main. Ce type est fou de toi.

Copper ne comptait pas lui expliquer une chose aussi intime, sensible et complexe, que ses sentiments à l'égard d'Henry et de Suzy, d'autant moins qu'elle les comprenait à peine elle-même.

— Henry est bien plus vieux que moi.

— Quel rapport ? Henry est beau, riche, et il t'adore. Qu'est-ce que tu veux de plus ?

— Je ne veux personne. J'aime rester libre.

— Fil de Cuivre, quand vas-tu enfin grandir et comprendre la vie ?

Pearl aimait avoir le dernier mot. Elle se dirigea vers sa chambre à coucher, de la démarche traînante d'une somnambule.

Le lendemain, Copper retrouva Dior au pavillon de Marsan. C'était une matinée claire, mais glaciale. Ils sortirent dans la cour, où un kiosque doté d'un poêle à charbon faisait des affaires en or en vendant des marrons chauds.

— Il fait un froid de canard, geignit-elle.

— C'est Paris. On ne vient pas ici pour la météo clémente. Tu as l'air fatiguée, ma chère, observa Dior en achetant des marrons grillés dans un cornet en papier journal.

— Je n'ai pas très bien dormi la nuit dernière, avoua-t-elle. Pearl a replongé dans la cocaïne.

Dior se concentra pour peler une châtaigne, retirant la coque du fruit brûlant à la chair sucrée.

— Il fallait s'y attendre. Tu ne peux rien faire. J'ai le même problème avec Bébé.

— Et puis, il y a Suzy.

— Quel est le problème avec Suzy ?

— Elle est terriblement gentille avec moi, mais elle aimerait plus qu'une amitié. Elle perd patience, parce que je ne réagis pas comme elle le voudrait. Je ne veux pas la vexer ni la décevoir. Que dois-je faire ?

— Tu interroges la mauvaise personne, ma chère.

— Mais tu dois bien comprendre mon dilemme, toi mieux que quiconque.

— Parce que je suis comme je suis, c'est ça ? Vois-tu, je suis né ainsi. Je sais ce que je suis depuis mon plus jeune âge. Cela ne m'a jamais paru étrange de désirer des personnes du même sexe que moi.

Il examina sa châtaigne, à la recherche de fibres récalcitrantes.

— Laisse-moi te dire une chose, ma petite, les relations ne sont jamais simples. En ce qui me concerne, je n'ai jamais trouvé mon bonheur dans l'amour.

— Oh, Tian, comme c'est triste.

— Triste, mais vrai. En d'autres termes, que l'on aime le même sexe ou non, cela ne fait aucune différence. Les problèmes sont identiques. D'après le cercle que je fréquente, tu vois bien qu'il n'existe pas de réponse unique à la question du désir. Regarde Cocteau. Il peut tomber amoureux, sans distinction, d'un homme ou d'une femme.

— La seule personne que Cocteau aime vraiment, c'est lui-même, rétorqua-t-elle.

Dior éclata de rire.

— Tu as peut-être raison. Les beaux spécimens sont toujours désirés, et les autres non. Je n'ai jamais été beau, même dans ma jeunesse, quand la plupart des gens s'épanouissent ne serait-ce qu'un court moment. J'ai toujours été fade et quelconque. Je le serai toujours.

— Tu n'es pas quelconque.

— Bien sûr que si, et j'ai le défaut atavique d'être irrémédiablement attiré par les plus beaux. Ce qui fait que, bien souvent, je suis rejeté, raillé pour ma prétention. Et les rares fois où je parviens à me faire accepter, je suis aussitôt disqualifié au profit d'un concurrent plus séduisant.

Elle posa une main compatissante sur son bras.

— Même si c'était vrai, si tu étais quelconque – je trouve pourtant que tu as un visage charmant –, ton génie dépasse de loin la beauté superficielle.

— Dans ce monde, répondit-il, désabusé, en haussant les épaules, ce sont les apparences qui comptent plus que le fond. Si j'ai appris quelque chose dans mon métier, c'est bien cette réalité-là.

— Je croyais qu'Amory serait l'homme idéal, dit-elle avec mélancolie. La désillusion a été longue et laborieuse. Le rejet au profit d'un concurrent plus séduisant, crois-moi, je connais.

Ce fut son tour de poser une main sur la sienne.

— J'ai souvent eu le cœur brisé. À quarante ans, je ne m'attends plus à rencontrer l'homme idéal. Je me consacre entièrement à mon travail. Mais tu n'as aucune raison de vivre comme moi. Ton homme idéal est peut-être plus proche que tu ne le crois.

— Que veux-tu dire ?

— Eh bien…

Il retourna à ses marrons chauds avant d'ajouter :

— … il y a Henry.

— Tout le monde se trompe sur son compte.

— Dans ce cas, que devons-nous penser de lui ?

— C'est un ami, rien de plus.

— Tu en es sûre ?

— Je lui plais.

— Et lui, il ne te plaît pas ?

— Il est très attirant, mais…

— Mais ?

— Disons que je suis beaucoup plus jeune. J'aime ma vie. J'aime la bohème et les aventures. Je ne suis pas prête à tout abandonner pour qui que ce soit. Et puis, nos opinions divergent radicalement. Il soutient les grands bataillons, et moi les opprimés.

— Veux-tu que nous allions consulter Mme Delahaye ?

— Ce n'est pas d'une voyante que j'ai besoin, mais d'un psychiatre.

— Mme Delahaye est d'une fiabilité sans faille, tu sais. Chacune de ses consultations donne le même résultat précis : Catherine est en vie, elle va bien et elle me reviendra.

— Je suis heureuse pour toi, répondit-elle poliment tout en songeant que, parfois, son ami pouvait être bien naïf.

Il hocha la tête.

— Ma chère, on devrait pouvoir essayer la nouveauté, surtout à ton âge, sans avoir l'impression de se condamner à manger éternellement de ce même pain. Suis ton instinct.

Il lui offrit une châtaigne parfaitement décortiquée.

— Le seul conseil que je puisse te donner, c'est de ne rien faire qui te paraisse néfaste.

Elle accepta son petit cadeau tout chaud.

— Tu as de la chance d'avoir ton travail, Tian.

— Heureux au travail, malheureux en amour. Parfois, j'aimerais ne pas être comme je suis. Il y a des inconvénients. C'est illégal, d'abord, ce qui me vaut de vivre dans la crainte. Et puis, on se heurte constamment au mépris et même à la haine d'une certaine classe. Par moments, il suffit d'un regard, d'un sourire particulier ou d'un mot bien choisi. Les blessures peuvent être profondes.

Pendant un instant, il parut amer.

— Alors, il est plus facile de sublimer ses désirs. Une belle robe, un nouveau tissu, une silhouette élégante, tout cela peut détourner l'attention du malheur.

Il replia le cornet de papier et le glissa dans sa poche.

— En parlant de ça, je dois retourner à mes poupées. Ta séance avec le professeur von Dior touche à sa fin.

Après tout, songea-t-elle en franchissant les portes étincelantes du Ritz, peut-être devrait-elle voir un psychiatre. Des deux centres d'intérêt potentiels de sa vie en matière amoureuse, l'un était un homme de dix-huit ans son aîné et l'autre une femme. Qu'en dirait Freud ? Elle en avait parcouru, du chemin, la fille candide de Brooklyn qui avait débarqué à Paris un an plus tôt.

Tiré à quatre épingles comme toujours, Henry l'attendait à leur table habituelle. Son cœur se gonflait chaque fois qu'elle le voyait. Dans un monde d'incertitudes, cet homme était une valeur immuable : présent en toutes circonstances, il lui offrait un soutien infaillible. C'était peut-être cela, le problème. Là où Henry était un roc, Suzy représentait un défi. Là où Henry était une constante, Suzy était aussi changeante que la lune. Et si elle se sentait en sécurité avec lui, elle la mettait en danger. Le choix, si tant est qu'il y en ait un, s'avérait cornélien.

Lorsqu'elle arriva, Henry l'embrassa à trois reprises, à la mode russe. Ce soir, un orchestre jouait du jazz et des couples élégants dansaient entre chaque plat.

— Aimerais-tu danser avant de consulter le menu ? lui proposa-t-il.

— Si tu ne me marches pas sur les pieds.

— Je ferai de mon mieux.

Il la prit dans ses bras et ils se laissèrent dériver entre les tables, joue contre joue. Il dansait bien. Ses bras étaient forts, mais ses pieds restaient légers.

— J'ai essayé de te contacter à ton bureau, dit Copper. Ta secrétaire m'a dit que tu n'étais pas à Paris cette semaine.

— J'avais des affaires à régler.

— Quel genre d'affaires ?

— Ennuyeuses.

— Tu voudrais que je te raconte tous les détails de ma vie, se plaignit Copper, mais tu refuses de me dévoiler la moindre information sur la tienne.

— Très bien, que veux-tu savoir ?

— Où tu es allé cette semaine et ce que tu as fait.

Pendant un moment, il garda le silence, la faisant tournoyer lentement dans ses bras.

— Le combat contre les Allemands en est à sa phase ultime, dit-il enfin. Mais une nouvelle guerre se prépare déjà. Les communistes aimeraient engloutir la France comme ils engloutissent l'Europe de l'Est.

Copper pouffa.

— C'est un sacré marronnier, cette histoire. Les patrons distillaient la même peur dans les années 1930 et s'en servaient pour garder leurs ouvriers corvéables à merci contre une bouchée de pain dans leurs usines dangereuses et glaciales.

— Il ne s'agit pas des conditions de travail dans quelques usines, dit-il avec patience. On se prépare à la guerre civile.

— D'accord, Daddy Warbucks, fit-elle en riant. On se calme avec la propagande. Je n'ai pas envie de me disputer.

Ils dansèrent pendant un moment, puis ils s'attablèrent pour boire ce qui était devenu « leur » cocktail : des lévriers à la vodka. Ses yeux en amande toujours aussi mystérieux, il lui souriait et lui parlait d'un ton enjoué.

— Tu dois faire attention, ma chère Copper.

— Aux hordes communistes assoiffées de sang ?

— Au scandale. Des bruits courent à ton sujet.

— Vraiment ?

— Paris est un microcosme. Les langues vont bon train au sujet d'une amitié particulière entre une chanteuse française et une jeune journaliste américaine.

— Je vois, fit Copper, songeuse, les yeux baissés sur le jus de pamplemousse rose. J'ignorais que j'étais aussi célèbre.

— Tu es nouvelle, et tu es ravissante. Évidemment, tu ne passes pas inaperçue. Les gens veulent savoir qui tu es, d'où tu viens.

— Et où je vais... tout droit en enfer, je présume.

— Les Parisiens sont très tolérants. Tu ne seras pas vouée aux gémonies, mais disons que ton amie n'est pas très discrète.

— Au moins, elle n'a pas honte de ce qu'elle est.

Henry haussa les épaules.

— L'homosexualité féminine est un vrai spectacle public à Paris depuis les années 1850. C'est presque une profession. Un art de la scène à part entière.

— À Paris, c'est déjà une profession d'être une femme, souligna Copper avec ironie.

— Quand Suzy est arrivée, c'était une va-nu-pieds, la fille illégitime d'une bonne de Saint-Malo. Elle s'appelait Suzanne Rocher. C'est Yvonne de Bremond qui en a fait la Suzy Solidor que tout le monde connaît.

— Qui est Yvonne de Bremond ?

— Yvonne est une aristocrate lesbienne, une beauté très en vue dans les années 1920 et 1930. Un peu plus âgée que Suzy. En fait, Suzy et elle se ressemblent comme deux sœurs. Elle l'a recueillie et Suzy est devenue son projet de prédilection. Il lui a fallu des années pour sculpter ce matériau brut et en faire une œuvre d'art.

— Comment s'y est-elle prise ? demanda Copper, curieuse.

— Yvonne connaissait tout ce que Suzy ignorait : les livres à lire, les vêtements à porter, les vins à boire, la bonne façon de parler. Elle exhibait Suzy dans tous les endroits en vogue. On pouvait les voir toutes les deux à Biarritz ou à Cannes, dans les années d'avant-guerre, foncer sur les routes dans la Rolls-Royce décapotable d'Yvonne avec un énorme chien sur la banquette arrière. Un vrai spectacle, je t'assure.

— Ça me parle, fit Copper d'un air pensif.

On aurait dit qu'à présent, Suzy essayait de faire la même chose avec elle.

— Et ensuite ?

— Suzy l'a plaquée. La rupture a été brutale et la pauvre Yvonne en a eu le cœur brisé, mais Suzy s'était lassée d'être la protégée. Elle avait envie de voler de ses propres ailes… alors, voilà. Adieu, Yvonne.

— Je n'en savais rien.

Henry prit l'épaisse carte des vins à reliure de cuir.

— On pourrait presque penser qu'elle a toujours détesté Yvonne et qu'elle s'est laissée façonner jusqu'à son grand moment. Ensuite, elle s'est vengée.

— Vengée ? Mais de quoi ?

— On est toujours puni pour ses bonnes actions, fit-il en étudiant la carte. Yvonne possède une boutique de luxe au Faubourg Saint-Honoré. Elle a pignon sur rue, c'est une antiquaire, experte en ameublement du XVIIIe siècle. Chaque année, ses vitrines de Noël sont légendaires. Mais elle ne voit plus Suzy. Tiens, ils ont du château Latour de 1922. Commandons une bouteille !

Elle posa le doigt sur la carte des vins, qu'elle poussa sur la table pour le contraindre à la regarder.

— Est-ce un avertissement, mon très cher Henry ?

— Plutôt une suggestion, dit-il en souriant. Tu devrais peut-être éviter que Suzy te donne en spectacle.

— Je tâcherai d'y penser.

— Tu trouves que je me mêle de ce qui ne me regarde pas.

— Oh, Pearl fait ça tout le temps.

Il reposa le menu.

— Je serai toujours fasciné que tu aies recueilli la maîtresse de ton mari. Tu es vraiment une femme extraordinaire, Copper.

— On ne peut pas vraiment dire que la pauvre Pearl était la maîtresse d'Amory. Elle était ce que les Américains appellent un coup d'un soir.

— Tout de même, tu as fait preuve de grandeur d'âme. Peu de femmes auraient été aussi compréhensives.

— Pearl a ses propres problèmes.

— Tu veux dire que c'est une droguée.

Elle secoua la tête.

— Décidément, tu es au courant de tout.

— J'ai des oreilles partout. J'ai appris ce que tu avais fait à son… euh, son imprésario.

— Tu en connais, des rumeurs, cher Henry.

— Est-ce vrai qu'il avait un couteau ?

Les grands yeux gris de Copper pétillaient lorsqu'elle raconta :

— Je l'ai frappé avec un cendrier Lalique. Il n'avait aucune chance.

— Tu aurais pu le tuer.

— Mais non. En tout cas, maintenant, il ne risque plus de venir à l'appartement. C'est la bête noire de Pearl.

Il posa sa main sur la sienne.

— Ma chère, je sais que tu t'amuses, mais c'est un monde dangereux.

— Tu as raison, dit-elle pensivement.

— Sur le fait que c'est un monde dangereux ?

— Non. Ça, je m'en fiche éperdument, mais je m'amuse. J'ai perdu trop de temps à m'apitoyer sur mon sort et je ne m'en étais pas rendu compte jusqu'ici.

Il parut attristé.

— Est-ce que tu t'amuses trop pour te ranger ?

Il fallut un moment à Copper pour saisir ce qu'il sous-entendait.

— Oh, Henry.

— Je sais que c'est encore très tôt. Et je sais que j'ai vingt ans de plus que toi…

— Dix-huit, rectifia-t-elle par réflexe.

— Mais j'ai beaucoup à t'offrir en tant que mari.

— Henry…

— Je n'entraverais jamais ta carrière et je ne chercherais jamais à changer qui tu es.

Pendant un moment, il lui serra fort la main de ses doigts vigoureux. Puis il la relâcha.

— Tu n'es pas obligée de me donner ta réponse tout de suite, ni même sous peu. Réfléchis-y.

— D'accord, promit-elle.

Elle se pencha en avant et déposa un baiser sur sa joue.

— Sache que j'en suis très honorée. Quoi qu'il arrive.

On ne refusait pas à la légère une demande en mariage d'Henry Velikovsky, et pourtant elle sentait qu'elle ne pouvait pas accepter. Ni maintenant, ni peut-être même jamais. Certes, il prétendait ne pas vouloir être un frein à sa carrière, mais elle y perdrait forcément sa liberté, la liberté qu'elle chérissait tant.

Le statut d'épouse – la comtesse Velikovsky, pour ceux qui tenaient à ce genre de considérations – venait avec son lot d'obligations. Inévitablement, son énergie serait accaparée, même partiellement, et se détournerait de son travail pour se concentrer sur l'homme qu'elle aurait épousé. Elle le savait depuis son premier mariage, sans compter d'éventuels enfants…

Elle aimait déjà Henry. Elle l'aimait pour sa douceur et son charme, pour la sécurité qu'il procurait. Quant à leur différence d'âge, c'était en partie ce qui la séduisait.

Mais que cette étincelle soit capable d'allumer le brasier nécessaire au mariage, c'était une tout autre affaire. Peut-être était-ce possible. Mais à condition qu'elle ajoute du carburant aux flammes. Jusqu'à présent, ils avaient dansé ensemble, ri et partagé un monde éclatant qui ressemblait trop à un conte de fées pour être fiable. Ils ne s'étaient jamais retrouvés au lit ensemble, et tant que ce ne serait pas arrivé, ils demeureraient dans l'antichambre de la passion, pour ainsi dire. Elle n'était pas certaine de vouloir ouvrir cette porte.

Une fois qu'ils se furent quittés, Copper éprouva un curieux mélange d'euphorie et de tristesse. Un homme tel qu'Henry à son bras, c'était un coup de fouet pour l'ego, assurément. Cependant, elle était frustrée de savoir sa précieuse liberté à nouveau remise en cause, alors qu'elle venait tout juste de la recouvrer.

Difficile de démêler la réalité de ses sentiments envers Henry. Le fossé était non négligeable entre leurs âges et leurs inclinations politiques. Elle n'aimait pas l'attitude d'orpheline candide qu'il suscitait chez elle, cette jeune femme presque enfantine, naïve, aspirant à être secourue des difficultés dans lesquelles elle s'était fourrée.

Sa belle prestance ne faisait que compliquer davantage ses sentiments. Si elle s'était débarrassée d'un mari autoritaire et manipulateur, ce n'était pas pour s'empresser d'en trouver un autre.

Ses réflexions s'arrêtaient là.

HUIT

Au pavillon de Marsan, l'activité était fébrile. Le lancement du défilé approchait à grands pas. Les créateurs ajoutaient la touche finale aux diverses scènes. La majeure partie des poupées étaient prêtes, mannequins énigmatiques vêtus à la perfection et disposés en petits groupes insondables. Quant à Dior, il avait même utilisé la soie qu'ils étaient allés chercher en Simca. Copper le laissa s'affairer pour faire le tour de la salle, armée de son appareil photo, et piocher des détails dans le ronron des machines à coudre et le martèlement des outils.

Ils étaient tous là, les grands couturiers de Paris. Elle avait appris à les reconnaître et à identifier leurs styles. Le jeune et frêle Jacques Fath, tout d'abord, à peine âgé de trente ans et déjà admiré dans le monde de la mode. Elsa Schiaparelli, aristocrate mystique toute de noir vêtue, penchée sur son estrade avec un regard sombre et intense. Non loin d'elle, le Basque, Balenciaga, tout aussi ténébreux et tourmenté, travaillait avec la même concentration. Derrière lui se trouvait Jeanne Lanvin, courbée et brisée par la guerre, mourante à en croire Suzy, qui était son amie et portait ses créations.

Alors qu'elle contemplait le spectacle, quelqu'un l'appela joyeusement. C'était Christian Bérard, éclaboussé de peinture bleu ciel dont les taches étaient allées se loger jusque dans sa barbe fournie. Son regard était espiègle, d'une couleur similaire à sa peinture. Il portait son petit bichon frisé blanc sous un bras, comme toujours, et dans l'autre main le gros pinceau qu'il utilisait.

— Copper ! Où est ton Anactoria ?

— Bonjour, Bébé. Qui est mon Anactoria ? demanda-t-elle, circonspecte.

L'esprit de Bérard était tortueux et ses plaisanteries souvent alambiquées.

— Eh bien, Suzy Solidor, naturellement.

— Je ne saisis pas.

— Ah, j'oublie que tu as grandi parmi les loups, répondit-il avec malice. Si tu avais reçu une éducation, tu saurais qu'Anactoria était l'amie de Sappho de Lesbos. Son amie très *spéciale*.

Il fit rouler ses yeux protubérants pour s'assurer qu'elle comprenne l'allusion.

— C'est l'anniversaire de ma petite Jacinthe, ajouta-t-il en ébouriffant le pelage bouclé de son chien. J'organise une fête dans mon studio samedi soir. Tu viendras, j'espère ?

— Eh bien, je suis déjà prise samedi soir.

— Par ton Russe ? Ah, oui. Il paraît que c'est un joyeux drille, dit-il d'un air amusé. J'insiste pour que tu l'invites.

L'idée parut mauvaise à Copper. Elle ne souhaitait pas mêler Henry à la bande bohème. Mais elle ne pouvait pas non plus refuser. Bérard était le meilleur ami de Christian Dior.

— Je lui demanderai, promis.

— Et amène-nous aussi ta petite pornographe de copine anglaise. Elle est tout à fait charmante.

— D'accord.

— Sois bénie, mon enfant.

Il exécuta le signe de croix devant elle avec son pinceau, tel un cardinal aspergeant de l'eau bénite. Elle ne fut pas assez rapide pour esquiver la douche de peinture bleue.

— Bébé, tu n'es pas croyable ! s'exclama-t-elle avec indignation.

Ses éclats de rire la suivirent, tandis qu'elle s'empressait d'aller se nettoyer.

Copper avait prévenu Henry que les fêtes de Bérard commençaient tard, si bien qu'ils n'arrivèrent pas avant onze heures le samedi soir. Henry était habillé de manière formelle, comme toujours, avec un smoking et un foulard en soie. Elle était angoissée à la perspective que ses deux mondes se rencontrent. Impossible de prévoir ce qu'Henry penserait des amis de Bérard, et à l'inverse, ce qu'ils penseraient de lui.

Pearl les accompagnait. À sa nervosité et son état irritable, il était évident qu'elle n'avait pas eu sa « dose ».

Le studio était un antre caverneux, dans un vieil immeuble du quartier de Montparnasse. Il était déjà plein à craquer. Bérard l'avait surchauffé avec son poêle et l'on suffoquait à l'intérieur. La majeure partie de ses invités arboraient les tenues excentriques qu'il était de coutume de porter en de telles occasions, mais Bérard lui-même était en pyjama et robe de chambre couverte de cendres de cigarette. Copper l'avait rarement vu autrement vêtu. Il joua des coudes pour les rejoindre dans la foule, Jacinthe toujours sous le bras.

— Bienvenue, bienvenue, lança-t-il. Voici Pearl. Quelle bouche, quelle volupté. Ma chère, vous êtes à croquer. Et ce doit être…

Il ouvrit tout grand ses yeux bleus et esquissa une révérence exagérée devant Henry.

— Ce doit être le dieu Apollon venu tout droit de l'Olympe. Soyez le bienvenu, Phœbus Apollon ! Je vous présente Jacinthe. C'est en son honneur que vous avez daigné descendre en ce bas monde. C'est son anniversaire. Vous pouvez l'embrasser.

Il tendit à Henry le petit chien pelucheux.

Copper se demanda comment Henry allait aborder cet artiste sale et adipeux, déjà ivre mort à l'évidence, avec ses manières extravagantes et sa barbe hirsute. Elle n'avait aucune inquiétude à avoir, cependant, car Henry sembla amusé par le personnage et consentit à embrasser Jacinthe avec grand sérieux.

Bébé les entraîna dans le studio pour les présenter à son assortiment d'amis hors du commun. La plupart des couturiers étaient présents, même Balenciaga. Grand, d'une beauté languissante et d'un chic presque inconcevable, il semblait étourdi par le bruit et le chaos qui l'entouraient.

L'austère Poulenc était là, ainsi qu'un homme imposant et carré qui n'était autre que Darius Milhaud. Bérard présenta Henry à son amant russe, le taciturne danseur de ballet, Boris Kochno. Copper les laissa parler russe ensemble et se mêla aux autres invités.

Sur un établi s'entassaient des bouteilles d'alcool bariolées de toutes sortes. On lui servit un verre de crème de menthe, qu'elle savoura en se promenant dans la foule, écoutant les conversations d'une oreille. Autour des murs du studio s'amoncelaient les œuvres de Bérard, achevées et en cours. Il y avait des dizaines de dessins de mode, qu'il réalisait sans effort pour les couturiers et les magazines. C'était le chouchou de Coco Chanel, ainsi que d'Elsa Schiaparelli et de Nina Ricci, qui toléraient uniquement son manque de constance et ses fréquents excès, parce que son style avait une touche glamour indéfinissable dont aucun autre artiste n'était pourvu.

Dominant la foule de toute leur hauteur, d'énormes éléments de décor pour les Ballets des Champs-Élysées, qu'il avait aidé à assembler avec Boris Kochno, étaient plantés, ainsi que diverses pièces sur lesquelles il travaillait pour *Le Théâtre de la Mode.* Les mieux dissimulées parmi l'ensemble de son œuvre étaient les peintures à l'huile qu'il avait exécutées pour son bon plaisir. Copper marqua une pause devant un portrait de Boris, un tableau sublime. Décidément, Bérard était un artiste prodigieux qui exprimait son talent sans limites. Elle se demanda combien de temps il survivrait à ce rythme effréné, avec ses addictions à l'opium et à l'alcool. Elle avait vu George Fritchley-Bound se tuer exactement de la même manière.

Bien après minuit, alors que la fête battait son plein et que le studio était bondé, Suzy Solidor arriva enfin. Elle portait une veste chinoise rouge et or à col relevé. Copper la trouva stupéfiante. Elle traversa la foule pour la rejoindre, comme attirée par un aimant. Tous les verres de crème de menthe qu'elle avait bus lui faisaient tourner la tête.

— Chérie ! la salua Suzy avec chaleur.

Cela faisait quelques jours qu'elles ne s'étaient pas vues.

— Tu m'as tellement manqué.

— Viens, j'aimerais te présenter Henry.

Le visage de Suzy changea.

— Je ne veux pas rencontrer cet homme. C'est un espion, tu le sais ?

— C'est un homme bon.

— Aucun homme n'est bon. Pourquoi l'as-tu amené ?

— Bébé l'a invité. Ne sois pas jalouse.

— Si, je suis jalouse. Je me réjouissais d'être seule avec toi.

Copper éclata de rire.

— C'est une fête, Suzy.

Suzy perça la foule du regard en direction d'Henry, en grande conversation avec Boris.

— Tu aimes ces belles brutes. Tu ne comprends pas qu'ils cherchent seulement à te dominer ? Ça te plaît peut-être. Une paire de lèvres pour t'embrasser et une paire de bottes pour te frapper.

— Viens lui parler, au moins. Tu verras que c'est un homme charmant.

— Je n'ai pas envie qu'il me charme.

Copper finit par céder.

— Veux-tu boire quelque chose ? Il y a un tas de bouteilles aussi bizarres qu'intéressantes par là-bas.

— Non. J'ai encore mieux. Viens.

Suzy la prit par la main et la conduisit à l'extérieur du studio. Elles gravirent une volée de marches jusqu'à l'étage. La chambre était vide et obscure dans l'appartement silencieux.

— N'allume pas, dit Suzy.

Elle ferma la porte à clé et ouvrit les rideaux. Une vue panoramique de Paris s'étendait en contrebas de

Montparnasse. Dans le ciel clair brillait une lune pleine et givrée.

— C'est magique.

— Il est minuit, dit Suzy. Une moitié de Paris fait l'amour à l'autre moitié.

Elle sortit un étui à cigarettes doré. À l'intérieur, il y avait une seule cigarette.

— Du haschich marocain. Le meilleur.

Copper croisa les mains dans son dos.

— Euh… je ne suis pas sûre d'en vouloir. Je n'ai jamais essayé le haschich. Mais vas-y, prends-en.

— C'est divin, je te jure. Pourquoi hésites-tu ?

— Eh bien, je suis venue avec Henry…

— Quel est le rapport ? A-t-il son mot à dire sur tous tes faits et gestes ?

— Non, il ne me dit jamais quoi faire.

— Ça ne va pas tarder. Ne lui fais pas confiance. Ces gens-là sont tellement arrogants, de vrais despotes.

Sa remarque fit écho en Copper.

— Il est assez autoritaire.

— Je les déteste. Ils croient posséder les autres. T'a-t-il déjà demandé d'être sa maîtresse ?

— Il m'a demandé d'être sa femme.

Copper regretta ces mots dès qu'ils eurent franchi ses lèvres. Suzy était hors d'elle.

— Comment ose-t-il ?

— Je suis très flattée, pour tout te dire.

Aussitôt, Suzy s'en prit à elle :

— J'espère que tu n'envisages pas d'accepter !

— Pas encore.

— Pas encore ? Pourquoi cet encore ? Sous-entends-tu que c'est une possibilité ?

— Tout est possible, dit Copper en souriant.

— Tu as très mauvais goût en matière d'hommes, répondit sèchement Suzy.

— Ne parlons pas de ça ce soir.

— Alors, fume du haschich avec moi.

— Je préfère éviter.

— Mais si, voyons.

Suzy alluma la cigarette et aspira la fumée. Elle recracha un panache devant le paysage parisien.

— Allez, mon adorée. Fume avec moi.

Avec réticence, Copper accepta la cigarette, espérant ainsi apaiser Suzy. Elle inspira. D'abord, elle crut s'asphyxier avec la fumée épaisse et âcre. Suzy plaqua une main puissante sur la bouche de Copper pour l'empêcher d'expirer. La jeune femme se dégagea en toussant.

— Je vais vomir.

— Non, crois-moi. Recommence.

Elle lui tendit à nouveau la cigarette, la forçant à prendre plusieurs bouffées.

— Je n'en supporterai pas plus, s'étrangla Copper. Ça suffit.

Suzy lui adressa un sourire énigmatique en lui reprenant le mégot.

— N'est-ce pas divin ?

Copper explora la sensation étrange qui lui embrumait la tête, comme si son cerveau prenait de l'ampleur sous son crâne.

— Je me sens toute drôle.

— Je l'ai reçu d'un officier allemand qui fréquentait mon night-club. Je le gardais pour une occasion spéciale.

— Et si l'épuration l'apprenait ? fit Copper en gloussant. Un cadeau de la part d'un nazi.

Elle commençait à se sentir singulièrement étourdie.

— Je n'ai pas dit que c'était un cadeau. Il m'a fallu payer pour l'avoir.

— Comment ? ne put s'empêcher de demander Copper.

— J'ai rendu un service.

— Ne sois pas si mystérieuse. Quel genre de service ?

— Je te montrerai… si tu fumes avec moi.

Tout en se disant qu'elle commettait une erreur, Copper accepta la cigarette tendue et fit une nouvelle tentative. Elle parvenait de mieux en mieux à conserver la fumée grasse. Ses poumons ne lui faisaient plus mal. À elles deux, elles se partagèrent l'intégralité du produit, emplissant la pièce d'une fumée tenace aux arômes d'encens. Copper sentait toutes ses angoisses et ses inhibitions s'envoler. Pendant quelque temps, ses sens lui parurent accrus : elle percevait chaque bruit de la fête qui palpitait à travers son corps, et l'air environnant faisait comme une caresse fraîche sur sa peau. Soudain, toute réalité s'estompa. Elle dansa en silence dans la pièce, les bras en l'air, comme s'il lui avait poussé des ailes.

— Comment te sens-tu ? demanda Suzy, dont les yeux noirs ne perdaient rien de sa danse éthérée.

— Comme un personnage de conte de fées. Ou un oiseau. Non, un ange.

— Et maintenant, veux-tu que je te montre le service que j'ai rendu à cet officier nazi ?

— Je t'en prie.

Suzy commença à déboutonner lentement le *cheongsam* qu'elle portait. Elle ne quittait pas Copper des yeux, et la jeune femme sentit son cœur battre la chamade. Un pan du vêtement rouge et or tomba sur le côté, révélant la moitié du corps de Suzy. Elle était nue sous la soie.

Le clair de lune baignait d'argent la courbe de son sein, les contours fermes de son ventre et de son buste, plongeant dans l'ombre son nombril et son aine. Le visage de Suzy était à demi nacré, à demi voilé.

— Viens, dit-elle à mi-voix.

Copper se sentit attirée, comme si elle ne contrôlait plus ses membres.

— Je l'ai agenouillé devant moi. Avec son uniforme et ses bottes cirées. *Comme ça.*

Elle appuya sur les épaules de Copper, qui se mit à genoux, docile, les yeux levés vers Suzy. Les dragons rouge et or du *cheongsam* crachaient leur feu dans sa direction. On eût dit qu'ils s'étaient animés et qu'ils ondulaient lentement avec sensualité. Suzy écarta le *cheongsam* en entier et attira vers son entrejambe le visage de sa captive, jusqu'à ce que sa toison effleure les lèvres de Copper.

— Cet officier allemand… voici ce qu'il voulait, tu comprends ?

— Oui, murmura Copper.

— Je me suis moquée de lui, mais je ne me moquerai pas de toi.

Elle se pressait avec insistance contre la bouche de Copper, les cuisses ouvertes.

— Pour toi, je ressens quelque chose de très différent. Je te désire. Je veux me donner à toi.

À son tour, Suzy s'agenouilla et plaqua son corps nu contre le sien.

— Est-ce que je te dégoûte ?

— Non.

— Même quand je te dis que j'ai pris plaisir à jouer la putain ?

— Je ne suis pas dégoûtée.

— Vraiment ? Parfois, je me dégoûte moi-même.

Son baiser s'attarda sur les lèvres de Copper. Cette fois, quand la langue de Suzy s'aventura entre ses dents, elle fut incapable de résister. Elle la sentit explorer sa bouche, la remplir tout entière, ardente et résolue comme le reste de sa personne. Les mains de Suzy épousèrent ses seins avant de se glisser sous ses vêtements à la recherche de ses cuisses. À ce contact, son corps fut ébranlé par un violent frisson. Submergée par son désir, elle se trouvait prise dans les anneaux d'un dragon bien plus fort qu'elle. Sa propre faiblesse lui était délicieuse et son corps se liquéfiait comme du miel.

Au loin, elle entendit qu'on l'appelait. C'était la voix de Pearl, dans les escaliers. Tant bien que mal, Copper trouva la force de reculer.

— On me cherche, dit-elle, des trémolos dans la voix.

— Laisse-les chercher, siffla Suzy entre ses dents.

— Je dois y aller.

— Non. Reste avec moi.

— Je ne peux pas.

Elle se redressa, les jambes tremblantes, et ajusta ses vêtements.

— Je suis désolée, ajouta-t-elle.

Les lèvres pincées, Suzy se leva en attachant son *cheongsam*.

— Tu es une lâche.

— Non, s'il te plaît…

Suzy agrippa le visage de Copper et l'embrassa avec passion sur les lèvres, si fort que c'en fut douloureux.

— Tu es à moi, *à moi*.

Mais Copper entendait Pearl qui l'appelait toujours. Elle se dégagea en secouant la tête.

— Je ne peux pas rester. Je descends en premier, ensuite toi.

— Te voilà, Fil de Cuivre, s'exclama Pearl en la retrouvant au bas des marches.

Elles retournèrent dans le vacarme assourdissant du studio.

— Où étais-tu passée ? Je t'ai cherchée partout.

— Je suis sortie prendre l'air.

— Par ce temps glacial ? s'étonna Pearl. Tu vas attraper la mort. Écoute, je dois retourner à l'appartement. J'ai besoin d'une dose.

Elle prit la main de Copper, qui lui parut aussi froide que de la glace.

— Mais que t'arrive-t-il ?

— Rien.

Pourtant, Copper ressentait des vertiges. Elle commençait à prendre peur. La drogue était trop puissante et elle s'efforçait d'en masquer les effets.

— Tu es malade ?

— Je vais bien, marmonna-t-elle.

La soirée en était à son apogée, véritable carnaval de musique et de couleurs. Bérard avait enfilé l'un des costumes de ballet suspendus aux murs, une extravagante tenue de clown dans des tons orange et jaune vif. Il dansait sous les applaudissements. Son visage était injecté de sang, ses yeux presque clos. Il était perdu dans son propre monde.

Henry se frayait un chemin pour aller à leur rencontre. Il dévisagea sa jeune compagne.

— Copper ? Tu vas bien ?

— Ça va.

— Tu es livide.

— Fatiguée, c'est tout.

— Elle était avec cette femme, intervint Pearl.

Elle tendit le doigt vers Suzy Solidor, de l'autre côté de la salle, silhouette spectaculaire avec ses cheveux platine et sa robe chinoise rouge et or. Pendant un instant, son regard intense croisa celui de Copper, puis elle retourna à sa conversation, leur offrant son profil aquilin indifférent.

Copper vacilla et Henry passa un bras autour de ses épaules.

— Tu devrais peut-être rentrer, très chère.

La voix de Copper était sourde quand elle répondit :

— Tu as raison. Je suis prête à partir, maintenant.

Copper titubait lorsqu'ils sortirent tous les trois dans la rue. La mine soucieuse, Henry l'aidait à garder l'équilibre. La nuit était d'un froid cinglant et une couche de glace scintillante commençait à se former sur les surfaces métalliques. Ils durent descendre le raidillon de la rue pavée afin de trouver une route plus large où ils pourraient héler un taxi. Malgré le soutien d'Henry, les chaussures de Copper ne cessaient de glisser sur le verglas et elle manqua tomber à deux reprises. Elle ne disait rien. Le brouhaha de la fête diminuait au fur et à mesure qu'ils avançaient. La ville était silencieuse.

— Je regrette d'être venue, grommela Pearl avec humeur.

Henry se taisait, concentré sur Copper.

Par chance, ils trouvèrent un taxi qui s'était mis au travail de bonne heure et ils entamèrent le chemin du retour.

Copper se laissa aller sur la banquette, les yeux fermés et le visage blême. Elle ne répondait à aucune question. Pearl était furieuse.

— Elle lui a fait quelque chose.

— Qui lui a fait quelque chose ? demanda Henry.

— Cette gouine.

— Vous parlez de Mlle Solidor ? Qu'a-t-elle fait à Copper ?

— Elle lui a donné quelque chose, de la drogue. Croyez-moi, je reconnais les signes.

Lorsqu'ils arrivèrent enfin place Victor Hugo, Copper se sentait affreusement mal. Saisie de haut-le-cœur, elle se rua vers le lavabo dans un coin de sa chambre, enseveli sous les rubans de négatifs qu'elle avait développés, et elle vida le contenu de son estomac, tandis que les jointures de ses doigts livides étaient crispées sur la céramique. Sa peau était moite, glacée, et son visage couleur d'ivoire. Henry posa la main sur son front et passa l'autre bras autour de sa taille. Avec une serviette, Pearl entreprit de lui éponger le visage.

Une fois que les vomissements eurent cessé, Henry et Pearl l'aidèrent à se mettre au lit. Les sensations inhabituelles commençaient à s'estomper sous son crâne et elle se sentait moins paniquée. Henry l'embrassa et s'en alla, déconcerté.

Pearl fulminait.

— Elle ne t'accorde même pas *ça* d'importance, fit-elle en claquant des doigts. Tu crois vraiment qu'elle tient à toi ? Pas du tout. Enfin, tu ne vois pas ce qu'elle est… une actrice sans cœur qui étale sa perversité contre de l'argent. Alors qu'Henry…

— Ne me parle pas d'Henry.

— C'est un homme bon, Copper.

— Que connais-tu de lui ?

— Je reconnais un diamant quand j'en vois un. Tu vas le perdre si tu ne laisses pas tomber Suzy.

— Je ne laisserai pas tomber Suzy. J'aime mieux tourner le dos à Henry.

— Oh, pour l'amour du ciel.

Copper roula sur le côté.

— Va-t'en. Je veux dormir.

Elle sombra presque instantanément. Avec l'auréole de sa chevelure rousse sur l'oreiller et ses lèvres entrouvertes, semblables à un hématome sur son visage blafard, elle paraissait dérisoirement jeune.

Le lendemain, Copper se réveilla avec une migraine lancinante. En proie à une terrible gueule de bois, elle n'était pas dans son assiette. Henry passa prendre de ses nouvelles, mais elle était trop léthargique pour discuter. Assise mollement, elle regarda fixement le parquet pendant toute sa visite, ne lui accordant que des monosyllabes en guise de réponse.

— Que s'est-il passé entre Suzy Solidor et toi, hier soir ? demanda-t-il d'un ton posé.

— Rien, maugréa-t-elle.

— Alors, pourquoi es-tu dans cet état ?

— J'ai la gueule de bois. J'ai trop bu, et…

— Et ?

— J'ai fumé du haschich.

— Qui t'en a donné ? Ne me le dis pas, je le devine très bien.

— Bravo !

Il la détaillait de son regard sombre.

— Cette femme n'est pas une bonne amie, Copper.

— Tu es jaloux.

— Je suis inquiet.

— Il n'y a aucune raison. Je peux vivre sans ton aide.

— Cette histoire se terminera mal, déclara-t-il d'un ton sinistre.

Après son départ, elle s'évertua à travailler, décrétant que le haschich ne lui convenait pas. Elle pardonnait à Suzy de lui avoir fait tenter l'expérience, mais elle ne la réitérerait pas.

En revanche, l'autre expérience, celle du corps nu de Suzy contre le sien, était à la fois troublante et excitante. Le comportement de Pearl, qui ronchonnait et ne perdait pas une occasion de la critiquer, ne l'aidait pas à se pencher sur la question, mais elle avait le corps en feu, plus vivant que jamais.

Quelques jours plus tard, Dior vint trouver Copper chez elle, place Victor Hugo.

— Bébé n'est pas rentré depuis des jours. Depuis la fête. Tout le monde a besoin de lui au pavillon. Il faut absolument le retrouver. J'ai emprunté une voiture, pourrais-tu conduire ?

— D'après toi, que lui est-il arrivé ? demanda-t-elle, déjà sur le départ.

— Comme d'habitude. Une envie qui se change en excès, puis en orgie. L'instant d'après, il est perdu.

— Où peut-il être ?

— Nous chercherons d'abord sous les ponts. C'est là qu'il atterrit en général.

— Tu plaisantes ?

— Non, dit-il tristement. Pas du tout.

Ils conduisirent sur les rives de la Seine, s'arrêtant à chaque pont. Sous les arches de certains logeaient des colonies de clochards, de pauvres sans-abri, des déserteurs et autres vagabonds, alcooliques pour la plupart. Le temps était glacial et Copper, alarmée, repéra quelques corps inertes au bord de l'eau. Dior la fit patienter dans la voiture et circula péniblement parmi les groupes, dévisageant chaque barbu crasseux.

— Il n'est pas là, dit-il en remontant après sa troisième tournée. Il y a trente-sept ponts à Paris. Les recherches risquent d'être longues, Copper.

— Ce n'est pas grave. Je suis à ta disposition.

— Je t'en suis très reconnaissant.

Il avait les joues rougies par le froid. Comme toujours, quel que soit l'état de ses finances, il restait d'un chic irréprochable. Il portait un élégant pardessus anglais et un chapeau.

— Allons au Pont de Grenelle. C'est l'un de ses endroits préférés.

Alors qu'ils reprenaient la route, il se tassa sur lui-même dans son manteau, comme un oiseau qui gonfle ses plumes.

— Comment va ton Henry ?

— Je suis sans nouvelles.

— J'ai entendu dire qu'il y avait eu un incident à la fête, dit-il avec tact.

— Je me suis rendue malade avec la crème de menthe, répondit-elle à la légère. Rien de plus.

— Ne le perds pas.

— Tian…

— Je n'ai rien à ajouter.

Soudain, il s'exclama :

— Attention, ma petite !

Elle écrasa la pédale de frein. Une foule d'hommes avait bloqué la rue, la forçant à s'arrêter. Ils marchaient d'un pas déterminé en direction de la rivière, des pancartes à la main. Cela faisait quelques semaines à présent que la France était agitée par des bouleversements politiques, marqués par des grèves régulières qui immobilisaient souvent Paris pendant plusieurs heures d'affilée. Cependant, elle n'avait encore jamais vu de manifestation d'une telle ampleur.

— Je vais prendre des photos, dit-elle en cherchant l'appareil qu'elle emportait dans tous ses déplacements.

— Sois prudente, conseilla Dior nerveusement. Ils sont peut-être dangereux, d'ailleurs leurs habits sont atroces.

Reléguant ce trait d'humour dans un coin de sa tête afin de le raconter dans une prochaine conversation d'après-dîner, Copper sortit de la voiture et s'approcha des grévistes, l'œil sur son objectif pour faire la mise au point. Les hommes aux visages renfrognés scandaient des slogans confus. Elle constata qu'un grand nombre de panneaux arboraient un marteau et une faucille. Comme Dior l'avait souligné, il s'agissait d'ouvriers en salopettes et casquettes. Le fracas de leurs sabots de bois était assourdissant, alors qu'un flot de nouveaux arrivants affluant d'une rue transversale venait grossir les rangs sur la route principale. Pendant un moment, ils ne prêtèrent aucune attention à la jeune photographe, jusqu'à ce qu'un ou deux manifestants commencent à la houspiller sans ménagement.

— Copper ! s'écria Dior d'une voix chevrotante depuis la voiture. Allons-nous-en !

Au-dessus des têtes, une banderole flottait au vent entre deux baguettes. Elle avait envie de la fixer sur sa pellicule lorsqu'elle passerait devant elle.

— Encore un moment, répondit-elle.

— Copper !

Elle sentit quelque chose voler en sifflant à côté de sa tête. Lorsque le projectile vola en éclats sur les pavés, dans son dos, elle comprit qu'il s'agissait d'une bouteille. Stupéfaite, elle leva les yeux de son viseur juste à temps pour voir un homme lui lancer autre chose, une grosse pierre, cette fois. Copper l'esquiva prestement et l'arme improvisée roula au sol sans plus de dommages.

— Eh ! hurla-t-elle. Qu'est-ce qui vous prend, bande de crétins ? Je suis de votre côté.

Un torrent d'injures déferla sur elle et plusieurs manifestants ramenèrent le bras en arrière, prêts à la bombarder.

Elle tourna les talons et pressa le pas vers la voiture, où Dior frôlait la crise de panique.

— Tu es folle ? lui lança-t-il. Il faut s'en aller, et vite.

Elle agrippa le volant et exécuta un demi-tour le plus rapidement possible, roulant à moitié sur le trottoir dans sa hâte de s'enfuir. D'autres missiles fusèrent et rebondirent sur la carrosserie.

— Ils sont un peu chatouilleux, tu ne trouves pas ? fit-elle en haletant, aux prises avec le levier de vitesse. Les insultes en français, passe encore, mais les morceaux de brique, je dis non.

— Accélère !

Alors qu'ils creusaient la distance, quelque chose percuta avec fracas leur lunette arrière et la fendit en forme de toile d'araignée.

— Dieu du ciel, fit Copper en examinant les dégâts dans le rétroviseur. Qu'avons-nous fait de mal ?

— C'est la voiture, répondit Dior encore frissonnant. Ils sont communistes. Pour eux, une voiture est un signe de richesse. Bon sang, ne recommence jamais. Allons jeter un œil sous le pont de Passy.

Ils s'y rendirent sans encombre et descendirent à pied sous les arches du grand pont, balayant les immondices du regard. Un chien errant gronda avant de détaler et quelques clochards, regroupés pour se protéger du vent, les regardèrent passer de leurs yeux troubles vaguement suspicieux. Leurs feux se consumaient lentement, et en dépit de l'heure matinale, certains serraient déjà dans leurs mains des bouteilles de piquette. Sur le pont, une rame de métro passa dans un grondement en direction de Passy, les aspergeant de poussière noire. Les lieux étaient marqués par la saleté, le froid et la désolation.

Soudain, Dior poussa un cri et se précipita vers un tas de déchets abandonnés contre l'un des piliers de fer soutenant le pont. Transie de froid, Copper le suivit. Il s'avérait que le tas de déchets était un homme, et que cet homme était Bérard.

Les joues baignées de larmes, Dior l'aida à se redresser.

— *Mon pauvre ami*, dit-il d'une voix étranglée. Bébé ! *Tu m'entends ?* Mon Dieu. Il est à demi mort de froid, Copper. Aide-moi.

Copper s'agenouilla à côté de Bérard et le regarda avec horreur. Il était à peine reconnaissable. Son visage bouffi était contusionné sur tout un côté, à la suite d'un coup ou d'une mauvaise chute. Toujours aussi broussailleuse, sa barbe était durcie par la crasse. Il empestait l'alcool et pire encore. Ses yeux gonflés s'ouvrirent à demi lorsqu'ils tentèrent de le soulever, mais il ne réagissait pas.

— Bébé ! fit Dior, la voix cassée. *Peux-tu m'entendre ?*

Bérard se contenta de gémir. Comme il était incapable de marcher, il fallut le soutenir jusqu'à la voiture. À cause de son poids, la manœuvre fut éreintante.

— Je ne l'ai jamais vu aussi mal en point, souffla Dior, pliant sous le fardeau que représentait son ami. Mon pauvre vieux. Je m'en veux. J'étais tellement occupé avec ces maudites poupées. Je l'ai négligé.

— Ce n'est pas ta faute, répondit Copper. Pourquoi s'inflige-t-il ça ?

— Il a trop travaillé sur ce fichu *Théâtre de la Mode* et ses nerfs ont lâché. C'est sa façon de s'évader.

Ils hissèrent Bérard sur la banquette arrière. Pleurant tout bas, Dior fouilla les poches de son manteau taché de graisse et en sortit une poignée de pipes à opium noircies, une seringue et une bouteille qui semblait remplie de diluant pour peinture.

— *Merde*, fit-il en se débarrassant du tout.

Copper constata que les petites mains sales de Bérard présentaient toujours les mêmes éclats de peinture bleu ciel que la dernière fois. Pour une raison quelconque, ce détail la fit fondre en larmes, à son tour.

— Où allons-nous l'emmener ?

— À la Pitié-Salpêtrière. Là-bas, il y a un médecin qui sait soigner les problèmes de Bébé.

— Que va-t-on lui faire ?

— Ce qu'aucun d'entre nous ne supporterait de faire, répondit tristement Dior. L'enfermer et le laisser crier.

Elle retrouva Henry qui l'attendait à l'appartement.

— J'ai horreur d'être en désaccord avec toi, dit-il. Je suis désolé si je t'ai contrariée. Je m'inquiète pour toi, voilà tout. Faisons la paix.

— Parfois, tu es une vraie brute, tu sais.

— Je le sais et je m'en excuse, fit-il en l'embrassant sur la joue. Tu as pleuré. Que s'est-il passé ?

— Je suis partie avec Tian à la recherche de Bébé Bérard.

Copper lui décrivit les événements de la matinée.

— C'était terrible quand nous sommes arrivés à la Pitié-Salpêtrière. Il a commencé à émerger alors qu'on l'emmenait. En comprenant ce qui se passait, il a essayé de nous supplier. Il ne voulait pas qu'on le laisse là. Il pleurait. Christian aussi. Quand ils ont enfermé Bébé dans une chambre, il s'est époumoné comme un enfant. C'était insoutenable. J'ai dû me plaquer les mains sur les oreilles et prendre mes jambes à mon cou.

— Il se l'est imposé lui-même.

— Henry, c'était vraiment pitoyable.

— Tu devrais économiser ta pitié. S'il se comporte comme une bête, il doit souffrir comme souffrent les bêtes.

— Tu es cruel, s'exclama-t-elle.

— Non, je suis discipliné. Je n'admire pas le manque de discipline, même chez les plus brillants.

— Pendant nos recherches, nous avons croisé une manifestation. Je me suis arrêtée pour prendre des photos, mais ils nous ont jeté des bouteilles et des pierres. Ils ont même cassé une vitre de la voiture.

— Ces gens sont dangereux, Copper, dit-il avec sérieux. Ne t'approche pas d'eux.

— Je suis journaliste, lui rappela-t-elle. C'est typiquement ce que je dois photographier.

— Ils n'en savent rien. Ils voient un appareil et ils te prennent pour la police secrète.

— Est-ce que j'ai l'air de faire partie de la police secrète ? demanda-t-elle en haussant un sourcil.

Il secoua gravement la tête.

— Pas vraiment. As-tu reçu des nouvelles de ton mari ?

— Une lettre, mais c'était il y a des semaines. Il disait qu'il était entré dans un camp de concentration nazi et que c'était atroce. J'ignore où il se trouve maintenant et ce qu'il fait. Je lui ai répondu par écrit, mais c'est tout.

— Il te manque ?

Elle ne pouvait pas mentir à Henry. Ils s'étaient toujours dit la vérité sur tous les sujets.

— Parfois, j'arrive à me convaincre que le chagrin a disparu, et par moments, je me sens dévastée. Nous avons vécu de beaux moments de bonheur ensemble.

— Évidemment.

— Pourquoi n'a-t-il pas plus respecté ce bonheur-là ? N'aurait-il pas pu apprendre à être fidèle ? Je ne lui suffisais pas ?

— Je crois qu'il n'avait pas conscience de ce qu'il avait, ni de sa chance.

— Est-ce que ta femme te manque ?

— Bien sûr. Parfois, je me dis que c'est mieux de partir d'un seul coup, sans prévenir, au lieu de s'étioler lentement. J'aimerais pouvoir garder le souvenir de ce qu'elle était au début, éclatante et pleine de vie, plutôt que l'invalide percluse de douleurs qu'elle était devenue.

— Vous avez vécu tant de choses ensemble. Crois-tu qu'un jour, quelqu'un pourra la remplacer ?

— Personne ne remplace personne. L'amour ne fonctionne pas ainsi. On peut aimer plusieurs fois, mais chaque amour est glorieux à sa manière.

— Je suis d'accord.

— Que ferais-tu si ton mari voulait revenir ?

— C'est fini, déclara-t-elle résolument. Il n'y aura pas de retour en arrière.

Elle leva les yeux vers le visage indistinct d'Henry.

— Si je n'accepte pas ta proposition pour le moment, ce n'est pas à cause d'Amory.

— Tu n'as pas à te justifier, ma chère. Je suis un homme patient.

Neuf

Le lendemain, au réveil, Paris découvrit ses rues placardées d'affiches appelant à la grève générale. Celles-ci, imprimées à l'encre baveuse sur du papier bon marché, portaient la faucille et le marteau du Parti communiste. L'intérêt de Copper était piqué au vif. Elle se remémora les tracts distribués à New York pendant la Grande Dépression.

Quelques jours plus tard, ce fut une affiche encore plus explicite qui parut. On pouvait lire : *Tous aux barricades.*

On n'avait plus entendu ce slogan depuis le départ des nazis. Aucune barricade ne fut dressée dans l'arrondissement cossu où vivait Copper, mais elle apprit que sur la Rive gauche, la partie traditionnellement révolutionnaire de Paris, les citoyens obéissaient à l'appel aux armes ancestral. Elle devait absolument couvrir l'événement. Elle s'empara de son appareil photo, enfila son plus vieux manteau et une épaisse paire de chaussures de marche, puis, comme les taxis et les autobus respectaient l'appel à la grève, partit à pied vers le Quartier latin.

Près de la place Saint-Michel, elle découvrit enfin une barricade. En réalité, il s'agissait d'un pissoir. Copper ne s'était jamais vraiment habituée à la présence de ces urinoirs en fonte, situés jusque dans les rues les plus huppées de Paris, conçus de telle sorte que l'on ne voyait dépasser que les jambes de leurs usagers – exclusivement masculins. Celui-ci avait été arraché du trottoir et traîné au milieu de la chaussée, où il faisait office d'obstacle à la circulation, aussi volumineux que lourd, sous la surveillance d'une vingtaine ou d'une trentaine d'hommes et de femmes. Copper prit quelques clichés, même si elle doutait qu'un rédacteur en chef ait envie de publier la photo de ces toilettes publiques utilisées en renfort d'une revendication politique.

— Vous ne pouvez pas passer, lui dit l'une des femmes qui tenaient la barricade, en rejetant sa carte de presse. Nous sommes ici pour bloquer tous ces enfoirés de fascistes.

— Mais je ne suis pas une enfoirée de fasciste, protesta-t-elle.

Un homme, qui portait un brassard blanc de résistant et un casque de l'armée, s'approcha d'un pas nonchalant. Une Gauloise pendait à ses lèvres, devant son menton mal rasé.

— Salut, camarade. Vous vous souvenez de moi ?

Elle reconnut le visage marqué et la désinvolture de François Giroux, le chef maquisard autoproclamé qui lui avait présenté Christian Dior.

— Monsieur Giroux ! Comment allez-vous ?

Il haussa les épaules.

— Comme ci, comme ça. À l'œuvre pour la révolution, comme toujours.

Il souleva son blouson pour lui montrer le ruban noir et rouge épinglé à son gilet.

— On m'a donné la médaille de la Résistance.

Copper remarqua le revolver glissé à sa ceinture.

— J'aurais préféré la Légion d'honneur, dit-il d'un ton acerbe. Mais ils savent que je suis communiste. Où allez-vous comme ça ?

— Il paraît qu'il va y avoir une grande manifestation aujourd'hui.

— Et vous croyez que c'est un spectacle ?

— Je suis journaliste, répondit-elle avec dignité.

Giroux tira sur sa Gauloise, projetant des étincelles.

— Journaliste ? Vous écrivez des torchons sur ces fumiers qui facturent vingt mille francs une robe. De quoi nourrir une famille de la classe ouvrière pendant un an. Et vous appelez ça du journalisme ?

— Eh bien, si vous me laissez passer, j'écrirai autre chose aujourd'hui.

— Comment savoir que vous n'êtes pas une espionne ?

— Vous savez très bien que je ne suis pas une espionne, s'écria-t-elle, outrée.

Il ne semblait pas vouloir bouger.

— Il paraît que votre mari vous a quittée et que vous êtes très proche de la comtesse Dior. Comment va ce vieux pédé ?

— Ne l'appelez pas comme ça.

L'homme révéla ses dents de carnassier.

— Vous aimez bien ces dégénérés, à ce que je vois. Peut-on savoir pourquoi ?

— Je l'aime, parce qu'il est talentueux, gentil et généreux, répondit-elle sans se laisser intimider. Allez-vous me laisser passer, oui ou non ?

Il plissa les yeux dans la fumée de sa cigarette.

— Ça vaut combien, d'après vous ?

Manifestement, il attendait un dessous-de-table. Elle sortit deux billets de cent francs et les lui remit.

— Pour aider la Révolution.

Il empocha l'argent, jeta sa cigarette dans le caniveau et lui tendit un casque.

— Mettez ça, dit-il avec un clin d'œil complice. On ne va pas s'ennuyer ce matin, vous pouvez me croire.

— Merci.

— Par ici, lui dit-il, agitant le pouce par-dessus son épaule. Mais attention à la tête, camarade. Ces vauriens de capitalistes ne plaisantent pas.

— Nous non plus ! renchérit une femme, alors que Copper s'éloignait.

Le casque, plus lourd qu'il n'y paraissait, s'enfonçait sur ses sourcils. Elle franchit le barrage routier et s'aventura dans le Quartier latin. Comme toujours, malgré la bruine qui s'était mise à tomber, les rues étaient animées. Une fois de plus, elle regretta d'avoir laissé Dior lui trouver un logement dans les beaux quartiers de la ville. Ce serait sans doute bien plus amusant de vivre ici, parmi les artistes et les révolutionnaires. Elle n'était peut-être ni l'un ni l'autre, mais une chose était certaine, elle n'était pas une enfoirée de fasciste.

Quelques rues plus loin, le côté artistique s'effaça pour céder la place à la révolution. Des groupes d'hommes et de femmes battaient le pavé en brandissant des bannières et en scandant des slogans. Tout le monde semblait converger vers un point central. Copper se joignit à eux. Elle entendit des chants entonnés en chœur droit devant et sentit son cœur battre plus fort. Cela lui rappelait les manifestations en compagnie de son père et de ses frères dans le Lower East Side.

Le point de rassemblement était une vaste place flanquée de platanes grêles. Plusieurs milliers de personnes se massaient déjà sur les lieux. On chantait *L'Internationale* en maniant des banderoles. On avait dressé une estrade ornée de drapeaux rouges. Selon toute vraisemblance, c'était là-haut que les discours seraient tenus. La pluie persistante ne semblait décourager personne.

Afin de prendre une photo de la scène au complet sans rien rater de son tumulte, Copper avisa quelques jeunes hommes et leur demanda de la hisser dans l'un des arbres. Ils s'exécutèrent en souriant, trop heureux de pouvoir lui palper les fesses au passage. Elle s'avança le long d'une branche fine et parvint à obtenir les clichés qui lui tenaient à cœur. C'était un point de vue intéressant, mais elle souhaitait se mêler à la foule. Avant qu'elle puisse demander à ses chevaliers servants de l'aider à redescendre, l'atmosphère changea du tout au tout sur la place.

Le silence était retombé et l'on entendait à présent des bruits de sabots sur le pavé, de plus en plus forts. À l'autre bout de la place, des gendarmes à cheval surgirent des rues transversales. Il y en avait des dizaines. Derrière eux, une phalange de policiers marchait au pas. Leurs capes noires étaient luisantes de pluie et ils agitaient des matraques, le visage plongé dans l'ombre de leurs casques volumineux.

Une clameur monta de la foule, mélange de peur et de colère. C'étaient les CRS tant détestés, les agents de sécurité que l'on envoyait mater la révolte. Ils s'étaient faufilés dans les ruelles, évitant ainsi les barricades. Reprenant *L'Internationale* comme un seul homme, la masse humaine s'avança à la rencontre des forces de l'ordre. Un policier haut gradé se mit à vociférer dans un mégaphone, ordonnant la dispersion de la foule, mais il était à peine audible par-dessus l'hymne communiste tonitruant.

Parcourue d'une excitation presque électrique, Copper vit le premier rang de manifestants entrer en collision avec la police. Un échange houleux s'ensuivit et la première matraque vola. Un homme tomba en se tenant le crâne. Aussitôt, la foule poussa un rugissement.

Pour les CRS, c'était le signal de l'assaut général. Les manifestants s'élancèrent en brandissant leurs armes de fortune – il était évident que les baguettes des banderoles n'avaient pas été choisies au hasard – et fondirent sur les rangées de policiers. Un cheval se cabra, renversant les malheureux qui se trouvaient sous ses sabots. Partout, les hommes et les femmes se débattaient, trébuchaient et hurlaient.

Soudain, la place était devenue un lieu de violence et de dangers. Les gens couraient pêle-mêle, se frappaient les uns les autres et battaient en retraite pour mieux faire demi-tour et revenir à la charge. Copper prit conscience qu'elle était bel et bien coincée sur son arbre, telle une vigie perchée en haut d'un mât pendant une tempête. Elle n'avait rien d'autre à faire que d'essayer d'immortaliser l'événement. Son cœur cognait à tout rompre et ses mains tremblaient tellement qu'elle craignait de rater la moitié de ses photos. À tâtons, elle retrouva son carnet et son crayon et griffonna quelques notes à la hâte en prenant soin de ne pas faire tomber son appareil. Si le combat s'était déclaré à l'autre bout de la place, il gagnait rapidement du terrain. Les CRS se frayaient un chemin au milieu de la mêlée, séparant les manifestants.

Mais les gendarmes n'étaient pas au bout de leurs peines. Les chevaux se cabrèrent en hennissant lorsqu'une pluie de pavés et de morceaux de briques s'abattit sur eux. Copper aperçut des silhouettes sur les toits, armées de missiles, avec un objectif bien précis. Plusieurs cavaliers furent projetés à terre et leurs montures prises de panique semèrent le chaos parmi les policiers autant que les émeutiers.

Ce fut à ce moment-là qu'un coup de feu inattendu retentit. Quelqu'un avait tiré sur la police. La réponse des CRS ne se fit pas attendre et une véritable fusillade s'engagea. Les plombs crépitèrent dans le feuillage du platane et Copper, terrorisée, recula tant bien que mal sur sa branche.

À présent, une seconde vague de policiers affluait sur la place depuis la direction opposée, agitant des matraques avec une brutalité disciplinée. Un pistolet-mitrailleur retentit sur les toits. La situation devenait grave. Copper s'agrippa au tronc de l'arbre, priant pour ne pas être prise entre deux feux ou jets de pierres.

Au terme d'une bataille en règle d'une quinzaine de minutes, la foule commença à perdre du terrain. Les manifestants, visages tuméfiés, s'enfuirent de la place en soutenant leurs blessés claudicants, poursuivis sans relâche par les CRS qui faisaient tournoyer leurs triques pour paraître menaçants. C'était la débâcle. Alors que la foule s'éparpillait dans toutes les directions, quelques vaincus restaient étendus à terre parmi les drapeaux rouges oubliés, à la merci des sabots. Plusieurs d'entre eux étaient trop mal en point pour se lever. D'autres étaient immobiles. Tous furent traînés, avec les dizaines de personnes arrêtées, jusqu'aux fourgons de police qui arrivaient à présent sur les lieux. Les gendarmes avaient pris possession de la place.

Accrochée à sa branche comme si sa vie en dépendait, Copper espérait passer inaperçue. Mais d'autres avaient trouvé refuge dans les arbres et la police les débusquait un à un. Bientôt, ce fut son tour.

— Descends, toi ! ordonna un gendarme en agitant dangereusement sa matraque.

— Je suis journaliste, répondit Copper, lui opposant sa carte de presse d'une main tremblante.

— Je me fiche que tu sois Marcel Proust, rétorqua l'homme. Descends.

— Non !

Le gendarme appela un collègue en renfort, et par la simple initiative humiliante de secouer l'arbre frêle, ils parvinrent à déloger Copper de son perchoir. Furieuse, elle fut contrainte de se laisser glisser le long du tronc avant de risquer une chute. Aussitôt, les deux policiers l'empoignèrent et on lui arracha son casque et son appareil photo.

— Je vous défends d'abîmer mon appareil, dit-elle en attrapant le bras de l'homme. Je suis une citoyenne américaine.

— Dommage pour vous, reprit le premier gendarme d'un ton hautain.

Il ouvrit l'appareil photo et en sortit la pellicule, détruisant son travail de la matinée.

— Espèce d'ordure ! s'exclama Copper en se jetant sur lui, scandalisée.

Il lança l'appareil à son collègue.

— Dans le panier à salade avec les autres.

Après vingt-huit heures d'inconfort, la porte de la cellule s'ouvrit, encadrant un gendarme de forte carrure.

— Où est l'Américaine ?

— Ici.

Il fit un mouvement brusque de la tête.

— Suivez-moi.

Copper prit congé de ses compagnons de cellule, avec qui elle avait échangé des histoires de combat social toute la nuit, et se laissa bousculer dans le couloir nauséabond.

— Vive la Révolution ! cria l'un de ses codétenus derrière elle.

— Où m'emmenez-vous ? demanda Copper en s'efforçant de rester stoïque.

— Vous êtes libre, répondit le gendarme. Vous avez des amis.

Son sauveur l'attendait au bureau d'accueil avec un manteau immaculé en poils de chameau et un chapeau feutre.

— Henry !

— Tu vas bien ? s'enquit-il en la dévisageant avec inquiétude.

— Ils m'ont pris mon appareil.

Il lui tendit le Rolleiflex.

— Pas de soucis, je l'ai récupéré.

— Et ils ont détruit toutes mes photos ! J'avais des preuves de la brutalité policière là-dedans. Le monde avait le droit de les voir.

Henry soupira.

— Des blessures ? Physiques, je veux dire.

— Quelques hématomes, c'est tout.

— Alors, allons-nous-en.

— Un instant ! protesta Copper, tandis qu'il la conduisait vers la sortie. Je n'abandonnerai pas les autres.

— Tu ne peux rien faire pour eux. Ils seront condamnés demain matin et écoperont sans doute de six mois de prison. À moins que tu veuilles la même chose ?

— Je n'ai rien fait de mal. Et eux non plus d'ailleurs.

— Je ne peux pas aider les autres. En ce qui te concerne, les griefs étaient nombreux : participation au désordre civil, refus d'obtempérer, résistance à l'arrestation, agression d'un agent de police… Il m'a fallu deux heures pour te faire sortir par la diplomatie, dit-il à mi-voix. D'après eux, tu étais armée.

— Je portais un casque. Ce n'est pas une arme.

— Décidément, ta naïveté m'étonnera toujours.

— Je ne voulais pas que ces ordures me fassent sauter le crâne.

— Allons-y avant qu'ils changent d'avis.

— Je vais porter plainte officiellement pour la destruction de mes photos.

Il secoua la tête.

— À ta place, j'éviterais. Ils envisagent déjà de saisir ton appareil.

À contrecœur, Copper se laissa emmener par Henry hors du poste de police. Pendant le trajet en voiture, elle se montra grincheuse. À cause du manque de sommeil, notamment.

— Je n'avais pas besoin que tu viennes à ma rescousse, lui dit-elle de façon désobligeante.

— Il ne t'est pas venu à l'esprit que, si tu étais condamnée, tu serais expulsée du territoire ?

— La police s'est comportée honteusement, répondit-elle, éludant la question. J'ai vu des femmes se faire tabasser à coups de matraque.

— Un policier a été abattu hier pendant la manifestation. Et il y en a une demi-douzaine à l'hôpital.

— Ils l'ont bien cherché. Ils ont attaqué la foule sans avoir été provoqués. Ce ne sont que des malfrats officiels, voilà tout.

— Ils font leur métier. Ils essaient de protéger la France.

— Contre de pauvres gens qui expriment seulement leur sentiment d'injustice ? fit-elle avec mépris. Est-ce la révolution communiste dont tu ne cesses de me parler, Henry ? Tu m'as dit que le monde avait besoin de fraîcheur et de jeunesse, d'un nouveau départ. C'est exactement ce que promettent les communistes.

Son indifférence la mettait hors d'elle.

— Ce qu'ils promettent et ce qu'ils font en réalité, ce sont deux choses bien différentes, Copper. Tu n'es pas trop jeune pour avoir oublié qu'en arrivant au pouvoir, les fascistes aussi promettaient fraîcheur, jeunesse et nouveau départ. Pourtant, comme les communistes, ce sont des horreurs qu'ils perpètrent.

— Tu es mal placé pour parler, en tant que capitaliste.

— Tu auras peut-être du mal à le croire, mais à une époque, je me disais communiste.

— En effet, j'ai du mal à le croire.

— C'est pourtant vrai. La première fois qu'on a entendu parler des communistes en Russie, tout le monde était enthousiaste, inspiré par l'idéal de fraternité universelle. Mais ensuite, ils ont commencé à massacrer leurs proches, sans parler de leurs propres partisans, et on s'est rendu compte que l'idéal dissimulait seulement une forme de tyrannie plus sombre et plus laide, et que la main tendue de la fraternité universelle n'était qu'une griffe tachée de sang cherchant à s'emparer du pouvoir absolu.

— La France n'est pas la Russie.

— Cela ne saurait tarder. Les communistes achètent des entrepôts, des camions et des voitures. Ils ont mis en place des imprimeries afin de publier leurs tracts, sans compter les faux passeports et les carnets de rationnement. Ils se sont dégotté des transmetteurs radio, des mitrailleuses et des grenades qu'ils ont cachés après le départ des Allemands. Ils sont armés jusqu'aux dents et ils organisent des grèves pour paralyser la France et semer le chaos dans tout le pays.

— Comment sais-tu tout ça ?

— C'est mon métier.

— Espionner ?

Il éclata de rire.

— Je dirais plutôt : recueillir des renseignements. J'ai vu ce que les communistes avaient fait à mon pays.

Son intonation restait désinvolte, mais ses propos étaient graves.

— Je ne voudrais pas voir le même sort échoir à la belle France, pas plus qu'au reste de l'Europe.

— Désolée, dit-elle en se frottant les yeux d'un geste las. Je suis fatiguée, c'est tout.

— Y a-t-il autre chose qui te tracasse ? demanda-t-il, clairvoyant.

Copper soupira et passa les doigts dans les nœuds de sa chevelure rousse.

— Quand tu m'as demandée en mariage, tu as dit que tu ne voulais pas me changer ni me dire comment mener ma vie.

— Et j'en pensais chaque mot.

— Eh bien… je te suis reconnaissante de m'avoir sortie de là, bien sûr, mais si tu en pensais chaque mot, tu n'aurais pas dû accourir à la gendarmerie sur ton destrier blanc.

— As-tu apprécié ton séjour ?

— Je récoltais de précieuses informations pour un article formidable. Jusqu'à ce que tu débarques.

— Es-tu sérieuse ?

— Oui !

— Très bien, dit-il après un silence. La prochaine fois que tu seras arrêtée, je me contenterai de t'apporter du pain sec.

— J'aime mieux ça, rabat-joie.

Elle riait et pleurait à la fois. Il eut la sagesse de ne rien dire. Au bout d'un moment, elle se sécha les yeux avec le mouchoir qu'il lui tendait et prit une inspiration frémissante.

— Excuse-moi d'avoir sauté sur mon cheval blanc, répondit-il enfin. J'ai déjà perdu une femme, je n'ai aucune envie d'en perdre une autre avant même qu'elle soit mienne.

Ils traversaient le VIIe arrondissement, le quartier le plus chic et le plus privilégié de Paris. Il finit par se garer devant une élégante grille en fer forgé.

— Nous y sommes.

— Quel est cet endroit ?

— Chez moi.

La maison se dressait à l'abri des regards, derrière un mur de pierre. Ils ouvrirent le portail aux enjolivures alambiquées et pénétrèrent dans le jardin envahi par les mauvaises herbes. La demeure était majestueuse et paisible, avec une façade couverte de lierre.

— On dirait la maison de Madeline dans le conte pour enfants, s'exclama Copper. Une vieille maison au cœur de Paris, recouverte de vigne vierge.

— Oui, mais au lieu d'appartenir à douze fillettes en rangs, elle était occupée par plusieurs dizaines d'officiers de la Gestapo. C'était l'une des premières maisons réquisitionnées par les Allemands. Bien sûr, ils savaient qui j'étais.

Il déverrouilla la porte et ils entrèrent. La vieille bâtisse aristocratique était silencieuse et les pièces demeuraient en désordre après le départ précipité des Allemands. Des meubles raffinés étaient disposés çà et là, parfois endommagés, et les murs étaient dénués de décoration.

— Ils ont emporté ma collection d'impressionnistes, dit-il avec amertume, mais ils ont laissé ceci.

Sur le mur d'une vaste salle à manger était suspendu un portrait d'Adolf Hitler dans son uniforme marron, les sourcils froncés sous ses cheveux gominés.

— Quelle affreuse vision, dit Copper.

— Je ne l'ai jamais vraiment apprécié, moi non plus.

— Pourquoi ne le décrochez-vous pas ?

— Je le laisse pour me rappeler ce que nous combattons. Et puis, s'ils ont pris van Gogh et laissé Hitler, ils savent qu'ils ont déjà perdu.

En dépit de la négligence dont avait souffert la maison, elle n'en demeurait pas moins somptueuse. Il la conduisit de pièce en pièce, lui expliquant qu'elle avait été construite sous Napoléon III dans le plus pur style romantique. Les plafonds et les moulures étaient exquis. Depuis les fenêtres de l'étage, on pouvait admirer le dôme doré de l'Hôtel des Invalides.

— Quand vas-tu revenir t'y installer ?

— À la fin de la guerre. En attendant, je préfère ma chambre au Ritz. Elle te plaît ?

— Je l'adore. Elle est splendide. Si elle m'appartenait, je serais incapable d'attendre.

— Ma chère, elle t'appartient, dit-il avec douceur. Tu peux en faire ce que tu veux. Quand nous serons mariés et que la guerre sera finie, nous ferons revivre cet endroit.

Elle jeta un regard circulaire, entrevoyant déjà la maison restaurée. Ce serait l'une des plus belles de Paris. Elle essaya de s'imaginer, elle, Oona Reilly de Brooklyn, en tant que maîtresse des lieux. Elle prendrait en main la décoration, donnerait des dîners, deviendrait un membre éminent du beau monde. La société parisienne serait à ses pieds.

— Pourtant, je n'arrive pas à m'y projeter.

— Moi, si, dit-il en caressant les reflets auburn de ses cheveux. Ne m'en veux pas, mais je vais devoir m'absenter quelque temps.

Elle le regarda dans les yeux.

— Comment ça, t'absenter ? Où vas-tu ?

— Je t'ai dit que les communistes prévoyaient une révolte. Eh bien, elle a déjà commencé.

— Tu parles des grèves ?

— Les grèves ne sont que le début. Ils espèrent mettre la France à genoux dans les semaines qui viennent. J'ai des affaires à régler.

— Est-ce dangereux ?

— Bien sûr que non, dit-il en lui prenant le bras. Regarde. Ce serait notre chambre.

Il l'entraîna dans une pièce spacieuse et charmante, avec une grande fenêtre en arche encadrant une vue parfaite sur la tour Eiffel.

Contrairement aux autres pièces de la maison, celle-ci était propre et soigneusement rangée. Il y avait un bouquet de fleurs sur la table et l'immense lit à colonnes était prêt, avec ses draps frais et accueillants.

— Qu'est-ce que c'est ? As-tu préparé cette chambre spécialement pour moi ?

— Je voulais qu'elle soit belle pour te recevoir.

— Tu voulais que je tombe dans ton lit ? fit-elle, à la fois furieuse et amusée.

— On peut toujours espérer.

Copper ne savait pas si elle devait être outrée ou flattée.

— Henry ! Et moi qui te prenais pour un parfait gentleman.

— Je crois que vous avez un dicton, en Amérique : les gentils garçons finissent derniers.

— J'ignorais que c'était une course.

— Moi aussi, mais maintenant je vois bien qu'il s'agit d'une course et que le premier à franchir la ligne d'arrivée sera déclaré vainqueur.

Elle le dévisagea pendant un moment.

— Tu te crois en concurrence avec Suzy.

— Je sais que je suis en concurrence avec elle.

— Je n'aime pas être considérée de cette façon, dit-elle tout en réfléchissant. Je ne suis pas un trophée à remporter.

— Copper, répondit-il d'un ton serein, je t'aime. Il ne s'agit pas de te remporter. C'est la perspective de te perdre qui détruit mon bonheur.

— Tu me mets trop de pression, fit-elle en se détournant avec agitation. Tu m'as promis que tu m'accorderais du temps. Tu as dit que tu serais patient.

— Mais ma rivale n'est pas patiente. Ma rivale est très insistante. Si je suis patient, je te perdrai face à elle.

— Ce n'est pas ta rivale.

— C'est pourtant l'impression que j'en ai.

— Ce n'est pas juste.

Copper leva les yeux vers lui. Elle avait l'intention de lui faire des reproches, cependant il se passa tout autre chose. Ses propres lèvres se posèrent sur sa bouche avec hésitation, comme si elles risquaient de s'envoler avant de se décider à y rester pour de bon. Le baiser qu'il lui donna en retour était chaud, possessif. Il devint plus intense et, pendant une fraction de seconde, elle retrouva tout ce qui lui avait manqué : la force d'un baiser d'homme, la joie d'une étreinte virile.

Sa réaction physique fut immédiate. Un vertige la saisit et, l'espace d'un instant, elle se laissa aller contre lui, comme attirée par son champ de gravitation. Pendant ce moment, il lui parut logique de s'abandonner à Henry, de le laisser prendre possession de sa vie. Dans un frisson, elle enfouit son visage contre son torse. Les bras autour d'elle, il embrassa la courbe de son cou, inspirant l'odeur de sa peau, le parfum de ses cheveux. Copper sentit le désir lui comprimer la poitrine et les cuisses. Ses doigts agrippèrent les muscles fermes sous ses vêtements. Elle n'avait rien ressenti de tel depuis Amory. Elle ne se doutait pas qu'elle en était encore capable.

— J'ai la tête qui tourne.

— C'est normal après une nuit en cellule.

Elle devinait le sourire dans sa voix.

— Tu sais très bien ce qui me donne le tournis.

— Peut-être. Allonge-toi avec moi sur notre lit. Rien qu'un instant.

Avec réticence, elle laissa Henry l'étendre sur le matelas à côté de lui.

— N'es-tu pas heureuse avec moi ? demanda-t-il en la berçant dans ses bras.

— Tout est beau. Cette chambre est belle, la maison est belle, tu es beau. Mais ma liberté est trop précieuse.

— Je le sais, et je n'ai aucune envie de te l'enlever.

— Et pourtant, c'est ce que tu fais. Après tout, le mariage est une perte d'autonomie, n'est-ce pas ?

Son sourire laissait poindre une touche de tristesse.

— Ma vision du mariage est peut-être un peu différente, ma chérie. Je crois que se marier, c'est renoncer volontairement à certaines libertés, non pas se les voir arracher de force. Si tu m'épouses, tu seras libre de choisir à quoi tu souhaites renoncer.

— Même si je veux continuer à voir Suzy ?

— Même dans ce cas-là.

— Je ne te crois pas. Vous vous détestez, tous les deux. Chacun de vous aimerait m'avoir tout entière.

Elle lui caressait la joue.

— Avoue-le, Henry… Tu deviendrais fou si je restais amie avec Suzy.

— Amie ? Non.

Il lui prit la main et déposa un baiser sur sa paume.

— Êtes-vous *plus* que des amies ?

Copper leva les doigts contre ses lèvres pour lui intimer le silence.

— Ne me pose pas cette question. En faisant ça, tu m'ôtes déjà ma liberté.

Il écarta ses doigts avec douceur.

— Suzy est une folie dans ta vie. La folie passera et tu te tourneras vers moi. En attendant, j'essaierai d'être patient.

Sa main chaude se posa sur sa nuque et il attira son visage avec délicatesse. Tout ce que Copper venait de dire s'enlisait déjà dans des sables mouvants trompeurs au fur et à mesure que sa bouche approchait de la sienne. Elle sentit son souffle sur ses lèvres et ferma les yeux lorsqu'il l'embrassa.

D'abord, leur baiser fut tendre, puis fiévreux. Comme à chaque fois qu'il l'embrassait ainsi, elle sentait sa résolution et ses idéaux fondre comme neige au soleil. Elle avait besoin d'être aimée par cet homme, même si elle ne pouvait s'offrir à lui comme il le demandait. Elle devait lâcher prise, se soulager des tensions de la vie. Pendant un moment, elle eut l'impression de se noyer. Cela faisait trop longtemps. Le désir montait en elle avec une force irrépressible. Elle passa les bras autour de son cou épais et lui rendit ses attentions, moulant son corps contre le sien.

Henry savait exactement ce qu'il voulait lui faire et elle le comprit. Il s'agissait moins d'une possession totale que d'une capitulation partielle. Il descendit entre ses cuisses, l'explorant de ses baisers. Copper se cambra lorsqu'il lui empoigna les seins avec avidité, sans cesser de la dévorer.

— Henry ! chuchota-t-elle en refermant les doigts dans ses cheveux.

Le plaisir qu'il lui donnait lui faisait l'effet d'une drogue. Elle n'avait encore jamais ressenti une telle intensité. À vrai dire, elle ignorait que le sexe puisse être ce tendre assaut des sens, cette soif inextinguible, cet amour presque cannibale.

Sa bouche semblait la comprendre, connaître ses aspirations secrètes et les assouvir avant même qu'elle n'en prenne conscience. Elle ne songeait plus à la souffrance ni à l'échec, ne pensait plus à rien d'autre. Seul Henry comptait à ses yeux. Elle prononça son nom avec ferveur, d'une voix rauque qui se termina dans un cri. La tension abandonna son corps dans un long frisson d'extase. Lentement, la réalité remonta à la surface depuis les abysses d'une mer d'encre pour se matérialiser autour d'elle. Peu à peu, l'engourdissement euphorique de la satisfaction envahit ses veines, détendant chaque parcelle de son être, tandis que l'univers reprenait son cours serein.

Elle le prit dans ses bras et l'étreignit avec fougue.

— À moi de te faire quelque chose, maintenant.

— Il n'y a qu'une chose que je veux. Je te veux tout entière, Copper. Tu as raison. Je ne serai jamais comblé à moins de t'avoir tout entière, et je suis prêt à attendre.

Il s'écarta en ajoutant :

— Mais je tiens à ce que tu me voies.

Il se leva et commença à se déshabiller sans détacher un seul instant ses yeux des siens. Elle était étendue sur le lit, le halo incandescent de ses cheveux autour de son visage. L'une de ses cuisses était relevée, exposant son triangle pileux. Elle gardait cette position pour l'exciter par son abandon.

Il déposa ses vêtements sur la chaise et se tourna vers elle, nu et sans complexe. Son corps était beau, plus hâlé que le sien et robuste. Ses tendons ondulaient et se contractaient à chacun de ses mouvements. Sa carrure était puissante, sa musculature développée et endurcie par l'exercice, et une toison noire courait sur son torse, ses aisselles et son entrejambe. Il y avait des cicatrices aussi, des impacts de balles et de baïonnettes qui avaient failli lui coûter la vie.

— Tu vois que je ne suis pas vieux.

— Je le vois.

Copper savait qu'elle n'oublierait jamais ce moment. Elle tendit les bras.

— Viens auprès de moi.

Il secoua la tête, la bouche pincée malgré l'éclat rieur de ses yeux.

— Je viendrai auprès de toi pour notre nuit de noces. Ici, dans ce lit. J'ai attendu toute ma vie, je peux attendre plus longtemps.

Copper le regarda enfiler ses vêtements. Sa maîtrise de soi était sans commune mesure avec la sienne et elle en était un peu effrayée. Il semblait convaincu de la posséder un jour. Alors, que resterait-il de la liberté qu'elle chérissait tant ? S'imposerait-elle une autre servitude ? Ou serait-ce, bien au contraire, le début d'une nouvelle vie ?

DIX

Ce qui s'était passé chez Henry avait bouleversé leur relation à plusieurs égards. Cet épisode les avait rapprochés et avait renforcé les sentiments de Copper, mais elle était sur le qui-vive. Pour la première fois depuis qu'elle avait quitté Amory, elle venait de faire l'amour avec un homme – dans une certaine mesure, du moins. Elle s'était engagée physiquement avec lui, en dépit de ses résolutions contraires, et elle avait l'impression de perdre constamment du terrain dans son refus d'un remariage. Son absence lui donnerait le temps de réfléchir et de faire le point.

Sachant qu'Henry était parti, Suzy avait invité Copper à prendre le thé. Elle lui avait demandé de venir à son appartement, au faubourg Saint-Honoré. Copper arriva en milieu d'après-midi, comme convenu, mais Suzy était encore au lit.

Elle ouvrit la porte de mauvaise grâce.

— Pour l'amour du ciel, pourquoi viens-tu si tôt ?

— Il est quinze heures trente, souligna Copper.

— Eh bien, je n'ai pas trouvé le sommeil avant neuf heures du matin. Je vais prendre un bain. Viens.

Copper s'assit sur le rebord de l'immense baignoire tandis que l'eau coulait. Suzy ne se rationnait pas en eau chaude, comble du luxe pour Copper, et lorsqu'elle s'y installa, l'eau lui arrivait au menton.

— Je crois que nous irons prendre le thé chez Maxim's cet après-midi, décréta Suzy avant de tendre le savon à Copper. Tu veux bien me laver le dos, chérie ?

— Bien sûr.

Elle enduisit de mousse les épaules souples de Suzy.

— Ton Russe, il paraît qu'il t'a abandonnée.

— Il est en déplacement pour affaires, c'est tout.

— Des affaires avec une autre écervelée.

— Détrompe-toi. Il m'aime.

— Et toi ? Tu l'aimes ?

— Naturellement.

Suzy l'éclaboussa d'eau savonneuse.

— Traîtresse !

— Je t'aime aussi, ne m'arrose pas.

— Qu'aimes-tu chez cet homme ? Cette chose qu'il te fourre entre les jambes ?

— Il ne l'a pas encore fait, répondit Copper en souriant. Mais sa chose est plutôt plaisante.

— Tu l'as vue ?

— À peine un coup d'œil.

Suzy se renfrogna.

— J'ai un tas de choses encore meilleures dans mon tiroir. Si ça te plaît tant que ça, je peux m'en servir avec toi.

— Je ne veux rien de ce genre, fit Copper en réprimant un frisson. Et d'ailleurs, il ne s'agit pas que de sexe. J'apprécie sa compagnie. Les hommes me manquent. J'aime les hommes. Pas toi ? Tu as déjà eu des amants.

— Je vais te dire une drôle de chose. J'ai été avec de nombreux hommes, mais aucun qui n'ait été que cela.

Tu comprends ? Cocteau, par exemple. Il a partagé mon lit, mais l'amour de sa vie est son bel ami, Jean Marais. Il y en a eu d'autres, tous les mêmes. Tu vois quelle est ma vie ? Dans un monde crépusculaire où les gens alternent d'un sexe à l'autre, il est impossible de distinguer les hommes des femmes, ni les femmes des hommes. C'est lassant, à la longue.

— Je croyais…

— Que croyais-tu ?

— Je croyais que ça te plaisait.

— Peut-être, dit Suzy.

Pendant un moment, son long visage parut mélancolique.

— Je suis peut-être pourrie. Mais toi, tu es une poire juteuse et fraîche.

Elle leva son visage savonneux pour l'embrasser.

— Je ne peux pas me lasser de toi.

Copper essuya quelques bulles sur sa joue.

— Henry dit que tu es cruelle.

— Oh, alors vous parlez de moi ?

— Il m'a dit que tu avais un mentor, une femme qui t'a tout donné et que tu as laissé tomber comme un vieux chiffon.

D'abord, Suzy écarquilla les yeux. Dans la lumière tamisée, ils semblaient presque dorés. Puis elle rejeta la tête en arrière et éclata de rire. Copper regarda frémir la colonne laiteuse de sa gorge.

— Comme un vieux chiffon ! Chérie, où vas-tu chercher des expressions pareilles ? Je croyais qu'elles avaient disparu avec Sarah Bernhardt.

— Mais c'est la vérité, n'est-ce pas ?

Suzy souriait toujours.

— Qu'est-ce que ça change ?

— D'après lui, on aurait cru que tu la détestais. Était-ce le cas ?

— Si tu avais été un petit scarabée marron et que tu t'étais changée en papillon d'or, ne crois-tu pas que tu aurais détesté ceux qui t'avaient connue en tant que petit scarabée ?

— Je crois que je serais reconnaissante envers ceux qui m'ont guidée.

Copper savait que le regard intense de Suzy était dû en partie à sa myopie. Elle avait horreur de porter des lunettes en public et ses efforts pour mieux voir lui donnaient un regard franc un peu déconcertant.

— Comme la pitié, la reconnaissance est une émotion qui m'est étrangère, répondit-elle. Et puis, elle en était venue à croire qu'elle me possédait. Personne ne me possède. Que t'a-t-il raconté d'autre à mon sujet ?

— Que tu avais brisé le cœur de cette femme.

— Décidément, il avait la langue bien pendue. Et tu l'as cru ?

— Je ne veux pas avoir le cœur brisé.

— Tu ne me fais pas confiance ?

— Je ne serais pas ici si je ne te faisais pas confiance.

— Malgré ça, tu écoutes ce que te dit Henry. Pourquoi ? Parce que c'est un homme ?

— Parce qu'il est attentionné et sincère.

— Chérie, les gens te raconteront toutes sortes de choses sur moi, le peu qu'ils savent et l'étendue de ce qu'ils ignorent. Si tu les écoutes, alors tu es une imbécile.

— J'entends tout, mais je n'écoute rien.

— Tant mieux.

Suzy émergea de son bain telle Aphrodite sortant de l'écume et elle se sécha. Copper n'éprouvait aucune gênc à la contempler. Suzy était un animal indolent. Oublieuse de sa propre nudité, elle libérait de tout sentiment honteux ceux qui la regardaient. Les boucles fauves au creux de ses aisselles et entre ses jambes brillaient avec chaleur dans la lumière grise de l'hiver. Elle vit que Copper l'observait et elle s'arrêta en écartant les bras.

— Je te plais ?

— Tu es belle. Tu le sais très bien.

Ravie, Suzy tourna lentement sur elle-même, lui offrant sa taille souple et le renflement charnu de ses fesses.

— Je ne suis plus si jeune, tu sais, mais j'ai gardé la ligne. Je peux encore me pavaner en public. Pas mal, non ?

— Pas mal, convint Copper. Tu ne te rases pas les aisselles, pourquoi ?

— Se raser les aisselles, c'est tellement bourgeois.

Elle leva les bras, révélant deux touffes de chaque côté.

— Ce n'est pas joli ?

— Si, pour les Françaises. Mais pour les Américaines, c'est impensable d'avoir ne serait-ce qu'un duvet. Si ça te convient…

Suzy effleura le triangle entre ses cuisses.

— Et là ? demanda-t-elle, espiègle. Voudrais-tu aussi que je me rase à cet endroit, pour que tu puisses tout voir ?

— Non.

— Pourquoi donc, si tu tiens tant à ce que je me rase les dessous-de-bras ?

— Parce que cette partie du corps n'apparaît pas en public. Contrairement aux aisselles.

— Comme tu es honnête, fit Suzy en riant. Tu rougis comme une rose, ma chère.

— Je n'ai jamais connu quelqu'un comme toi, reprit Copper avec humeur, consciente de ses joues brûlantes.

Elle regarda Suzy s'habiller. Attrayants, ses sous-vêtements en soie et en dentelle étaient conçus sur mesure pour elle par une corsetière de la rue Cambon, tout en nuances roses diaphanes. Son corps lisse d'un blanc doré disparut sous le tissu avant de se mouler dans un tailleur en laine foncé. Elle dévisagea Copper d'un œil pensif.

— Aujourd'hui, il faut faire quelque chose de spécial. Retire tes vêtements.

— Je suis très bien comme ça.

Suzy poussa un grognement agacé.

— Ça ne me va pas, déshabille-toi.

C'était un rituel auquel Suzy tenait, par moments. Dans ces cas-là, le mieux était encore d'obéir. Copper ôta sa robe et Suzy l'entraîna vers son placard. Elles mesuraient à peu près la même taille et la plupart des tenues de Suzy allaient à Copper comme un gant. Cette fois, Suzy opta pour une robe en soie d'un noir intense avec de délicates rayures vert émeraude. Elle insista pour retoucher son maquillage. Les yeux plissés par une extrême concentration, elle souligna les lèvres de Copper et lui appliqua du fard à paupières.

— Mets tes lunettes ou tu vas me crever un œil avec ce pinceau.

— J'ai horreur de ces besicles, maugréa Suzy en les chaussant malgré tout.

Elles étaient rondes avec une monture en écailles de tortue. Sur le visage fin de Suzy, ces lunettes avaient presque un aspect comique. C'était précisément lorsqu'elle montrait ces rares signes de faiblesse que Copper l'aimait le plus.

Une fois satisfaite du maquillage, Suzy lui dénicha une paire de chaussures Chanel ornées de petits nœuds dorés et apporta la touche finale avec un élégant chapeau et un petit voile noir qui mettait en valeur, au lieu de les dissimuler, les grands yeux gris de Copper.

— J'ai l'impression d'être un cadeau de Noël, fit la jeune femme lorsqu'elle découvrit dans la psyché son reflet clinquant.

— Tout juste, confirma Suzy en enfilant une paire de gants mordorés en chevreau. Tu peux garder les habits s'ils te plaisent.

Elles sortirent bras dessus bras dessous. La pluie menaçait en cette fin d'après-midi et elles se hâtèrent en riant comme de vieilles amies.

Le thé chez Maxim's était l'un des péchés mignons de Suzy. C'était un rituel particulièrement féminin. Chaque table était agrémentée de roses rouges dans des vases de Chine et le thé était servi dans une vaisselle raffinée de style Art nouveau qui devait être aussi ancienne que le restaurant lui-même. Les macarons aromatisés à la rose, spécialité de la maison, fondaient dans la bouche. La carte proposait des gâteaux à la crème et des florentins, des vol-au-vent chauds, craquants et légers comme une plume, et même du thé Darjeeling. En un mot, on eût dit que la guerre était déjà terminée, ou mieux, qu'il n'y en avait jamais eu.

Les tables étaient presque toutes occupées par des femmes sur leur trente-et-un. Parfois en groupes, mais souvent par deux, elles échangeaient des messes basses, la tête penchée l'une vers l'autre. Copper se demanda combien de ces couples de femmes étaient amantes. Elle surprit plusieurs regards en coin, certains ouvertement admiratifs. Une femme mince et ténébreuse la dévisageait avec une intensité troublante, et une autre, rubiconde et carrée, aux grands yeux verts, lui souriait tel le chat du Cheshire. Elle ne répondit à aucune de ces avances.

L'amitié entre femmes, flexible, nuancée, ouverte à l'intimité, infiniment plus que la gent masculine n'en semblait capable, était bien différente de celle des hommes. Copper avait grandi avec quatre frères et leurs amis. Sa sœur était plus âgée. Elle était mariée et elle travaillait déjà comme infirmière quand Copper n'avait que dix ans. Privée de mère, elle n'avait eu que de rares contacts féminins.

Ces dernières semaines, Suzy lui avait appris tout ce que l'amitié d'une femme pouvait apporter. Leur relation comportait presque tous les sentiments du spectre : non seulement l'humour, la ferveur et la jouissance de ce que la vie avait à offrir, en toute liberté, mais également une dimension romantique.

Après le thé, elles se promenèrent ensemble dans la rue du Faubourg Saint-Honoré, admirant les vitrines des boutiques de luxe illuminées à l'approche du soir. La pluie avait cessé et, comme elles, des foules de Parisiens prospères flânaient.

Une fois de plus, Copper avait la sensation que Paris était une île où la guerre avait pris fin, dans l'œil calme d'un terrible cyclone qui tournoyait autour d'elle avec véhémence, détruisant tout sur son passage, mais laissant son centre curieusement intact.

Elles se rendirent chez Lanvin, l'une des plus anciennes maisons de haute couture à Paris, celle de la créatrice personnelle préférée de Suzy. Les vêtements ne manquaient pas de charme, mais grâce à son œil aguerri, Copper les trouva déjà passés de mode avec leurs broderies chargées et leurs perles incrustées. Même les couleurs florales subtiles semblaient évoquer une époque révolue, plus simple et plus innocente. Tout en passant les modèles en revue, elle huma le parfum qui flottait dans l'atmosphère.

— Mon Dieu, c'est exquis.

— C'est *My Sin*, le parfum créé par Jeanne Lanvin. Il te plaît ?

— Je l'adore.

— Héliotrope et musc.

— Je n'ai jamais rien senti de tel.

Suzy s'approcha du comptoir, où elle fut accueillie avec les égards dus à son statut de cliente fidèle.

— Donnez-moi un flacon de *My Sin*, je vous prie.

— C'est pour moi ? fit Copper, étonnée.

— Bien sûr.

— Mais tu détestes le parfum.

— Tu en mettras quand je ne suis pas là.

Copper s'émerveilla de la petite bouteille noire et ronde à bouchon doré dans une boîte où était dessiné un chat noir mutin.

— Tu es trop gentille, lui chuchota-t-elle.

— Vraiment ? Pas plus tard que ce matin, j'étais soi-disant cruelle.

— Tu peux être les deux à la fois.

— C'est vrai.

Suzy avait sorti son poudrier de son sac et s'appliquait soigneusement une nouvelle couche de rouge à lèvres. Elle se contempla attentivement dans le petit miroir avant de le refermer d'un coup sec avec détermination.

— Viens.

Emportant leur achat, elles traversèrent la rue. Suzy fit halte devant une boutique d'antiquités. Dans la vitrine, une collection de meubles disposés avec goût luisait sous les lampes ambrées.

— C'est adorable, dit Copper.

— Oui, en effet. Cette personne s'y connaît en choses adorables. Viens.

Suzy poussa la porte et entra. Copper lui emboîta le pas. Elle découvrit une véritable caverne d'Ali Baba, avec ses statues de marbre, ses peintures à l'huile et ses meubles. Il y avait des bijoux anciens, aussi, et des présentoirs en verre truffés d'argenterie volumineuse. Une femme vêtue d'un tailleur bleu foncé vint à leur rencontre. Ce ne fut qu'en voyant l'expression de son visage que Copper comprit où elles étaient.

— Bonsoir, Suzanne, dit la femme, essoufflée comme si elle venait de recevoir un coup dans le ventre.

— Bonsoir, Yvonne, répondit Suzy avec naturel. Nous avons pris le thé chez Maxim's et comme nous passions dans le coin, je me suis dit que nous pourrions nous arrêter ici. J'espère que ça ne te dérange pas ?

— Bien sûr que non. Pourquoi en serais-je dérangée ? Bienvenue dans mon humble boutique.

— Voici ma chère amie, Copper Heathcote. Copper, je te présente Yvonne de Bremond d'Ars.

Présentée aussi formellement, Copper tendit la main.

— Enchantée, madame de Bremond.

La main qui prit la sienne était fraîche, la pression brève. Si Copper avait su qu'il s'agissait du magasin de l'ancienne bienfaitrice et maîtresse de Suzy, elle ne serait jamais entrée. Mais à présent, il était trop tard pour se dérober. À plus de cinquante ans, Yvonne de Bremond avait les cheveux noirs coupés court. Son costume était masculin, mais d'un chic irréprochable dans sa simplicité. Au fond de la boutique, un berger allemand altier se prélassait sur un tapis, les détaillant de son regard intelligent. Seule Suzy semblait parfaitement à son aise.

— Tu as l'air en forme, Yvonne, dit-elle en regardant froidement le visage, les mains et les vêtements de l'autre femme.

— Toi aussi, ma chère Suzanne.

— Non, je suis toujours à bout, alors que toi, je te trouve aussi sereine que d'habitude. Les affaires et les intrigues m'épuisent trop. Tu as raison de fuir le stress des relations humaines.

— Je ne manque pas de relations, rétorqua Yvonne à cette allusion acerbe. Même si je n'ai peut-être pas les mœurs aussi légères que toi.

— Vraiment ? J'ai entendu dire que tu vivais comme une nonne ces temps-ci.

— Balivernes.

— Tu t'es surpassée, s'extasia Suzy en admirant la boutique. Un excellent cru. Il est vrai que tant de personnes manquent d'argent et sont prêtes à se départir d'un ou deux objets de famille pour trois fois rien.

— Je paye les prix les plus élevés, répondit l'autre avec raideur. Tu le sais très bien.

— Mais tout le monde aime les bonnes affaires, n'est-ce pas ? Acheter bas, vendre haut, c'est l'âme du métier, je me trompe ?

Son sourire était mielleux et ironique.

— Si tu veux, fit Yvonne à mi-voix. Pourtant, d'après mon expérience, les bonnes affaires n'existent pas. En payant peu, on obtient de la camelote.

— Ah, tu protestes trop, Yvonne. Tu aimes racheter des choses pour une misère, sois honnête.

Les joues de la femme d'âge moyen avaient pris une vilaine teinte rouge brique.

— Je suis parfaitement honnête. Les objets les moins chers sont souvent pourris de l'intérieur ; impossible de les rendre présentables.

Suzy avait l'air amusée.

— Si tu le dis.

En assistant à l'odieux échange, Copper se remémora le commentaire de Dior. Il avait raison, on aurait dit deux sœurs. Elles avaient la même silhouette sculpturale, le même port athlétique. Leurs visages beaux et fins aussi se ressemblaient, avec une dentition parfaite. Si Suzy se trouvait encore du bon côté de cette ligne invisible délimitant la jeunesse, Yvonne, quant à elle, avait clairement basculé de l'autre côté.

— Comment était votre thé ? demanda-t-elle en se tournant vers Copper. Avez-vous goûté aux macarons à la rose ? Et les vol-au-vent ? Ils prétendent que c'est du poulet, mais hélas c'est du lapin.

— J'aime le lapin, répondit Copper.

Yvonne la regarda avec dédain.

— Ma parole, on vous a aspergée de *My Sin*.

— Elle a le teint pur et les cheveux des Irlandaises, dit Suzy en prenant Copper par le bras pour l'orienter vers la lumière. Cette fraîcheur de la jeunesse. Regarde-la. Il n'existe rien de tel, n'est-ce pas ? La peau d'une jeune femme est le tissu le plus somptueux qui soit.

— Et le plus éphémère, répliqua Yvonne. Il ne dure jamais longtemps.

— Oh, c'est bien vrai. Une fois qu'il disparaît, c'est pour toujours.

Suzy posa ses doigts gantés sur le visage de l'autre femme dans un geste qui aurait pu paraître bienveillant sans son sourire sournois.

— Comme tu es antiquaire, ça ne doit pas vraiment te déranger. Plus c'est vieux, meilleur c'est, n'est-ce pas ?

Avec un rire guilleret, elle ajouta :

— S'il n'y a pas de toiles d'araignée dans les moindres recoins, tu ne daignes même pas y poser les yeux.

Yvonne esquissa un sourire forcé.

— Quel esprit ! Tu te donnes toujours en spectacle dans ton cabaret ?

— Bien sûr.

— J'espère sincèrement que tu surmonteras l'épreuve de l'épuration. J'ai entendu dire qu'ils ne portent pas dans leurs cœurs ceux qui ont fricoté avec les Allemands.

— L'épuration, j'en fais mon affaire. Si tu veux mon avis, tous les hommes en uniformes sont les mêmes, quelle que soit leur langue.

— Je serais peinée d'apprendre que tu as été envoyée en prison, s'obstina Yvonne, les yeux vifs. Ça ne te plairait pas, malgré ton penchant pour les hommes en uniformes. Tes petits plaisirs te manqueraient. Tes vol-au-vent au lapin et tout le reste.

— Ne t'inquiète pas pour moi, je me suis toujours débrouillée dans la vie.

— Pas toujours, dit Yvonne tout bas.

— Eh bien, maintenant, oui.

Un couple endimanché venait d'entrer dans la boutique et admirait une chaise longue Empire.

— Ne néglige pas tes clients, Yvonne. À bientôt, ma chère.

— Passe me voir, chaque fois que tu n'auras rien de mieux à faire.

— Tu peux y compter.

Les deux femmes s'embrassèrent, prenant soin de ne pas effleurer la joue de l'autre de leurs lèvres maquillées. En sortant, Suzy prit Copper par le bras dans un geste possessif.

Sur le trottoir, la jeune femme la repoussa avec colère.

— Alors, c'est pour ça que tu m'as pomponnée aujourd'hui ? Pour pouvoir m'exhiber comme un caniche ?

— J'avais peut-être une arrière-pensée, concéda Suzy, visiblement contente de son effet. Mais tu n'as rien d'un caniche, chérie.

— Quoi qu'il en soit, je ne suis pas ta chose. J'étais mortifiée là-dedans.

— Pourquoi cela ?

— Parce que tu m'as emmenée uniquement pour humilier cette femme.

— C'est toi qui as demandé à la rencontrer.

— Pas du tout !

— Alors, j'ai dû mal interpréter ta curiosité.

— Tu as été exécrable avec elle.

— Tu trouves ?

— Pire que jamais.

— Franchement, tu exagères. Yvonne et moi, nous nous comprenons très bien.

— Vous vous êtes sautées à la gorge.

— Peut-être, mais si on finissait par se pardonner, on trouverait la vie trop terne.

— Alors, tu lui présentes toutes tes conquêtes pour t'en vanter ?

— Ne sois pas bête.

— Je le sais, ça se voit dans tes yeux.

Suzy se moquait d'elle.

— Évidemment que je veux te montrer. Tu es belle et tu es à moi.

— Je ne suis pas à toi, rétorqua Copper. Je rentre à la maison.

— Copper, ne pars pas.

— Ne m'appelle plus.

Copper était profondément vexée. Cet épisode lui avait donné l'impression de n'être qu'un jouet et elle avait honte. En chemin, elle essaya de déterminer pourquoi l'expérience lui avait paru aussi désagréable. Ce n'était pas l'humiliation d'avoir été mise en avant comme un chien en laisse, mais plutôt le sentiment de n'être rien de plus qu'un trait enflammé dans la bataille entre deux femmes sur le retour. C'était bien joli d'être l'amie de Suzy, mais pas si elle devait devenir un animal de compagnie, avec l'indignité que cela comportait. Il y avait quelque chose d'étouffant dans ses attentions et elle était impatiente de quitter les vêtements dont Suzy l'avait affublée.

Lorsqu'elle arriva à l'appartement, elle découvrit Pearl avec un coquard impressionnant.

— Bon sang, mais que s'est-il passé ? demanda Copper.

— Je me suis pris une porte.

— Un poing, tu veux dire. J'ai compris.

Furieuse, elle examina le visage de Pearl. L'hématome s'étendait de l'œil gonflé jusqu'à la joue, tout en nuances pourpres et jaunes.

— Pourquoi retournes-tu toujours avec cette ordure ?

— Et toi, Fil de Cuivre ? répondit Pearl d'un ton las. Elle t'a déguisée avec ses vieilles frusques et elle t'a inondée de son parfum. Pourquoi ? Pour couvrir les odeurs de vieille chatte ?

Copper s'éclipsa dans sa chambre et se débarrassa des habits soyeux de Suzy. Sa garde-robe était remplie de cadeaux de sa part. Il ne s'agissait pas de vieilles frusques, car la plupart étaient des créations de chez Lanvin datant à peine de quelques mois, mais toutes portaient sa trace. Là où un parfum se serait attardé sur les vêtements d'une autre femme, les siens évoquaient son corps. Sous les bras, elle reconnaissait l'odeur musquée de Suzy, qui ravivait toutes sortes d'émotions dans son esprit. Elle commençait à se demander si Pearl n'avait pas vu juste dans ses avertissements de mauvais augure, en prédisant que cette relation la changerait à jamais. C'était probablement le cas. Peut-être avait-elle *envie* de changer, après tout, sinon à quoi bon vivre ?

Elle portait sa vieille robe de chambre élimée lorsqu'on frappa à la porte. C'était Christian Dior, un petit chien blanc sous le bras.

— C'est Jacinthe, dit-il en s'excusant une fois qu'elle l'eut invité à entrer et qu'il se fut assis devant le poêle avec un verre de vin rouge. Le chien de Bébé. Elle est restée enfermée dans son studio pendant tout ce temps. Pauvre petite bête, elle est presque morte de faim. Il lui a laissé à boire et à manger, mais ce n'était pas suffisant. Je me demandais si tu pouvais t'occuper d'elle, jusqu'au retour de Bébé parmi nous…

Copper prit le petit animal tremblant. Elle sentait les os fragiles comme ceux d'un oiseau, sous les boucles emmêlées.

— Bien sûr, je veux bien.

Copper emmena Jacinthe dans la salle de bains pour la laver. La chienne était dans un état lamentable, le poil hirsute et crasseux, les yeux exorbités par la panique. Elle empestait. Dior vint s'asseoir avec Copper et la regarda savonner avec précaution la petite créature.

— Comment va Bébé ? demanda-t-elle.

— On ne m'autorise pas encore à le voir, fit-il en soupirant. Je l'ai déjà soutenu dans ses cures, mais c'est atrocement difficile. Il est de plus en plus malade. La dernière fois, il a failli mourir.

— Oh, Tian ! Quelle tragédie.

— Oui. C'est la personne la plus brillante que je connaisse, mais avec Bébé, il n'y a pas de demi-mesures. Il ne s'arrête pas avant d'être entièrement détruit, dans le travail comme le plaisir. Il se donne tout entier alors que nous autres, pauvres mortels, nous économisons chichement nos talents, conscients de leurs limites.

Dior se pencha sur le rebord de la baignoire. Son visage, luisant sous la vapeur du bain de Jacinthe, était mélancolique.

— Je crois qu'il n'en a plus pour longtemps.

— Ne dis pas ça.

— Je ne peux plus perdre les gens que j'aime, Copper. C'est trop dur.

Il essuya ses larmes et avala une gorgée de vin.

— Merci d'avoir accepté Jacinthe. Tu es si bonne. Je la prendrais volontiers chez moi, mais chaque fois que je la vois, le chagrin prend le dessus.

— Ce n'est rien.

À présent, elle comprenait mieux la sensibilité extrême de Dior.

Jacinthe s'était roulée dans de l'huile de lin séchée et Copper dut se concentrer pour ôter les nœuds de ses poils fins.

— Puis-je te demander où est parti ton gentleman russe ? s'enquit Dior avec des pincettes.

— En déplacement pour affaires.

— Je me suis laissé dire que ses affaires étaient plutôt délicates, n'est-ce pas ? Tu dois être inquiète pour lui.

— Je suis morte d'inquiétude, admit-elle, mais ça ne m'avance à rien.

— Et comment ça se passe avec Suzy ?

— Parfois, elle est adorable, et à d'autres moments j'ai envie de l'étrangler. Comme aujourd'hui, par exemple.

Elle fit à Dior un bref résumé de sa rencontre avec Yvonne.

Le couturier grimaça.

— Je crains que Suzy ne soit pas discrète.

— Elle m'a traitée comme sa chose, mais je ne lui appartiens pas. Je ne suis même pas lesbienne.

En voyant Dior hausser les sourcils, elle s'exclama :

— J'ai horreur de ce mot, pour être honnête. Et d'abord, pourquoi faut-il qu'on l'emploie ? Pourquoi ce besoin de mettre les gens dans des cases ?

— Nous en avons déjà discuté : être lesbienne, c'est le métier de Suzy. Et puis, s'il ne nous met pas dans des cases, le reste du monde ne sait pas quoi faire de nous. Enfin, si tu prétends ne pas être lesbienne, alors cette catégorie doit bien exister pour que tu puisses ne pas y appartenir.

— Je te croyais mauvais en logique, répondit-elle froidement.

— Je n'ai jamais rien dit de tel, au contraire, je suis un homme très logique.

Maintenant, Jacinthe était aussi propre que possible – plus que cela, on risquait de la noyer. Dior aida Copper à sortir de l'eau l'animal frissonnant pour l'envelopper dans une serviette.

— Pendant la majeure partie de ma vie, j'ai eu honte de moi, lui dit-il à voix basse. J'ai souffert mille morts, comme beaucoup d'hommes dans mon cas. Je ne veux pas que tu subisses les mêmes souffrances.

— D'après Pearl, je dégoûterai toujours les hommes s'ils savent ce que j'ai fait.

— Je crois qu'ils sont plus enclins à accepter une femme qui aime les femmes qu'un homme qui aime les hommes. D'ailleurs, c'est même excitant pour beaucoup. C'est pour cela que Suzy réussit à en vivre.

— J'ai du mal à le comprendre.

Dior séchait les oreilles et le museau du petit chien avec une tendresse maternelle.

— Vous, les femmes, pouvez faire tout ce que vous voulez les unes avec les autres. C'est charmant et anodin.

— Anodin !

— Disons que c'est la beauté qui se cherche un reflet. Il y a une innocence à cela. Comme un jeu d'enfants.

— Tian, s'écria-t-elle. Parfois, tu comprends parfaitement les femmes, mais à d'autres moments, eh bien…

Il leva les mains, faisant mine de capituler.

— Tu as raison, tu as raison. Je vais m'en tenir à mes robes.

Sans nouvelles d'Henry, elle était inquiète. Même s'il avait toujours refusé de lui parler de son travail, Copper était certaine qu'il était en danger. Comme il l'avait prédit, la France au sortir de la Libération était mise à mal par les grèves et les sabotages. Des émeutes éclataient presque toutes les semaines, alors que la police tentait d'aider les ouvriers hostiles au mouvement à franchir les piquets de grève. Des saboteurs communistes, persuadés que l'express Lille-Paris servait à transporter des troupes, firent dérailler le train à Arras. Ce terrible accident causa des dizaines de blessés graves et seize morts. À Paris, les rues grouillaient de policiers armés. Le gouvernement assurait au pays que la situation était sous contrôle, mais personne ne savait ce qui se passait vraiment sous la surface.

Au fur et à mesure que la violence s'intensifiait, assortie au retour du mauvais temps, avec ses tempêtes de neige et sa pénurie de charbon, l'inquiétude de Copper pour Henry se faisait plus vive. Si, au début, elle était soulagée par son silence, à présent c'était une source d'angoisse quotidienne qui la rongeait à chaque heure du jour et de la nuit. Elle sentait constamment un mélange de colère et d'anxiété au creux de son ventre. Comment pouvait-il disparaître ainsi ? S'il l'aimait comme il le prétendait, comment pouvait-il la traiter de la sorte ?

À moins que – et cette pensée la terrorisait – il ait été capturé ou tué. Plus elle essayait de repousser cette idée, plus elle s'imposait à elle. Il lui avait expliqué qu'il recueillait des informations sur les communistes, mais à vrai dire, elle n'avait aucune idée de ce qu'il faisait ni de qui il combattait. L'avait-on capturé ? L'avait-on adossé contre un mur et fusillé ?

Peut-être s'était-il simplement lassé d'elle et avait-il trouvé une compagne de jeu moins ennuyeuse et plus conciliante, auquel cas sa compassion n'était que gâchis. D'une certaine manière, cette idée lui était tout aussi insoutenable.

Il ne lui semblait pas être du genre à proposer le mariage, s'il ne cherchait qu'à faire des cabrioles dans le foin. Cela dit, elle s'était déjà amèrement trompée sur le compte d'un homme…

On pourrait lui reprocher d'avoir joué les filles difficiles avec Henry. Peut-être s'était-il senti dupé. Peut-être le dégoûtait-elle.

Un dimanche matin, alors que les cloches de Paris carillonnaient, Copper fut tirée du lit par un Dior fébrile, les yeux hagards et le visage livide.

— J'ai reçu un appel téléphonique. C'est ma sœur. Elle est vivante, dit-il en l'agrippant. Elle rentre à la maison.

La nouvelle lui venait de la Croix Rouge. La prison où Catherine était détenue venait d'être libérée par les Russes. On n'avait retrouvé qu'une malheureuse poignée de survivants. Les autres avaient été massacrés par les SS, ou étaient morts de faim et de froid. Mais comme l'avait toujours prédit Mme Delahaye, Catherine avait survécu. C'était l'une des premières à être renvoyées chez elle. Elle se trouverait à bord d'un train de réfugiés dont l'arrivée était prévue le lendemain matin en gare de l'Est.

Tout ceci, Dior le lui confia avec une excitation fébrile, tandis qu'ils quittaient ensemble l'appartement.

— Nous devons préparer sa chambre. Et des œufs. Il nous faut des œufs !

— Pourquoi des œufs ? demanda Copper, que son empressement sérieux amusait presque.

— Pour lui faire un soufflé au fromage. C'est son plat préféré, elle s'y attendra forcément. On m'a dit qu'elle était maigre. Nous devrons la remplumer. Le soufflé au fromage est le plat le plus nourrissant qui soit, tu sais. Enfants, on nous en faisait toujours quand nous étions malades.

— D'accord, nous trouverons des œufs.

— Et des fleurs. Il nous faut des fleurs !

Ils coururent aux quatre coins de Paris. Les œufs, le beurre et le lait étaient encore des denrées rares en ville. Seuls quelques magasins pouvaient s'en procurer et les files d'attente étaient longues devant leurs portes. Dior était sur des charbons ardents. Ils patientèrent devant deux d'entre eux pour s'entendre dire au comptoir, après une procession interminable, qu'il n'y en avait plus en réserve.

Cependant, à la troisième épicerie, ils eurent plus de chance et purent acheter six précieux œufs et une portion de beurre ; dans une quatrième, un petit pot de lait et un morceau de fromage tout juste suffisant pour la confection du soufflé.

— Elle avait raison, ne cessait-il de répéter. Delahaye avait raison. Ils ont tous essayé de me faire comprendre que Catherine était morte, mais Delahaye savait. Elle le savait. Je vais couvrir cette femme d'or.

Au marché de l'île de la Cité, dans l'ombre de Notre-Dame, ils trouvèrent des fleurs printanières.

— Elles ne rentreront pas toutes dans sa chambre, protesta Copper en voyant Dior les bras chargés de gerbes.

— Alors, nous en mettrons dans tout l'appartement, répondit-il, à peine visible sous les bouquets.

Elle s'attendait presque à ce qu'il achète l'un des petits oiseaux qui sautillaient et pépiaient d'impatience dans leurs cages minuscules.

Ensemble, ils préparèrent la chambre de Catherine. Dior fit un feu dans le poêle pour commencer à réchauffer l'atmosphère. Copper se chargea du lit, le rendant aussi joli et accueillant que possible. Ils manquèrent de vases pour toutes les fleurs que Dior avait achetées et il dut descendre au rez-de-chaussée, chez sa voisine, afin de lui en emprunter quelques-uns. Ivre de bonheur, il riait constamment, laissant libre cours à sa joie. C'était un vrai miracle. Lorsque la machine d'extermination nazie avait été révélée au grand jour dans toute son horreur, le retour de Catherine saine et sauve avait paru de moins en moins probable. Après tout, comme on le savait désormais, les victimes se comptaient en millions, tuées d'emblée ou mortes à la tâche dans les conditions atroces des camps.

— J'essaie de contacter Hervé, son fiancé. Je dois absolument lui annoncer qu'elle est de retour. Oh, je ne pourrai jamais trouver le sommeil cette nuit, dit Dior une fois que les lieux furent décorés à son goût. Comment fermer l'œil ?

— Tu dois essayer, insista obligeamment Copper.

En l'espèce, ce fut elle qui ne parvint pas à trouver le sommeil. Elle imaginait la joie des retrouvailles le lendemain. Dior avait vécu dans les transes pendant un an, depuis l'arrestation de Catherine, et ce qu'elle avait enduré, Dieu seul le savait. La petite cartomancienne avait vu juste, tout compte fait. Catherine Dior était vivante. C'était le plus important.

Onze

Parti d'Allemagne la veille, le train de la Croix Rouge devait arriver à neuf heures du matin. La gare de l'Est, comme toutes les gares parisiennes ces derniers temps, était remplie de troupes et de civils de tous les coins d'Europe en transit par Paris. C'était une journée pluvieuse et la lumière faible filtrait à travers les poutres métalliques et le verre sale de l'immense toit en tonneau, atteignant péniblement les profondeurs de la gare bruyante en contrebas, où des foules allaient et venaient dans une effroyable confusion. Dior ne tenait pas en place. Il tremblait, nerveux et plein d'appréhension.

— Et si elle a raté son train ? demandait-il sans cesse. Si elle est tombée malade ? Si nous la ratons dans cette foule épouvantable ?

Il portait un bouquet de roses qu'il écrasait presque contre son torse, dans son agitation.

— Et si…

— Il n'arrivera rien de tout cela, dit Copper en l'entraînant résolument vers le bon quai. Fais attention, Tian !

Il avait failli se faire renverser par le chariot d'un porteur où s'entassaient des valises sur deux mètres de hauteur.

Le train avait du retard. Ils attendirent avec d'autres proches de déportés tout aussi anxieux, qui piaffaient d'impatience autour du groupe d'agents de la Croix Rouge et les contraignaient à répéter que oui, le train arrivait, que oui, les retards étaient normaux en de telles circonstances, et que non, personne n'avait été oublié. De temps à autre, quelqu'un se ruait vers le bord du quai afin de scruter la voie, aussitôt rattrapé par le vieux chef de gare.

Enfin, vers le milieu de la matinée, un crissement sur les rails annonça un train en approche. Les acclamations fusèrent. Le train entra en gare avec une lenteur déchirante, comme si le trajet avait été trop long et que ses roues souffraient le martyre, puis il s'arrêta. Libérées par le chauffe-eau, des volutes de vapeur se détachèrent de la locomotive et formèrent des perles de condensation. Dior serra la main de Copper lorsque les portes s'ouvrirent dans un bruit de ferraille et que des silhouettes, indistinctes dans le nuage de vapeur, émergèrent des compartiments.

Les agents de la Croix Rouge avaient dressé une barrière pour séparer les passagers de la foule. Ce système faisait beaucoup de mécontents. Les gens appelaient leurs proches et tentaient de rejoindre ceux qu'ils reconnaissaient, mais les employés étaient intraitables : les réfugiés devaient être remis à leurs familles un par un, selon leur ordre sur la liste.

— Je ne la vois pas, fit Dior d'un ton plaintif, plissant les yeux à travers le brouillard. Elle n'est pas là !

— Mais si, voyons, répondit-elle en lui serrant la main.

Dans l'effervescence, il avait écrasé son bouquet. Copper avait apporté son appareil pour immortaliser ce grand moment et elle l'inspectait, s'assurant que la pellicule était bien avancée et l'obturateur armé.

Après une heure insoutenable, les premiers arrivés avaient été enregistrés et commençaient à s'éloigner sur le quai en compagnie de leurs proches. La foule, tapageuse et hostile quelque temps plus tôt, était silencieuse à présent, les yeux rivés sur les revenants. Qui étaient donc ces fantômes qui traînaient des pieds en tenues d'épouvantails trop grandes pour eux de plusieurs tailles ? Enfoncés dans leurs orbites creuses, leurs yeux ne semblaient pas voir. Ils ne parlaient pas ou croassaient d'une voix éraillée. Un homme lâcha une exclamation de pitié et de dégoût, tandis qu'une femme éclatait en sanglots retentissants.

À présent, il n'y avait plus un bruit sur le quai, à l'exception du sifflement régulier de la vapeur et des craquements du métal qui se refroidissait. On entendait les agents de la Croix Rouge égrener les noms.

— Dior ! Mademoiselle Catherine Dior !

— Ici ! Je suis son frère.

Dior s'élança, mais la silhouette qui l'attendait entre deux agents n'avait rien d'une femme. Son crâne décharné était chauve, son corps frêle et chétif ressemblait à un arbre en hiver. Elle portait une petite valise dans une main et elle tendit l'autre vers son frère en ébauchant une caricature de sourire.

— Christian !

Dior pleurait à chaudes larmes. Il avait laissé tomber le bouquet de roses, que d'autres piétinaient sans s'en apercevoir. Copper en avait oublié d'utiliser son appareil. Il oscillait au bout de sa lanière, tandis qu'ils venaient en aide à Catherine. Copper lui prit sa valise.

— Oh, merci, mais je suis plus forte que j'en ai l'air.

Une étiquette avec le nom de Catherine avait été épinglée à son manteau. Sur les photos que Copper avait vues, c'était une jolie femme au visage frais et à l'épaisse chevelure bouclée. Il ne restait plus rien de sa beauté à présent. Seul son nez aquilin, si semblable à celui de Dior, confirmait le nom inscrit sur l'étiquette.

— Ne t'inquiète pas pour moi, Tian. Je suis désolée d'être aussi laide. Mes cheveux repousseront.

— Tu es belle, répondit-il dans un sanglot.

— Je ne leur ai rien dit, tu sais, fit Catherine alors qu'ils traversaient la foule de badauds.

Comme les autres survivants, elle marchait avec peine. Ses jambes semblaient difficilement capables de la soutenir. Elle avait une vingtaine d'années, mais on aurait dit une vieille femme.

— Ils m'ont fait du mal, mais je ne leur ai rien dit. Tu dois le répéter à tout le monde, même si on ne te le demande pas. Dis-leur que j'ai gardé le silence. Je n'ai trahi personne.

— Ne t'inquiète plus pour ces choses-là, répondit Dior. Personne n'osera jamais t'accuser.

Dans la main de Copper, la valise en carton était légère. À l'évidence, il n'y avait pas grand-chose à l'intérieur.

— Avez-vous des vêtements ? demanda-t-elle.

— Ceux que la Croix Rouge m'a donnés. Rien ne me va, mais au moins, ils m'ont tenu chaud. On m'a demandé d'apporter mes habits à Ravensbrück lors de mon arrestation, mais ils nous ont tout enlevé le jour de notre arrivée. Les Russes ont brûlé nos tenues de prisonniers, parce qu'elles étaient pleines de poux. J'aurais aimé les conserver. Je m'y étais attachée.

Pourquoi la question des vêtements de Catherine ne leur avait-elle pas effleuré l'esprit ?

— Je vous apporterai les miens, promit-elle. Nous mesurons à peu près la même taille.

Elle se garda de préciser que Catherine était plus maigre et qu'ils seraient trop grands pour elle.

— Eh bien, répondit l'intéressée comme si elle lisait dans les pensées de Copper, c'est le résultat d'une année aux mains des Allemands. Ne pleure pas, Tian. Je suis plus forte que j'en ai l'air, je te le promets.

Elle serina ce refrain pendant tout le trajet jusqu'à la rue Royale. À présent, Dior s'était ressaisi. Sur la banquette arrière, il embrassait la main de sa sœur sans relâche. Quant à Catherine, elle regardait par la vitre d'un œil morne.

— Mon Dieu, c'est merveilleux de revoir Paris. J'ai l'impression de rêver.

Elle partit d'un petit rire hésitant.

— Je ne rêve pas, si ?

— Non, chérie, tu ne rêves pas.

Elle aperçut un kiosque.

— Oh, pourrions-nous acheter un journal ? On ne sait absolument rien de la guerre depuis des mois, à l'exception des rumeurs.

Ils s'arrêtèrent pour lui acheter un exemplaire du *Monde*. Elle n'essaya même pas de le lire, mais elle porta le journal à son visage et huma avec délice l'odeur d'encre et de papier d'imprimerie.

— Voilà ce que sent la liberté.

Dior parlait avec entrain, mais Copper avait appris à le connaître et elle savait qu'il était sous le choc de l'apparence de Catherine. Il n'y avait pas que son allure émaciée, quelque chose chez elle semblait instable. Elle s'efforçait de paraître gaie, mais sous la surface on devinait lassitude et désolation. Elle était en lutte constante, comme si elle ignorait ce qu'il adviendrait si elle se laissait aller, comme si elle ne savait plus être elle-même.

Copper s'empressa de rentrer chez elle et choisit des vêtements pour Catherine. Sa garde-robe s'était étoffée grâce à la générosité de Suzy et elle avait des tenues de rechange. De beaux dessous seraient appréciés, songea-t-elle, ainsi que des chandails sur son corps décharné qui devait être extrêmement sensible au froid, et un chapeau pour cette pauvre tête nue.

Lorsqu'elle revint, Dior était dans la cuisine, affairé devant son soufflé. Assise à la fenêtre avec un châle, Catherine contemplait les toits. Elle se tourna vers Copper avec un sourire figé.

— C'est si bon de revoir les toits de Paris. On se lasse des fils de fer barbelés et des arbres inaccessibles dans le lointain.

— Tenez, je vous ai apporté des tenues. Je vous en prie, prenez tout ce qui pourra vous servir.

— Ah, Copper. Vous êtes aussi prévenante que le dit mon frère.

— C'est l'inverse. Cet homme est la prévenance même.

— La prévenance est la monnaie de l'humanité. Même dans les camps, on peut la trouver. Amoindrie et brisée, mais tout de même.

Elle se pencha en avant pour regarder les habits.

— Vous avez d'adorables vêtements.

Pourtant, elle ne faisait aucun effort pour les toucher.

— Je me suis dit que vous apprécieriez ce chandail. Il est très chaud, c'est de la laine d'agneau. Et voici un béret en attendant que vos cheveux repoussent.

Copper brandissait ce qu'elle énumérait pour tenter d'intéresser Catherine.

— Très joli.

Enfin, Catherine tendit une main hésitante et caressa la laine bleu ciel. Copper eut la stupeur d'apercevoir, sur le poignet gauche de Catherine, un numéro tatoué grossièrement, indigo sur la chair blanche : *57813*.

— Ah, oui. Mon numéro. J'ai horreur de le voir.

Copper essaya de garder ses émotions sous cloche. Elle avait entendu parler de cette pratique, mais c'était la première fois qu'elle en avait la preuve sous les yeux.

— On peut sans doute l'effacer.

— Sans doute.

— Je vais vous chercher des gants, si vous le voulez bien.

— Une paire de gants de coton ? Ce serait si gentil. J'ai honte qu'Hervé me voie dans cet état. Il ne va pas me reconnaître.

— Il comprendra. Vous n'essayez pas le chandail ? Vous devez avoir froid.

Avec raideur, Catherine enfila le doux vêtement de laine.

— C'est très agréable, fit-elle dans un soupir, les bras autour de son buste. Merci.

— Gardez-le, je vous en prie. Je n'en ai pas besoin.

— J'ai du mal à le croire, mais je vous remercie, répéta-t-elle.

Dior sortit enfin de la cuisine en s'essuyant les mains sur son tablier.

— C'est bientôt prêt. À table, mesdames. Après vous.

Elles prirent place à la petite table de la salle à manger. Dior apporta le plat au fumet appétissant. Il avait préparé les soufflés dans des ramequins individuels. Chacun était parfait, avec une croûte vaporeuse et dorée. Il déboucha une bouteille de chablis et remplit leurs verres.

— À Catherine.

Elle rit, mais Copper remarqua qu'elle trempait à peine les lèvres dans le vin. Catherine reposa son verre et considéra longuement le soufflé devant elle, tout comme elle avait regardé les vêtements de Copper.

— Mange, insista gentiment son frère. Je l'ai fait exactement comme tu l'aimes. Comme à Granville. Nous devons te remplumer.

— Oui, dit Catherine.

Mais elle sembla produire un effort rien que pour soulever sa fourchette. Elle prit une bouchée et ferma les yeux. Dior la regardait, dans l'expectative.

— C'est bon ? demanda-t-il enfin.

— Un chef-d'œuvre, répondit-elle en avalant.

Il rayonnait.

— Continue. Tu sais qu'un soufflé ne dure pas éternellement.

Catherine prit encore quelques bouchées. Soudain, elle repoussa sa chaise et se leva.

— Excusez-moi, fit-elle d'une voix étranglée.

Elle se rua dans les toilettes, d'où leur parvinrent de pénibles haut-le-cœur. Dior avait l'air atterré.

— Que lui arrive-t-il ? murmura-t-il.

— Je crois que c'est trop riche pour elle.

Il se frappa le front.

— Mon Dieu, quel imbécile.

Catherine revint à table.

— Je regrette, Tian. Ton soufflé est divin, mais mon stupide estomac ne sait plus comment se comporter.

— Oh, chérie, je suis vraiment désolé.

— Qu'êtes-vous capable de manger ? se renseigna Copper.

— En prison, on nous donnait de la soupe de pommes de terre tous les jours. Ce n'était jamais que de l'eau trouble. Si on trouvait une pelure de patate, on la faisait durer toute la journée. Nous avions de la chance. Comme nous travaillions en usine, on nous maintenait en vie. Souvent, les autres n'avaient rien du tout…

Sa voix mourut dans sa gorge et son regard s'absenta, perdu dans un autre monde.

En silence, Copper se rendit dans la cuisine. Il y avait quelques pommes de terre, des carottes et des poireaux, ainsi qu'un bouquet de persil. Elle éminça le tout et le mit à bouillir. Pendant ce temps, Dior et Catherine échangeaient à voix basse.

Une fois que les légumes furent tendres, elle les apporta à Catherine.

— J'ai l'impression d'être atrocement casse-pieds, dit Catherine. Je ne suis plus de très bonne compagnie pour les gens convenables. Je suis sincèrement navrée pour ton soufflé, Tian.

Elle entreprit de manger sa soupe, lentement et avec soin, sous le regard silencieux de Copper et Dior. L'appétit coupé, ils laissèrent leurs soufflés se dégonfler dans les ramequins, quasiment intacts.

Catherine ne souffrit plus de vomissements, mais rapidement, ses yeux se fermèrent et sa tête rasée se mit à osciller sur son cou gracile. Lorsqu'elle plongea une dernière fois sa cuillère dans son bol, elle parut incapable de la soulever à nouveau.

— Tu dois dormir, dit Dior.

Catherine leva péniblement la tête.

— Je suis désolée. Je n'ai pas pu dormir dans le train. J'étais trop impatiente de te revoir, Tian. Et maintenant que je suis là, ma présence n'est guère réjouissante…

À eux deux, ils l'aidèrent à se mettre au lit et la bordèrent comme une enfant. Elle s'était déjà assoupie avant qu'ils ne referment la porte.

Dans le salon, Dior murmura, le teint cireux :

— Elle est mourante.

— N'y songe même pas. Elle revient de loin.

Dior enfouit son visage dans ses mains.

— J'ai toujours cru que je ne ferais jamais de mal à une mouche, mais je pourrais tuer ceux qui lui ont infligé ça.

— Moi aussi, dit Copper dans un souffle.

Les jours suivants, elle en apprit plus sur l'histoire de Catherine. Elle était tombée amoureuse d'un fringant jeune homme de la Résistance, Hervé des Charbonneries. Peu de temps après, elle était impliquée dans la lutte secrète contre les nazis. Son rôle consistait à mémoriser des renseignements essentiels sur le mouvement des troupes allemandes et la production d'armes, et à les transmettre aux Français libres du général de Gaulle. S'ils espéraient qu'une jolie jeune femme à bicyclette échappe à l'attention de la Gestapo, ils se trompaient. On l'avait trahie. Elle avait reçu un message lui proposant de rencontrer un agent au Trocadéro, mais il s'agissait d'un piège tendu par la Gestapo. Elle avait été arrêtée et torturée dans les célèbres oubliettes de la prison de La Santé.

— Le plus terrible, lui dit Catherine, c'était que nous n'étions pas torturés par des Allemands, mais par des Français. Nos propres compatriotes.

Christian avait essayé par tous les moyens de la faire libérer, suppliant même ses riches clients de plaider en faveur de Catherine. Aucun n'avait accepté et Christian pouvait s'estimer heureux de ne pas avoir été arrêté à son tour.

À présent, le retour de Catherine le réjouissait, mais il était terrifié par son extrême faiblesse. Il envisageait de l'envoyer à la campagne pour l'air pur et la nourriture saine, si rares à Paris, mais il ne supportait pas d'être à nouveau séparé d'elle. De toute façon, son épuisement l'empêchait de voyager davantage.

— Je l'ai toujours chouchoutée, expliqua Dior à Copper, tandis que Catherine dormait, pelotonnée sous des couvertures. Quand nous étions enfants, je jouais rarement avec mes frères, mais Catherine…

Il sourit avec tendresse.

— Catherine était spéciale. Je n'avais pas le droit d'avoir des poupées, naturellement, alors elle est devenue ma poupée. Je lui mettais des rubans et des nœuds dans les cheveux. J'aimais créer des robes pour elle, l'habiller et l'emmener en promenade pour la montrer à tout le monde. Grâce à elle, je pouvais m'adonner à mes passions secrètes pour la dentelle et les frous-frous.

— En fait, c'était ta muse.

— Oui, on peut le dire. Et quelle petite muse délicieuse elle faisait, toujours souriante et calme. Sans elle, j'aurais vécu une enfance malheureuse. L'un de mes frères était fou et nous avons dû le placer en institution. Ma pauvre mère est morte peu de temps après. Je n'ai jamais été proche de mon père ni de mon autre frère, Raymond. J'étais un rêveur qui vivait dans son propre monde. Catherine était la seule capable d'entrer dans ce monde avec moi. Je crois vraiment que si je la perdais, j'en mourrais.

— Tu ne l'as pas perdue, souligna Copper avec douceur.

Dior posa la main sur celle de son amie.

— Elle a besoin d'une présence féminine.

— Je n'ai pas l'âme d'une infirmière, mais bien sûr, je ferai tout mon possible, Tian.

Copper l'emmena chez un médecin, Séverine Lefebvre. C'était une femme d'âge moyen que Copper avait choisie pour sa gentillesse. Catherine lui demanda de rester avec elle pendant l'examen. Debout sur la balance, en sous-vêtements, elle paraissait encore plus maigre que Copper l'avait d'abord pensé. Ses jambes et ses bras étaient comme des cure-dents ; ses côtes et les os de ses hanches saillaient sous sa peau blême, marquée d'ecchymoses et de taches décolorées. L'examen minutieux incluait un test de la vue.

Enfin, le docteur Lefebvre les invita à s'asseoir à son bureau, tandis qu'elle notait, d'une écriture manuscrite à l'ancienne, le régime que Catherine devait suivre.

— Vous souffrez de malnutrition sévère, dit-elle tout en grattant le papier. Il est essentiel que vous preniez les vitamines et les minéraux nécessaires à votre convalescence. Ce ne sera pas facile, Mademoiselle Dior, mais vous devez suivre mon régime à la lettre.

— J'essaierai.

Elles s'apprêtaient à quitter le cabinet quand le médecin serra Catherine dans ses bras et lui planta trois baisers sur les joues.

— Vous êtes un exemple pour la France entière, mam'zelle, dit-elle avec ferveur.

Le plus grand défi consista à faire manger Catherine. Le docteur lui avait prescrit un régime plein de bonnes intentions, composé de plats nutritifs à base de viande, mais son corps les rejetait. Il lui suffisait de dépasser d'une cuillerée la quantité dont elle était capable, pour déclencher des vomissements qui la laissaient encore plus épuisée et exsangue qu'avant. Cette épreuve réduisait régulièrement Dior et Copper au désespoir.

Pour ne rien arranger, les aliments n'étaient pas faciles à obtenir à Paris, maintenant que la guerre était entrée dans sa phase finale. Impossible de se procurer du homard de Granville. Quand bien même, les trains ne circulaient plus. En fait, entre les grèves et la guerre, les magasins étaient vides et les Parisiens devaient se contenter des restes grappillés çà et là, comme ils l'avaient fait pendant les pires heures de l'Occupation. La viande et le vin que le docteur Lefebvre avait prescrits étaient tout bonnement inenvisageables. C'était un crève-cœur de voir Catherine vomir le bœuf ou le poulet que l'on avait acheté au prix d'efforts coûteux.

Copper commençait à s'inquiéter. Catherine n'avait pas pris cinq cents grammes ; au contraire, elle avait perdu un peu de poids depuis son retour. Copper avait vécu dans la pauvreté. Elle connaissait quelques astuces pour préparer des plats roboratifs et elle les suggéra à Dior.

— C'est bien beau en théorie, dit-elle en désignant le régime détaillé sur l'ordonnance que leur avait remise le docteur, mais dans les faits, ça ne fonctionne pas.

Si tu veux bien, je vais essayer de nourrir Catherine à ma façon.

— Si c'est le mieux pour elle, acquiesça Dior avec un soupir. On ne peut pas continuer comme ça.

— Bon, très bien.

Copper se rendit au marché et revint avec un plein panier.

— Bon sang, qu'est-ce que c'est que ça ? se récria Dior, horrifié, tandis que Copper étalait les provisions d'un air triomphant.

— Ma mère nous faisait souvent du pied de bœuf, dit Copper en examinant l'atroce objet d'un œil critique. C'est le tibia et le pied.

— C'est comestible ? demanda-t-il.

— Tout à fait. Elle nous en préparait chaque fois que nous étions malades.

— Je croyais que l'Amérique était un pays riche, dit Dior en s'éloignant du poêle.

— Pas chez moi, répondit Copper. Il y avait sept bouches à nourrir avec le salaire d'un ouvrier. Crois-moi, nous ne mangions pas de homard.

Après plusieurs heures de travail acharné, le pied de bœuf fut réduit en un bouillon épais et une sorte de gélatine dorée translucide. À la grande joie de Dior, Catherine absorba le bouillon sans être malade.

— Tu es un génie, s'exclama-t-il en étreignant Copper dans la cuisine.

À partir de ce moment, elle mitonna pour Catherine les plats de son enfance. Sa mère était morte jeune, mais elle avait eu le temps de lui transmettre les traditions culinaires de son Irlande natale, des plats sains et nutritifs sans être fastueux. À défaut de poulet, elle cuisina des tourtes au lapin. Avec quelques os de bœuf, un bouillon délicat. Et surtout, elle préparait des poêlées de légumes. À présent, l'humble pomme de terre était un véritable don du ciel, tout comme l'orge, le chou et les haricots. Avant que Catherine puisse digérer les plats protéinés prescrits par le médecin, son instinct lui disait qu'elle avait besoin d'une nourriture fade et riche en féculents, capable de lui donner de l'énergie tout en permettant à son estomac de guérir et de recouvrer l'appétit.

Il s'avéra que Catherine était tentée par les préparations sucrées. Elle pouvait absorber de la confiture de pomme et des fruits en compote. Privée de vin, Copper concocta un sirop de raisin qui remporta un grand succès. Le riz au lait et le flan figuraient régulièrement au menu, avec une pointe de confiture si le sucre venait à manquer. La dangereuse perte de poids de Catherine ralentit avant de s'arrêter complètement. Enfin arriva le jour victorieux où l'on dut déplacer d'un cran le contrepoids sur la barre de la balance, prouvant ainsi qu'elle reprenait du poil de la bête. Pour fêter l'événement, ils firent honneur à un plat que sa mère appelait « boxty » – des galettes de pommes de terre grillées. Cette spécialité fut accompagnée par une chanson que la mère de Copper lui avait apprise :

« Boxty grillé,
Boxty pané,
Femme à boxty
Est bonne à marier ! »

Catherine devint assez forte pour entreprendre de courtes promenades. Comme ses yeux étaient affaiblis à cause de la malnutrition et souffraient à la lumière du jour, Copper lui acheta des lunettes de soleil. Elle prit l'habitude d'emmener Catherine flâner aux Tuileries, avec ses lunettes et un foulard sur la tête. On avait retiré le tank allemand calciné laissé à l'abandon et des fleurs égayaient les jardins.

— Vous ne souhaitez pas revoir votre fiancé ? s'enquit Copper avec délicatesse.

Pour l'instant, Hervé n'avait même pas été prévenu qu'elle était vivante, ce qui n'avait pas manqué de déconcerter Copper.

Catherine fit la grimace.

— Il me croit morte. C'est peut-être mieux comme ça.

— Pourquoi dites-vous une chose pareille ?

— Je ne sais pas si nous pouvons continuer, si nous devons continuer…

— À cause de ce qui vous est arrivé ? Vous êtes belle et vous reprenez un peu plus de force chaque jour. Vos cheveux repousseront. Il sera fou de joie de vous voir.

— Il y a autre chose, répondit Catherine d'un ton désabusé.

Tout en marchant au bras de Copper, elle se lança dans le récit de son histoire d'amour avec Hervé des Charbonneries.

Elle était tombée amoureuse de lui, un coup de foudre, alors qu'elle entrait dans une boutique pour acheter une radio. Grand, charmeur et bel homme, il lui avait montré le tout dernier modèle. Leurs regards s'étaient croisés et il avait conquis son cœur.

— Mais il y avait un hic, reprit Catherine. Hervé n'a jamais été mon fiancé. Ce serait impossible. Hervé est marié.

— Oh.

— En effet, *oh,* fit Catherine en imitant l'intonation monocorde de Copper. Il a trois enfants. Difficile d'être plus marié que cela, mais j'étais amoureuse et lui aussi. C'était un membre fondateur de la Résistance et il m'a tout de suite enrôlée. Alors, nous avons travaillé en secret, nous nous sommes aimés en secret. Nos vies étaient pleines de secrets. Je l'aimais tant ; je l'adorais, pour tout dire. Sans cet amour, je crois que la Gestapo aurait pu me faire craquer, mais je savais que si je donnais le nom d'Hervé, il serait tué. J'ai enduré tout ce qu'ils m'ont fait, et Dieu merci, j'ai réussi à le protéger.

Les yeux de Copper s'embuèrent.

— C'est la chose la plus courageuse que j'aie jamais entendue.

— L'amour donne du courage, fit Catherine en haussant les épaules. Ou de la folie, peut-être. Qui peut dire la différence ?

— Hervé devrait savoir ce que vous avez enduré pour lui, décréta Copper.

— Vous croyez ?

Catherine secoua la tête.

— Je crois que cela lui imposerait une pression injuste. Si je lui demandais de revenir, je lui demanderais de quitter sa femme et ses enfants. Avant tout ça, ajouta-t-elle en désignant sa stature malingre, c'était une aventure, une passade. Maintenant, c'est sérieux. Trop de personnes sont mortes, trop ont souffert. J'ignore si je peux subir plus de souffrances ou attendre des autres qu'ils souffrent pour moi.

— Tant qu'il vous croira en prison, ou même morte, il souffrira quand même.

Catherine esquissa un sourire de biais.

— Vous avez une vision si claire, ma chère Copper.

— Je m'y efforce. C'est en manquant de clarté que je me suis souvent fourvoyée.

Elle marqua une pause avant de l'interroger :

— L'aimez-vous encore ?

— J'ai pensé à lui chaque heure de chaque jour depuis que nous sommes séparés. Cela répond-il à votre question ?

— Oui, je crois.

— Et vous ? demanda Catherine. Vous attendez quelqu'un, à ce que j'ai compris, n'est-ce pas ?

— J'en déduis que votre frère vous a parlé de lui.

— Comme d'un homme très raffiné.

— Oui, c'est vrai.

— Il veut vous épouser.

— Oui.

— Et vous l'aimez ?

— Oui, je l'aime, mais…

— Mais vous chérissez votre liberté, dit Catherine en levant vers Copper des yeux intelligents.

— En quelque sorte.

— Les Américains et leur liberté. Il y a des choses plus importantes, vous savez.

Copper éclata de rire.

— Est-ce l'opinion d'une héroïne de la Résistance ?

— Eh bien, vous voyez où m'a menée le combat pour la liberté, dit-elle en rejetant son foulard afin de dévoiler son crâne chauve. La liberté est précieuse, mais certaines choses le sont encore plus.

— J'aimerais écrire une histoire à votre sujet, Catherine.

— Il n’y a rien de remarquable à en dire.

— Bien sûr que si. Votre courage, ce que vous avez enduré, comment vous avez survécu… tout cela est tellement inspirant.

Catherine restait sur la réserve.

— Pour les journaux, vous voulez dire ?

— Eh bien, j’envisageais un article avec des photographies, pour un magazine.

— Des photos de moi ? Maintenant ? Dans cet état ?

— Absolument. Vous ne garderez pas éternellement cette apparence, vous savez.

— Je ne sais pas si j’en ai envie, répondit Catherine avec réticence. Laissez-moi une semaine ou deux pour y réfléchir.

Il ne fallut que quelques jours à Catherine pour annoncer sa décision à Copper.

— D’accord, je veux bien que vous écriviez mon histoire et que vous me preniez en photo. Mon épreuve n’a rien d’unique, mais tant d’autres n’en ont pas réchappé. Il faut que les gens sachent ce qui leur est arrivé.

Catherine accepta de poser pour des portraits sans concession qui révéleraient ce que les nazis lui avaient fait. Copper était consciente du courage que cela lui demandait, sachant qu’elle serait vue par des milliers de lecteurs, mais une chose était certaine : Catherine Dior ne manquait pas de courage.

Et elle était disposée à partager ses expériences.

Après son arrestation, on l’avait interrogée avec la plus extrême brutalité, battue à coups de poing et de fouet en cuir, on avait désarticulé ses bras, maintenu sa tête sous l’eau jusqu’à la noyade. Même après avoir entendu plusieurs de ses camarades trahir les leurs, elle n'avait rien avoué.

Une fois convaincus qu'elle ne parlerait jamais, ils l'avaient envoyée avec deux mille détenus entassés dans des wagons à bestiaux en partance pour Ravensbrück. Pendant le trajet d'une lenteur insoutenable, certains étaient morts, privés d'air et d'eau dans la chaleur torride de l'été. Au bout de quelques jours, les survivants s'étaient retrouvés avec des centaines de cadavres en cours de décomposition. Moins de la moitié étaient arrivés vivants à la gare ferroviaire de Ravensbrück, où convergeaient des femmes de tous les territoires conquis par les nazis.

Ravensbrück était présenté comme un « camp modèle », exemple brillant de l'ingénierie sociale nazie, où bonté et fermeté conjuguées devaient guérir les malheureux contaminés par des maladies telles que la religion ou le socialisme.

En réalité, c'était le théâtre d'horreurs indicibles.

— Les femmes qui ne mouraient pas du typhus, expliqua Catherine, travaillaient dans les usines jusqu'à ce que mort s'ensuive. On envoyait les jeunes dans de prétendus hôpitaux pour y subir des expériences. Là, on les charcutait sans anesthésie, on les amputait de leurs jambes ou on leur retirait des organes pour savoir s'ils pouvaient survivre malgré cela. On leur injectait des produits chimiques, on les utilisait pour tester des drogues. Tous les jours, nous transportions des chariots de cadavres et de membres sectionnés jusqu'au crématorium.

Copper supportait difficilement de l'écouter. Quant au sort réservé aux enfants, il était trop effroyable pour que Catherine se résolve à en parler.

— Ensuite, on m'a envoyée à Buchenwald, dans les usines d'explosifs. Là-bas, ils étaient sans pitié. Ils fusillaient les plus faibles d'entre nous tous les jours. On entendait les pelotons d'exécution chaque matin. Puis on m'a encore déplacée, dans une mine de potassium cette fois. C'était un camp de travail forcé clandestin. L'air y était toxique et j'ai failli mourir. Quand les Alliés ont commencé à se rapprocher, ils nous ont baladés encore un peu : une usine d'avions à Leipzig, puis à Dresde, où les Russes nous ont enfin libérés. Je crois que je n'étais plus qu'à un mois de la mort, peut-être moins. Les Russes avaient libéré d'autres camps avant nous et ils savaient à quoi s'attendre. Ils étaient aux petits soins. Ils nous ont nourris et habillés avant de nous transférer à la Croix Rouge. Savez-vous ce qui m'a permis de tenir pendant tout ce temps ?

— Quoi donc ?

— La perspective de retrouver Tian. Je rêvais que je rentrais à Paris, que je riais et mangeais du homard. J'avais horreur de m'éveiller de ces rêves-là.

Copper était vivement émue.

— Tian n'a jamais cessé de croire à votre retour. Chaque semaine, il consultait une astrologue à votre sujet.

Catherine hocha la tête.

— Il cherchait toujours des trèfles à quatre feuilles quand il était petit. Il collectionnait les porte-bonheur, inventait des sortilèges. Je me rappelle qu'un jour, dans une foire, une bohémienne lui a lu les lignes de la main. Elle lui a dit que les femmes lui porteraient bonheur et qu'il gagnerait une fortune grâce à elles. Il était emballé. Ce que nos parents ont ri ! L'idée que Tian puisse gagner sa vie grâce aux femmes… enfin, vous savez comment il est.

— Oui, je sais comment il est.

— S'il n'a pas précisément fait fortune, il arrive au moins à vivre grâce à elles.

— S'il se séparait de Lelong et ouvrait sa propre maison, il pourrait très bien réussir.

— C'était le frère le plus adorable et le plus attentionné dont je puisse rêver, Copper. J'aurais pu avoir une enfance malheureuse, mais il l'a remplie de joie.

— Pourquoi dites-vous cela ?

À la surprise de Copper, Catherine lui décrivit leur mère comme un modèle de discipline et de rigueur, froide et distante envers ses enfants.

— Je suis certaine qu'elle nous aimait, mais elle était très stricte. Elle était toujours occupée. Elle n'encourageait pas les marques de tendresse. Nous n'avions pas le droit de nous précipiter vers elle et de la serrer dans nos bras. Si nous osions froisser ses vêtements, nous recevions une correction. Il fallait gagner son affection et ce n'était pas chose aisée. Nous avons tous appris à marcher sur des œufs avec elle, tous sauf Tian. Il la suivait partout. Il apprenait le nom des fleurs de son jardin, même en latin. Nos frères étaient cruels avec lui et le traitaient de fils à maman, mais il s'en fichait. Il était déterminé à gagner son amour.

Dior avait dit à Copper qu'il ne vivait que pour plaire aux autres.

— Et a-t-il fini par gagner son amour ?

Catherine hésita.

— Je crois qu'elle l'a laissé se rapprocher d'elle plus qu'aucun d'entre nous. C'est le seul qu'elle emmenait à Paris voir sa modiste.

La curiosité de Copper en fut piquée.

— Était-ce un privilège spécial ?

— Oh, oui. Ma sœur et moi n'y avions même pas droit. Elle s'appelait Rosine Perrault et son atelier se trouvait juste ici, rue Royale, à deux pas de son appartement.

— Il ne s'éloigne jamais de ses racines, observa Copper, pensive.

— Je crois que cette expérience, consistant à la voir aussi bien habillée et à regarder les couturières au travail, lui a laissé une forte impression. C'était un monde mystérieux auquel il rêvait d'appartenir. Après ces visites, il s'amusait à me déguiser en se prenant pour un tailleur.

— Oui, il me l'a raconté.

— Nous devions garder le secret. Nos frères se seraient fait un plaisir de le malmener s'ils l'avaient découvert. Bien sûr, j'adorais cette attention. Je vénérais Tian et j'aimais qu'il s'affaire autour de moi. Curieusement, j'ai perdu une grande part de mon intérêt pour les belles toilettes en grandissant.

Elle passa la main sur les cheveux ras qui avaient commencé à repousser sur son cuir chevelu.

— Tian avait beau redoubler d'efforts pour lui plaire, c'était Bernard qui accaparait son attention. Avec le temps, il est devenu bizarre et nous avions du mal à le comprendre. Et puis, l'entreprise de notre père a périclité. Nous avons perdu cette magnifique maison surplombant la mer, et le jardin dont notre mère prenait si grand soin. À l'internement de Bernard dans un asile, notre mère est morte de chagrin. Tian n'était qu'un jeune homme et sa mort l'a dévasté. Heureux et enjoué de nature, il est devenu introverti, replié sur lui-même. Je crois qu'il a eu l'impression qu'on la lui avait arrachée avant même qu'il ait pu gagner son approbation.

Copper éprouvait une grande tristesse pour Catherine. Elle avait défendu son amant au péril de sa vie, mais elle ne pouvait pas le récupérer et le garder pour elle. Copper confia à Dior l'ironie amère qu'elle y voyait.

— Je savais qu'il se passait quelque chose, dit-il. Mais j'ignorais qu'elle était dans la Résistance. Je n'en avais pas la moindre idée. Elle débarquait sans crier gare, pleine d'entrain comme toujours. Parfois, elle passait la nuit chez moi avant de partir sur sa bicyclette en pédalant de toutes ses forces.

Il soupira.

— Je croyais que le grand mystère était une histoire d'amour qu'elle entretenait, et il m'arrivait de l'interroger, mais elle ne me disait jamais qui était l'heureux élu. Bien sûr, j'en déduisais qu'il y avait des complications, qu'il était marié, par exemple, et qu'elle souhaitait rester discrète. À mon sens, le seul risque qu'elle encourait, c'était d'avoir le cœur brisé, et j'ai tenté de la mettre en garde. Je ne savais pas qu'elle transportait des renseignements secrets dans sa tête. Je n'ai appris ce qu'elle faisait, ainsi que l'existence d'Hervé, qu'après sa déportation.

— Tu sais qu'elle ne leur a rien dit, Tian. Elle a enduré des choses terribles pour protéger Hervé.

— Je sais. À son arrestation, j'ai cru devenir fou. J'ai fait le tour de toutes mes connaissances pour implorer leur aide. On m'a claqué la porte au nez. Aucun d'eux ne souhaitait être associé avec la Résistance. Bien sûr, maintenant, ajouta-t-il amèrement, ces mêmes personnes prétendent avoir été des héros. Le seul qui ait accepté de m'aider fut l'ambassadeur de Suède, mais quand il est intervenu, il était trop tard. Catherine était déjà dans le train pour Ravensbrück. Quant aux autres, tous ces riches qui auraient pu faire quelque chose pour la sauver, je les ai vus sous leur véritable jour. Ce n'étaient que de viles créatures sous leur vernis de façade.

— Tu as dit que tu trouverais Hervé et que tu lui annoncerais la bonne nouvelle.

Dior hésita.

— Je l'ai retrouvé. Il est ici, à Paris. Je ne lui ai pas encore parlé. Catherine m'a demandé de ne rien dire.

— Je crois qu'elle aimerait le voir. C'est une situation atrocement compliquée. Elle se languit de lui, et tôt ou tard, il va bien devoir apprendre qu'elle est vivante, n'est-ce pas ?

— Oui, mais elle souhaite peut-être qu'il prenne la décision lui-même.

— Ce n'est pas une histoire d'amour comme on en trouve dans les livres. S'il revient vers elle, il brisera sa propre famille. Dans le cas contraire, c'est à elle qu'il brisera le cœur.

— L'amour est rarement comme dans les livres, ma chère, répondit Dior. Nos vies sont trop brouillonnes pour connaître des fins de contes de fées.

DOUZE

Quelques jours après cette conversation, on frappa à la porte. Copper l'ouvrit pour découvrir un inconnu sur le seuil. Âgé d'une quarantaine d'années, il était grand et svelte. Il portait une veste en tweed et triturait nerveusement son chapeau feutre. Elle sentit immédiatement qu'il s'agissait du fameux Hervé. Comme il semblait trop ému pour parler, elle le fit à sa place :

— Vous cherchez Catherine ?

Il hocha la tête.

— Elle dort. Aimeriez-vous entrer et attendre qu'elle se réveille ?

Il recula d'un pas.

— Je reviendrai plus tard, je ne veux pas la déranger.

Copper ne comptait pas le laisser filer.

— Ne partez pas. Elle fait toujours une sieste d'une demi-heure dans la matinée. Elle ne va pas tarder à se réveiller. Elle sera tellement heureuse de vous voir.

À contrecœur, il se laissa conduire à l'intérieur et s'installa dans le coquet petit salon. Dior était à la Maison Lelong et elle profitait de ce que Catherine dorme pour rédiger un article. Elle lui proposa du café, mais il refusa poliment.

— Vous travaillez, dit-il en désignant ses papiers. J'ai mal choisi mon heure de visite.

— Ne vous en faites pas.

Optant pour une approche directe, elle demanda :

— Quand avez-vous appris qu'elle était de retour ?

— Un ami l'a vue en promenade aux Tuileries avec quelqu'un, l'autre jour. C'était vous, je présume ?

— Oui. Nous nous y rendons presque tous les jours, si le temps le permet.

Il était blond, avec une moustache plumeuse et un profil aquilin. Il lui évoquait Errol Flynn, l'acteur de films de cape et d'épée. Elle comprenait aisément que Catherine soit tombée sous le charme de son physique athlétique. Pourtant, en cet instant, il était particulièrement fébrile. Il tournait et retournait son chapeau entre ses longs doigts, et sa voix était nerveuse.

— Comment va-t-elle ?

— Son état s'améliore. Elle était très faible en arrivant, mais elle commence à se remettre.

— Il paraît que vous opérez des miracles avec elle. A-t-elle… a-t-elle parlé de moi ?

— Je ne sais pas. Vous ne vous êtes pas encore présenté.

— Je m'appelle Hervé des Charbonneries.

— Je crois qu'elle a mentionné votre nom, répondit gravement Copper. Une fois ou deux.

— Je ne comprends pas pourquoi elle n'est pas venue directement me voir.

N'y tenant plus, il s'était mis à faire les cent pas dans la pièce.

— Comment se fait-il qu'elle soit rentrée à Paris sans me le dire ? C'est cruel de sa part.

— Elle a beaucoup souffert. Peut-être plus que vous ne le croyez. La vie n'a pas été facile pour elle. Je suppose que revenir d'entre les morts n'est jamais facile.

— Je l'ai crue morte. Je ne m'attendais pas à la revoir un jour. Elle m'a laissé continuer à le croire, alors qu'elle est ici, bien vivante !

— Catherine a subi des choses que personne ne devrait subir. Elle a connu des enfers que vous et moi ne pourrions même pas imaginer, et vu des horreurs qui nous étourdiraient. Personne ne peut en revenir indemne, pourtant elle est capable de guérir. Surtout par amour. Et surtout, si vous apprenez à penser moins à vous et plus à elle.

Pendant un moment, il garda le silence.

— Toutes mes excuses, dit-il enfin avec raideur. Mais c'est difficile pour moi aussi.

— Elle a tout sacrifié pour vous. Elle vous a sauvé la vie.

Copper le dévisageait d'un œil critique.

— Vous avez, quoi, quinze ans de plus qu'elle ? Un homme marié, avec trois enfants.

— Et alors ?

— Vous l'avez envoyée transmettre des messages pour la Résistance et vous l'avez mise dans votre lit. De ces deux choses, laquelle est arrivée en premier ?

Une fois de plus, ses pommettes anguleuses virèrent au rouge.

— Madame, vous ne savez pas ce que c'est que d'avoir un ennemi sur votre territoire. La France attendait des sacrifices de chacun de nous, mais seuls quelques-uns ont répondu à l'appel. Catherine en faisait partie. La France n'oubliera jamais ce qu'elle a fait.

— Vous m'avez l'air d'un beau parleur.

— Vous vous prenez pour la tutrice de Catherine ? dit-il sèchement. Mais vous n'êtes pas de sa famille. Vous n'êtes même pas française.

— Vous avez raison, je ne suis ni l'un ni l'autre. Je ne me considère pas comme la tutrice de Catherine, mais comme son amie. Elle est très faible. Si je n'essayais pas de la protéger, je serais une piètre amie, vous ne trouvez pas ?

Un bruit lui parvint depuis la chambre de Catherine.

— Je vais voir comment elle va.

Elle trouva Catherine réveillée, au bord de son lit. Elle s'assit à côté d'elle et prit l'une de ses mains fragiles entre les siennes.

— Il est ici, dit-elle à voix basse.

— Je sais. J'ai entendu sa voix.

Elle tremblait.

— Voulez-vous que je m'en aille ?

— Non, je vous en prie. Restez dans l'appartement, mais faites-le venir ici.

Copper alla appeler Hervé.

— Elle va vous recevoir.

Hervé entra dans la chambre de Catherine, son chapeau toujours à la main. Copper referma la porte pour respecter leur intimité et se remit au travail à la table de la salle à manger. Pendant près d'une heure, elle n'entendit rien dans la chambre de Catherine, à l'exception de quelques murmures, de temps à autre. Enfin, Hervé émergea. Il salua froidement Copper et se dirigea vers la sortie. Elle entendit ses pas précipités dévaler les escaliers.

Non sans appréhension, elle se rendit dans la chambre de Catherine. Cette dernière était debout à sa fenêtre et regardait à l'extérieur. Elle paraissait fiévreuse, ses yeux étaient plus brillants qu'à la normale et elle avait le visage en feu. Copper s'en inquiéta.

— Voilà, ma chère Copper. Il est venu et il est parti.

— Que s'est-il passé entre vous ?

Les doigts de Catherine se resserrèrent autour des siens.

— Il m'aime toujours. Rien n'a changé.

Copper dévisagea la jeune femme.

— Êtes-vous heureuse ?

— Rien n'a changé, répéta Catherine. Nous avions un accord avant mon arrestation, et cet accord restera identique, si je décide de l'accepter.

— Quel est-il ?

— Il ne divorcera jamais de sa femme. C'est un baron des Charbonneries, un catholique. En aucune circonstance, il ne peut envisager le divorce. Ça ne se fait pas, voilà tout. Je peux être avec lui. Mais je ne peux pas être sa femme, je ne peux pas prendre son nom et je ne peux pas porter ses enfants.

— C'est rude.

— Mais lui, je peux l'avoir, reprit Catherine avec un sourire de biais. C'est tout ce qui compte, Copper. Tant que je peux l'avoir, que pourrais-je demander de plus ?

— C'est une Catherine qui restera Catherinette, dit tristement Dior lorsque Copper lui raconta cette conversation.

— Qu'est-ce qu'une Catherinette ?

— C'est le surnom que l'on donne à une femme toujours célibataire de plus de vingt-cinq ans, d'après sainte Catherine, martyrisée pour avoir refusé d'épouser un païen. Le jour de sa fête, les vieilles filles de Paris portent toutes des coiffes bariolées. J'aurais souhaité qu'elle connaisse un sort plus enviable.

— Elle connaît l'amour. Comme elle dit, elle n'a besoin de rien d'autre.

— Ce sont deux personnes fortes, admit Dior. Ils organiseront leurs vies comme ils l'entendent. Il dit que tu l'as soumis à la question, que tu lui as demandé si ses intentions étaient honorables.

— Je sais que ça ne me regardait pas, mais je voulais protéger Catherine.

— Il a dit que tu étais stricte.

— J'ai souffert des négligences d'un mari, lui rappela-t-elle.

À présent, Catherine reprenait des forces. Quinze jours après cet épisode, elle annonça qu'elle allait quitter Paris pour se rendre dans la maison de famille des Dior, à Callian près de Grasse, sur la Côte d'Azur. Là, avec le soleil et les champs de fleurs pour lui remonter le moral, sa convalescence poursuivrait son cours paisible. Hervé des Charbonneries partirait avec elle et, ensemble, ils planifieraient leur avenir.

Copper et Dior les accompagnèrent à la Gare de Lyon. Catherine serra vivement Copper dans ses bras.

— Merci, ma chère amie, lui dit-elle. Venez me voir à l'occasion.

— C'est d'accord, lui promit Copper.

Bien qu'elle soit toujours maigre et faible, Catherine n'était plus cette femme squelettique, chétive à faire peur, qui était arrivée à la Gare de l'Est quelques semaines auparavant. L'espoir était revenu dans ses yeux. Hervé et elle montèrent à bord du train, trouvèrent leur compartiment et se penchèrent par la fenêtre pour leur dire au revoir.

— Merci pour tout ! lança Catherine, alors que le train se mettait en branle.

Elle agita la main avant de disparaître comme elle était venue, dans un nuage de vapeur.

Dior pleurait dans son mouchoir lorsqu'ils quittèrent le quai. Copper passa un bras sur ses épaules.

— Nous la reverrons d'ici peu.

— Ma pauvre petite Catherine, sanglotait Dior. J'aurais dû mieux veiller sur elle.

— Tu n'aurais rien pu faire. Chacun de nous est sur sa propre corde raide. Nous devons nous contenter de nous relever les uns les autres après chaque chute.

Alors qu'ils progressaient dans le hall bondé de la gare, Copper aperçut un profil douloureusement familier. D'abord, elle crut rêver. Elle s'arrêta net et lança par-dessus le vacarme :

— Amory ? Amory !

L'homme s'arrêta. Pendant un moment, elle eut le sentiment qu'il ne se retournerait pas, mais il finit par tourner la tête et elle retrouva les beaux yeux violets de son ex-mari. Encore sous le choc, elle abandonna Dior pour fendre la foule des voyageurs et aller le saluer.

— Bonjour, Copper.

— Je ne savais pas que tu étais à Paris.

— Je ne fais que passer, dit-il en jetant un œil par-dessus son épaule. Je vois que tu fréquentes toujours monsieur Machin-Chose.

— Dior. Nous venons de déposer sa sœur.

En le voyant, elle en avait eu le souffle coupé et elle essayait de reprendre sa respiration. Il paraissait plus mince que dans ses souvenirs. Vêtu d'une tenue militaire kaki, les cheveux blonds en bataille, il portait un sac marin sur son épaule.

— As-tu un moment pour discuter ?

Il consulta sa montre.

— Oui, j'ai une demi-heure avant mon train. Nous pourrions prendre un verre de vin.

Elle en fit part à Dior, qui hocha la tête et rentra tristement chez lui. Il se remettrait du départ de Catherine tout seul. Avec Amory, elle se dirigea vers *Le Train Bleu*, le buffet de la gare, aux dorures et aux fresques foisonnantes. Ils trouvèrent un coin tranquille dans la salle comble. Amory commanda au serveur survolté une bouteille plutôt qu'un verre.

— Tu es en pleine forme, commenta-t-il sur le ton de la conversation en allumant une cigarette.

Balayant la salle des yeux, il ne lui témoignait pas un grand intérêt. Elle songea avec amertume qu'elle n'avait jamais su attirer toute son attention. Elle n'y parviendrait jamais.

— Toi aussi, répondit-elle.

Ce n'était pas tout à fait vrai. À l'observer plus attentivement, elle pouvait constater qu'il avait perdu beaucoup de poids depuis la dernière fois qu'elle l'avait vu, et même si cela n'atténuait en rien sa beauté physique, il semblait presque décharné. Ses joues se creusaient comme deux grottes à flanc de falaise lorsqu'il tirait sur sa cigarette.

— Où étais-tu passé ?

Il expira.

— Dans un camp de concentration en Allemagne.

Copper se remémora les expériences de Catherine.

— Tu m'as écrit de là-bas. Quelle terrible épreuve tu as dû endurer !

— Pour tout dire, c'était fascinant.

Une lueur étrange brillait dans ses yeux.

— D'ailleurs, j'y retourne.

— Tu couvres toujours cette histoire ?

— J'y travaille depuis des semaines. C'est elle qui me vaudra ce fameux Pulitzer.

Le vin arriva et il remplit leurs deux verres à ballon. Elle y trempa les lèvres, tandis qu'il avalait une grande gorgée.

— C'est une histoire de premier choix. Ses ramifications sont infinies. On en découvre toujours plus.

— Que découvre-t-on ?

— Absolument tout. Après mon départ de Paris, je me suis engagé dans une unité avancée. Nous avons participé à des combats acharnés. Tous les jours, on déplorait des pertes, beaucoup de pertes humaines. Les officiers nous poussaient jusqu'à nos limites les plus extrêmes. Nous voulions arriver à Berlin avant les Russes. J'étais avec le 157ᵉ régiment d'infanterie quand nous avons libéré ce camp. Il était immense, tentaculaire. Et il empestait à deux kilomètres à la ronde.

Il se servit un autre verre de vin.

— Les corps étaient entassés partout, dans des wagons de marchandises, dans les baraquements, les incinérateurs. Non pas des corps, des squelettes. Certains marchaient et parlaient encore, comme si on ne les avait pas prévenus qu'ils étaient morts.

— Je n'ai pas tellement envie d'entendre cette histoire, dit Copper à mi-voix.

Il lui adressa un sourire crispé.

— Et nous, nous n'avions pas envie de la voir. Pourtant, nous l'avons vue. Il le fallait. Nos gars, des vétérans chevronnés, pleuraient et vomissaient. Les Allemands essayaient de brûler les derniers corps quand nous sommes arrivés. Sais-tu ce qu'ont fait nos sergents ? Ils ont aligné les SS contre un mur et les ont fusillés. D'un point de vue technique, c'étaient des prisonniers de guerre. Les nazis imploraient leur pitié, mais nos hommes continuaient de tirer, apportant de nouvelles caisses de munitions quand elles venaient à manquer.

— Oh, mon Dieu.

— Les corps des Allemands formaient des tas devant nous.

Il alluma une autre cigarette au mégot de la première.

— J'ai regardé toute la scène en me demandant : valons-nous mieux que les nazis ? Est-ce de la justice ou de la brutalité ?

— Et quelle réponse as-tu trouvée ?

— La réponse, c'est l'être humain. Ce n'est que ça, l'être humain.

Il éclata de rire. Son attitude était aussi détachée qu'auparavant, mais son rire, de même que son visage, semblait creux. C'était comme s'il avait perdu quelque chose, non seulement une présence physique, mais un élément intérieur, tout au fond de lui.

— Les détenus ont pris le relais. Comme nous ne leur avions pas donné d'armes, ils s'y sont mis à coups de pierre, de barres de fer, même à mains nues. Ils ont aussi tué des femmes parmi les gardes après leur avoir fait subir autre chose.

— Comment as-tu supporté un tel spectacle ?

— J'avais l'impression d'être arrivé en enfer. Nos gars avaient peur des détenus, ces hommes affamés et brisés qui quémandaient à manger, qui nous griffaient en suppliant qu'on les aide. Nos soldats reculaient devant eux, comme s'ils n'étaient pas humains. Enfin, tu as vu les photos.

— Oui, j'ai vu les photos.

— Ça m'a touché. Jusque dans mon âme. J'ai commencé à le comprendre. En fin de compte, je suis resté, alors que le groupe militaire avec qui j'étais arrivé reprenait la route. Je suis devenu spécialiste des camps de concentration. J'en écris le compte rendu exhaustif.

Il se pencha brusquement vers elle et agrippa son avant-bras entre ses doigts brûlants. Ses yeux couleur lilas se plantèrent dans les siens.

— Les camps sont vastes, Copper. Ils t'engloutissent. On peut marcher pendant des jours sans en sortir. Toujours en enfer.

— Amory, ils semblent avoir un effet dévastateur sur toi.

— Non. Grâce à eux, je suis devenu un homme.

Une fois de plus, il partit d'un rire nerveux.

— C'est le meilleur remède contre ce qui n'allait pas chez moi.

— Qu'est-ce qui n'allait pas chez toi ?

— Un tas de choses, répondit-il succinctement. Je buvais trop, je couchais avec toutes les filles qui le voulaient bien. Tu étais la seule influence restrictive dans ma vie, et sans toi j'étais incontrôlable.

— Et maintenant, te contrôles-tu ? demanda-t-elle, soucieuse, en le voyant déboucher une nouvelle bouteille.

— Bien sûr. Absolument.

Il se servit, les yeux rivés sur son verre.

— Je n'aime pas ce que j'entends. Ça ne te ressemble pas.

— Oh, si, ça me ressemble parfaitement.

— Tu bois trop.

— Dès que j'y retourne, j'arrête. Là-bas, je n'ai pas besoin d'alcool.

— Tu ne devrais pas y retourner. Tu as besoin de faire une pause.

— Je dois continuer à creuser. Je dois aller jusqu'au fond des choses. Comprendre ce qui nous motive. Il y a toujours autre chose. Nous avons pendu le commandant du camp à sa propre potence. Je l'ai pris en photo. C'est une sacrée gifle, tu ne trouves pas ?

L'expression de Copper sembla l'amuser.

— Tu es bouleversée. J'ai *besoin* d'être bouleversé, Copper. J'ai besoin du coup de fouet que ça me donne. En ce moment, j'interviewe un prêtre. Il a passé trois ans dans un camp. Trois ans ! Il ne veut pas s'ouvrir, mais j'arrive à le faire parler. C'est du costaud.

Il termina la bouteille et se pencha sur son sac marin.

— Mon train s'en va. Je dois rejoindre le quai.

Ils se saluèrent en quelques mots. Alors qu'elle le regardait s'éloigner dans la salle du *Train Bleu*, jouant des coudes dans la foule, elle se rendit compte qu'il ne lui avait pas posé une seule question sur sa propre vie ; ce qu'elle faisait, si elle était heureuse, si elle allait bien. Autrefois, elle l'avait follement aimé, mais plus maintenant. Trop d'eau avait coulé sous ce pont-là. Elle était définitivement reléguée à son passé, et lui au sien. Pourtant, un sentiment oppressant lui noua le ventre lorsqu'il disparut de sa vue. Il lui avait paru instable. Elle regrettait presque de l'avoir revu, de lui avoir parlé.

Copper avait pris l'initiative audacieuse de soumettre son article sur Catherine Dior à la revue *Life*. Elle ne se faisait aucune illusion, mais à sa grande surprise, la réponse ne se fit pas attendre.

Life acceptait de publier l'article et les photographies dans leur quasi-intégralité. Ils ajouteraient des photos d'illustration représentant les camps où Catherine avait été emprisonnée. Son histoire ferait partie d'un dossier en trois volets intitulé : « La vie derrière les fils barbelés ». Elle serait rémunérée et son nom figurerait au bas de l'article.

Le rédacteur en chef qui l'appela depuis les États-Unis ne tarissait pas d'éloges.

— C'est du bon travail. Connaissez-vous la devise de *Life* ? *Pour voir le monde, les périls à aborder, pour voir au-delà des murs, pour se rapprocher, et enfin se rassembler et ressentir.* Eh bien, vous avez réussi tout cela, Mademoiselle Reilly. Si vous pouvez continuer ainsi, nous vous garderons à l'œil.

Les semaines passées avaient causé de nombreux bouleversements chez Copper. Catherine Dior, notamment, l'avait grandement affectée. À travers elle, elle avait vu combien la vie pouvait être fragile et le bonheur fugace.

En la voyant quitter Paris au bras d'un homme qu'elle aimait, mais qu'elle ne pourrait jamais épouser, Copper avait éprouvé des sentiments mitigés. La vie n'était pas parfaite, mais tout le monde méritait de goûter au bonheur. Il fallait saisir sa chance. Parfois, il fallait accepter le compromis. On pouvait commettre une erreur sans être condamné à la répéter ou à en subir éternellement les conséquences.

Un autre sentiment, la peur cette fois, l'avait saisie aux tripes quand elle avait revu Amory. Dans ce monde, la solitude était une condition bien sinistre. On y côtoyait l'enfer.

Un soir, Copper était étendue dans son lit. Jacinthe ronflait discrètement à ses pieds. Soudain, le téléphone sonna. Elle décrocha en espérant, sans y croire, que ce serait Henry. C'était lui. Dès qu'elle entendit sa voix, elle éclata en sanglots.

— Ma chérie, je t'en prie, ne pleure pas, dit-il avec douceur.

— Je ne savais pas si tu étais vivant ou mort.

— Je suis bien vivant. J'aimerais tant être avec toi.

— Reviens-tu ?

— Pas encore.

— Quand rentreras-tu ? Tu me manques terriblement. Je me fais un sang d'encre. S'il te plaît, reviens auprès de moi.

— Rien ne m'en empêchera, une fois que je serai libre, lui promit-il. Mais j'ai encore des choses à faire.

— Es-tu en danger ?

— Pas du tout.

— Ne meurs pas, dit-elle, incapable de réprimer un nouvel assaut de larmes. Je ne veux pas rester ici sans toi.

— Ça n'arrivera pas, je te le promets.

Elle s'entendit alors répondre :

— Reviens et je t'épouserai.

Il y eut un silence à l'autre bout de la ligne. Pendant un moment, elle crut qu'ils avaient été coupés, mais il reprit d'une voix émue :

— Es-tu sincère ?

Elle déglutit pour dénouer sa gorge à vif.

— Oui.

— Tu fais de moi l'homme le plus heureux du monde, dit-il, des trémolos de bonheur dans la voix. Je serai de retour à Paris dans une semaine. J'organiserai un mariage civil.

— Que ce soit simple et rapide !

— Ne crains rien, je ne te laisserai pas le temps de changer d'avis.

Qu'ai-je dit ? se demanda-t-elle à la fin de leur conversation. *Qu'ai-je fait ?*

Elle reposa le combiné d'une main tremblante. Il lui avait tant manqué qu'elle aurait dit n'importe quoi pour le faire rentrer au plus vite. Elle était pourtant convaincue de ne pas être prête à se remarier.

À présent, elle ne pouvait plus revenir sur sa réponse. Henry en aurait le cœur brisé. Dire qu'elle avait prononcé ces mots-là ! Tout de même, elle n'aurait pas laissé sa bouche les formuler si elle ne les pensait pas…

Elle chassa les doutes qui l'envahissaient par contrecoup. L'heure était venue. Elle avait trop longtemps suivi son chemin, seule à Paris, sans racines ni attaches. Il était grand temps qu'elle se range, de peur de finir à moitié folle comme Amory. Henry avait tant à lui offrir : la sécurité, son dévouement, une compagnie. Elle s'allongea contre les oreillers en serrant le chien assoupi dans ses bras. Elle aimait Henry, c'était indéniable, et au bout du compte, c'était tout ce qui importait. À l'instar de Catherine Dior, tant qu'elle avait son homme, de quoi d'autre aurait-elle besoin ? Elle se réjouissait d'avoir enfin cédé.

Copper décida de l'annoncer à Suzy en premier. Elle se rendit chez elle dès le lendemain. Une fois n'est pas coutume, Suzy s'était levée avant le milieu d'après-midi et elle était en robe de chambre. Lorsqu'elle lui ouvrit la porte de son appartement, son visage s'illumina.

— Tu es venue quand même ! s'exclama-t-elle en tendant les mains. Pardonne-moi, chérie. Je me suis mal comportée.

Copper fut émue par le regard sombre de Suzy.

— Tu es toute pardonnée, évidemment.

Suzy l'embrassa sur les lèvres.

— J'avais peur que tu ne reviennes jamais.

— Tu le vois, je suis là, répondit Copper d'un ton mélancolique. Je voulais te parler.

— Je n'ai pas besoin de reproches. J'ai été vulgaire et cruelle. Je t'ai montré l'aspect le plus vil de ma personne. Tu avais raison. Au moins, tu as vu le pire maintenant. Voilà mon âme laide et noire mise à nu devant toi.

Copper sourit.

— Tu n'es jamais laide.

— Tu es si belle quand tu souris, dit Suzy en contemplant son visage.

Il était inutile de repousser plus longtemps l'objet de sa visite. Elle prit une grande inspiration.

— Je suis venue te dire que je vais épouser Henry.

Un vent glacial balaya la bonne humeur de Suzy en un instant.

— *Quoi ?*

— J'ai accepté. Il revient à Paris dans une semaine. Nous ne ferons qu'une petite cérémonie.

— Tu me brises le cœur.

— Je ne souhaite rien d'aussi violent, je te le promets.

— Pourtant, c'est la vérité. Tu n'y peux rien. Est-ce à cause d'Yvonne ?

— Oh non, bien sûr que non.

— Si, tu cherches à me punir.

— C'est parce que je l'aime, fit Copper en secouant la tête.

Suzy enfouit son visage dans ses mains.

— Je te déteste. Personne ne m'a jamais torturée autant que toi.

— Te torturer ? Oh, Suzy !

— Tu m'as fait souffrir les affres de l'attente.

Elle leva la tête de ses mains. Copper se rendit compte que Suzy était sérieuse. Son visage était livide, ses lèvres exsangues.

— Et maintenant, cette annonce. C'est insoutenable. Il n'y a rien de plus douloureux que la cruauté des belles jeunes femmes.

Copper était désemparée.

— Tu sais bien que je n'ai jamais voulu te faire de peine.

— J'ai tout abandonné pour toi. Mes aventures, mes amitiés. Toutes mes pensées. Tous mes désirs. Tout, j'ai tout sacrifié pour toi. Et voilà que tu prends ton envol loin de moi. J'aurai fait tout cela pour rien.

— Nous serons toujours amies.

— Je veux être plus que ton amie.

Au même instant, la robe de chambre de Suzy s'ouvrit par un hasard bien opportun. Dessous, elle était nue. Copper se laissa enivrer par le parfum chaud de sa peau blonde, par son corps féminin et souple, aussi tonique que celui d'un homme, mais avec une douceur de femme ; avec des courbes de femme.

— Je veux être à toi. Toute à toi. Ne m'as-tu jamais aimée, ne serait-ce qu'un peu ?

— Tu le sais bien, je t'ai aimée et je t'aime encore.

— Alors, pourquoi ce coup de poignard ?

Copper savait que ce serait difficile.

— Je regrette. Je tiens à toi, mais je ne peux pas vivre seule éternellement.

— Tu n'es pas obligée d'être seule.

Les longs doigts de Suzy se refermèrent sur la nuque de Copper pour l'attirer à elle. Ses lèvres cherchèrent les siennes.

— Je prendrai soin de toi.

— Oh, Suzy, murmura Copper contre sa bouche moite et chaude. Je ne peux pas…

— Ne dis rien.

Elle fit taire Copper sous ses baisers.

— Ne pense à rien, ne sois rien… sois toute à moi.

Suzy l'entraîna sur le sofa tout en détachant les boutons de sa robe. Sa main glissa sous le tissu et, du bout des doigts, elle effleura le renflement de ses seins. Copper en eut la chair de poule.

— Arrête, Suzy. Il est trop tard pour tout ça.

— Ne dis pas qu'il est trop tard. Je t'en supplie, chérie.

Tel un puma, elle se jeta sur Copper, la plaqua contre les coussins et la prit au piège de ses membres brûlants. La force physique supérieure de Suzy l'électrisait. Elle était capable de courir et de nager comme une athlète, mais elle lui offrait une grâce toute féminine. Ses yeux s'étaient assombris, rivés à ceux de Copper.

— Tu essayais seulement de me faire souffrir, n'est-ce pas ? Tu n'as pas réellement l'intention d'épouser cet homme. Dis-moi la vérité.

— La vérité, c'est que je l'aime et qu'il m'aime. Je suis désolée.

— Petite menteuse.

Suzy gardait prisonniers les poignets de Copper. Elle posa ses lèvres sur ses paupières.

— Tu dis que tu ne veux pas me faire souffrir, murmura-t-elle, mais tes yeux gris et cruels prennent plaisir à mon malheur. Tu t'en nourris.

— Non, je te jure que c'est faux.

— Ça m'est égal. Torture-moi si ça te plaît. Je serai ta victime, ton esclave, tout ce que tu voudras de moi. Tu peux même me fouetter si tu veux, mais ne me quitte pas.

— Nous serons toujours amies.

— Au diable ton amitié.

Suzy se dressa à califourchon sur la poitrine de Copper, pesant de tout son poids sur son cœur. Elle avait beau lui suggérer le fouet, Suzy aimait prendre le dessus, s'imposer par une position dominante.

— Ne pense plus à lui, susurra-t-elle, les yeux baissés vers sa proie pétrifiée. Il ne t'aimera jamais autant que je t'aime.

Cette fois, Copper n'y tint plus. Elle n'aurait pas dû venir ici. Repoussant Suzy, elle parvint à lui échapper et reboutonna sa robe, les doigts tremblants.

— Je dois y aller.

— Ne me quitte pas.

— Au revoir, Suzy, dit-elle en s'élançant vers la porte. Merci pour tout.

Elle entendit la chanteuse l'appeler d'une voix gutturale, déformée par l'angoisse.

— Je te déteste, Copper !

Mais elle claquait déjà la porte derrière elle et dévalait les marches étroites et obscures jusque dans la rue.

Copper était encore retournée lorsqu'elle arriva chez Dior.

— Ça alors, mais que se passe-t-il, ma chère ?

Il l'invita à entrer et elle sécha ses yeux.

— Je vais épouser Henry.

— Mais c'est merveilleux.

Les mains sur ses épaules, il l'embrassa sur les deux joues.

— Toutes mes félicitations. Pourquoi pleures-tu ?

— Je viens juste de l'annoncer à Suzy.

Son expression changea.

— Ah, je vois. Viens prendre une tasse de thé.

Copper renifla.

— Heureusement que je peux toujours compter sur toi pour un peu de stabilité.

— J'en déduis qu'elle n'a pas sauté de joie, dit-il en servant le thé dans son charmant petit salon.

— Elle l'a très mal pris.

— Disons que tout cela est soudain, concéda Dior avec le savoir-vivre qu'elle lui connaissait. Tu n'as même pas prévenu ton entourage, ma chère amie. En parlant de ça, quand aura lieu le grand jour ?

— Henry m'a dit qu'il organiserait un mariage civil et un contrat spécial, alors je dirais, peut-être le samedi quinze.

Dior bondit de sa chaise, atterré, les mains levées.

— *Le quinze ?* Malheureuse, comment veux-tu que je te confectionne une robe de mariée avant le quinze ?

Copper secoua la tête.

— Je ne te demande pas de me faire une robe de mariée, déclara-t-elle résolument. Ce sera un tout petit mariage, vraiment.

— Aucun mariage n'est trop petit pour se dispenser de robe !

— Je t'assure, la cérémonic sera vite expédiée et la réception réduite au minimum. Oublies-tu que ce n'est pas ma première fois ? Je ne vais pas jouer les beautés pures et virginales. Ma famille n'aura pas le temps de venir. Je n'exige même pas la présence de beaucoup d'amis. Mais il y a quelque chose que tu peux faire pour moi.

— Quoi donc ?

— Remonte l'allée à mon bras.

— Avec grand plaisir, dit Dior, les joues écarlates. Merci de me le proposer. Tu sais que je te considère comme ma fille.

Il semblait avoir oublié l'idée de lui confectionner une robe pour l'occasion. L'événement n'aurait rien de grandiose. Copper n'avait qu'un seul désir : en finir et retrouver Henry pour amorcer sa nouvelle vie à ses côtés.

En fait, Dior avait mis la robe entre parenthèses pour se concentrer sur sa propre tenue.

— Je porterai ma jaquette anglaise gris clair, décida-t-il joyeusement. Elle est presque neuve. Une cravate en soie bleue de chez Charvet, et une boutonnière Lachaume, naturellement. D'ailleurs, c'est Lachaume qui réalisera ton bouquet.

— Je ne veux pas de gros bouquet.

— Du muguet, décréta-t-il. Ma fleur favorite, comme tu le sais. Oh, ce sera si beau ! Bébé sera enchanté. Ça va lui remonter le moral.

— J'espère que ce ne sera pas le cirque, comme aux obsèques de ce pauvre George. Tu n'inviteras pas grand monde, n'est-ce pas, Tian ? Promets-le-moi.

— Je suis la discrétion même, jura-t-il solennellement, comme s'il n'était pas le premier à colporter les rumeurs du Tout-Paris. Mais tu sais, ma chère, tous tes amis seront atrocement vexés si tu les évinces.

— *Amis*, tu as dit le mot. Je ne veux pas d'inconnus en monocycles ni de girafe au bout d'une laisse.

— Suzy débarquera peut-être pour entonner *Le Chant des adieux*, fit-il en gloussant.

Copper frémit, encore troublée par la réaction de la chanteuse.

— Pitié.

Henry arriva une semaine plus tard. Il refusa de lui dire où il avait disparu et ce qu'il y avait fait, mais il était fou de bonheur de la revoir.

— Je n'en croyais pas mes oreilles, dit-il en la soulevant de terre dès qu'elle ouvrit la porte de chez elle, place Victor Hugo. J'ai cru que la liaison téléphonique me jouait des tours. Enfin, tu vas devenir mienne !

Elle l'étreignit avec joie. Son visage et sa carrure trahissaient une certaine perte de poids, mais il était toujours superbe.

— Quand es-tu revenu ?

— Ce matin, à six heures, mais j'avais des choses à régler.

— Quelles choses ? s'enquit-elle avec une pointe de jalousie.

— Des choses importantes, répondit-il en souriant. Je nous ai trouvé un prêtre et une église.

— Une église ?

— J'espère que tu ne vois pas d'inconvénient à une cérémonie orthodoxe russe ?

— De toute façon, les catholiques ne m'accepteraient plus. Comment as-tu réussi à trouver un prêtre pour nous marier en si peu de temps ?

— À force de persuasions… et de promesses, dit-il gravement. Mais tu vas adorer l'église. C'est la cathédrale Saint-Alexandre-Nevsky.

— Oh, Henry, s'écria-t-elle, consternée. Nous étions d'accord pour un mariage discret.

— De quoi aurions-nous honte ?

— Il ne s'agit pas de honte. Je voulais une petite cérémonie. Tu avais promis !

— Mais ma chérie, c'est notre mariage. Nous pouvons faire en sorte qu'il soit aussi bref et discret que tu le souhaites.

— Ce ne sera ni bref ni discret. Il y aura deux jours de chants, d'encens, de processions et… les mariés ne sont-ils pas censés porter des couronnes ?

— Eh bien, admit-il, autrefois on portait les couronnes pendant une semaine, mais de nos jours, ce n'est qu'à certains moments de la cérémonie.

— Annule.

— Je ne peux pas. Il m'a fallu toute la journée pour convaincre le prêtre.

— Ce n'est pas ce que je veux.

Elle connaissait Saint-Alexandre-Nevsky, une église monumentale dans le VIIIe arrondissement, avec des flèches colossales surmontées de dômes bulbeux dorés et des plafonds couverts de mosaïques bariolées. C'était le lieu de culte de tous les Russes blancs en exil.

— J'aimerais quelque chose d'intime. La moitié de Paris sera là.

— Pourtant, je tiens à me marier selon mes rites, dit-il tout en douceur. Un mariage civil serait trop dépouillé et misérable, ma chérie. J'ai envie de te montrer au monde.

— Oh non, Henry. Je refuse.

Il lui fit un tendre baiser.

— S'il te plaît, ne me refuse pas ce bonheur. Fais-le pour moi. Rien que ça. Après notre mariage, tu pourras avoir tout ce que tu voudras.

— Permets-moi d'en douter.

— Accorde-moi ce plaisir, ma chérie !

— Je viens de dire à Tian qu'il ne pourrait pas me faire de robe. Il était très déçu. Je n'ai rien de convenable à porter pour un mariage dans une cathédrale, Henry.

— Oh, ne t'inquiète pas pour ça, dit-il avec légèreté. N'importe quelle vieille robe fera l'affaire.

Elle le fusilla du regard. La cathédrale serait pleine à craquer. C'était le quartier général des comtes, ducs et autres princes d'un certain âge ayant fui leurs domaines en 1917 ; sans compter leurs enfants nés à Paris, jeunes prétentieux au teint clair ; et la police secrète moscovite, qui sait, en imperméable miteux, venue pour noter des noms dans des carnets à la couverture grasse.

— N'importe quelle vieille robe ?

— Nous trouverons bien ce qu'il te faut dans une boutique, dit-il d'un ton rassurant, conscient d'avoir donné la mauvaise réponse.

— Où ? La guerre n'est pas encore terminée. Les robes de mariée avec des traînes de trois mètres de long, ça ne court pas les rues. Je vais retourner voir Tian et le supplier d'avoir pitié de moi.

— Je paierai, bien sûr, promit-il.

— Oh, ça oui, rétorqua-t-elle, maussade. Je te le garantis.

TREIZE

Copper et Dior optèrent pour du bleu ciel, nuance de rigueur dans le cas d'un second mariage et d'une nouvelle religion. Et puis, comme il le souligna avec malice, elle serait assortie à sa cravate. Elle porterait un petit voile attaché à un chapeau simple. La robe serait en mousseline de soie d'un gris bleuté, cousue à partir de dix mètres de tissu que Dior conservait dans un placard. Il y aurait des volants savamment froncés, et eu égard au lieu de la cérémonie, les bras de Copper seraient couverts de manches en dentelle mi-longues. Elle avait consenti à un petit bouquet de lis blancs de chez Lachaume, mais comme Dior se chargeait des tenues, elle devait s'en remettre aveuglément à sa définition du mot *petit*.

Bien sûr, le couturier était ravi que Copper ait changé d'avis. Il s'abîma dans le projet, ne comptant que sur lui-même pour la création et la coupe. Ils n'avaient que deux courtes semaines pour confectionner la robe. La majeure partie du temps fut consacrée aux essayages, à la recherche des accessoires, aux préparatifs de la réception – qui serait donnée chez Henry, dans le VIIe arrondissement, dans la grande maison où s'activaient une armée de domestiques dirigés par le maître des lieux –, ainsi qu'à l'apprentissage des rituels complexes du mariage slave auquel Henry tenait tant.

Dans sa forme la plus compacte, la cérémonie durerait plusieurs heures. Le prêtre orthodoxe barbu, qui sentait l'encens et l'ail, se fit un devoir d'expliquer par le menu à Copper la signification spirituelle de chaque étape : les Fiançailles, d'abord, à grand renfort de cierges ; le Sacrement, ensuite, au cours duquel les époux seraient couronnés ; et enfin la cérémonie civile, avec l'offrande du pain et du sel. Copper se sentait submergée, impression que renforçait la cathédrale elle-même, avec son intérieur enténébré et ses murs immenses comme ceux d'une prison, d'où l'épiaient d'un œil suspicieux les icônes dorées des saints et des anges.

Elle s'imprégna tant bien que mal de l'esprit de la chose, allant même jusqu'à apprendre autant de formules russes qu'elle pouvait en retenir. Ce qu'elle attendait déjà avec impatience, malgré tout, c'était de briser le verre à vin en fin de cérémonie. À ce moment-là, d'après ses estimations, elle serait d'humeur parfaite pour honorer cette tradition.

Ce fut la mort dans l'âme qu'elle donna son préavis à sa logeuse, place Victor Hugo. Pearl allait devoir déménager, car après le mariage, Copper élirait domicile chez son nouveau mari.

— Je sais que tu ne veux pas de moi comme demoiselle d'honneur, dit Pearl sur un ton suppliant, regardant Copper entre ses paupières mi-closes.

— Il n'y a pas de demoiselles d'honneur dans les mariages russes orthodoxes, répondit-elle avec tact.

C'était vrai en partie, mais le prêtre lui avait expliqué que, si cette pratique ne figurait pas dans les rites classiques, on pouvait toujours la lui accorder. Seulement, elle préférait éviter les complications dans cet événement qui lui paraissait déjà bien assez fastidieux.

— Tu seras là pour me soutenir.

— Je serai sobre à la cérémonie, lui promit Pearl.

Cependant, elles avaient déjà entendu cette promesse trop souvent pour s'y fier.

Suzy n'avait fait aucune tentative pour reprendre contact avec Copper, à l'exception d'un unique bouquet de violettes, sans aucun message, qu'elle avait fait livrer place Victor Hugo. Peut-être était-ce sa façon de lui présenter des excuses pour les derniers mots qu'elle lui avait lancés. Le parfum sucré des violettes s'estompa et Copper s'efforça de ne plus penser à la femme qui les lui avait envoyées.

De la part d'Henry, elle eut droit à un cadeau plus permanent.

Il se présenta à elle avec un écrin rectangulaire en cuir.

— J'espère que tu aimeras, ma chérie. C'est mon cadeau de mariage pour toi.

Copper ouvrit la boîte. Présenté sur un lit de velours se trouvait un collier en émeraudes et en diamants. Elle fut abasourdie par le volume et la valeur des pierres précieuses.

— Oh, Henry, c'est magnifique.

— Elles viennent de chez Bucherer. J'espérais que tu les porterais le jour de notre mariage.

— Tu es trop généreux, tu me gâtes.

Il l'aida à enfiler le collier. Les pierres d'un vert éclatant étincelaient sur sa peau claire. Elle se contempla dans le miroir. Le beau visage d'Henry s'approcha de son épaule.

— Tu as l'air dubitative, dit-il à voix basse.

— Si je te donne cette impression, c'est uniquement parce que, pour ma mère, les émeraudes portaient malheur.

Elle vit son expression changer et elle s'empressa d'ajouter :

— Je suis désolée, c'était bête de ma part.

— Pas du tout, répondit-il gravement. Si tu ne souhaites pas les porter, je comprends parfaitement.

— Non, je les porterai avec plaisir, dit-elle en se tournant pour l'embrasser. J'en serai fière. Je me sens comme une reine grâce à toi.

Le lendemain, Copper trouva le temps de se rendre à l'agence *France-Presse* afin d'y soumettre un article. Elle fut fascinée par le cliquettement ininterrompu des machines télex d'où jaillissait une histoire perpétuelle du monde.

En sortant de l'AFP, elle tomba nez à nez avec un personnage familier qui arrivait en sens inverse. C'était Hemingway, échevelé comme à son habitude, qui bravait le froid en bras de chemise. Il posa l'étui de machine à écrire qu'il portait et étreignit Copper avec une telle vigueur qu'elle en eut le souffle coupé.

— Bon sang, comment vas-tu ? demanda-t-il.

— Ça ira mieux quand je me serai remise de mes côtes cassées, dit-elle en lui souriant.

C'était bon de voir un concitoyen américain, même si la présence d'Hemingway était toujours un peu étouffante.

— Où puis-je faire réparer ma machine à écrire ? C'est urgent, petite. En échange, je t'offre le déjeuner.

— Je n'ai pas le temps de déjeuner, je suis pressée.

— Je te défends de m'envoyer paître.

Elle soupira.

— Quelle marque ?

— Remington.

— Je sais où se trouve l'agence. À dix minutes de marche.

— Dans ce cas, tu m'accompagnes.

Alors qu'ils marchaient vers le boulevard des Capucines, elle lui demanda :

— Vous n'allez pas essayer de me faire des avances, j'espère ?

— Pas quand je suis sobre, dit-il en souriant. J'ai trop de respect pour toi. J'ai lu ton article dans le magazine *Life*. Pas mal pour une gamine à peine sortie de l'œuf. Tu as le journalisme dans le sang.

Ce compliment la remplit d'aise.

— J'essaie.

— Je dis toujours que c'est un métier de putain, mais tu es une putain très talentueuse, je te l'accorde.

À l'agence Remington, il laissa en réparation sa vieille machine à écrire et en loua une autre en remplacement, qu'il serra contre son torse. Copper compatissait, consciente qu'il lui serait difficile d'être journaliste sans machine à écrire. Comme promis, il l'emmena déjeuner dans un bistro. Là, autour d'une bouteille de bourgogne et de deux assiettes de canard confit, ils rattrapèrent le temps perdu.

— Il paraît que tu vas épouser ce fou de Velikovsky ?

— Il doit être un peu fou pour m'épouser.

— Alors, c'est vrai. Eh bien, tu n'auras plus jamais à t'inquiéter pour l'argent.

— Je n'épouse pas Henry pour son argent, Ernest.

— Non, bien sûr. Tu cherches une présence paternelle à tes côtés.

Elle dut pointer un couteau dans sa direction pour le dissuader de continuer ses plaisanteries.

— J'ai vu Amory il y a quelques semaines, lui dit-elle. Il retournait en Allemagne. Depuis, je suis sans nouvelles.

Aussitôt, il se rembrunit.

— Alors, tu n'es pas au courant ?

— Au courant de quoi ?

— De sa dépression nerveuse. On l'a interné dans un hôpital militaire en Belgique.

Copper était sidérée.

— Il était sur les nerfs la dernière fois que je l'ai vu. Mais je ne m'attendais tout de même pas à ça.

— Ils ont dit que c'était de l'épuisement nerveux. Il écrivait un article de premier plan. Ça lui aurait valu le prix Pulitzer, tu sais ? Il travaillait jour et nuit pour essayer de retranscrire l'horreur dans son intégralité, mais à la fin, ce n'était plus tenable. Il prenait des cachets fournis par les médecins de l'armée, et un jour il a vidé tout le flacon. On l'a retrouvé juste à temps et on lui a fait un lavage d'estomac. Puis on l'a expédié à Bruxelles, enveloppé dans de la ouate.

— Pauvre Amory. Je suis atterrée.

Hemingway leva les mains.

— Bon, écoute. Ne va pas croire que cette histoire a un quelconque rapport avec toi. Ce n'est pas le cas. D'accord ? Amory a toujours aimé croire que rien ne l'atteignait. Eh bien, pas cette fois. On n'oublie pas ce genre de choses, même si on a déjà connu la guerre. On raconte que Patton lui-même a vomi à Ohrdruf.

— Amory m'a dit qu'il était dépendant à l'horreur.

— Ce sont des choses qui arrivent. Les événements dramatiques déclenchent quelque chose chez certaines personnes. Elles éprouvent une sorte d'exaltation, d'euphorie même. Comme dans le cas d'une intoxication, cette sensation finit par s'épuiser et on sombre dans la dépression, le désespoir. Il faut remonter en selle, alors on retourne vers ce qui nous a fait vibrer la première fois. Cela devient un cercle vicieux de hauts et de bas, jusqu'à ce que l'on soit complètement englouti, absorbé, soi et tout le reste dans sa vie. La seule chose qui compte, c'est le haut de la vague. C'est une maladie dangereuse qui finit par nous dévorer tout entiers.

— J'ai le sentiment que vous parlez en connaissance de cause.

— Peut-être, dit-il avec un sourire désabusé. C'est peut-être pour cette raison que je suis écrivain. La cruauté dans ces camps était bestiale, Copper. Inconcevable.

— Cette guerre a réveillé le pire chez les êtres humains.

— Il suffit de peu pour réveiller le pire. Pas besoin d'une guerre, observa Hemingway en reprenant ses couverts. Tu ne manques pas d'esprit, petite.

— Pour une femme, vous voulez dire ?

Il sourit à travers sa barbe.

— Pour une « journaliste de presse féminine » qui se consacre au monde des robes et des chapeaux.

— Figurez-vous que je n'écris pas uniquement sur les chapeaux. Pour être honnête, je suis contente de m'intéresser au progrès plutôt qu'à la guerre.

Ce qu'elle venait d'apprendre au sujet d'Amory l'attristait, mais c'était toujours stimulant de discuter avec

Hemingway, même si ses commentaires sur son mariage avec Henry la vexaient un peu.

En revanche, ce qu'il lui dit dans la rue lorsqu'ils se séparèrent la fit sourciller :

— La vie de bohème est terminée, petite gitane.

Le rythme des préparatifs monta crescendo jusqu'à la veille du mariage. Étrangement, Copper se trouvait dans le même état que le soir où elle avait quitté Amory : brûlante, parcourue de frissons glacés, incapable de fermer l'œil. Elle était malade. Comme à ce moment-là, elle savait qu'elle était à l'aube d'un virage radical dans sa vie, et elle se demandait si elle prenait la bonne décision. Jusqu'à présent, elle avait vécu en toute indépendance. Bien qu'elle ait parfois du mal à les supporter, la solitude et la vulnérabilité faisaient partie intégrante de cette autonomie.

La vie avec Henry serait bien plus confortable, certes, mais moins émancipée aussi, même s'il lui avait promis de ne pas entraver sa liberté. Les hommes se targuaient toujours d'être peu exigeants et faciles à vivre, mais on ne tardait jamais à se rendre compte que c'était seulement valable si tout allait dans leur sens.

Elle avait tant accompli. Elle avait grandi, était devenue quelqu'un. Cette évolution se poursuivrait-elle quand elle serait la femme d'Henry ? Ou regretterait-elle, en bout de course, de ne pas être restée célibataire ? Se reprocherait-elle d'avoir décidé de renoncer à cette indépendance qu'elle s'était tant échinée à obtenir ?

Elle aurait cru se sentir plus heureuse à la veille de son remariage. Peut-être se réveillerait-elle remplie de joie le lendemain ?

En l'espèce, elle dormit peu. Dior arriva le lendemain matin à neuf heures pour l'aider à s'habiller et la conduire jusqu'à la cathédrale. Il portait sa veste blanche de travail pour entreprendre la lourde tâche de l'habillage, son costume anglais soigneusement plié dans une housse. Sans trop savoir pourquoi, Copper fut prise d'un fou rire nerveux en le voyant.

Il s'affaira autour d'elle avec grand sérieux. Quand il travaillait, il n'y avait pas de place pour les plaisanteries ni les ragots. Le moindre frétillement ou soupir était accueilli par un rappel à l'ordre. Même Pearl, contrainte à rester assise en silence dans un coin, n'avait pas le droit de lui prêter main-forte.

— Tu es divine, dit-il enfin en soupirant, lorsqu'il recula pour admirer son œuvre. J'ai toujours dit que tu avais une silhouette parfaite.

— Tu as toujours dit que je n'avais pas assez de poitrine.

— Les goûts changent, répondit-il avec flegme. Tu as des cernes sous les yeux, ma chère, mais l'effet n'est pas déplaisant.

— Je vais arranger ça.

Après s'être maquillée, elle se regarda dans le miroir. Dior avait raison, elle était divine. La soie d'un bleu aérien mettait en valeur sa chevelure et son teint, et bien sûr la robe était d'un style irréprochable. Il ajusta soigneusement le petit chapeau sur sa tête et disposa le voile en dentelle légère devant ses yeux. Comme elle s'y attendait, le bouquet qu'il avait choisi était opulent et baroque. Elle l'agrippa comme un bouclier.

— Ce ne sera pas facile de te laisser partir, dit-il, ses yeux noisette baignés de larmes. Mais il est temps d'y aller, ma chère.

Il avait loué une Daimler-Benz qui avait soi-disant appartenu au général Dietrich von Choltitz, dernier commandant nazi de Paris, pour la conduire jusqu'à la cathédrale. Pearl les suivrait en taxi. Copper ne ressentit rien en prenant place dans l'énorme voiture rutilante, qui avait toujours l'insigne de l'aigle allemand vissé sur le tableau de bord.

— On dirait un corbillard.

— J'ai visité Venise avant la guerre, en compagnie d'un jeune homme dont j'étais très amoureux. Nous avons fait un tour en gondole sur le Grand Canal. On nous a raconté que c'étaient les mêmes artisans qui fabriquaient les cercueils et les gondoles. Voilà pourquoi elles étaient noires et vernies.

— Était-ce un mauvais présage ? demanda-t-elle.

— Malheureusement, oui. Je l'adorais, mais il s'est vite lassé de moi et il m'a laissé dans mon cercueil pour poursuivre un faune vénitien.

— Pauvre Tian !

— Comment te sens-tu, petite ?

Elle triturait le lourd collier d'émeraudes autour de son cou.

— Très anxieuse.

— Ils vont te guider pendant toute la cérémonie.

— Je ne suis pas nerveuse pour la cérémonie, mais pour ce qui suit.

— Tu veux dire *la nuit de noces ?* demanda-t-il avec délicatesse.

— Mais non, bêta. Je parle des cinquante prochaines années.

— Ah.

Il se garda prudemment de tout commentaire. En effet, elle sentait son cœur cogner dans sa poitrine et elle s'efforçait de respirer avec calme et mesure. Elle regardait les rues grises de Paris défiler inexorablement. C'était une matinée pluvieuse et les pavés humides brillaient. Les filles à bicyclette étaient emmitouflées sous des capes qui se gonflaient dans leur dos lorsqu'elles filaient dans le vent. Comme elles semblaient libres à pédaler ainsi, avec leurs jambes toniques recouvertes de bas élégants !

Elle se remémora la sentence d'Hemingway : *La vie de bohème est terminée, petite gitane.*

Le quartier parisien autour de la cathédrale était un petit Moscou, avec de nombreux restaurants slaves dans des rues aux noms de Russes célèbres. Ils approchaient de la cathédrale, rue Pierre-le-Grand. Elle leur apparut enfin au bout de la rue, avec ses dômes semblables à des bulbes dorés dans le ciel gris. Dior demanda au chauffeur de se rendre devant l'entrée. À présent, ils roulaient au pas avec une majesté solennelle.

— Il a plu, lui rappela Dior. Retrousse ton ourlet, ma chère, sinon la robe traînera dans la boue.

La Daimler s'arrêta devant le portique de l'église. Une foule attendait la mariée à l'extérieur. Elle aperçut Bébé Bérard, libéré de la Pitié-Salpêtrière, mais encore faible, soutenu par l'épaule de Cocteau. La barbe de Bébé était broussailleuse et son visage d'un blanc spectral. En la voyant, il l'appela par son prénom, feignant une gaîté que, manifestement, il ne ressentait pas. Ses acclamations ressemblaient presque aux hurlements de douleur qu'il poussait lorsqu'ils l'avaient laissé à l'hôpital.

L'excentricité des bohémiens formait un curieux contraste avec les tenues austères et surannées des émigrés russes. Les grandes portes de l'église s'ouvrirent à la volée et elle distingua l'intérieur, obscur et bondé, jusqu'à l'autel où les attendaient leurs alliances et où les objets sacramentels luisaient faiblement sous les candélabres. Elle entendait les voix caverneuses du chœur masculin. Une déferlante de panique lui enserra le cœur.

Elle cramponna le bas de sa robe ainsi que son bouquet, tandis que Dior contournait la voiture pour lui ouvrir la portière. Une bourrasque d'air froid et humide s'engouffra dans l'habitacle tout en cuir chaleureux. Elle charriait les odeurs d'encens et de myrrhe des encensoirs. Ce fut la myrrhe qui la décida. Un déclic s'opéra en elle. Elle le ressentit comme un os brisé qui se remettait en place.

— Je ne peux pas le faire, dit-elle en regardant Dior droit dans les yeux.

Ce dernier cligna des paupières, son gant de chevreau toujours tendu vers elle.

— Quoi ?

— Je ne peux pas. J'ai changé d'avis.

— Copper ! Qu'est-ce que tu dis ?

— Tu vas devoir l'expliquer à Henry.

Ses yeux étaient tellement hagards qu'elle apercevait le blanc tout autour des iris.

— Expliquer ? Expliquer quoi, au juste ?

— Que je ne me marierai pas aujourd'hui.

— Tu plaisantes ?

Pourtant, la détermination qu'il voyait sur son visage ne laissait aucune place au doute. Elle était très sérieuse. Aussitôt, il se prit le visage entre les mains.

— *Oh, mon Dieu.*

Pearl, qui était sortie du taxi derrière eux, jeta un œil par-dessus l'épaule de Dior.

— Que se passe-t-il ?

À présent, Copper se sentait étrangement sereine, presque déconnectée d'elle-même. Elle ne paniquait plus. Son cœur était en friche, mais elle était convaincue du bien-fondé de ce qu'elle faisait.

— Henry sortira et voudra essayer de me persuader, dit-elle. Alors, je vais rentrer chez toi avec la Daimler. Tu prendras le taxi de Pearl une fois que tu l'auras annoncé.

Elle tendit la main.

— Donne-moi ta clé.

Mollement, Dior sortit de sa poche la clé de son appartement.

— Que suis-je censé dire à Henry ? demanda-t-il d'un ton plaintif.

— Dis-lui que j'ai changé d'avis.

— Il voudra savoir pourquoi.

— Oui, j'imagine.

— Et je lui dirai que… ?

— Dis-lui qu'on a fait brûler de la myrrhe aux funérailles de mon père.

— Ma chère, reprit Dior d'une voix à peine audible, je serais étonné que cela suffise à apaiser un futur époux éconduit devant l'autel.

— Tu dois avoir raison, alors dis-lui que je suis désolée et que, s'il accepte de m'adresser encore la parole, j'essaierai de tout lui expliquer.

— Ne fais pas ça, Copper, souffla Pearl à mi-voix.

Mais elle se contenta de secouer la tête. Soulevant sa somptueuse robe bleu ciel, elle referma la portière de la Daimler.

— Rue Royale, s'il vous plaît.

Le chauffeur impassible passa la première vitesse et la voiture s'éloigna lentement. Soudain, Copper se rappela quelque chose.

— Attendez.

Elle détacha le lourd collier d'émeraudes et se pencha par la vitre pour le tendre vers Dior, qui le prit, encore bouche bée.

— Je t'en prie, rends-le-lui avec mon amour.

Dior se retourna sans un mot et pénétra dans la cathédrale, son crâne dégarni courbé en avant. La voiture de Copper s'en alla sous la pluie.

Elle resta seule dans l'appartement de Dior pendant près de deux heures. Une fois qu'elle se fut délestée de la robe de mariée que le couturier avait confectionnée pour elle, elle passa le temps, assise à la fenêtre, à regarder la rue tout en réfléchissant.

Pourquoi Henry ne l'avait-il pas écoutée à propos de la cérémonie ? S'ils avaient opté pour un gentil mariage civil sans tambour ni trompette, elle s'y serait rendue sans arrière-pensée et en serait ressortie en tant que comtesse Velikovsky une demi-heure plus tard. Toutefois, il ne s'agissait pas que de la cathédrale. C'était tout ce qu'elle symbolisait : le vaste édifice des attentes et des engagements qu'un mariage lui aurait imposés.

La première fois, elle s'était mariée joyeusement, sans remise en question. Cette fois, ses sentiments étaient tout autres. Chat échaudé craint l'eau froide, disait-on. Elle était toujours sereine, car elle savait qu'elle avait pris la bonne décision, mais elle éprouvait beaucoup de peine pour Henry. Elle l'avait humilié dans le contexte le plus public qui soit. Il allait faire l'objet de sarcasmes pendant des années dans la communauté des Russes blancs. Il serait fou de colère. Pire encore, il serait blessé, amèrement et cruellement. Sa déception serait telle qu'il ne l'approcherait sans doute plus jamais.

Elle n'avait pas le moindre début d'excuses à lui donner, si ce n'est qu'elle avait changé d'avis – cet apanage futile des femmes frivoles et capricieuses qu'elle détestait pourtant au plus haut point.

Dior revint enfin, les joues rouges et l'haleine chargée d'alcool. Elle l'aida à ôter son pardessus.

— Comment va Henry ? demanda-t-elle avec appréhension.

— Il était superbe. Il a donné un bref discours à l'autel et il a remercié tout le monde d'être venu, puis il a convié les invités à la réception. Tout le monde y est allé, ou presque. La maison est encore remplie de comtesses en robes du XIXe siècle, qui mangent, boivent et regardent le monde de haut. Ma chère, ajouta-t-il en lui tapotant l'épaule, Henry n'a pas émis le moindre reproche à ton encontre. Pas le moindre.

À ces mots, elle éclata en sanglots.

— Je lui ai brisé le cœur.

— Oui, je crois. Il doit falloir bien le connaître pour le déceler, mais je l'ai vu. Dans son regard.

— Oh, Seigneur.

— Il te donne ceci.

Il lui tendait une petite boîte enrubannée. Dans une écriture dorée en cyrillique figuraient son nom et celui d'Henry. À l'intérieur, il y avait une part du gâteau de mariage orné de pâte d'amandes et de roses en sucre.

— Il a dit que tu aurais faim.

— Il a coupé le gâteau ? s'exclama-t-elle à travers ses larmes.

— Naturellement. Il n'allait pas le conserver pour la prochaine comtesse. Et en temps de guerre, on ne peut pas se permettre de jeter une pièce montée de chez Ladurée.

— Penses-tu qu'il restera fâché contre moi ?

— Je l'ignore, répondit Dior, mais c'est fort probable. Tu l'as humilié, tu sais.

— C'est le moins qu'on puisse dire.

— Un homme fier comme Henry ne prend pas ces choses-là à la légère.

— Il doit me haïr.

— Je suppose qu'il enverra quelqu'un t'étrangler. Il me semble que c'est la méthode employée pour régler ses comptes à Moscou. L'avantage, c'est que je peux te garder un peu plus longtemps près de moi. Tu vas rester ici. Je prépare ta chambre.

L'époque de la place Victor Hugo était révolue. Pearl avait déménagé quelque part à Montmartre. Elle ne lui avait pas donné plus de précisions, mais d'après Copper, elle était de retour avec Petrus. Tout le superflu qu'elle possédait – elle n'avait pas acheté grand-chose en matière de décoration – fut entreposé dans un garde-meubles. Elle revint s'installer chez Dior avec une valise de vêtements, sa machine à écrire et son appareil photo, comme à son arrivée. Elle était toujours sans nouvelles d'Henry.

Le Théâtre de la Mode ouvrit bientôt en grande pompe, lui offrant une distraction salutaire. Des dizaines de milliers de visiteurs se pressèrent à l'exposition dès les premiers jours, envahissant le pavillon jusqu'à vingt et une heures, au moment de la fermeture. Par miracle, toutes les scènes avaient été terminées à temps, tout comme les derniers coups d'aiguille portés aux dernières tenues et la touche finale sur l'ultime dorure, avant que les portes s'ouvrent sur un public plein d'espoir.

En se promenant de salle en salle parmi la foule, Copper sentait que tout Paris était en admiration. L'ingéniosité de l'idée, les efforts titanesques mis en œuvre pour ces ressources lilliputiennes, la beauté absolue du résultat, tout était éblouissant. C'était la promesse de renaissance que cet événement comportait, pour Paris et pour la France, qui attirait toujours plus nombreuses les foules de visiteurs émerveillés. Copper en vit même certains pleurer. Depuis le départ des nazis, c'était la plus grande déclaration de joie que le pays ait faite.

L'exposition fut un triomphe personnel pour Christian Bérard, qui avait supervisé l'ensemble du décor – ou du moins, c'eût été un triomphe s'il n'avait pas présenté un spectacle aussi pathétique. Appuyé sur une canne ou sur l'épaule de Dior, il avait l'air épuisé. Comme à l'accoutumée, Dior s'occupait de son ami avec la tendresse d'une mère envers son enfant malade. Il l'accompagnait dans chacune de ses apparitions publiques, lui évitait soigneusement la tentation de l'alcool ou de l'opium, lui imposait le repos quand son organisme semblait risquer une rechute.

Pour couronner le tout, Paris entrait dans un printemps lumineux. Les cerisiers étaient en fleurs, le ciel resplendissait d'un bleu azur. Partout, la vie bourgeonnait. Seul Bébé Bérard avait l'apparence d'un mourant.

Quant à Copper, par bonheur, l'inauguration de l'exposition lui permettait de concentrer ses pensées sur autre chose que la débâcle de son mariage avorté, le chagrin et l'humiliation qu'elle avait infligés à Henry. L'événement marquait aussi la fin de son projet journalistique le plus ambitieux à ce jour. C'était l'occasion de photographier les flots de visiteurs qui arpentaient les galeries et de rédiger ses derniers paragraphes.

La scène la plus spectaculaire, et de loin, était un tableau extraordinaire qui représentait un immeuble en flammes, avec des figurines toutes en soie flottant dans les airs. Il s'agissait d'une idée originale de Jean Cocteau.

— Ma miniature est un hommage au film *Ma femme est une sorcière* avec Veronica Lake, lui dit-il. Vous l'avez vu, je suppose.

— Bien sûr, répondit Copper avec enthousiasme. Quelle idée charmante.

— C'est la scène où l'hôtel est réduit en cendres. Très théâtral, vous ne trouvez pas ?

— Oh, si. Et quelles robes extraordinaires.

— Oh, les robes ? Les robes sont sans importance, répondit-il avec arrogance. Pour moi, la mode ne présente pas le moindre intérêt. Je soutiens mes amis, rien de plus.

Il agita son porte-cigarettes, embrassant l'exposition tout entière.

— C'est une idée absurde et c'est précisément cette absurdité qui me parle.

— Eh bien, nous allons peut-être nous abstenir de le dire aux lecteurs, répondit-elle en prenant des notes dans son carnet.

Où qu'elle porte le regard, elle découvrait de vrais petits miracles. De minuscules boutons cousus à la main sur des manteaux ; des chaussures en cuir minuscules, créées par un lutin cordonnier et chaussées par de tout petits pieds ; et les chapeaux ! Des chapeaux aussi extravagants que le permettait l'imagination, avec des fleurs, des voiles et des rubans.

Des coiffures alambiquées avaient été réalisées pour les poupées, cascades de boucles ou chignons gonflants. Leurs visages en porcelaine avaient été peints avec minutie pour donner l'illusion de la vie. De petits glands pendaient sur leurs capes exquises et des habits de soie chatoyante aux mille couleurs épousaient leurs bustes miniatures. L'odeur de séricine était enivrante. Nœuds, plumes, fronces et festons décrivaient d'extravagantes boucles, tandis que de somptueux volants habillaient les montures fragiles.

On avait enfilé sur les mains de petits gants habilement cousus. Les poignets en fils de fer étaient chargés de bracelets créés par Cartier ou Van Cleef & Arpels, ou portaient des sacs Hermès et Louis Vuitton modèles réduits. Des doigts de fée avaient cousu perles, billes et sequins sur le tissu, tandis que des yeux expérimentés avaient veillé à ce que chaque modèle transmette une impression de grandeur, d'importance.

À partir des décombres d'un monde dévasté par la guerre et pillé par les conquérants, une vision voyait le jour ; celle d'un nouveau monde où, une fois de plus, la beauté et le style régneraient en maîtres. On eût dit qu'après l'horreur, une troupe d'elfes était apparue afin de raccommoder les morceaux déchirés. C'était un conte de fées, songeait Copper, le cœur ému et rempli d'admiration.

Avec le silence d'Henry, Copper avait réintégré le monde de Dior et de Bérard. Quand le couturier était trop fatigué pour materner le peintre, c'était lui que Copper maternait. Étant donné qu'elle était la seule à pouvoir conduire, elle était la responsable désignée des transports. Elle joua les chauffeurs auprès des deux hommes pendant toute la durée de l'exposition. Son article de presse était presque exclusivement consacré au génie de Bérard, sans l'autorité artistique duquel *Le Théâtre de la Mode* aurait été impensable. Comme le formulait Dior : « Chapeauter des dizaines de maisons de haute couture parisiennes, aucun simple mortel n'aurait été à la hauteur d'une telle tâche. »

Une semaine après l'inauguration, toutefois, alors qu'elle travaillait à sa machine à écrire dans sa chambre, la sonnette retentit. Un instant plus tard, Dior passa la tête par l'entrebâillement de la porte.

— C'est Henry, dit-il, les sourcils haussés sur son front. Il demande à te parler. Dois-je le renvoyer ?

— Non, j'arrive.

Il était temps qu'elle assume les conséquences de ses actes.

Copper prit son courage à deux mains, quitta la petite table de chevet qui lui tenait lieu de bureau et sortit, prête à rencontrer Henry.

Il était debout à la fenêtre surplombant la rue Royale, tiré à quatre épingles comme toujours. Il se tourna vers elle, le visage grave.

— Je sors me promener, annonça Dior nerveusement.

Il s'empara de son pardessus et de son chapeau avant de filer à l'anglaise.

Après le départ de Dior, Copper ouvrit la bouche pour amorcer le discours qu'elle avait si souvent répété.

— Henry, mon mariage avec Amory s'est terminé dans la douleur et…

Aussitôt, il leva la main pour l'interrompre.

— Je viens te présenter mes excuses.

Abasourdie, elle se mit à bredouiller sottement :

— Pour quelle raison ?

— Pour tout. Parce que j'ai insisté pour la cathédrale, alors que c'était la dernière chose que tu voulais ; pour ces malheureuses émeraudes, mais pas uniquement. Parce que je t'ai poussée à m'épouser, même si tu n'étais pas prête. Parce que j'ai essayé de passer outre tes doutes et de faire taire tes appréhensions. Parce que j'ai oublié que tu avais déjà connu une mauvaise expérience dont tu n'avais pas encore guéri. J'étais tellement impatient de faire de toi ma femme que j'ai accepté une proposition que tu m'as faite, alors que tu étais seule et apeurée. J'ai commis une erreur de jugement et j'ai honte. Pour tout cela, je te présente mes excuses. J'espère que tu pourras me pardonner et que ce n'est pas la fin de notre histoire.

— Oh, Henry !

À présent, elle voyait nettement sur son visage le chagrin qu'elle lui avait causé. Il avait l'air d'un homme qui n'avait pas mangé ni dormi depuis des jours.

— Tu n'es pas obligée de me répondre tout de suite. Je quitte Paris pour affaires pendant quelque temps, mais je reviendrai. Si j'ai plus de chance que je n'en mérite, alors nous pourrons redevenir amis.

Copper déglutit pour se dénouer la gorge.

— Nous serons toujours amis.

Il acquiesça.

— S'il y a une chose que la vie m'a apprise, c'est de ne jamais perdre espoir.

Puis il posa une main sur son épaule et l'embrassa furtivement.

— Au revoir, Copper.

Lorsque la porte se fut refermée, elle alla à la fenêtre et regarda sa grande silhouette s'éloigner dans la rue. Bien avant qu'il ne se mêle aux passants indistincts, elle avait les yeux brouillés par les larmes.

La deuxième semaine, près de deux cent mille visiteurs étaient venus au *Théâtre de la Mode*. Les profits seraient reversés à l'Entraide française, organisme de bienfaisance national institué durant l'Occupation, mais les véritables bénéficiaires étaient des maisons de couture, dont la mise en scène triomphale avait eu un impact puissant. Les grands créateurs, contraints à servir les nazis pendant quatre ans, inventaient à nouveau des vêtements pour les Français – quoiqu'en miniature.

Le nom de Dior ne figurait pas parmi les personnalités mises à l'honneur. Il n'était même pas mentionné dans le catalogue. C'était son employeur, Lelong, qui recevait tous les lauriers pour les adorables petites créations.

— C'est comme ça, dit-il, lorsque Copper lui fit part de son mécontentement au pavillon. Ne t'inquiète pas pour moi, ma petite. Je ne cherche pas les feux de la rampe, tu le sais bien.

— J'aimerais pourtant que tu y aies droit. Pourquoi M. Lelong reçoit-il tous les honneurs ?

— Parce que c'est mon employeur et que je lui suis profondément redevable.

— Un jour, jura Copper, ton nom sera dans la lumière.

Dior frissonna.

— Ma mère aurait horreur de cela. Elle m'a toujours interdit de placarder mon nom au-dessus d'une boutique comme un vulgaire commerçant.

Copper s'en amusa.

— Ne serait-elle pas fière de toi ?

— Tu ne l'as pas connue, répondit-il d'un air sombre. C'était déjà bien assez grave que je tienne une galerie d'art. Elle n'aurait pas supporté que je devienne couturier.

Ils revinrent rue Royale pour découvrir un incroyable spectacle : un énorme nuage de papillons jaunes avait envahi la rue.

Dior était en extase. Ils garèrent la voiture et continuèrent à pied dans le nuage grouillant et les battements d'ailes. Les papillons étaient partout. Ils remplissaient les magasins et les cafés, faisaient hurler les femmes – de surprise et de plaisir à la fois –, tandis que les serveurs s'activaient pour tenter de chasser les insectes en agitant des nappes. D'autres nuées leur succédaient aussitôt. Les restaurants étaient évacués et leurs clients déboulaient sur les trottoirs en serrant encore leurs serviettes à la main. Par moments, les ailes jaunes poudreuses masquaient presque le ciel printanier.

Masse ondulante de millions d'insectes, les papillons avaient envahi la rue. Il était impossible, de prime abord, de savoir d'où ils provenaient et où ils allaient. Peu à peu, il devint évident que les papillons se dirigeaient, avec d'innombrables tours et détours, de la place de la Concorde et dans la rue Royale jusqu'à l'église de la Madeleine. Copper et Dior suivirent la multitude à la dérive jusqu'à la place de la Madeleine, où l'imposante église néoclassique semblait être leur destination. Déconcertés, ils regardaient les papillons se poser sur les piliers en pierre massifs, tandis qu'il en arrivait toujours plus, jusqu'à ce que chaque colonne soit recouverte d'une robe jaune scintillante composée d'un million d'ailes frémissantes.

— Ils font un pèlerinage, observa Dior en examinant un spécimen qui s'était posé sur son doigt. Qu'est-ce que ça veut dire ?

— C'est une prophétie.

Copper désigna les nuages d'ailes éclatantes.

— Ce sont toutes les femmes qui porteront tes tenues un jour, que tu auras embellies.

— Tu ne lâches rien, dis-moi.

— Non. Et tu ferais mieux de suivre l'exemple.

Ils trouvèrent une terrasse sur la place et s'assirent pour boire un café devant le spectacle exceptionnel, bercés par le parfum sédatif des tilleuls, jusqu'à ce que le soleil décline derrière la Madeleine, laissant dans son sillage un crépuscule soudain froid. Ensemble, ils allèrent dîner de bonne heure.

Le lendemain matin, les papillons étaient partis. Ils avaient repris leur chemin vers une destination connue d'eux seuls. Un balayeur regroupait ceux qui n'avaient pas survécu, formant des franges dorées le long de la rue pavée.

Quelques jours plus tard, Copper apprit que la rédaction du *Harper's* avait adoré son article sur *Le Théâtre de la Mode* et qu'il serait publié dans le numéro suivant. Cette excellente nouvelle était accompagnée d'un chèque conséquent, en dollars, que Copper alla chercher dans le « petit bureau poussiéreux » d'Henry sur les Champs-Élysées. En réalité, le petit bureau poussiéreux était un élégant cabinet dans un quartier huppé. On pouvait lire « Velikovsky et Cie » en lettres d'or au-dessus de la porte. Elle fut accueillie par une secrétaire apprêtée. Henry n'était pas encore rentré à Paris et sa secrétaire ne pouvait divulguer aucune information à son sujet. Copper l'avait déjà rencontrée, et bien qu'elle soit d'une extrême politesse, elle sentit nettement qu'on lui avait donné pour instruction d'esquiver toutes les questions trop curieuses sur son employeur, même de la part de Copper. Peut-être même surtout de sa part.

Henry lui manquait, et elle avait l'impression de ne pas avoir su lui expliquer pourquoi elle avait agi de la sorte. Même s'il semblait comprendre, elle avait la conviction qu'ils devaient discuter.

Le nouveau numéro du *Harper's Bazaar* arriva à Paris. L'article de Copper y occupait une place de choix. On lui avait alloué quatre pages. Les encarts publicitaires de grandes marques de la mode américaine stratégiquement placés témoignaient de l'importance que l'on avait accordée à son travail. La signature qu'on lui avait donnée ne manquait pas d'éclat – *Oona Reilly, notre correspondante spéciale à Paris*.

Cet insigne honneur la propulsa sur le devant de la scène. Le téléphone commença à sonner avec des offres d'emploi. Un certain nombre de journaux, aux États-Unis et en Grande-Bretagne, recherchaient des textes courts sur la renaissance de la mode française.

Ces brefs articles d'opinion pouvaient être rédigés en un jour ou deux et ils étaient correctement rémunérés. Elle fut également approchée par *Picture Post* afin de couvrir l'inauguration de la maison Pierre Balmain avec un article et des photos. La guerre grondait toujours et aucun reporter américain n'était envoyé en Europe. Elle était en position idéale pour effectuer le travail, qu'elle accepta avec empressement. Sa carrière de journaliste avait bel et bien décollé.

À présent, les nouvelles de la guerre étaient à la fois exaltantes et terrifiantes. Les fronts allemands est et ouest s'étaient effondrés. Un million et demi de prisonniers de guerre allemands avaient été arrêtés par les Alliés ; on déplorait encore des dizaines de milliers de morts des deux côtés. On était aux portes de Berlin et un combat faisait rage. Hitler était assiégé dans son bunker. L'État nazi subissait une redoutable agonie. En Italie, Mussolini avait été abattu par des partisans, son corps suspendu comme celui d'un porc à l'abattoir, à côté de celui de sa maîtresse, Clara Petacci. Après six ans de massacres comme le monde n'en avait jamais connu, il semblait enfin que la guerre touchait à son terme.

Soudain, un matin, les cloches de Paris se mirent à carillonner, d'abord sporadiques, puis toutes en chœur.

— Il s'est passé quelque chose, dit Copper.

— Une chose terrible, peut-être, renchérit Dior avec inquiétude.

Ils se précipitèrent dans la rue. Les cloches, retentissantes, sonnaient dans toute la ville. Les passants poussaient des cris de joie et riaient en s'enlaçant. Un kiosque à journaux leur apporta la réponse. Un homme collait une affiche avec un gros titre en lettres noires. Le message était simple : *Hitler est mort*.

Copper et Dior, main dans la main, n'en croyaient pas leurs yeux. Pourtant, c'était écrit là, noir sur blanc. Ils achetèrent un exemplaire et, ensemble, parcoururent la une. Doenitz avait annoncé la mort d'Adolf Hitler et s'était proclamé successeur du Führer. La fin de la guerre était imminente. Ils jetèrent leur journal en l'air et se prirent les mains pour danser dans la rue avec des milliers de Parisiens.

Quatorze

La véritable fête débuta quelques jours plus tard, avec la reddition inconditionnelle des nazis et la fin officielle de la guerre – en Europe, du moins. Tout Paris exultait. Partout on célébrait la victoire avec plus de fougue encore qu'à la Libération. Les Tuileries et tous les autres lieux publics étaient envahis par des foules de Parisiens en tenues festives. Or, en cette époque troublée, même dans les moments de liesse, les dissensions politiques demeuraient. Alors qu'une foule s'était rassemblée place de la Concorde pour écouter la proclamation de la victoire par Charles de Gaulle, les communistes tenaient leurs propres discours et organisaient des marches triomphales sous la bannière rouge. Inévitablement, il y eut des heurts, des échauffourées avec la police et des arrestations.

Copper connut un moment de flottement. C'était la guerre qui l'avait fait venir à Paris et maintenant, voilà qu'elle était terminée. Devait-elle rentrer chez elle ?

Lors d'une beuverie débridée dans un bar avec un groupe hétéroclite de communistes, de GI américains et de journalistes, elle s'interrogea sur ce qu'elle considérait comme étant *chez elle*. Paris était-il devenu son port d'attache ? Était-ce la fin de sa vie américaine ?

En cet instant, alors que le champagne coulait à flots et qu'elle chantait *La Marseillaise* à tue-tête, elle ressentit spontanément un amour profond et irréductible pour la France. Pour la France et pour Henry Velikovsky. Elle dansa dans la rue, embrassa chaque homme en uniforme qu'elle croisait, grimpa sur des monuments et des tables de café, avalant de grandes lampées de champagne à même le goulot jusqu'à vomir dans un caniveau, vaincue par les bulles et l'alcool.

Après vingt-quatre heures de réjouissances sans interruption, elle quitta la fête d'une démarche mal assurée, enroulée dans un drapeau français comme sur un tableau de Delacroix, décidée à dormir tout son saoul. Sur le chemin du retour, ses pas la conduisirent devant la maison d'Henry, dans le VIIe arrondissement. Elle était sans nouvelles de lui depuis cette sinistre visite, après l'annulation du mariage. Elle l'avait délibérément relégué au fond de ses pensées, mais il refusait d'y rester.

Consciente de son état d'ébriété, elle appuya sur la sonnette. S'il répondait, elle se jetterait à son cou en implorant son pardon. Elle lui dirait qu'elle s'était montrée ridicule à la cathédrale et que, si ces dernières semaines lui avaient appris quelque chose, une seule et unique chose, c'était qu'elle l'aimait plus qu'elle ne l'aurait pensé, qu'elle était tombée amoureuse de lui sans presque s'en rendre compte et qu'elle ne voulait pas continuer à vivre sans lui.

Mais personne ne lui répondit. La vieille bâtisse couverte de vigne vierge demeurait silencieuse comme une tombe. Elle n'avait aucun Henry à qui exprimer ses remords.

Elle se hissa tant bien que mal sur la balustrade en fonte pour jeter un œil à l'intérieur. Les lieux semblaient déserts, les volets étaient fermés – même devant la fenêtre de la chambre où ils s'étaient couchés l'un près de l'autre. Elle se remémora ce fameux après-midi dans toute sa douceur et sa joie, l'apéritif d'un festin qui ne prendrait jamais forme.

Était-ce l'alcool et la fatigue ? Toujours est-il qu'elle fondit en larmes dans la rue. Assise sur le trottoir, empêtrée dans son drapeau, elle ne s'était jamais sentie aussi seule. Une envie profonde de stabilité montait en elle. C'était bien joli, l'aventure, mais elle aspirait à un foyer. À une famille. Elle n'avait jamais envisagé cela avec Amory. Dans un enchaînement logique, les couples mariés avaient des enfants, mais elle n'avait jamais senti que cette règle s'appliquait à leur couple.

Il n'y avait qu'un seul homme qu'elle aimait, et elle ne savait même pas s'il était mort ou vivant.

Le lendemain de la fête, elle souffrait de migraine et elle dut cacher ses yeux bouffis derrière des lunettes de soleil. Elle téléphona au Ritz, mais Henry n'occupait pas sa chambre. Cela faisait quelque temps qu'il ne les avait pas contactés et ils ignoraient la date de son retour. Naturellement, sa chambre restait à la disposition de leur client. Déterminée à obtenir des réponses, elle retourna dans son « petit bureau poussiéreux » des Champs-Élysées pour parler à sa secrétaire.

La femme salua Copper avec un sourire avenant.

— Bonjour, madame. N'est-ce pas une merveilleuse nouvelle ? Que puis-je pour vous ?

— Je me demandais si vous saviez quelque chose au sujet d'Henry… de M. Velikovsky ?

La secrétaire, une femme d'âge moyen aux vêtements élégants, secoua la tête.

— Désolée, madame. Je n'ai aucune nouvelle de mon chef.

— Mais… il va bien ?

La réponse fut lapidaire :

— Rien ne semble indiquer le contraire.

— Vous n'attendez pas son retour à Paris, par hasard ? Maintenant que la guerre est finie, je veux dire.

La femme haussa légèrement les épaules.

— Comme vous le savez, M. Velikovsky est un homme occupé. Il reviendra quand il reviendra. Je peux prendre un message, si vous voulez.

Elle prit son crayon et son carnet, prête à inscrire ce que Copper lui dicterait.

— Demandez-lui simplement de m'appeler, lui dit-elle après avoir envisagé et rejeté les autres options.

— Bien sûr, madame.

Copper s'en alla avec un sentiment de vide. Devant la cathédrale, le mariage lui avait paru impossible. Elle n'aurait pas pu s'y résoudre, même avec un pistolet sur la tempe. À présent, la perspective d'épouser un homme qu'elle était certaine d'aimer était possible. Plus que possible, à vrai dire, essentielle à son bonheur.Quelques jours plus tard, Copper rentra à l'appartement pour découvrir un mot de Suzy Solidor sur la table de l'entrée. Écrit à l'encre violette, il annonçait : « Je quitte Paris. Viendras-tu me dire au revoir ? »

C'était une invitation qu'elle ne pouvait pas décliner. Elle se rendit immédiatement chez Suzy. Cette dernière ouvrit de grands yeux en la voyant sur le pas de sa porte.

— Tu es venue. J'avais peur que tu refuses.

Copper découvrit un appartement bien différent. Il était presque vide. Les tableaux avaient tous été décrochés. Seuls les meubles les plus volumineux restaient en place, tout le reste avait disparu. C'était donc vrai. Suzy s'en allait. Copper éprouva un pincement au cœur. Elle jeta un regard circulaire dans les pièces désertes, où des caisses à demi remplies attendaient, leurs couvercles prêts à être scellés.

— Où vas-tu ?

— En Amérique. Il paraît qu'on aime les blondes là-bas.

— Oh, Suzy ! Mais pourquoi ?

— Tu n'es pas au courant ? J'ai été jugée et reconnue coupable de collaboration. J'ai l'interdiction de donner des représentations en France pendant cinq ans.

— Quels hypocrites, fulmina Copper. Comment osent-ils ?

— C'est la France d'après-guerre, répondit-elle en haussant une épaule comme si de rien n'était. Tout le monde veut être un héros de la Résistance et raser la tête de sa voisine.

— Je n'en reviens pas.

— Je suis un personnage public, il fallait montrer l'exemple. L'avenir appartient à des femmes comme ta Catherine Dior, pas à moi.

— Je suis navrée.

— Cinq ans.

Comme toujours, le visage de Suzy restait de marbre. Elle portait une simple nuisette blanche. En dessous, elle était nue. Son corps sculptural était doré comme l'été. Elle ressemblait à une déesse de la Grèce Antique au départ d'une longue épopée.

— À mon âge, c'est une condamnation à mort. Qui se souviendra de moi dans cinq ans ?

— Personne ne peut t'oublier, murmura Copper. C'est impossible.

— Pourtant, tu as accompli cet exploit sans trop de mal, à ce que je sache, répondit-elle sèchement.

— Je ne t'ai pas oubliée.

Suzy afficha l'un de ses sourires énigmatiques.

— Eh bien, je pars en exil. Tout ça pour *Lily Marlène*. Elle a fait ma fortune, cette catin, et maintenant elle me ruine.

Elle ferma le couvercle d'une malle avant de se tourner vers Copper.

— Je suis sincèrement contente de te voir, chérie. Veux-tu boire un vermouth avec moi ?

Elle ouvrit les portes de la terrasse, mais elles ne sortirent pas, optant pour le sofa. Dans la brise fraîche qui faisait danser les rideaux en arabesques gracieuses, Suzy apporta une bouteille de Lillet. La liqueur résineuse aux agrumes était l'une de ses boissons préférées.

— Alors comme ça, tu deviens célèbre, dit-elle à Copper de son éternelle voix rauque. Impossible d'ouvrir un magazine sans tomber sur ton nom en ce moment.

— Tu exagères. Il m'a fallu du temps pour découvrir ce que je voulais faire de ma vie, mais maintenant que je le sais, j'en suis heureuse.

— Je suis heureuse pour toi, chérie. Tu te débrouilles très bien.

— Ça peut aller. J'ai beaucoup de travail et j'économise pour m'acheter un nouvel appareil photo, un Leica trente-cinq millimètres. Plus léger et plus pratique.

— Plus léger et plus pratique, répéta Suzy. Tu es une jeune femme toujours en mouvement, ma chère. Je me sens si vieille à côté de toi.

— Tu es splendide comme toujours, Suzy.

— Merci.

C'était la vérité, l'âge ne semblait pas avoir d'emprise sur elle. Son visage demeurait sans défaut et son corps était celui d'une femme deux fois plus jeune.

— Je pourrais dire la même chose de toi. Il paraît que tu as abandonné ton comte russe à l'autel.

Oui, mais je me rends compte que c'était une erreur.

Suzy fit la grimace.

— Je vois. Alors, tu as décidé de devenir une comtesse russe, tout compte fait ?

— S'il l'accepte. Je suis sans nouvelles de lui depuis des semaines.

— T'a-t-il tourné le dos, ou les communistes l'ont-ils pendu haut et court ?

— Je me pose la même question, dit Copper en s'efforçant de garder un ton léger en dépit de ce qu'elle ressentait.

— Excuse-moi. Je te souhaite le meilleur.

Elle leva son verre et l'œil de Copper aperçut le creux lisse sous le bras de Suzy.

— Tu t'es rasé les aisselles.

— Apparemment, les Américains y tiennent.

Elle souleva l'ourlet de sa nuisette.

— Ici aussi, au cas où quelqu'un voudrait regarder. Tu rougis, chérie ? demanda-t-elle en croisant le regard de Copper.

— Tu me prends toujours au dépourvu.

— Vraiment ? Je suis à l'aise avec mon corps, comme tu peux le voir. Je l'aime bien. Je n'en éprouve aucune honte.

Ses longs doigts s'attardèrent entre ses cuisses.

— Tu as peur de ça, je pense. Et pourtant, tu as le même. Nous aurions pu les presser l'un contre l'autre, nous embrasser, nous envoyer au septième ciel. Je mouillais pour toi. Rien que pour toi. Mais tu t'es sauvée comme un lapin. Pourquoi t'es-tu enfuie ?

— Je ne pouvais pas franchir un certain cap. Ne me le reproche pas.

— Tu me trouvais repoussante ?

— Non, bien au contraire. Je me suis enfuie, parce que je te trouvais trop attirante.

— Je prends ça comme un compliment.

Suzy vida son verre et prit à nouveau la bouteille.

— Tu sais, je chantais dans la chorale de filles de l'église, à Saint-Malo, dit-elle en remplissant leurs verres. Tu imagines ? Une gamine maigrelette et plate comme une limande, avec deux couettes ?

Copper sourit.

— Difficile à imaginer.

— Eh bien, c'était moi. Personne ne me remarquait, même si j'ai toujours pensé que j'avais une jolie voix. Et puis, un jour, le prêtre a fait taire la chorale pour demander : « Qui est le garçon qui chante avec les filles ? » Ils se sont rendu compte que c'était moi. *La fille qui chante comme un garçon.* Ils se sont tous tournés pour me regarder. J'étais tout excitée. Excitée et honteuse en même temps. C'est à partir de ce moment-là que j'ai ressenti mon pouvoir. On m'appelait « la garçonne » et je suis devenue cette créature. La sirène, à la frontière entre deux corps. Pendant dix ans, il y a eu Yvonne. Puis d'autres. Des hommes, des femmes. J'ai passé ma vie à vivre les fantasmes et les désirs des autres. Mais je ne regrette rien, c'était une belle vie, dans l'ensemble. Je voulais simplement rendre les autres heureux. Je suis sûre que tu me prends pour une putain comme Lily Marlène.

Copper dévisageait Suzy. Sous la force et la beauté, il y avait quelque chose de froid, une douleur qu'elle n'avouerait jamais.

— Non, pas du tout. Tu m'as rendue très heureuse.

— J'aurais pu te rendre infiniment plus heureuse.

— Je ne crois pas, mais je sais que j'aurais pu te rendre heureuse, moi aussi. Tu as été tellement gentille, généreuse. Je ne méritais rien de tout ça.

— Bien sûr que si, tu le méritais.

Suzy se pencha et embrassa Copper sur les lèvres.

Elle ferma les yeux, attristée pour cette fille qui chantait comme un garçon, cette femme qui la désirait comme un homme. Elle passa les bras autour du cou robuste de Suzy et l'attira à elle.

— Je regrette. Pardonne-moi de t'avoir blessée.

— Est-ce impossible que tu m'aimes, même maintenant ? demanda Suzy, sa bouche brûlante contre la gorge de Copper.

— Je t'aime, murmura-t-elle, en larmes malgré elle. Tu vas terriblement me manquer, Suzy. J'aimerais te remercier pour tout ce que tu as fait pour moi, tout ce que tu m'as donné, l'amour que tu m'as témoigné.

Elle se leva pour partir et ajouta :

— Je ne pourrai jamais t'oublier.

En soi, la présence d'une calèche tirée par un cheval devant le 10, rue Royale, n'avait rien d'insolite, mais à présent qu'il était plus facile de se procurer du pétrole en France grâce à l'armée américaine, les fiacres se faisaient plus rares dans les rues. Fantômes d'une gloire passée, ces véhicules avaient connu un retour en grâce durant les années difficiles de l'Occupation. Désormais, leur nombre diminuait tous les jours, cependant qu'ils retournaient un à un dans les écuries décrépites d'où ils étaient venus.

Songeant que Dior se trouvait à l'intérieur, Copper s'en approcha et y jeta un coup d'œil intrigué. La porte s'ouvrit brusquement. Assis sur la banquette en cuir rouge, Henry l'invitait à entrer. Il portait une barbe, à présent.

Pendant un moment, le souffle coupé, elle crut que son cœur s'était arrêté. Puis, encore hésitant, il se remit à battre.

— Il va falloir se débarrasser de cette barbe, s'entendit-elle prononcer.

— Je me disais que tu pourrais m'aider à le faire.

— Le plus tôt sera le mieux, si tu veux mon avis.

— Alors, monte.

Elle entra et s'assit sur ses genoux comme une enfant.

— Je croyais que tu ne reviendrais jamais, dit-elle d'une voix étranglée.

— Moi aussi, je l'ai cru par moments.

Il referma ses bras autour d'elle.

— Ma secrétaire m'a appelé pour m'annoncer que tu me cherchais. J'ai osé espérer. Pardonne-moi. Je devais rester loin de toi et garder le silence.

Ils s'étreignirent longuement avec ferveur, se balançant d'avant en arrière. Enfin, elle s'écarta et prit une inspiration timide. Son cœur cognait si fort qu'elle éprouva des difficultés à s'exprimer correctement.

— On dirait un inconnu !

Il porta une main à sa barbe sombre et fournie.

— J'ai dû me fondre avec le prolétariat pour accéder à certains endroits. S'ils avaient soupçonné ma véritable identité, je te garantis que je serais plus mort que vif.

— Henry !

— Dîner au Ritz ?

— On ne peut pas dire que je sois habillée pour le Ritz.

— Tu es magnifique, comme toujours.

— Tant que je peux me repoudrer le nez en arrivant.

Le fiacre se mit en branle dans un soubresaut. Tandis qu'il cahotait dans les odeurs du cheval et de son harnais en cuir, elle essaya de reprendre sa respiration.

— Pour combien de temps es-tu à Paris ?

— Je suis de retour pour de bon.

Elle se détourna pour lui cacher ses larmes.

— Est-ce une promesse ? demanda-t-elle d'une voix étranglée.

— Oui. Je suis revenu pour toi, si tu veux bien de moi.

Copper accepta le mouchoir qu'il lui tendait.

— Je te ferai savoir ma décision quand elle sera prise. Pourquoi cette calèche et ce cheval ?

Il sourit.

— Il ne reste plus beaucoup de villes où l'on puisse passer chercher l'amour de sa vie en calèche. Je n'ai pas pu résister.

— Tu as toujours été un incorrigible romantique.

— Tu dois avoir raison.

— Je me suis fait un sang d'encre. Est-ce que tu souris ? Je ne peux même pas le voir sous cette moisissure qui te mange le visage.

— Mon visage exprime le bonheur, sois-en sûre.

— Me pardonnes-tu d'avoir fui devant l'autel ?

— Si tu me pardonnes d'être Barbe Bleue.

— Très bien. En parlant de barbe, je dois absolument raser la tienne. On pourrait s'arrêter chez toi en chemin.

— Avec plaisir.

Ils atteignirent la maison d'Henry et entrèrent. Tout y était clair et propre, une odeur d'encaustique et de peinture fraîche flottait dans l'air.

— C'est magnifique.

— Elle revient à la vie, acquiesça-t-il. Elle attend une nouvelle maîtresse de maison.

La chambre était garnie de fleurs, comme avant. Dans la salle de bains en marbre blanc, il lui donna des ciseaux, un rasoir et tout le nécessaire. Torse nu, il attendit qu'elle se mette à l'ouvrage. Elle le fit asseoir sur le rebord de la baignoire et entreprit de lui tailler la barbe à ras la mâchoire, avec les ciseaux.

— J'ai lu ton article dans le *Picture Post*, dit-il. Balmain te doit une fière chandelle. Tu lui as offert un excellent marchepied.

— Il a un talent fou.

— Quand en feras-tu de même pour ton ami Dior ?

Elle se concentra pour tailler ses épaisses boucles sans lui abîmer la peau.

— Un de ces jours, je suppose. Je n'arrête pas d'insister pour qu'il saute le pas et quitte Lelong. Mais il peut être d'une timidité maladive. Ou d'une paresse maladive. Les deux, sans doute.

Elle enduisit son visage au poil court d'une épaisse couche savonneuse avant de manier le rasoir.

— Tu l'as déjà fait ?

— Deux fois par semaine avant de quitter la maison. C'était moi qui rasais mon père, le lundi et le mercredi. N'essaie pas de m'embrasser sans arrêt, sinon je vais te blesser et ce ne sera pas ma faute.

À vrai dire, ses mains tremblaient à tel point que la vie d'Henry était presque menacée, mais elle parvint à garder le contrôle. Le mieux était encore d'éviter son regard et de se concentrer sur la mousse à raser, sous laquelle les contours familiers de son visage commençaient à apparaître.

— Où étais-tu ? Dis-moi la vérité.

— Il y a eu une guerre pour l'âme de la France. Les communistes ont fait tout ce qui était en leur pouvoir pour déstabiliser le pays et l'annexer à la Russie soviétique. Au moins, la marée change de sens et leurs forces commencent à dépérir. Crois-le ou non, ça n'a rien à voir avec ma barbe et tout à voir avec la brutalité de Staline.

— Qu'est-ce que tu veux dire ?

— La glorieuse Armée rouge était l'arme de propagande principale des communistes. Pendant des années, on a annoncé aux ouvriers français que l'Armée rouge allait venir les délivrer de l'esclavage. Mais à présent, on voit tous ce qu'une libération par l'Armée rouge signifie réellement. On a vu les viols et les pillages qui les suivent partout. On a vu ce qu'ils ont fait de la Pologne, la Hongrie, la Tchécoslovaquie et les autres, des nations prisons. Maintenant, on les voit transformer Berlin en ville prison. Et Berlin, ma chère, n'est pas loin de Paris. Ma mission, somme toute, consiste à faire connaître ces détails en haut lieu. Aux dirigeants de tirer leurs propres conclusions.

— Il doit y avoir autre chose. Tu m'as dit que tu me raconterais toute la vérité.

— Eh bien, ce n'est pas toujours facile d'accéder en haut lieu. Et il est toujours compliqué de jouer pour un camp contre l'autre. Les Rouges aimeraient s'arroger tout le mérite pour la défaite des nazis. Selon eux, chaque héros de la Résistance était stalinien. Il était vital de propager un tel mythe.

Pendant tout ce temps, il la dévorait de ses yeux noirs en amande.

— Tu es si belle. Je rêve souvent de toi, mais mes rêves n'arrivent jamais à la cheville de la réalité.

— Tu as perdu du poids, observa-t-elle en baissant les yeux sur son buste amaigri.

— Je ne mange pas beaucoup. J'attends avec impatience notre dîner au Ritz.

Copper s'entendit répondre :

— Tu ne peux pas continuer à loger au Ritz. Pas avec cette demeure somptueuse complètement vide.

Elle racla ce qui restait de mousse à raser.

— Nous ne pouvons pas non plus manger au restaurant en permanence. Ce n'est pas bon pour nous. Il nous faut de bons petits plats sains, cuisinés à la maison.

— Je suis entièrement d'accord.

Il lui ajouta en lui saisissant le poignet :

— Copper… Combien de temps encore vas-tu me faire languir ?

Elle garda le silence pendant un moment, puis elle se dégagea avec douceur et rinça le rasoir sous le robinet d'argent.

— Si tu le veux vraiment, alors je suis à toi.

— Ma bien aimée ! s'exclama-t-il en la prenant dans ses bras. Dieu soit loué.

Elle eut un petit rire hésitant.

— Henry, tu es le seul homme que je connaisse qui dise encore ce genre de choses.

— Si je les dis, c'est que je les pense.

— Je le sais bien.

Elle posa son matériel et se retourna dans ses bras, les yeux levés vers son visage rasé de frais.

— Voilà qui est mieux. Tu es redevenu toi-même.

— J'essaierai d'être un meilleur mari que le précédent titulaire, dit-il en la couvant du regard. Tu ne comptes pas filer à nouveau, n'est-ce pas ?

— Non, c'est promis. J'essaierai d'être une bonne épouse, mon chéri, répondit-elle. Et je te promets que…

Mais elle dut laisser le reste de sa phrase en suspens, car deux lèvres fiévreuses prirent d'assaut les siennes.

La seconde cérémonie, comme elle l'avait demandé, eut lieu à l'office des mariages, dans la mairie locale. Ce fut très calme. Aucune duchesse russe n'était présente, pas plus que de bohémiens parisiens. Seuls Christian, Pierre Balmain, Hervé et Catherine y assistèrent en tant que témoins.

La salle n'avait rien de chic. L'un des murs était bordé de meubles de classement, mais de grandes fenêtres, de l'autre côté, offraient une belle vue sur l'Arc de Triomphe. Le notaire était une dame charmante qui les embrassa avec effusion après la cérémonie. Copper portait une robe rose clair à col rabattu créée spécialement par Tian, ainsi qu'un modeste bouquet de boutons de roses, conformément à son souhait. Les hommes étaient tous en redingotes, vestons et chapeaux hauts de forme. Ce fut avec une joie sereine qu'ils échangèrent leurs alliances en or simple.

Après la cérémonie, les mariés et leurs témoins déjeunèrent dans une suite privée au Ritz. La table était décorée de lis couleur crème et le repas fut tout aussi beau et raffiné, avec des huîtres en entrée, du homard et du saumon, accompagnés par un champagne millésimé. Hervé et Tian portèrent un toast. Si celui d'Hervé fut très digne, Tian s'étrangla durant le sien et on dut lui donner un mouchoir afin qu'il se sèche les yeux avant de pouvoir poursuivre.

Catherine était en bonne voie de guérison, à présent. Hervé et elle vivaient près de Grasse, dans le sud de la France. C'était elle qui lui avait offert le bouquet de roses, cueillies dans son propre jardin. On distinguait sur sa silhouette de nouvelles formes qui n'y étaient pas auparavant et ses cheveux avaient poussé ; pourtant, Copper craignait que son regard tourmenté ne retrouve jamais vraiment sa sérénité. À plusieurs reprises au cours du déjeuner, elle surprit Catherine, les yeux dans le vague et les mains crispées. Il suffisait de lui effleurer le bras pour qu'elle revienne de ses souvenirs atroces, mais Copper savait que le chemin serait long. Catherine avait encore du mal à avaler plus de quelques bouchées, malgré ses encouragements.

— Quand on est arrivées à Ravensbrück, dit-elle, nos estomacs grondaient si fort dans le dortoir, la nuit, que c'en était comique. On en riait même. On faisait des compétitions pour savoir qui produisait les gargouillis les plus impressionnants. Mais avec le temps, ils se sont rabougris et ont cessé de se manifester.

Un silence suivit cette déclaration, et elle ajouta d'un air contrit :

— Je ne devrais pas en parler.

— Bien sûr que si, répondit Copper.

— Je suis désolée, lui dit-elle tout bas lorsque les conversations eurent repris. Je ne veux pas gâcher ta belle journée.

— Tu l'embellis, au contraire, mais je vois bien que tu souffres toujours.

Catherine secoua la tête.

— Quand j'étais dans les camps, je ne pensais qu'à la France. Et maintenant que je suis chez moi, mes pensées retournent constamment aux camps. J'ai l'impression que mon esprit est un singe qui n'en fait qu'à sa tête.

— Je connais ce problème, dit Copper à regret.

Catherine lui serra la main.

— Je vais bien. Profite de ta journée. Je suis tellement heureuse de te voir mariée.

— Elle mérite d'être heureuse, dit Copper à Henry ce soir-là, blottie dans ses bras, dans la vieille maison à la façade couverte de vigne vierge.

— Oui, c'est vrai. Toi aussi, tu sais.

— Je ne saurais être plus heureuse, répondit-elle en lui caressant la joue.

— Moi non plus. Je n'en reviens toujours pas que tu sois enfin ma femme.

— Je dois dire que tu avais raison sur un point.

— Lequel ?

— La cérémonie du mariage civil était d'un ennui mortel. La cathédrale aurait été bien plus belle.

Il réprima un grognement et leva les yeux au ciel.

— Tu vas me rendre fou.

— Peut-être.

— Nous pouvons toujours retenir une date pour la cathédrale, si tu veux.

— Non, merci. Je me suis mariée assez souvent.

Elle l'embrassa sur les lèvres.

— Et maintenant, il est temps que tu fasses de moi ta femme.

QUINZE

— Tu seras ma femme, déclara Dior à Copper.

— J'ai un mari qui fait très bien l'affaire, souligna-t-elle. Tu n'as peut-être pas remarqué que nous avons déjà fêté notre première année de mariage.

— Il n'y verra aucun inconvénient. Je t'emprunte pour l'après-midi, c'est tout.

— En quel honneur ?

— Nous allons faire les magasins pour te trouver une tenue.

— Ça me plaît bien. Chez Chanel ? Schiaparelli ?

— Une boutique plus confidentielle, la Maison Gaston. Après tout, nous sommes un vieux couple guindé, pas de jeunes gens en goguette.

— Parle pour toi, rétorqua Copper.

Dior lui avait donné rendez-vous rue Saint-Florentin sans plus d'explications. À présent, il la faisait entrer dans la Maison Gaston, bras dessus bras dessous, comme un couple marié respectable.

Il émanait de la boutique un charme parisien désuet. L'animation de la rue Saint-Florentin sembla aussitôt s'effacer derrière eux. Les vêtements étaient austères. Chaque modèle ou presque était agrémenté de zibeline ou de vison, guère attirants en plein été, même si, comme le fit remarquer Tian, l'automne ne tarderait pas. Des vendeuses sans âge évoluaient autour d'eux, tout de noir vêtues, mêlant une politesse glaciale à un air de supériorité arrogant.

— Que penses-tu des créations ? lui demanda Dior.

— Plutôt sinistres, murmura Copper. Et affreusement conservatrices.

Même si elle avait réellement cherché à acheter quelque chose, elle n'aurait pas su dénicher le moindre vêtement qui ne soit pas démodé.

Pourtant, aussi étrange que cela paraisse, Tian s'intéressait à tout. Il demanda à voir les tout derniers modèles, les collections précédentes, les accessoires, en un mot tout le magasin. Il inspectait l'aménagement des lieux, fouinait derrière les comptoirs et interrogeait les vendeuses. Il faisait preuve d'une curiosité insatiable pour l'établissement sous tous ses aspects. Il osa même jeter un œil dans la cabine où elle enfilait une robe.

— Un endroit charmant pour se faire embaumer.

Tel fut son verdict au sujet des cabines d'essayage.

Comme toujours lorsqu'il s'agissait de son métier, un changement subtil s'opérait chez lui. Le Christian Dior timide et réservé devenait une personne autoritaire. Son visage, doux en temps normal, se fermait avec concentration et son intonation se faisait péremptoire. Quand ils quittèrent enfin la boutique – sans rien avoir acheté –, les vendeuses étaient à deux doigts de les flanquer à la porte *manu militari*.

Ils avaient passé près de deux heures chez Gaston. C'était le début d'une soirée chaude et agréable. L'une des toutes dernières calèches passa en cahotant dans la rue, dispersant un groupe de jeunes nonnes sur son passage.

— Qu'en as-tu pensé ? demanda Dior.

— C'est une boutique charmante, Tian. Pourquoi m'y as-tu emmenée ?

— Je voulais ton avis.

— Que t'importe mon avis ?

— Figure-toi, ma petite, dit-il en passant son bras sous le sien, que Marcel Boussac m'a proposé d'en devenir le nouveau directeur.

— Et qui est Marcel Boussac ?

— C'est le Roi du Coton. Après la Première Guerre mondiale, il a racheté tout le lin que l'on utilisait dans l'aviation à cette époque. Il en a fait des chemises et il a gagné des fortunes. Autrefois, on disait *riche comme Midas*, aujourd'hui on dit *riche comme Boussac*.

— Et la Maison Gaston lui appartient ?

— Oui. Je compte sur ta discrétion, ma petite. Ce n'est pas une information pour le grand public.

Copper lui serra le bras avec enthousiasme.

— Tian ! Enfin, tu vas devenir ton propre patron !

Il se dégagea de sa poigne en riant.

— Allons chercher ton mari. Je vous préparerai à dîner chez moi. J'ai reçu un beau gros tourteau de Granville et un bon muscadet pour l'accompagner.

Ils se retrouvèrent tous les trois à l'appartement de Dior, qui n'était qu'à un pâté de maisons de chez Gaston – avantage qu'Henry ne manqua pas de souligner.

— Tu pourras t'y rendre à pied tous les matins. Je t'imagine, balançant ta canne au pommeau d'or et inclinant ton chapeau haut de forme pour saluer tes clients dans la rue. Tu ne peux pas rêver mieux.

— Quand j'étais jeune, Gaston était aussi célèbre que Chanel, dit Dior en enfilant un tablier immaculé avant de s'affairer dans sa petite cuisine. Mais sa maison est en déclin depuis plusieurs années. La guerre lui a assené le coup de grâce. Comme tu l'as vu, c'est démodé et un peu sinistre. Boussac aimerait que je lui rende sa splendeur d'antan.

— C'est la chance d'une vie !

— Si seulement, ma chère…

— Tian, ne me dis pas que tu vas faire le difficile !

— Il faut toujours faire le difficile, mes amis. Marcel Boussac n'est pas devenu l'homme le plus riche de France en dilapidant son argent.

Il plongea le tourteau dans l'eau bouillante avec précaution.

— C'est peut-être flatteur d'être placé dans un musée, mais je ne suis pas certain d'être prêt à me faire empailler et exposer.

— Tu veux dire que tu vas refuser ?

— Oui, je vais décliner sa proposition.

Copper leva les mains au plafond.

— Tian. Pour l'amour du ciel !

À présent, il se concentrait sur sa recette. Elle savait qu'il valait mieux ne pas l'interrompre quand il jouait au chef cuisinier, car il prenait ses préparatifs très à cœur. Pourtant, elle savait que Balmain travaillait déjà à sa deuxième collection. Tian prenait de plus en plus de retard sur ses contemporains.

— Tu ne peux pas refuser, déclara-t-elle une fois qu'ils se furent installés autour de la table.

— Gaston est un mausolée, répondit-il en découpant le tourteau. La boutique en a même l'odeur : naphtaline, toiles d'araignées et poussière. Je suis peut-être ridiculement superstitieux, mais je ne fais pas revenir les morts à la vie.

— La Maison Gaston n'est pas encore morte, souligna Henry.

— Elle est à l'agonie, c'est tout comme. Tu imagines devoir donner des instructions à ces vieilles chouettes ? Quant à l'atelier… Il faudrait que je commence par licencier tout le personnel, c'est au-delà de mes forces. J'ai une bonne place chez Lelong, ce serait de la folie de le quitter pour un poste aussi incertain. Mieux vaut être second sur un bateau de croisière que capitaine d'un rafiot qui coule.

— On trouve toujours des excuses pour ne rien faire, rétorqua Copper. En fait, tu ne veux pas dire à Lelong que tu t'en vas.

— Il est vrai que je ne me réjouissais pas franchement de cet entretien.

— Je le savais !

Aussi exaspérant que ce soit, il était intraitable.

— La Maison Gaston est moribonde. C'était malavisé de la part de Boussac, peut-être même *méchant*, de me faire une telle proposition. J'ai rendez-vous avec lui demain, je lui annoncerai mon refus poli, mais ferme.

En prenant congé après minuit, elle ne put s'empêcher de l'attraper par le revers de la veste.

— J'espère que tu te réveilleras demain en ayant changé d'avis, tête de mule.

— Crois-moi, ça n'arrivera pas.

— Il refuse de se donner une chance, dit-elle à Henry sur le chemin du retour. Parfois, je me dis que Tian n'abandonnera jamais sa routine. Il n'a peut-être même pas envie de changer. Il se contente de rester enfermé dans les ateliers de Lucien Lelong, d'y vieillir lentement, satisfait de sa vie de fêtes et de dîners mondains sans jamais prendre le moindre risque.

— Tu viens de décrire un homme heureux.

— Tu es bien la dernière personne à approuver la paresse, cher Henry.

L'homme qui avait épousé Copper douze mois plus tôt l'avait rendue plus heureuse qu'elle ne l'aurait cru possible. On eût dit qu'il n'existait pas d'homme plus attentionné ni plus aimant qu'Henry Velikovsky, ni maison plus adorable que le foyer qu'ils avaient fondé ensemble. À la différence de son mariage avec Amory, qui avait commencé dans un élan de passion et qui n'avait pas tardé à se refroidir, sombrant d'abord dans l'indifférence, puis la désillusion, son mariage avec Henry ne cessait de s'améliorer.

Elle aimait sa compagnie et elle était impatiente de rentrer auprès de lui chaque fois qu'elle s'absentait. Bien malgré elle, elle s'était rendu compte qu'il lui manquait lorsqu'il partait en voyage. Quant à la passion, elle n'avait cessé de se développer. Elle se sentait aimée et désirée, et elle l'aimait et le désirait en retour. Dans tout ce que faisait son mari, il était évident qu'il était fou d'elle. Être soutenue et estimée, chérie et adorée, voilà qui lui procurait les sentiments les plus séduisants qu'elle connaisse.

Elle menait une vie romantique et pleine de beauté. L'entretien de la vieille maison couverte de vigne vierge exigeait pas moins de cinq personnes, dont une femme de chambre, cette assistante indispensable de toute Parisienne à la mode – même si la Parisienne en question avait déjà été arrêtée pour avoir tenté de renverser le gouvernement. Mais la fortune d'Henry y pourvoyait amplement. C'était étonnant à quel point l'on pouvait s'habituer rapidement à un tel train de vie. Ils avaient eu une merveilleuse surprise : les meubles d'antiquité et les tableaux impressionnistes dérobés par les nazis avaient été retrouvés et leur avaient été envoyés depuis l'Allemagne. Ainsi, ils honoraient à nouveau la maison de leur présence.

À présent, Copper posait un regard nostalgique sur son enfance difficile à Brooklyn et son existence de bohème avec Amory. Était-elle vraiment la même femme aujourd'hui, maintenant qu'elle était Madame la comtesse Velikovsky, qu'elle occupait un siège au premier rang de chaque défilé de haute couture, qu'elle connaissait tous les créateurs de Paris et que ses avis paraissaient dans les magazines de mode les plus prestigieux ?

Elle avait conservé sa signature, Oona Reilly. Son statut de comtesse n'était qu'un rôle qu'on lui demandait souvent de jouer, même si Henry et elle s'en amusaient. Comme il le lui avait dit le soir de leur rencontre, les gens étaient snobs et aimaient être associés à l'aristocratie, quand bien même elle n'existerait plus que dans les livres d'histoire.

— Ma chérie, j'ai reçu un message au sujet de ton ex-mari.

Elle éprouva un tiraillement désagréable au cœur.

— Rien de grave, j'espère ?

— Difficile à dire, il est ici, à Paris. Il a demandé à te voir.

— Quand tu dis ici, à Paris… ?

— Il est dans un sanatorium. Le directeur m'a transmis le message.

— Un sanatorium ? Alors, il est toujours malade ?

— On ne m'a rien dit sur son état de santé, mais je suppose qu'il ne va pas bien.

— Je vois, répondit Copper, le cœur gros.

— Ma chérie, je veux que tu saches que c'est ta décision. Si tu décides de ne pas le voir, je ne te le reprocherai pas. Et si tu décides de le voir, ça ne me dérangera pas.

— Tu en es sûr ?

Il lui serra le bras avec conviction.

— Absolument. C'est à toi d'en décider.

— Merci, Henry. Je vais y réfléchir.

La décision de voir Amory fut difficile à prendre, mais Copper se sentait encore un devoir à son égard. Après tout, elle avait été sa femme pendant dix-huit mois et elle ne pouvait pas lui tourner le dos maintenant, même s'ils avaient été malheureux en ménage.

Le sanatorium Marie-Thérèse se trouvait dans un parc ombragé sur les rives de la Seine. Les Américains qui tombaient malades à Paris y séjournaient, comme en témoignait l'accent marqué du Midwest de la religieuse robuste qui vint l'accueillir, en uniforme d'infirmière à rayures bleues.

— Je suis la sœur Gibson. J'ai été engagée par la famille de M. Heathcote pour lui apporter un soin tout particulier. Merci d'être venue le voir.

— Que lui est-il arrivé ?

— Il a été admis ici après avoir tenté de mettre fin à ses jours.

— Encore ?

Une fois de plus, Copper devint glacée.

— Quand est-ce arrivé ?

— Il y a un mois. Il se remet encore des blessures qu'il s'est infligées, mais il n'est plus en danger. En tout cas, pas à cause de ça. Le danger est en lui, c'est pourquoi sa famille m'a suggéré de vous contacter. Il est dans la salle commune.

La salle commune était baignée de soleil et il y faisait presque trop chaud. Son enfilade de hautes fenêtres offrait une vue imprenable sur le fleuve à travers les arbres. Des patients et visiteurs formaient de petits groupes, assis çà et là. Amory était seul à une table, en bout de salle. Il griffonnait dans un carnet autour duquel il avait replié son bras comme pour se protéger des regards indiscrets.

Sans trop savoir pourquoi, Copper avait imaginé qu'il s'était entaillé les poignets, mais elle découvrit avec stupeur un large bandage sur le côté de son crâne. Lorsqu'il leva la tête pour la regarder, elle aperçut un hématome noir qui s'étendait sur tout le côté droit de son visage. Son œil semblait s'être déplacé, comme s'il avait un strabisme, et le blanc était injecté de sang.

Elle parvint néanmoins à retrouver une contenance pour le saluer.

— Bonjour, Amory.

— Bonjour, Copper, dit-il en refermant le carnet. Je suppose que ce serait inespéré que tu m'aies apporté en douce une bouteille de whisky, ajouta-t-il après le départ de l'infirmière.

— Oui, mais je t'apporte ça.

Elle tendit le livre qu'elle lui avait acheté à *Shakespeare and Company*, la librairie anglaise de Paris.

— C'est le dernier Steinbeck.

— *Rue de la sardine*. Encore une saga pleine de vagabonds et d'abrutis ?

— Je l'ai trouvé très bon.

Il le mit de côté en disant :

— J'essaierai.

— Amory, que t'es-tu infligé ?

— J'ai essayé de me faire sauter le caisson, mais il faut croire que ma main tremblait trop. À la place, je me suis ouvert le sommet du crâne. Ils m'ont rafistolé avec une plaque en métal.

— Oh, Seigneur.

— On aurait pu croire que l'opération laisserait entrer un peu de lumière là-haut, reprit-il, mais apparemment ce n'est pas le cas. C'est pour ça qu'ils t'ont fait venir ici. Tu es censée me ramener à la raison. Je te présente mes excuses si ton samedi matin est gâché à cause de moi.

— Ne dis pas ça. J'aimerais pouvoir t'aider.

Ils se dévisagèrent. À présent, l'intensité de son regard violet était plus déconcertante qu'enivrante. L'œil gauche, indemne, la regardait fixement, tandis que l'œil droit, injecté de sang, dérivait à l'écart. Elle se demandait s'il était devenu borgne.

— Je n'aurais jamais dû t'épouser, dit-il.

— Tu me tiens responsable de tout ça ? répondit-elle avec une grimace.

— Oui, en fin de compte.

— Parce que rien de tout ça n'est ta faute ?

— Si, bien sûr. J'ai essayé de m'infliger le châtiment adéquat. Ça n'a pas très bien marché. Mais ne t'inquiète pas, je ferai mieux la prochaine fois. Comme on dit, jamais deux sans trois.

À ces mots, Copper se leva.

— Si tu m'as fait venir ici pour m'annoncer que tu as l'intention de te tuer, j'ai autre chose à faire.

Sans surprise, il esquissa un sourire en coin.

— Tu vois, c'est exactement ce dont je parle. Tu me fais toujours le coup.

— Quel coup, au juste, Amory ?

— Tu me traites comme un idiot. Comme un vilain petit garçon qui pique une crise. Assieds-toi, chérie.

— Je n'ai jamais voulu te faire passer pour un idiot, dit-elle en reprenant son siège.

— Pourtant, c'est ce que tu fais depuis le début. Tu as toujours été plus mature que moi. Plus adulte. Meilleure dans tous les domaines.

— Je n'ai jamais dit que j'étais meilleure.

— Pas besoin, ça se voyait comme le nez au milieu de la figure. J'étais un dilettante, mais toi, tu jouais le jeu à fond. Bon sang, tu écris même mieux que moi.

— Ce n'est pas vrai.

Il tambourina des doigts sur son carnet.

— Tu sais ce qui me rendait fou ? La facilité avec laquelle tu as remplacé George. Il lui a suffi de te laisser la main, et tu as tout fait sans le moindre effort, comme si de rien n'était. Alors que tu n'es jamais allée plus loin que le lycée.

— Tu sais bien que je devais lui sauver la mise.

— Tu n'étais pas obligée de le faire aussi brillamment. Je ne supportais pas que tu passes ton temps à me montrer que tu étais meilleure que moi.

— J'ignorais que c'était une compétition.

— Ce n'était pas le cas. Tu étais devant depuis le début.

— Pourquoi me racontes-tu tout ça maintenant ?

— Parce que j'ai décidé d'être honnête, à défaut de mieux. Tu m'as montré que j'étais un imposteur. C'est pour ça que je devais te faire du mal.

— Essaies-tu encore de trouver des excuses pour tes infidélités ? Ce n'est plus nécessaire. Elles ne signifient plus rien.

— Je ne me trouve pas d'excuses. C'est la vérité. J'ai essayé de te casser le moral.

— On peut dire que tu as presque réussi.

— Tu me flattes, répondit-il sèchement. Je n'y suis jamais parvenu. J'ai couché avec toutes les femmes que je croisais. Tu as cessé de m'aimer, mais ça ne t'a pas brisée. Sais-tu quel était le problème ? Je t'aimais.

Il marqua une pause avant d'ajouter :

— Je t'aime encore.

C'était une discussion qu'elle refusait catégoriquement de poursuivre.

— C'était il y a longtemps, Amory.

— Il y a longtemps, répéta-t-il en hochant mollement sa tête bandée. Après Bruxelles, j'ai repris le travail sur mon article. Je croyais toujours que la raison de ma dépression nerveuse était l'horreur à laquelle j'avais assisté. Ce n'était pas ça. En vérité, c'était d'avoir pris conscience que je n'étais pas assez bon. Je n'étais pas à la hauteur de la tâche. Elle était trop écrasante. Je n'avais pas la force et je n'avais pas le talent.

— J'avais confiance en ton talent.

— Ah, le fardeau de cette confiance, fit-il avec ironie. Nous n'aurions jamais dû venir en France. Mon père me proposait un poste dans la banque, mais je voulais voler de mes propres ailes. Pendant toutes mes études, on ne cessait de me dire à quel point j'étais formidable. Les filles, les professeurs, toi. Il a fallu que je me marie avec toi pour comprendre que je n'étais pas un génie.

— Parce que tu m'accuses de t'avoir rabaissé ?

— Le terme que les psychologues emploient est *émasculer*.

Malgré sa mansuétude à son égard, elle sentait la colère la gagner.

— Je n'ai jamais essayé de t'émasculer. J'ai fait tout ce que je pouvais pour te soutenir et t'encourager.

Le visage hâve d'Amory se crispa et, à nouveau, il afficha ce sourire de biais.

— Tu as toujours eu le tempérament assorti à ta chevelure flamboyante.

— Et toi, tu as toujours eu une excuse pour tous tes torts, rétorqua-t-elle du tac au tac. Je ne vais pas rester assise ici à t'écouter me reprocher tout ce qui est parti à vau-l'eau dans ta vie. Tu m'as rendue très malheureuse. Si tu t'es retrouvé dans un piteux état du même coup, ce n'est pas ma faute. Tu veux mon avis, Amory ? Rentre aux États-Unis et accepte ce travail à la banque. Il n'est pas trop tard.

Il désigna son bandage.

— Crois-tu que les investisseurs seront impressionnés par un type avec un trou dans la tête ?

— Mets une perruque, fit-elle, laconique. Porte un chapeau. Fais appel à ton imagination.

Il acquiesça lentement.

— Parle-moi un peu de ton mari.

Copper sentit les rouages tourner dans son esprit. Elle ne voulait pas exposer son bonheur avec Henry au mépris nihiliste d'Amory.

— Je n'ai pas envie d'en parler.

— Il est si bon que ça ? Ou mauvais, peut-être.

Elle rassemblait déjà ses affaires.

— Je ferais mieux d'y aller.

Le rire d'Amory mourut dans sa gorge.

— Ne pars pas. J'arrête d'être un crétin.

— Je ne pense pas que tu le puisses.

— Tu as peut-être raison. Je devrais retourner à mon roman, de toute façon.

Il ouvrit le carnet et le feuilleta. Copper se rendit compte que les pages étaient couvertes de traits à l'encre rouge. Il n'y avait aucune ligne de texte, uniquement des visages aux grands yeux et des gribouillis sans queue ni tête.

— C'est ma meilleure œuvre à ce jour, dit-il avec un sourire difforme.

En quittant la salle commune, Copper se dit qu'Amory avait raison sur un point au moins. Il n'était encore qu'un enfant, alors qu'elle était adulte. Si elle ressentait cela déjà deux ans auparavant, elle en était encore plus convaincue maintenant. Elle avait grandi et elle s'était mariée à un autre adulte, qui se comportait comme tel et la traitait en conséquence.

— Comment s'est passée votre visite ? lui demanda sœur Gibson à la porte.

— J'ignore si elle aura eu l'effet que vous escomptiez.

— Qui sait ? Il avait besoin de soulager ce qu'il avait sur le cœur.

— J'espère qu'il guérira de sa blessure.

— Ne dirait-on pas qu'il a plus d'une blessure ?

Copper plongea le regard dans ses yeux d'un bleu de Chine. Elle se demandait quels propos sur la cruauté de son ex-femme Amory avait bien pu tenir devant l'infirmière. Sœur Gibson lui sourit.

— Je vous donnerai des nouvelles. Je vais dire à sa famille que vous êtes venue. Ça leur fera plaisir, j'en suis sûre. Bonne journée, Madame Velikovsky.

SEIZE

— J'ai fait une bêtise, dit Dior.

Henry lui versa un verre de vin.

— Qu'y a-t-il ?

Dior prit le verre, mais il était trop fébrile pour le boire. Affolé, le visage blême, il faisait les cent pas sur le tapis.

— Je suis allé voir Boussac. À propos de Gaston, vous savez. J'étais bien déterminé à refuser sa proposition, mais…

— Au lieu de ça, tu as dit oui ! s'exclama Copper.

— Bien pire. Je lui ai dit que je voulais ma propre maison de couture, sous mon propre nom.

— Tian !

— C'est sorti tout seul. Je lui ai dit qu'il était temps que ça change, que les anciennes maisons étaient aussi mortes que le dodo de l'île Maurice. Je lui ai dit qu'il était inutile de chercher à ranimer un cadavre et que nous devions revenir aux brillantes traditions de la haute couture française, sous peine de disparaître à jamais.

— Qu'a-t-il dit ?

— Il m'a demandé si je voulais autre chose, sur un ton très ironique. Alors, je lui ai dit que je voulais les meilleures ouvrières de Paris, qui m'aideraient à concevoir des vêtements de luxe pour les femmes les plus élégantes de France.

Copper l'écoutait en retenant son souffle.

— Et ensuite ?

— Il m'a dit que ce n'était pas du tout dans ses projets, que mon plan était trop ambitieux, puis il m'a raccompagné à la porte.

Henry lui remplit à nouveau le verre.

— Au moins, tu lui as dit ce que tu voulais.

— S'il y réfléchissait et finissait par accepter ?

— Dans ce cas, tu seras lancé.

— Oh, mon Dieu. Je serai fini, tu veux dire.

— Il a enfin craqué, après toutes ces années chez Lucien Lelong, dit Copper à Henry après le départ de Dior.

Ils étaient dans leur chambre, où elle se déshabillait. Elle retirait ses bas, les enroulant le long de ses jambes fines sous le regard opaque d'Henry.

— Arrête.

Elle leva les yeux.

— Que j'arrête quoi ?

— Ne bouge plus. Tu es tellement belle.

— Avec mes bas à demi roulés ?

— J'aimerais me souvenir de ce moment à tout jamais.

Copper sourit et prit la pose en sous-vêtements.

— Qu'a-t-il de si spécial, ce moment ?

— Avec toi, tous les moments sont spéciaux. Mais parfois, ce qui me frappe…

— Qu'est-ce qui te frappe, mon chéri ?

— Ta grande beauté. Et tu es avec moi, enfin. Tu es mienne. Tu es un miracle. Je n'en reviens toujours pas.

Quand cette pensée me frappe, j'ai envie de prendre un moment hors du temps pour la chérir éternellement, pour ne jamais la perdre.

Il s'agenouilla devant elle.

— J'ai encore du mal à croire que tu sois ma femme.

— Eh bien, c'est le cas. J'ai promis de ne plus jamais m'enfuir.

— Es-tu heureuse avec moi ? demanda-t-il en retroussant ses bas jusqu'aux chevilles, de ses doigts habiles.

— Je nage dans le bonheur, Henry. Tu dois le savoir.

Il détacha de ses petits pieds les bas nylon diaphanes.

— N'y a-t-il rien que je puisse améliorer ?

— Tu surpasses constamment mes attentes.

Elle passa les doigts dans ses cheveux.

— Tu ne t'inquiètes de rien... ni de personne, j'espère ?

Il posa ses lèvres chaudes sur les veines délicates de ses chevilles.

— Je veux te rendre heureuse.

— Je ne me suis jamais sentie aussi bien avec aucun homme, ni aucune femme, d'ailleurs, lui dit-elle avec tendresse. Si tu t'inquiètes pour Suzy, sache qu'elle ne m'a jamais donné autant de bonheur que toi. C'est le ciel que tu m'offres. Si j'avais su à quel point je serais heureuse avec toi, je ne t'aurais jamais laissé devant l'autel. J'aurais crié : *Oui, oui, oui*, et je me serais empressée de te ramener à la maison, jusque dans le lit.

— J'aurais préféré que cette journée se termine ainsi.

— Tu ne m'as jamais dit ce que tu avais ressenti quand je me suis sauvée devant la cathédrale.

Son regard s'assombrit.

— J'ai eu l'impression que les portes du paradis venaient de se refermer sous mon nez.

— M'en as-tu beaucoup voulu ? gémit-elle.

— Pas un seul instant. C'est à moi que j'en ai voulu. Je savais que c'était ma faute et je savais que je devais te reconquérir, de peur de ne plus jamais connaître le bonheur.

— Je regrette de t'avoir fait de la peine. J'étais épouvantée.

— Et moi, j'étais trop confiant. Je ne commettrai plus cette erreur.

— Comprends-tu pourquoi j'ai pris peur ?

— Tu as cru que j'allais t'enlever ta liberté.

— Oui. Je n'avais pas conscience que tu me donnerais la liberté, au contraire, la liberté de vivre ma vie comme je l'entendais, la liberté de m'exprimer. Henry, je n'arrive pas à réfléchir quand tu fais ça, murmura-t-elle.

— Tu n'as pas à réfléchir, dit-il en lui embrassant les cuisses. C'est un moment que nous volons au temps. Il t'appartient à tout jamais.

— Mais tu vas devoir arrêter si tu veux terminer cette conversation.

Il leva son visage souriant vers elle.

— Qu'y a-t-il d'autre à dire ?

— Je veux savoir que tu me pardonnes vraiment.

— Serais-je ici, en train de faire ça, si je ne t'avais pas déjà pardonnée ?

— Viens là.

Elle s'allongea sur le dos tandis qu'il s'étendait sur elle.

— Je t'aime, Henry.

— Je t'aime aussi, répondit-il en la prenant dans ses bras. Pour toujours et à jamais.

Ils se regardèrent dans les yeux en cet instant magique où il la pénétrait. Ensuite, il n'y eut plus de mots, plus de pensées.

Lorsque Copper revit Dior, il était en proie à la panique.

— Boussac a consulté son comité et ils sont intéressés. Ils veulent connaître les détails de ma proposition.

— Dis-leur tout.

— Pourquoi ai-je ouvert ma grande bouche ? Je ne le voulais pas réellement.

— Henry va t'aider à établir un plan de développement, lui promit Copper.

En effet, Henry mit sa propre activité entre parenthèses pour passer le plus clair de son temps assis avec Dior dans son bureau, à travailler les chiffres et les prévisions à montrer au comité de Boussac.

— Tian a une fine connaissance du métier de la mode, dit Henry à Copper un jour, après l'une de leurs sessions de travail intensif. Le problème vient de son caractère. Il est très nerveux et manque de confiance en lui. Il peut se trouver au cœur d'un projet colossal et se laisser brusquement écraser par le doute. Il se prend la tête à deux mains et se met à sangloter en disant que c'est impossible, que ça ne marchera jamais. Alors, je dois le consoler pour le convaincre de revenir s'asseoir, comme un gosse.

— En un sens, c'est un vrai gosse, répondit Copper en passant un bras autour du cou de son mari. Un gosse talentueux et raffiné. Sois gentil avec lui, mon chéri.

— Je suis aussi gentil que possible. Boussac, en revanche, ne lui fera pas de cadeau.

Pourtant, quelques jours plus tard, Tian avait baissé les bras.

— Je n'en pouvais plus, leur dit-il. J'ai envoyé un télégramme à Boussac pour tout annuler.

— Tian, tu n'as pas fait ça ! se récria Copper.

— Si, je lui ai dit que c'était impossible, tout bonnement impossible. Je vais rester chez Lelong.

Il enfouit son visage dans ses mains.

— J'ai été fou de me lancer là-dedans. Heureusement, c'est bien fini.

— Tian, déclara Henry sans ménagement. C'était inconsidéré. Si tu rejettes cette opportunité, elle ne se présentera plus. Pire encore, tu vas passer pour un homme inconstant et tu ne pourras plus jamais te défaire de cette réputation. Personne d'autre ne t'approchera. Tu resteras dans ton trou pendant le restant de tes jours.

Copper savait que ce discours n'aurait aucun effet sur Tian.

— Allons voir Mme Delahaye, dit-elle avec détermination.

Copper se précipita dans le couloir pour passer un coup de téléphone.

— Madame Delahaye, dit-elle à voix basse, je vais vous amener monsieur Christian pour une séance. Il en est à un point critique de sa carrière. Pour appeler un chat un chat, il s'apprête à jeter aux orties la plus belle chance de succès qu'on lui ait jamais offerte. J'espère que vous voyez ce que je veux dire.

— Faites-le venir tout de suite, répondit-elle. Soyez assurée que je lui donnerai l'interprétation qui convient.

L'après-midi même, Copper retrouva le petit appartement coquet de Mme Delahaye, avec ses plantes en pot et ses napperons de dentelle. La diseuse de bonne aventure étala ses rangées de cartes dans un silence de mort. Dior, fébrile et le visage sombre, suivait ses mouvements des yeux.

— Le Quatre de Coupes ! s'exclama soudain Mme Delahaye.

Elle brandit la carte en question pour la montrer à Dior.

— Regardez ! Il est assis, les bras croisés, et refuse le cadeau qui s'offre à lui.

— C'est moi ? demanda-t-il, perplexe.

— Bien sûr. Les cartes montrent que vous rêvassez, alors qu'une grande occasion vous passe sous le nez.

Dior examina la carte avec angoisse tout en se tirant l'oreille.

— Êtes-vous certaine que c'est ce que ça signifie ?

— Me suis-je déjà trompée ?

— Jamais, reconnut Dior.

— Vous devez accepter cette proposition, à n'importe quelles conditions. Personne ne vous en fera de meilleure, lui ordonna-t-elle avec sévérité. Vous devez créer la Maison Christian Dior, quelles que soient vos appréhensions. C'est votre destin.

— En êtes-vous sûre ?

— Monsieur Dior, votre avenir est glorieux ! C'est dans votre nom même : Di-Or, le dieu de l'or.

Alors qu'ils quittaient l'appartement, Mme Delahaye posa une main potelée sur le bras de Copper.

— Dites-moi, s'enquit-elle d'une voix douce, la femme aux cheveux dorés que j'ai vue dans votre dernière prédiction, a-t-elle jeté son ombre sur vous comme je l'avais deviné ?

Copper était médusée.

— Oh, j'avais oublié. Vous aviez raison, je crois. C'est exactement ce qu'elle a fait.

— Quant à la main venue de l'est pour mettre une couronne sur votre tête, je crois que nous savons ce que cela signifiait, Comtesse.

Mme Delahaye partit d'un rire guilleret.

— Je n'oublie jamais mes interprétations. Je me rappelle même que vos mains étaient noires de suie ce jour-là, mademoiselle. Maintenant, elles sont impeccables. Vous n'aviez pas à me souffler quoi dire aujourd'hui. Tout était dans les cartes.

Pour Dior, ce qui sortait de la bouche de la femme qui avait prédit le retour de sa sœur bien aimée était parole d'évangile. Dès qu'ils furent rentrés, il appela Boussac et bredouilla des explications et des excuses d'une voix chevrotante. Il écouta la réponse, puis revint auprès de Copper. Il semblait plus serein.

— Voilà, c'est fait.

— Qu'a-t-il dit ?

— Quelqu'un a intercepté mon télégramme, si bien que Boussac ne l'a jamais reçu.

— Merveilleux. Quoi d'autre ?

Dior s'assit et annonça d'un ton songeur :

— Ils sont prêts à me proposer la direction de mon propre établissement, la SARL Christian Dior. Avec un capital de départ de six millions de francs et un crédit illimité.

Copper était au comble de l'étonnement.

— Balmain a commencé par un dixième de ce montant.

Maintenant que sa décision était prise, Dior avait changé. Le papillon frémissant et traqué avait disparu.

— Ça ira pour commencer. À quel mois sommes-nous ?

— Mi-mai, répondit-elle, émerveillée par son sang-froid soudain.

— Viens avec moi. J'aimerais te montrer quelque chose.

Elle emboîta le pas à son ami, silhouette élégante à l'allure déterminée, dans l'avenue Montaigne.

— Tu sais, petite, il y a une chose que j'ai adorée chez toi dès l'instant où nous nous sommes rencontrés.

— Mon foie gras ?

— Ton innocence.

— Eh bien, grâce à ta joyeuse bande, c'est une chose que j'ai perdue.

— Tu ne la perdras jamais, répondit-il avec bienveillance.

— Tu as été tellement gentil avec moi, Tian. Je n'oublierai jamais combien tu m'as aidée.

— Ce que tu m'as donné en échange de ce petit coup de pouce est tellement précieux pour moi.

Il s'interrompit.

— Il y a de longues années de cela, je rêvais d'avoir ma propre maison de couture. Je savais exactement ce que je voulais. Je visualisais même l'adresse précise. J'y passais souvent, très souvent, et je trépignais d'impatience. Mais bien sûr, je n'avais aucun moyen d'en faire l'acquisition. Ce n'était même pas à vendre. Pourtant, hier, j'ai appris que les lieux étaient vides et que le bail était disponible.

Il la fit se retourner vers l'immeuble derrière eux.

— Et voilà.

C'était un bâtiment imposant en pierre claire couleur de miel. Une arche néoclassique, où était sculptée la tête d'une déesse, protégeait l'entrée et des corbeaux de pierre soutenaient un balcon. Il s'en dégageait une impression générale de robustesse et de grâce contenue.

— C'est adorable, s'extasia-t-elle.

Il lui désigna le bel étage.

— Le salon sera là, illuminé par ces grandes fenêtres. Les studios seront situés à l'étage supérieur. Vois-tu ces lucarnes dans le toit ? Nous placerons des ateliers sous les combles. C'est simple et élégant, comme j'aime.

Elle prépara son appareil.

— Il nous faut une photo.

— Ça ne risque pas de porter malheur ?

— Plus rien ne peut te porter la poisse maintenant, promit-elle. Déride-toi un peu.

Elle le força à prendre la pose devant l'entrée du 30, avenue Montaigne. Il parvint à sourire, mais une mélancolie s'attardait dans son regard. Alors qu'elle déclenchait l'obturateur, elle songea à tous les changements qu'il allait vivre. Cet habitué désinvolte de night-clubs peu recommandables, ébouillanteur de homards, grand organisateur de fêtes bohèmes et bon Samaritain pour les faibles et les opprimés, était sur le seuil d'un nouveau monde.

Gagnée par l'émotion, elle baissa son appareil.

— Oh, Tian. Je ne veux pas te perdre.

— Moi non plus. Mais n'est-ce pas toi et ton mari qui m'avez poussé à aller de l'avant ?

— Si, et c'est toujours le cas. Mais ta vie va changer.

Il passa un bras sur ses épaules.

— Nous serons toujours amis.

Après un long regard sur l'immeuble classique aux pierres dorées, ils s'éloignèrent ensemble. Pendant la période exaltante des négociations de Dior avec Marcel Boussac, d'autres affaires suivaient leur cours dans la vieille maison à la vigne vierge. Ou, pour être plus précis, certaines affaires familières avaient cessé, tandis que de nouvelles pratiques se mettaient en place. Afin d'obtenir une opinion d'autorité sur ces phénomènes, Copper et Henry avaient pris rendez-vous chez leur médecin traitant. Ce dernier avait examiné Copper pendant que son mari attendait avec anxiété de l'autre côté du paravent.

— Félicitations, madame la comtesse, dit-il en serrant la main de Copper une fois qu'elle se fut rhabillée. Vous attendez un bébé. J'ai le plaisir de vous annoncer que vous êtes en excellente santé. Dorénavant, j'aimerais vous voir tous les mois afin que nous puissions effectuer un suivi.

Henry semblait sous le choc de la nouvelle. Jusqu'à présent, Copper avait l'intime conviction qu'elle était enceinte, mais elle souhaitait en avoir le cœur. Henry resta muet pendant tout le trajet du retour, et Copper commença à craindre qu'il ne soit pas enchanté par l'événement. Elle cessa donc de parler chambre d'enfant et berceau pour sombrer dans un mutisme aussi profond que le sien. Cependant, une fois qu'ils se retrouvèrent chez eux, la porte close, il la prit dans ses bras et couvrit son visage de baisers.

— Ma chérie, dit-il, les yeux brouillés de larmes. Une fois de plus, tu fais de moi le plus heureux des hommes.

— Dieu soit loué, fit-elle dans un soupir. Je croyais que tu étais fâché.

— J'étais submergé par l'émotion. Je n'ai jamais osé rêver devenir père.

— Tu dois avouer que tu as pourtant fait tout ce qui était en ton pouvoir pour cela, répondit-elle gravement.

Il éclata de rire.

— Tu as joué ton rôle à merveille, toi aussi, mon amour.

— Bien sûr. Je ne souhaitais rien de plus que d'avoir notre premier enfant. Je ne suis plus aussi jeune qu'avant, tu sais. J'aurai vingt-huit ans quand notre bébé viendra au monde.

— Le plus parfait de tous les âges. Nous sommes bénis du ciel.

Cette même semaine, on apprit qu'Henry allait être décoré de la Légion d'honneur pour ses services à la France. La médaille lui serait remise par le président provisoire, Charles de Gaulle. Coïncidence heureuse, parmi les récipiendaires ce jour-là se trouvaient également Catherine Dior et Hervé des Charbonneries. Des retrouvailles entre amis et proches s'annonçaient.

La cérémonie se déroula au palais de l'Élysée. Christian Dior était l'un des invités, avec son père et son frère Raymond. Le général de Gaulle, un homme à la stature impressionnante vêtu de son uniforme au complet, orchestra l'événement. Il avait notablement vieilli en deux années de luttes politiques. Son discours bref exprima son espoir que la France entre dans une période de stabilité et de progrès sous la Quatrième République. Après qu'il eut épinglé les médailles sur les revers des lauréats, Copper eut une agréable surprise : on lui offrit une boîte d'exquis foulards en soie créés par huit des plus prestigieuses maisons de haute couture de Paris.

Tout en buvant du champagne dans la splendeur dorée du salon du président après la cérémonie, ils prirent des nouvelles les uns des autres. Copper se réjouissait de revoir Catherine, la peau hâlée par le soleil. À présent, elle était officiellement *mandataire en fleurs coupées*, et elle envoyait aux quatre coins du monde ses bouquets de fleurs françaises fraîchement cueillies.

— Les autorités nous ont donné ce titre en récompense de nos services de guerre, dit-elle à Copper. Ils nous ont demandé ce que nous voulions et j'ai fait mon choix. Il faut se lever tous les matins à quatre heures pour apporter la cueillette au marché des Halles, mais quelle plus belle carrière que d'être entouré de fleurs ?

— Alors, tout compte fait, tu as suivi la voie de ta mère.

— Tu as raison. Je pense à elle tous les jours.

Elle observa Copper et son expression changea lorsqu'elle demanda :

— Excuse-moi cette question, mais serais-tu enceinte ?

Copper posa instinctivement la main sur son ventre.

— J'ignorais que ça se voyait déjà.

— Ça ne se voit pas. Pas ici, du moins. C'est dans tes yeux.

— Tu es très perspicace, Catherine.

— Nous sommes amies, toutes les deux. Nous nous comprenons bien. Il y a une lumière spéciale en toi, Copper. Tu es radieuse. Tu dois être très heureuse.

— Plus que je ne le mérite.

— Alors, j'ai raison ?

— Oui, tu as raison.

— Félicitations, ma chérie.

Elle embrassa Copper sur les deux joues, mais dès qu'elle recula, elle prit un air pensif, le regard triste.

— Tu as de la chance. Je me demande si tu en es consciente.

— Oh, Catherine. Qu'est-ce qui t'empêche d'avoir un enfant ?

— Hervé en a déjà trois. Il n'en veut plus, et encore moins s'ils sont illégitimes. Après ce que j'ai vu à Ravensbrück, je ne pense pas que je ferais une bonne mère, de toute manière. Ce genre d'expérience fait radicalement changer de point de vue.

Copper effleura la petite croix en émail sur la veste de son amie.

— Nous sommes si fiers de toi, de ce que tu as enduré.

Catherine fit la grimace.

— C'est gratifiant d'être chevalière de la Légion d'honneur, n'est-ce pas ? En ce moment, on arrête ceux qui m'ont trahie et torturée, ceux qui ont tué mes amis. Il y aura un procès. Ces hommes viendront avec leurs avocats et se défendront, expliqueront qu'ils ne faisaient qu'obéir aux ordres, qu'ils faisaient ce qu'il y avait de mieux pour la France. Je serai à nouveau interrogée. On me demandera de prouver ce que j'avance pour tenter de me discréditer, de m'humilier. Je peux t'assurer que ça, je ne suis pas impatiente de le vivre.

— Ce n'est pas juste, s'exclama Copper.

Catherine haussa les épaules.

— Il faut respecter les règles du jeu, même si eux ne l'ont pas fait.

Ce soir-là fut donné un dîner de gala, auquel assistèrent les ambassadeurs américain et anglais. Ce fut un événement clinquant : les hommes en cravate blanche arboraient toutes leurs décorations et les femmes étaient habillées par les plus grands couturiers – Rochas, Schiaparelli, Balmain. Copper portait une fabuleuse robe carmin créée sur mesure par Dior, qui lui valut de nombreux compliments. Quant à elle, elle se sentait gonflée de fierté pour son mari, magnifique en queue-de-pie noire, avec sa Légion d'honneur et ses autres médailles au veston.

Au dîner, Copper fut placée à côté de Gertrude McCarthy Caffery, l'épouse de l'ambassadeur américain. Âgée d'une cinquantaine d'années, elle était plus sobre que chic, mais elle avait eu vent de l'investissement de Marcel Boussac pour un créateur inconnu et elle interrogea Copper avec une habile diplomatie.

— Est-il aussi talentueux que Molyneux, Rochas et les autres ? demanda-t-elle. Il paraît si timide.

Copper jeta un œil de l'autre côté de la table de banquet étincelante, où Dior était assis, les joues roses et la mine rayonnante.

— Il ne se contente pas de copier ce que font les autres. Il invente chaque jour quelque chose de neuf et de frais. Le résultat est toujours différent de ce qu'aurait créé quelqu'un d'autre.

La femme de l'ambassadeur examina attentivement la robe de Copper.

— J'en déduis qu'il s'agit de son œuvre ?

— Oui.

— En effet, c'est très original. Si je puis me permettre, cela vous va à ravir.

Gertrude Caffery chaussa ses lunettes et observa plus attentivement la taille de Copper.

— Après toutes ces années de sacrifices et d'horreurs, n'est-ce pas merveilleux d'avoir autant de sujets de réjouissances ?

Copper rougit. À l'évidence, rien n'échappait aux services de renseignements de l'ambassade américaine.

DIX-SEPT

En quelques mois, le calme austère du 30, avenue Montaigne, avait cédé la place à une ambiance bien différente.

Les ouvriers se bousculaient dans l'entrée, charriant tuyaux, échelles, cloisons, caisses à outils, seaux de peinture, rouleaux de câble électrique, sacs de plâtre et planches en bois. Alors que Copper tentait de se frayer un chemin dans le bâtiment, elle fut arrêtée net par quatre hommes qui transportaient un énorme lustre en cristal enveloppé dans un linge blanc. Elle dut reculer, la main sur son ventre proéminent. Elle les suivit dans l'immeuble et gravit le grand escalier arrondi. En criant et vociférant, les ouvriers manœuvrèrent pour porter l'ornement colossal sur les marches incurvées, sous la grande fenêtre et jusqu'au bel étage où le salon prenait forme.

Dior contemplait le haut plafond. Il avait un manteau blanc et l'air soucieux.

— Et si le plafond n'était pas assez solide ? lui demanda-t-il, coupant court aux salutations.

Copper lui répondit, encore essoufflée après son ascension.

— S'il s'écroule, ça fera un beau fracas.

— Ce n'est pas drôle.

— Ils savent ce qu'ils font, Tian. Ne t'inquiète pas pour des choses pareilles.

— Je m'inquiète pour tout, dit-il, renfrogné. Surtout pour *toi*. Quand est prévue l'arrivée de ton bébé ?

— Dans quelques semaines.

— Eh bien, j'aimerais qu'il se hâte, avoua-t-il en lui tirant une chaise. Tu joues atrocement sur mes nerfs. J'ai passé une annonce pour trouver des mannequins. Je n'en ai pas le compte. Nous organisons un défilé demain pour me permettre de choisir. Viendras-tu m'aider ?

— Bien sûr.

On apporta une longue échelle que l'on dressa sur le palier. Dior avait déjà embauché une main-d'œuvre impressionnante. Il avait fait preuve d'une incroyable bonté envers ceux qui avaient perdu leur poste pendant la guerre et qui se retrouvaient au chômage. C'était le cas d'un grand nombre de ses vendeuses. Elles se distinguaient toutes par leur loyauté à son égard et leur confiance aveugle en son génie.

Une fois le lustre hissé à sa place, on le riva à son crochet en haut de l'échelle branlante et grinçante. Enfin, les hommes le lâchèrent avec hésitation. Dior saisit la main de Copper, mais en dépit de ses craintes, le plafond ne s'effondra pas. Un ouvrier entreprit de fixer chaque ampoule dans son socle tandis qu'un autre, agrippé à la taille de son collègue, attachait les gouttes en cristal. Enfin, le dernier abat-jour fut installé et la dernière boule de verre, semblable à la boule de cristal de Mme Delahaye, fixée tout en bas. L'électricien l'alluma. Aussitôt, la grisaille de l'hiver s'envola. Une lumière dorée jaillit du lustre, suscitant des *Oh !* ct des *Ah !* admiratifs. Des applaudissements éclatèrent.

— Avant que l'on retire l'échelle, puis-je prendre quelques photos ? demanda-t-elle à Dior.

— De l'échelle ?

— De toi, un pied sur le premier échelon, les yeux en l'air.

Dior, toujours sensible aux symboles, était aux anges.

— Excellente idée.

Timide en temps normal lorsqu'on le prenait en photo, il se fit un plaisir de poser pour elle tandis qu'elle prenait plusieurs clichés avec son Leica. De bon augure, la lumière chaude du lustre illuminait son visage tourné vers le ciel.

Bien malgré elles, les rues crasseuses de Montmartre prenaient des tons de fête. Des guirlandes de Noël scintillaient aux fenêtres des appartements miteux. On vendait des couronnes de gui au coin des rues. Des vétérans de guerre cul-de-jatte faisaient griller des marrons et de la patate douce. Bravant la neige sale, une fanfare jouait sur la place Pigalle. Un modeste public l'écoutait d'une oreille blasée. Les badauds tapaient des pieds pour se réchauffer et jetaient quelques centimes dans le chapeau du chef de fanfare entre deux morceaux.

Non loin de là, dans un bar à vin, Copper retrouva Pearl qui l'attendait déjà dans un recoin obscur.

— Salut, Fil de Cuivre. Bon Dieu, tu es *énorme*. Combien en as-tu là-dedans ?

— Un seul, d'après le médecin, lui assura Copper.

Elles s'embrassèrent. Pearl avait déjà commandé et entamé une bouteille de vin. Elle en versa une larme à Copper et les deux femmes trinquèrent.

— Comment vas-tu, ma belle ?

— On ne peut mieux.

Copper dévisagea Pearl. Dans la pénombre du petit bar bondé, elle constatait que son amie avait le teint livide et des marques sombres autour des yeux.

— Est-ce que Petrus recommence à te frapper ?

Pearl vida son verre et s'en servit un autre.

— Petrus ne battra plus personne.

— Il est mort ?

— C'est tout comme. On l'a renvoyé en Afrique.

— Oh, Pearl.

— La police l'a coffré. Il n'avait pas de papiers, en tout cas, pas les bons. Ça faisait des années qu'il vivait dans la clandestinité. Alors, on l'a déporté. Il ne reviendra jamais.

— Je ne peux pas dire que je le plaigne. Mais je sais que ce doit être difficile pour toi. Que vas-tu faire ?

— J'ai repris la boutique, répondit Pearl succinctement.

— Quelle boutique ?

— Tu sais. Les filles, les cartes postales, tout.

— Tu plaisantes.

— C'est drôle, pas vrai ? Je vais très bien. Maintenant, j'ai ma propre écurie.

— Écurie ?

— Des filles faciles comme je l'étais. Elles trouvent ça marrant, je ne vais pas anéantir leurs illusions.

— D'où viennent-elles ?

— Des quartiers est de Londres, comme moi, pour la plupart. Elles aspirent aux lumières de la ville et à la belle vie. Elles n'ont jamais goûté une barre de chocolat ni une goutte de champagne. Je les fais venir par le ferry. Elles sont fraîches et pulpeuses, et elles ne parlent pas un mot de français.

Copper s'exclama avec désarroi :

— Ma chérie, comment peux-tu faire ça à d'autres femmes ?

— C'est facile, je connais les ficelles, après tout !

La porte du bar s'ouvrit et un rayon de lumière froide s'engouffra, éclairant Pearl l'espace d'un instant. Copper se rendit compte que le visage autrefois si charmant de son amie avait pris un aspect revêche et mauvais.

Son teint blafard était causé par une épaisse couche de maquillage, mais elle était bien habillée et des bagues miroitaient à ses doigts. La porte se referma lourdement et l'apparition retourna aux ténèbres.

— Elles sont minables. Pourquoi faudrait-il que je les plaigne ?

— Parce qu'elles sont innocentes comme tu l'étais.

— Personne n'est innocent, rétorqua Pearl. Elles sont ici pour prendre du bon temps et je m'assure de leur en donner.

— Mais c'est cruel. Tu sais très bien ce qui va leur arriver.

— Elles peuvent finir comme moi et faire tourner leur propre boutique si elles ont assez de jugeote.

— Ou terminer dans le caniveau.

— Tu ne pourrais pas te réjouir un peu pour moi ? Au moins, j'ai lâché la cocaïne.

— Vraiment ? demanda Copper, sceptique.

— Disons que je peux me l'offrir moi-même maintenant. Je n'ai plus à ramper devant Petrus.

— Non, tu forces d'autres femmes à le faire à ta place.

— Ne me sermonne pas, Copper. Tu mènes ta vie et moi la mienne, d'accord ?

— D'accord, répondit-elle à contrecœur.

— Alors, raconte-moi, que devient ton monsieur Dior ?

— Il dépense sans compter. Des lustres en cristal, des miroirs de trois mètres de haut. Un vrai palace.

— Va-t-il seulement réussir à vendre ses frusques ?

— Son extravagance m'étonne. Parfois, il me fait peur. Je l'ai toujours connu très économe, mais maintenant, rien n'est trop beau pour lui.

— C'est comme ça quand on a les six millions de francs de quelqu'un d'autre à dépenser, observa Pearl avec amertume. J'espère pour lui que Boussac continuera à signer les chèques.

— Bien sûr, j'ai confiance en Tian. Mais quand je dis qu'il est extravagant, je ne parle pas seulement de ce qu'il fait avenue Montaigne. Je parle aussi des vêtements qu'il crée. Certains modèles exigent vingt ou trente mètres de soie. Il doit faire des centaines de plis pour qu'il soit possible de les porter. C'est merveilleusement romantique, mais qui va débourser de telles sommes ? D'autant que tout est encore rationné !

Pearl secoua la tête.

— Tu peux garder un lapin en cage, mais quand tu le laisses sortir, hop, hop, hop. C'est peut-être pour ça que Lelong l'a enfermé pendant toutes ces années. Comment se passe la vie avec Henry ?

— C'est un ange. Je ne pourrais pas être plus heureuse.

— Alors, tu ne t'es pas encore lassée ?

— Je suis mariée, pas morte.

Dans le noir, les yeux de Pearl étincelèrent pendant un instant.

— Garde-le précieusement. C'est pratique d'avoir un homme comme lui sous la main.

— J'en ai bien l'intention.

Pearl fouilla dans son sac à main et s'appliqua une généreuse couche de rouge à lèvres.

— Je ne peux pas bavarder toute la journée, dit-elle en refermant son sac dans un claquement. Ce n'est pas l'envie qui me manque, mais j'ai une entreprise à faire tourner. À la prochaine, Fil de Cuivre.

Elles se séparèrent sur la place glaciale. Copper regarda Pearl s'éloigner. Elle avait la démarche assurée d'une femme aisée. Tout compte fait, elle était retombée sur ses pattes, même si ce n'était pas ce que Copper avait espéré.

Elle commença à ressentir une grande fatigue et quelques douleurs sur le chemin du retour. Lorsqu'elle arriva enfin, elle fut accueillie par un Henry fébrile.

— Je me suis fait du souci pour toi, s'écria-t-il en l'aidant à retirer son manteau. À pied dans les rues par un temps pareil, et dans ton état.

— J'en ai peut-être fait un peu trop, admit-elle en soupirant.

Elle se laissa installer sur le canapé devant la cheminée.

— Je suis épuisée. Tu veux bien me masser le dos, mon amour ?

Il s'empressa d'obéir. Ses mains fermes eurent tôt fait d'atténuer la tension.

— Où étais-tu ?

— Je suis allée voir Pearl à la place Pigalle. Tu ne devineras jamais… Petrus a été expulsé et elle a repris son affaire.

Pendant un moment, les mains d'Henry s'interrompirent.

— Vraiment ?

— Elle est couverte de diamants. Maîtresse de sa propre destinée. Qui l'aurait cru ?

— La vie est pleine de surprises, dit-il en reprenant le massage.

Quelque chose dans son intonation éveilla ses soupçons.

— Tu n'es pas étonné le moins du monde, fit-elle en se tournant vers lui. Tu le savais !

— Il faut bien se tenir informé, non ? lança-t-il en guise de réponse.

— Pourquoi ne m'as-tu rien dit ?

Ses sourcils exotiques remontèrent sur son front.

— J'aurais fini par le faire. Une fois que j'aurais su la fin de l'histoire, mais tu viens de me la raconter.

— La fin de l'histoire ? répéta-t-elle. Attends, as-tu quelque chose à voir là-dedans ?

— J'ai peut-être placé un mot pour elle ici ou là, avoua-t-il nonchalamment.

— Henry !

— Tu as dit toi-même que cet homme était la bête noire de Pearl.

— Alors, tu as joué les Saint-Georges ?

— Pearl est venue me demander de l'aide, dit-il en écartant les mains. Petrus devenait de plus en plus violent. L'abus de cocaïne entraîne une forme de psychose. Elle avait peur qu'il la tue. J'ai encore des amis haut placés. Disons que j'ai fait en sorte qu'il soit rayé de la carte.

— Tu es si perfide, murmura-t-elle sans trop savoir si elle en était amusée ou atterrée.

— Pas du tout. Je suis franc comme l'osier.

Il détacha ses boutons de manchette en or et se retroussa les manches, révélant ses solides avant-bras à la peau mate.

— Et maintenant, tourne-toi. Que je puisse continuer à masser ton adorable dos.

— Mon Dieu, souffla-t-elle en s'exécutant. Je suis mariée à un monstre.

— C'est gentil de ta part. Au fait, comment se passe l'aménagement, avenue Montaigne ?

Il esquivait le sujet, mais elle ne fit aucune objection.

— Tu n'imagines pas le chaos. Je crains que les six millions de M. Boussac ne fassent pas long feu. Une chose est sûre, Tian maîtrise l'art de la dépense.

— Penses-tu que tout cela soit une terrible erreur ?

— Le temps nous le dira. Oh, ça alors ! s'exclama-t-elle. Il reconnaît ta caresse.

Elle guida la main d'Henry sur son ventre pour lui faire sentir le coup de pied vigoureux que le bébé lui décochait de l'intérieur. Elle adorait voir le visage de son mari dans ces moments-là.

— Tu as senti ?

— Oui, murmura Henry. Notre petit monstre.

— Crois-tu qu'il aura des crocs et des griffes comme son père ?

— Je l'espère.

Elle fit la grimace.

— Aïe. Je les sens déjà. Je crois qu'il commence à être à l'étroit là-dedans.

— C'est décidé, tu ne sortiras plus de la maison.

— Je ne peux tout de même pas rester cloîtrée ici, rétorqua Copper en riant. J'en ai peut-être encore pour des semaines.

— Je devrais t'enfermer à double tour et garder la clé dans la poche de mon veston, déclara-t-il d'un ton sinistre.

— Mon beau Barbe Bleue, fit Copper en souriant, pelotonnée dans ses bras. Tu ne serais jamais aussi cruel.

— Ne cherche pas à m'amadouer. Et si tu avais des contractions dans la rue ?

— Tant que c'est une rue élégante avec de jolies boutiques de vêtements, ça ne me dérangerait pas.

— Tu n'es pas croyable.

Il l'embrassa avec tendresse.

— Je dois absolument voir Tian demain. Il veut que je l'aide à choisir les mannequins pour le défilé de mode.

— C'est bien joli, mais si tu glissais dans la neige ? Si tu attrapais froid ?

— Cesse un peu de me faire la morale.

— Comme si je pouvais te faire la morale.

Il soupira tout en la berçant contre son cœur avec un regard plein d'adoration.

— Je sais que tu es la grande chroniqueuse de ton temps, mais le temps est à la neige. Je ne veux plus te voir marcher péniblement dans le froid comme Annie la petite orpheline. S'il te plaît, promets-moi que tu ne sortiras plus sans voiture dorénavant.

— Très bien, céda-t-elle en posant un baiser sur ses lèvres. Marché conclu.

Les aspirants mannequins avaient répondu nombreux à l'annonce de Dior. Des dizaines de femmes étaient déjà arrivées et faisaient la queue sur le trottoir devant le numéro 30. Copper les dépassa d'un pas vif et alla trouver Dior.

Avec précaution, on la fit asseoir sur le fauteuil le plus confortable, où on lui apporta un carnet et un crayon pour qu'elle puisse noter toutes ses remarques. Une allée avait été dégagée pour laisser défiler les candidates.

La première jeune femme fut appelée : « Numéro un ! Entrez, s'il vous plaît. »

La femme entra dans le salon en faisant tourner une ombrelle dans un geste désinvolte. Elle était trop fardée en ce début de matinée. Tout en suivant le parcours prévu, elle dévisageait ouvertement les membres du public. Dans l'entourage de Dior, quelqu'un fit claquer sa langue d'un air désapprobateur. Pour un mannequin, il était impensable de regarder les spectateurs dans les yeux. Une indifférence hautaine était de rigueur. Copper écrivit un seul mot : « inadéquate ».

— Ça ira, mademoiselle, lança Dior. Suivante !

La suivante était trop gironde. Cela aurait suffi à la disqualifier, sans parler de sa chevelure d'un roux de feu ni de son visage rougeaud ; de plus, elle marchait en ondulant les hanches d'une manière provocatrice qui évoquait les trottoirs parisiens. Des murmures consternés parcoururent l'assistance.

La troisième relevait du même genre. Bien qu'ayant dépassé sa prime jeunesse, c'était une femme jolie et sûre d'elle qui agitait ses cheveux et marchait de manière décontractée, une main sur la hanche.

— Mon Dieu, lança quelqu'un après son départ. Ce sont des prostituées. Que diable font-elles ici ?

— Ce ne sont tout de même pas toutes des prostituées, fit Dior. Voyons la suivante.

Cependant, il était évident que la suivante appartenait à la même catégorie. Dior leva les mains au ciel et déclara une pause.

— Je veux savoir ce qui se passe.

On envoya l'une des vendeuses demander des explications. Elle revint, mortifiée.

— La police a fait fermer tous les bordels. Ces dames se retrouvent sans emploi et elles ont vu l'annonce de monsieur Dior, alors…

L'une des candidates l'accompagnait pour confirmer ses propos. Elle leur annonça fièrement qu'elle venait du Chabanais, la maison close la plus renommée et la plus luxueuse de Paris, qui comptait parmi ses anciens clients célèbres Édouard VII et Henri de Toulouse-Lautrec.

— Ces hypocrites nous ont fermés, parce qu'on avait couché avec les Allemands. Comme s'ils n'avaient pas fait la queue avec eux autres.

— Nous devons annuler cette mascarade, dit quelqu'un.

— Impossible, répondit Dior. Ces femmes sont sans emploi et elles sont venues en réponse à mon annonce. La moindre des choses, c'est de faire preuve de courtoisie. Nous allons toutes les voir.

— Toutes ?

— Oui, toutes.

— Mais, Monsieur Dior…

— Allez-y, je vous prie.

Le défilé reprit. Si Dior était la politesse incarnée, on ne pouvait pas en dire autant des femmes de son entourage, à en juger par leurs mines scandalisées. Il eut un mot attentionné pour chaque candidate, même si la tâche s'avéra désespérante. Toutes les filles de joie de Paris semblaient s'être donné le mot. L'annonce était tombée au plus mauvais moment. Il en affluait constamment devant le portail austère du 30, avenue Montaigne. Copper, derrière le sofa, prit de nombreuses photographies, s'attachant à mettre en valeur le contraste entre le décor fastueux et l'entrain vulgaire des prostituées. Certaines étaient pourtant très jolies, mais aucune ne convenait de près ni de loin au standing de Dior – à l'exception d'une seule postulante « respectable », une jeune secrétaire timide prénommée Marie-Thérèse, dont on nota le nom en l'invitant à revenir à un moment plus opportun.

— Je ne recruterai plus jamais mes mannequins au moyen d'une annonce, déclara Dior d'un ton las, après avoir passé la matinée à regarder défiler toutes les entraîneuses de la ville. Quelle débâcle.

Copper, en revanche, était fascinée par cette rencontre absurde entre deux strates opposées du même Paris : un côté public et un autre, plus secret. Ses antennes de journaliste frétillaient. Elle entrevoyait là un article audacieux et peut-être même intéressant. Aussitôt, elle s'empressa de sortir pour interviewer quelques-unes des prostituées déçues avant qu'elles ne se dispersent dans les rues de la capitale.

En prévision de sa période de confinement imminente, Copper décida de se constituer une réserve de livres. Elle avait travaillé d'arrache-pied, ces derniers temps, et la perspective de feuilleter un bon livre, bien calée sur ses oreillers, était particulièrement attrayante.

Elle perdit les eaux alors qu'elle faisait ses emplettes à la librairie *Shakespeare and Company*. Brusquement, le fluide chaud se mit à couler le long de ses bas et sur ses souliers à boucles. Elle se retrouva avec un exemplaire de *L'Amant de lady Chatterley* à la main – roman qui, à cette époque-là, était interdit partout sauf en France – debout dans une flaque abondante de liquide amniotique.

— Puis-je vous aider, madame ? s'enquit discrètement un vendeur.

— Oh, mon Dieu. Je suis terriblement désolée. Il semblerait que…

— Ce n'est rien, madame. Je vous en prie.

Le charmant jeune homme quitta sa bibliothèque en bois vernis pour venir à son secours. Il passa la serpillière, appela son mari et la raccompagna jusqu'à sa voiture. L'embarras de la situation céda bientôt le pas à la panique. L'accouchement commençait. Ces contractions n'avaient rien de commun avec les tiraillements qu'elle avait ressentis jusqu'à présent. Elles étaient terrifiantes. Agrippant son ventre gonflé, elle sentait les muscles de son utérus se comprimer à un rythme intensif. Arc-bouté sur le volant, son chauffeur roulait aussi vite que possible dans la circulation du matin. Elle priait pour ne pas accoucher sur la banquette en cuir cirée. Les contractions revenaient à intervalles réguliers, nettement plus fortes chaque fois.

Henry l'attendait à l'hôpital. À présent, elle était en sueur, la peur au ventre.

— Merveilleux, merveilleux, répétait-il en lui tenant la main, tandis qu'on la conduisait dans les couloirs sur un fauteuil roulant. Le grand jour est arrivé.

— Personne ne m'avait dit que ce serait comme ça.

— Ne t'inquiète pas, tu es entre les meilleures mains.

Copper grimpa sur le lit, comme on le lui demandait. Son corps était devenu encombrant ces dernières semaines. Sa poitrine et son ventre entravaient tous ses mouvements.

— Où est la sage-femme ?

— Elle arrive, lui assura Henry en se dirigeant vers la porte. Je l'ai appelée dès que j'ai reçu le coup de téléphone de la librairie. Au fait, tu leur dois trente francs pour le livre.

Elle serrait toujours *L'Amant de lady Chatterley* entre ses doigts.

Les infirmières la préparèrent. Maintenant, ses contractions se produisaient à moins de cinq minutes d'écart et duraient une insoutenable minute chacune, à en croire la grosse montre épinglée sur la blouse de l'infirmière en chef. Chaque fois qu'un spasme lui vrillait l'utérus, elle se roulait en boule, les bras refermés autour de son corps. Et chaque fois, les infirmières la repoussaient contre les oreillers.

Elle prit vaguement conscience qu'Henry revenait dans la chambre, accompagné par l'obstétricien, avec ses gants et sa blouse chirurgicale, et Angélique, la sage-femme. Ils étaient tous d'une sérénité remarquable au vu de son état lamentable. À l'évidence, ils ne comprenaient pas à quel point la situation devenait difficile. L'obstétricien l'examina.

— Bien dilatée, commenta-t-il.

— Henry, j'ai peur, dit-elle dans un souffle en lui serrant la main.

— Il n'y a rien à craindre.

Lui qui s'était montré aussi prévenant et soucieux de sa sécurité au cours de sa grossesse affichait un calme olympien.

— Concentre-toi sur les conseils d'Angélique, mon amour.

Copper poussa un hurlement lorsque son utérus convulsa.

— Je veux du gaz hilarant !

— Ils disent que tu n'en as pas encore besoin.

— Qu'est-ce qu'ils en savent ? Bon Dieu, c'est moi qui suis en train d'accoucher !

Rien ne se déroulait comme elle l'avait imaginé. Personne ne l'avait avertie de la peur qui s'emparerait d'elle. Elle ne voulait pas crier devant tout le monde, mais la douleur commençait à prendre le dessus et elle sentait le souci des convenances lui échapper. Elle devait endurer cela comme toutes les mères. Haletant et poussant selon les instructions d'Angélique, elle s'agrippa aux barreaux du lit et se concentra sur cet être si volumineux dans son ventre, qui semblait bien déterminé à franchir son ouverture si étroite. Elle ne pensait pas être capable d'accoucher sans que ses entrailles subissent des dégâts aussi graves qu'irréparables. Autour d'elle, on s'affairait dans la chambre : les gens discutaient, allaient et venaient comme les spectateurs d'un championnat de boxe.

Pendant un moment, la situation s'améliora. La petite créature obstinée semblait faire une pause. Mais le répit fut de courte durée, car elle se réveilla avec une vigueur renouvelée. Enfin, à force d'agonir d'injures son mari, elle parvint à obtenir le fameux gaz hilarant. On installa à son chevet la machine à roulettes. Elle prit le masque à deux mains et aspira le mélange à pleins poumons. Une sensation légère et cotonneuse l'envahit. Les contractions perduraient, mais elle ne s'en préoccupait plus. Plus elle inspirait, plus elle dérivait. Lorsqu'on finit par lui retirer le masque, la dure réalité la frappa de plein fouet. Elle fulminait, mais personne ne semblait la comprendre.

Elle perdit la notion du temps. L'après-midi avançait. Depuis combien de temps était-elle dans cet état ? Une heure ? Six heures ? À présent, elle remarquait la présence de Pearl dans la chambre.

— Pearl, fit-elle d'une voix suppliante. Dis-leur de me… de me donner encore du… du gaz.

— Ils vont le faire dans une minute, Fil de Cuivre.

— Je n'ai pas… une minute. J'en ai besoin tout de suite !

— Tu y es presque. Ils disent qu'on voit la tête du bébé.

C'était le moment de vérité. Tout son travail et ses souffrances conduisaient à cet instant précis. Dans un effort prodigieux, elle mit au monde le bébé. Puis elle entendit le cri caractéristique. Ses yeux s'ouvrirent aussitôt et elle se redressa sur les coudes pour le voir. Henry tenait un minuscule nourrisson emmailloté dans un châle. Son visage était hagard et chiffonné, comme si ces dernières heures avaient été aussi éprouvantes pour lui que pour Copper. Soudain, ces heures éprouvantes ne comptaient plus. Une bouffée de joie sans pareille l'envahit. Le poids de l'accouchement lui était ôté comme par enchantement. Elle tendit les bras vers son bébé, les joues baignées de larmes.

— C'est un garçon, dit Henry en s'asseyant à côté d'elle pour caresser ses cheveux humides. Il a tous ses doigts et tous ses orteils. Parfait à tous points de vue.

Copper baissa les yeux sur le petit visage froissé. L'enfant battit des paupières et leva vers elle ses yeux troubles. La petite bouche s'ouvrit comme pour crier, mais ce fut un énorme bâillement qui dévoila ses gencives roses.

— Henry, il est si beau, murmura-t-elle à son mari, incapable de détacher ses yeux du nourrisson.

— Oui, c'est vrai. Tu as bien travaillé, mon amour.

Il s'essuya subrepticement le coin des yeux.

Assise de l'autre côté du lit, Pearl contemplait le bébé.

— Bien joué, ma belle. C'est fini maintenant. Il paraît que le premier est toujours le plus difficile.

Le personnel s'agitait dans la chambre. On emportait les machines et l'on procédait au ménage. Une jeune infirmière entreprit même de changer les draps mouillés sur lesquels elle était couchée. Elle n'y prêtait pas attention. Elle ne s'en rendait pas compte. Rien n'aurait pu traverser la coquille de cet œuf de Fabergé doré où elle était blottie avec son bébé et son mari.

Copper sortit peu à peu du sommeil pour s'éveiller au bonheur et à une paix intense. Elle ouvrit les yeux. Christian Dior était à son chevet.

— Tian ! Tu as vu le bébé ?

Il se pencha pour déposer un baiser sur son front.

— Oui, ma petite. Il est exquis.

Elle lui confia le petit être. Il était assoupi. Dior embrassa l'enfant avec tendresse.

— C'est un chef-d'œuvre. Il paraît que l'accouchement a été difficile.

— Je ne m'en souviens pas vraiment. Merci d'être venu, Tian. Je sais que tu es très occupé.

— Je t'apporte quelque chose.

Il lui remit un paquet enveloppé dans du papier doré avec un ruban de satin. À l'intérieur se trouvait un châle de baptême ravissant.

— Je le portais à mon baptême. C'est pour ton petit garçon.

— Oh, Tian. C'est tellement adorable.

Elle le tendit à la lumière. Des boutons de rose étaient brodés sur la délicate dentelle de Chantilly.

— Je ne peux pas accepter, c'est un héritage familial.

— Je n'aurai jamais d'enfant à qui le transmettre. Ça me réjouit de savoir qu'il t'appartient désormais.

— Je suis très touchée.

— Ma chère, dit-il en lui caressant le front, les infirmières ont du mal à passer dans le couloir à cause des bouquets. Ne devrait-on pas en distribuer aux autres mères ?

Lorsqu'elle ouvrit à nouveau les yeux, il était tard dans la nuit. La chambre était plongée dans l'obscurité, à l'exception d'un halo de lumière dans le coin où Pearl était assise avec un livre.

— Pearl ?

— Enfin, tu es réveillée, dit-elle en la rejoignant. Comment te sens-tu ?

— Fatiguée, mais heureuse.

Pearl sortit de son sac à main une flasque plate et argentée.

— Prends un peu de cognac.

— Non, merci. Je suis tellement contente que tu sois venue. Où est le bébé ?

Pearl but une gorgée au goulot.

— Ils vont bientôt te l'amener. Il n'a fait que dormir, comme toi. Il est splendide. Comment allez-vous l'appeler ?

— Nous pensons à Pierre-Henri.

— Ça lui va comme un gant.

La porte s'ouvrit et une jeune infirmière en uniforme blanc amidonné apparut en poussant un berceau. À l'intérieur se trouvait un bébé très éveillé, les yeux grands ouverts, qui commençait déjà à perdre son visage fripé. Rien n'égalait ce déferlement de joie qui traversa Copper comme un torrent chaud lorsqu'elle le vit. C'était l'émotion la plus pure qu'elle ait jamais ressentie. L'infirmière lui posa l'enfant dans les bras.

— Je crois qu'il a faim.

Copper ouvrit sa blouse. Ses seins gonflés réagissaient déjà à la vue du bébé. Elle approcha de sa bouche un téton brun et large. Après quelques instants d'hésitation, il s'y accrocha avec avidité et commença la tétée. Elle fit la grimace.

De ses yeux lourdement maquillés, Pearl ne ratait rien du spectacle.

— Que ressens-tu ?

— C'est divin. Je ne sais pas comment l'expliquer.

— Eh bien, il faut croire que je ne le saurai jamais, répondit-elle amèrement. Je vais te laisser.

— Ne pars pas, dit Copper, alors que Pearl se levait.

— Je ne suis pas à ma place ici, fit-elle en lissant sa robe sous ses doigts chargés de diamants.

— Mais si, voyons.

Pearl secoua la tête.

— Je ne suis pas faite pour les bébés. Je passe le plus clair de mon temps à m'en débarrasser.

Elle adressa à Copper un sourire doux-amer.

— En parlant de ça, je dois y aller et surveiller mes filles. À un de ces jours, Fil de Cuivre.

Henry arriva quelques minutes plus tard et s'assit sur le lit pour la regarder, les yeux brillants.

— Tout le couloir est rempli de fleurs. On dirait une jungle de Rousseau. Chaque couturier de Paris a envoyé un bouquet !

Les jours qui suivirent la naissance de Pierre-Henri passèrent dans un tourbillon frénétique. Loin de se laisser aller contre les oreillers, un bon livre à la main, Copper n'avait jamais été aussi occupée de toute sa vie. La visite de Dior fut suivie par celles de Balenciaga et Pierre Balmain, ainsi que de nombreux autres. En deux ou trois jours, presque tous les couturiers de Paris étaient passés la voir ou lui avaient envoyé des fleurs et des cadeaux. Émue, elle prenait conscience de son intense connexion à ce monde étrange qu'elle avait décidé de s'approprier.

La visite qu'elle apprécia encore plus fut celle de sa famille, ou du moins une partie. Son frère Mike et sa sœur Rosie vinrent d'Amérique pour le baptême. De la fratrie, c'étaient ses deux préférés. Elle ne les avait pas revus depuis trois ans et les retrouvailles durèrent jusqu'au Nouvel An.

Elle retrouva sa machine à écrire au début de l'année 1947, au grand désarroi d'un grand nombre de ses connaissances qui insistèrent pour qu'elle se consacre exclusivement à son bébé et à elle-même.

— Je crois que ça ne fera pas de mal à mon bébé si je continue à écrire des articles, répondait-elle. Une chose est sûre, ça ne me fera pas de mal, à moi.

Elle n'arrivait pas à se résoudre, en revanche, à sortir en laissant le petit Pierre aux soins d'une nurse. La première fois qu'elle avait essayé, elle était rentrée au pas de course au bout de vingt minutes, en proie à une angoisse folle. Pourtant, de même qu'elle tenait à allier mariage et profession, elle ne voulait pas que la maternité marque le terme de sa carrière. Elle ne voyait aucune raison de ne pas structurer sa vie professionnelle autour de son statut d'épouse et de mère. Après tout, elle n'était pas soumise à des lieux ni des emplois du temps, elle ne travaillait ni dans un bureau ni à l'usine. Elle se disciplina donc et s'efforça de sortir de chez elle pour reprendre le travail autant que possible.

Sa première escale fut l'avenue Montaigne.

Dix-huit

Un portier la fit entrer et elle pénétra au cœur d'un véritable chaos organisé. Les ouvriers étaient toujours là. Partout, ils œuvraient à coups de marteau et de pinceau. Dior lui-même ne fut pas difficile à trouver. Assis sur une marche, dans les escaliers, il pestait allègrement. Autour de lui coulaient des rivières de soie en cascades bigarrées.

— Tian, s'écria-t-elle. Mais enfin, que fais-tu ?

— On est trop à l'étroit ici, répondit-il avec virulence. Je vais devoir bâtir une aile supplémentaire. Il me faut au moins trois étages de plus.

Copper le rejoignit en prenant soin de ne pas trébucher sur les flots de tissu.

— Les six millions de Boussac peuvent-ils le permettre ?

— Six millions ?

Il la dévisageait d'un œil morne.

— Les six millions ont été dépensés il y a longtemps. Nous approchons de la fin des six autres.

Copper était sous le choc. L'argent filait comme de l'eau entre les doigts de Dior. C'était un pari très risqué, même pour l'homme le plus riche de France. Elle gravit les marches jusqu'au bel étage, toujours en travaux. Une dizaine d'ouvriers en blue-jeans étaient à quatre pattes, les fesses en l'air. Ils posaient de la moquette gris clair. Elle poursuivit son ascension.

Au deuxième étage, elle découvrit une zone de guerre. Les machines à coudre cliquetaient, tandis que les petites mains s'affairaient. La chaleur était intense et l'air vicié par l'odeur de vingt filles qui travaillaient dix-huit heures par jour – comme l'une des *premières* s'en plaignit à Copper – et qui n'avaient même pas le temps de manger, encore moins de se laver.

C'était un aspect que les adeptes de la mode connaissaient rarement – les longues heures de dur labeur hautement qualifié nécessaires à la production de chaque modèle de haute couture. La beauté se payait au prix des yeux fatigués, des épaules endolories et des doigts abîmés.

— Notre responsable a fait une dépression nerveuse, expliqua l'une des filles à Copper. La pression lui a fait perdre la raison.

Les autres renchérirent et, bientôt, un chœur de doléances s'éleva.

— M. Dior était si gentil autrefois.

— Plus maintenant !

— Personne n'est à la hauteur de ses exigences. Il pique une colère à la moindre contrariété.

Les *premières* étaient unanimes. Christian Dior, de petit homme timide, était devenu un tyran napoléonien. Bien souvent, ses troupes ne comprenaient même pas les ordres qu'il leur donnait, car il ressuscitait des techniques de confection oubliées depuis le XVIIIe siècle et attendait un degré de perfection qui surpassait ce que le monde moderne pouvait lui apporter.

Copper redescendit, bousculée par les ouvriers, les *premières* et les mannequins. Le bureau de Dior avait été agencé de façon originale : c'était une pièce spacieuse avec un énorme bureau de style Empire. Cependant, les lieux avaient été envahis par les tailleurs, qui avaient poussé le bureau dans un coin afin de gagner plus d'espace. Ils y avaient dressé une longue table où ils découpaient les modèles, armés de ciseaux qui semblaient avoir connu la guerre. Dior avait pris ses quartiers dans un minuscule réduit dépourvu de fenêtres, qu'il appelait son cagibi. Il avait à peine assez de place pour y entasser les piles de croquis qu'il griffonnait fébrilement, dessinant et modifiant ses modèles des dizaines de fois, pour finir bien souvent par jeter le projet aux oubliettes. Elle le retrouva dans l'obscurité, en train de remplacer l'ampoule de sa lampe de bureau qui venait de griller.

— Merde. Il y a quelque chose qui cloche avec cette lampe.

— Laisse-moi faire.

Elle prit le relais et il se laissa retomber sur son fauteuil, à bout de souffle.

— On place trop d'espoirs en moi, ma petite. Comment puis-je être à la hauteur de toutes ces attentes ?

— Tu les surpasseras, promit-elle. Aie confiance en toi.

Il se prit le front dans les mains.

— Si j'avais su à quoi je m'engageais, je n'aurais jamais commencé.

— Les filles disent que tu es devenu un tyran.

La nouvelle ampoule s'éclaira en clignotant et la lumière envahit son bureau.

— Elles disent que tu les pousses au désespoir.

Sans daigner lui répondre, il empoigna une liasse de dessins et se mit à les feuilleter.

— Où est la « Bourbon » ? Quelqu'un a mélangé tous mes modèles !

Elle l'aida à retrouver les esquisses qu'il cherchait, puis elle le suivit dans la pièce adjacente. Là, un groupe de mannequins en bois dépourvus de bras attendaient patiemment. C'étaient des Stockman, sur lesquels on fixait les tenues avec des épingles avant de les coudre. Dior houspilla l'une des *premières* et posa sur la robe un regard critique. Elle en était encore au stade de toile, un modèle en lin blanc destiné à tester la silhouette générale.

— C'est bien la « Bourbon », mais elle est toute mal fichue. Elle devrait être bien plus bouffante au niveau des hanches. Vous avez tout gâché !

— Elles l'ont coupée exactement comme vous l'avez créée, Monsieur Dior.

— Vous osez me contredire ? C'est une abomination. Je veux du volume.

— Mais, Monsieur Dior, fit timidement la couturière, les proportions du mannequin ne permettront pas…

— Permettre ? *Permettre ?*

Le teint habituellement rosé de Dior virait dangereusement au rouge pivoine.

— Qui me dicte ce que je peux me *permettre* de faire ?

— Personne, monsieur, murmura la jeune femme.

— Enlevez-moi ça ! ordonna-t-il d'une voix pétrifiante.

— Oui, oui, monsieur.

Les mains tremblantes, la *première* retira les épingles de la toile, révélant le buste en bois nu du mannequin. Dior l'examina d'un regard sévère pendant un moment.

— Le voilà, le problème. Les proportions sont mauvaises.

Heureusement, les Stockman étaient ajustables. Dior se mit au travail, aux prises avec le système de vis et de leviers qui devait permettre de modifier les mensurations si précieuses. Mais ce mannequin était vieux et raide. Il ne réagissait pas aux tentatives du maître. Le visage de Dior avait encore foncé d'un ton. Il s'empara d'un lourd maillet en bois dans la caisse à outils. Autour d'eux, le travail cessa et un silence atterré s'imposa dans la salle comble, tandis que Dior frappait furieusement sur le mannequin, enfonçant les plaques par ici et les cabossant par là. Maniant discrètement son appareil photo, Copper ne rata pas une bribe de cette scène extraordinaire.

Enfin, à bout de souffle, Dior lâcha son marteau et toisa le mannequin.

— Voilà, dit-il sur un ton victorieux. Voilà la femme parfaite.

Il se tourna vers la *première*, qui serrait toujours la toile contre sa poitrine, le regard halluciné.

— Maintenant, vous pouvez y aller.

Sur ce, il s'en alla en coup de vent, laissant tout le monde bouche bée devant le Stockman modifié, avec sa taille de guêpe, ses hanches larges et son buste rebondi.

— Mon Dieu, souffla quelqu'un. Il est devenu fou.

— Aucune femme n'a jamais eu un tel corps.

— Nous allons devoir remettre des corsets aux filles.

— Ce ne sera pas suffisant, reprit une autre voix. Elles auront besoin de rembourrage en haut et en bas, aussi.

Copper regardait ces experts du métier, les meilleurs de Paris, débattre pour tenter de résoudre l'énigme que leur avait posée leur maître. Dior s'était emparé d'un marteau et avait forgé de ses mains la femme en forme de sablier qui lui convenait.

Copper suivit Dior jusqu'à son cagibi.

— Combien de modèles vas-tu présenter ?

— Une centaine.

Elle était ébahie. Pas étonnant qu'il règne un tel tumulte dans la Maison Dior.

— C'est une quantité impressionnante pour une première collection.

Jacques Fath avait lancé sa collection l'année précédente avec vingt modèles seulement.

— Une centaine, répéta-t-il résolument. Je ne réaliserai pas ma vision avec moins. Je dois produire un impact.

Il était survolté et elle s'en inquiéta.

— Avec une dizaine de robes, poursuivit-il, deux dizaines, même, personne ne saisira vraiment. On dira : « Ce n'est que Christian et ses lubies. » Mais avec cent modèles, les gens auront des étoiles dans les yeux. Impossible d'ignorer cent modèles.

— Mais les dépenses…

— Boussac devra me donner plus d'argent, répondit-il d'un ton monocorde. Et j'aurai besoin de tissu, d'accessoires, de chaussures.

Elle sentit son cœur se serrer.

— Mais… comment trouveras-tu des acheteurs pour un si grand nombre de modèles ?

Il la regarda fixement, comme si elle était folle.

— Ils feront la queue jusque dans l'avenue Montaigne. Ils seront à genoux, à supplier d'obtenir quelque chose.

Il ouvrit grand les bras.

— Ce sera l'ère Dior, ma petite.

Dix minutes plus tôt, il se demandait comment satisfaire aux attentes de tout le monde, regrettant de s'être lancé dans l'aventure, et voilà que maintenant, il déclarait le début d'une ère Dior. On aurait dit qu'il alternait sans cesse entre un manque d'estime de soi galopant et une véritable mégalomanie.

À présent, Copper devait se préparer pour l'arrivée imminente de Carmel Snow. L'éditrice en chef du *Harper's Bazaar*, celle qui avait publié nombre d'articles signés par Copper ces deux dernières années, venait en France pour sa première visite depuis le début de la guerre en 1939. En matière de mode, c'était tout aussi important qu'une visite diplomatique. Son avis sur les nouvelles collections de 1947 était attendu avec impatience de la côte est à la côte ouest. Son approbation ou sa désapprobation pouvaient lancer ou, au contraire, anéantir un créateur.

Elle lui avait clairement fait comprendre qu'elle souhaitait faire et voir un maximum de choses pendant les dix jours de visite qu'elle pouvait se permettre avant de retourner gérer le *Harper's*.

La veille de son arrivée, Copper reçut un appel de sœur Gibson, du sanatorium Marie-Thérèse. Il s'agissait d'Amory.

— M. Heathcote guérit très bien, j'ai pensé que vous aimeriez le savoir. Votre visite a constitué un élément déclencheur.

— Je suis ravie de l'entendre. Est-il toujours à Paris ?

— Il est rentré à New York à bord du *SS America*. Il intégrera la banque familiale dès son arrivée.

— C'est une sage décision.

— Il a dit qu'il suivait votre conseil.

— En effet, c'est ce que je lui ai conseillé.

— Il y a un point que je souhaitais aborder. La blessure qu'il a subie. Les chirurgiens ont posé une plaque en acier sur la fracture de son crâne, mais bien sûr, les cheveux n'y poussent plus. Il aura toujours une cicatrice visible. Et en dépit de votre suggestion, ajouta sèchement sœur Gibson, il ne pourra pas porter de chapeau à l'intérieur.

Ainsi, Amory avait aussi partagé avec l'infirmière ce commentaire insignifiant.

— Où voulez-vous en venir, ma sœur ?

— Nous sommes tous d'avis que M. Heathcote ne devrait pas s'attarder sur la cause de la blessure.

— Ne pas s'attarder ?

— De nombreux jeunes hommes rentrent d'Europe avec des blessures de guerre. Dans la perspective de ses futures négociations avec les clients de la banque, et pour faciliter l'évolution de sa carrière, M. Heathcote aurait avantage à laisser entendre qu'elle lui a été causée par des éclats d'obus, plutôt que par une tentative de suicide.

— Une blessure de guerre ?

— Exactement. En tant qu'ex-épouse de M. Heathcote, nous aimerions nous assurer que vous…

— … que je soutiendrai un mensonge ? fit Copper devant l'hésitation de sœur Gibson.

— Que vous le soutiendrez dans sa nouvelle carrière.

— Il aurait pu me le demander lui-même.

— Il s'est dit qu'il vaudrait peut-être mieux que cela vienne d'une personne plus neutre. Il ne devrait pas porter le fardeau d'un moment de folie passagère pendant le reste de sa vie.

— Ne vous inquiétez pas, répondit Copper sans chaleur. Je ne dévoilerai pas le pot aux roses. S'il veut jouer le héros de guerre, je n'ai pas l'intention de gâcher cette illusion.

— Merci. J'écrirai à la famille pour confirmer ce que vous venez de me dire. Je suis sûre qu'ils se réjouiront de l'apprendre. Je vous souhaite une excellente journée, Madame Velikovsky.

— De quoi s'agissait-il ? demanda Henry lorsque Copper raccrocha en laissant échapper un petit rire.

— De vanité et de faux-semblants, mon chéri. Amory veut faire croire qu'il a été blessé au combat.

— Je suppose, dit Henry en berçant leur bébé dans ses bras, qu'au sens large de la lutte pour la vie, nous sommes tous plus ou moins des blessés de guerre.

— J'espère qu'il ne le sera jamais, dit-elle en passant le bras autour d'eux, les yeux baissés vers le visage ensommeillé de Pierre-Henri. J'espère qu'il sera aussi chanceux que je l'ai été. Il y a eu tant de destructions et de malheurs autour de moi, et malgré tout, ma vie n'a été qu'un conte de fées.

Carmel Snow ne correspondait en rien à l'image que Copper s'en était faite. En réalité, c'était une petite femme fringante de soixante ans, aux cheveux décolorés presque bleus et aux bijoux tout en perles. Elle avait un visage irlandais fin et ridé, un nez retroussé, et il restait une trace d'accent dublinois dans sa voix, bien qu'elle ait quitté son pays natal dès sa plus tendre enfance.

Cependant, comme Copper eut tôt fait de le découvrir, ce n'était pas une gentille vieille dame.

Carmel Snow était déterminée à ne pas gaspiller une seule seconde de son séjour. Elle ne semblait pas avoir besoin de sommeil et était aussi alerte à quatre heures du matin qu'à midi. À l'évidence, elle ne connaissait ni la faim ni la fatigue. Ce n'était pas une sinécure de la suivre. La seule chose qu'elle exigeait et ne ratait jamais, c'était le déjeuner. Comme Copper l'apprit à ses dépens, le déjeuner de Mme Snow s'accompagnait invariablement de plusieurs martinis.

— Tu sais que je ne tiens pas l'alcool, dit Copper à Henry dans un soupir, tout en frottant ses tempes endolories. Un martini, et j'ai déjà la tête qui tourne. À trois, je suis dans le coma. Tu aurais dû me prévenir.

— Verse-les dans une plante en pot quand elle a le dos tourné, conseilla Henry. Moi, c'est ce que je fais. Je connais Carmel depuis vingt ans et je n'ai jamais réussi à tenir le rythme de ses trois martinis au déjeuner.

Carmel avait toute l'énergie qu'il en avait fallu pour reprendre le *Harper's Bazaar*, une revue dépassée pour ménagères d'âge moyen, et en faire le magazine féminin le plus intéressant de son époque en seulement dix ans. Elle était bien décidée à intégrer Copper dans son équipe de correspondants permanents.

— Votre article sur les prostituées était une réussite, dit-elle à Copper.

— Vous l'avez lu ?

— Il est drôle et percutant à la fois. Vous posez des questions fascinantes. Le commerce des services sexuels est-il si éloigné du commerce de la mode ? Et il y a aussi la question de la femme dans un monde qui ne nous fait aucune faveur. Voilà du journalisme novateur.

— Je suis heureuse qu'il vous ait plu.

— Il a un seul défaut majeur.

— Lequel ?

— D'avoir été écrit pour *Vogue*. Je ne veux plus que vous écriviez pour *Vogue*, déclara-t-elle sur un ton péremptoire.

Elle avait elle-même débuté chez *Vogue*, mais elle avait quitté le magazine en laissant derrière elle des rancœurs qui n'avaient jamais été oubliées, ni de son côté ni du leur.

— J'ai besoin d'un rédacteur bien placé à Paris. La paye est bonne.

— Je suis flattée de votre intérêt, Madame Snow, répondit Copper avec tact.

Elles prenaient le déjeuner au Harry's Bar – un croque-monsieur et un pichet de martini bien frais – avant leur visite chez Balenciaga, l'un des créateurs de prédilection de Mme Snow.

— Mais je tiens à ma liberté, conclut-elle.

— Oh, je connais bien la liberté. La vie ne se résume pas à cela. Il faut être partie prenante d'un mouvement. Le *Harper's* ne s'adresse pas uniquement aux femmes à la garde-robe exigeante, il s'adresse aux femmes à l'esprit exigeant. C'est tout à fait vous, ma chère. Vous avez quelque chose à dire et je veux que vous le disiez au *Harper's*, pas à la concurrence.

— Donnez-moi le temps d'y réfléchir.

— Vous accomplirez bien plus au sein d'une équipe, la meilleure équipe du métier, que toute seule.

Elle versa dans leurs verres le troisième martini du déjeuner. Copper avait déjà le tournis et, au Harry's, il n'y avait aucune plante en pot à proximité où elle puisse vider le sien.

— Je veux que mes lectrices apprennent à vivre, pas seulement à s'habiller. Je veux qu'elles prennent des risques. Qu'elles osent ce qu'elles n'auraient jamais fait auparavant. Qu'elles élargissent leurs horizons. Votre place est avec nous.

Elle hocha la tête ; ses yeux clairs étaient aussi vifs et frais que le cocktail glacé.

— Et maintenant, parlez-moi de Christian Dior. Je ne serais pas là sans votre passion délirante pour cet homme. J'ai apprécié l'un de ses tailleurs avant la guerre, quand il était avec Piguet, en 1937, je crois. Mais je ne le pense pas capable de créer toute une collection.

— À mon sens, c'est le créateur le plus génial du moment à Paris.

— Meilleur que Balenciaga ? fit Mme Snow, goguenarde.

— Différent. Plus spontané, plus *pizzazz*.

L'emploi du terme *pizzazz*, inventé par Mme Snow elle-même dans un ancien numéro du *Harper's* pour désigner le brio et la modernité, lui valut un sourire.

— Dites-moi, à quoi dois-je m'attendre mercredi ?

Dior avait réussi à maintenir le secret intact sur sa boutique du 30, avenue Montaigne, et très peu de profanes avaient une idée des modèles que l'on confectionnait si fiévreusement à l'intérieur.

— Je ne peux vous donner aucun détail. Tian me tuerait.

— Pourquoi un tel mystère ?

Carmel, silhouette menue vêtue d'un tailleur Balenciaga immaculé, croisa ses jambes osseuses dans un bruissement de bas nylon.

— Croyez-moi, j'ai tout vu. Ourlet jusqu'à la cuisse ? Décolleté jusqu'au nombril ?

— Ce n'est pas une simple question d'ourlets ou de décolletés.

Copper hésita avant d'ajouter :

— Il s'agit d'un tout nouveau look.

Carmel emportait partout son « sac fourre-tout », rempli de coupures de presse, d'échantillons de tissu et de notes qu'elle prenait à la volée. Elle ôta le capuchon de son stylo et écrivit.

— *New look*, dit-elle. C'est une belle promesse. J'espère ne pas être déçue.

DIX-NEUF

Enfin, le grand jour était arrivé, le mercredi 12 février 1947. Lorsque Copper se présenta à l'avenue Montaigne au point du jour, les lieux étaient déjà en ébullition. Une foule de curieux se pressait dans la rue devant le magasin. Ils avaient entendu dire qu'il se passait quelque chose de spécial ce jour-là et espéraient avoir un aperçu, par les fenêtres, de l'activité à l'intérieur. Si le Tout-Paris semblait connaître la date du défilé de Dior, c'était grâce au bouche-à-oreille uniquement, car les journaux parisiens étaient en grève depuis plus d'un mois. Parmi la foule, certains réclamaient des billets aux portiers, mais tous les sièges avaient été vendus depuis longtemps. Sans ticket, impossible d'entrer.

Copper se faufila à l'intérieur. Les fragrances fleuries du nouveau parfum conçu par Tian – baptisé « Miss Dior » en hommage à Catherine – flottaient dans l'atmosphère, vaporisées avec largesse par une jeune femme qui trottinait dans les escaliers, munie d'un atomiseur. Dior avait confié les arrangements floraux aux fleuristes prestigieux de la rue Royale, Lachaume. À présent, leurs employés apportaient des gerbes de fleurs cultivées, qu'ils disposaient en bouquets somptueux dans chaque recoin disponible. L'espace manquait : des rangées de petites chaises blanches rigides se succédaient, chacune numérotée. Des cendriers sur pied étaient disposés çà et là, précaution capitale dans le milieu de la mode où l'on fumait à tour de bras. On avait utilisé jusqu'au dernier centimètre carré. Le podium où défileraient les mannequins avait été réduit à un étroit passage terminé par un espace d'à peine un mètre de diamètre pour le demi-tour. Les robes frôleraient les visages des spectateurs. En comparaison avec la dignité empesée de la plupart des défilés de mode parisiens, celui-ci avait déjà des airs de cirque. Comme Dior l'avait prédit, des ouvriers s'activaient encore dans l'immeuble, fixant les dernières moquettes et ajustant les ultimes moulures. Les lieux respiraient l'enthousiasme, l'argent, le chic et, malgré l'exigence dont se targuait Dior, une certaine vulgarité.

Quant à Dior, vêtu d'une jaquette avec un brin de muguet à la boutonnière, il était blanc comme un linge, les nerfs à vif. Copper le retrouva dans le vestiaire, où il portait la touche finale aux quatre-vingt-quatorze modèles qui y étaient suspendus : tenues de soirée, robes et tailleurs, classés par catégories.

— Je suis terrorisé, dit-il à Copper sans préambule.

— Il ne faut pas. Ce sera un franc succès, Tian. On se bouscule déjà dans la rue pour tenter de voir quelque chose.

Il plaqua les mains sur ses oreilles.

— Ne me dis pas ça. Je ne veux pas le savoir.

Manifestement, il n'avait pas dormi et subissait une tension extrême.

Copper s'approcha des mannequins, massés dans un coin de la cabine. Assises à une table de toilette, deux jeunes femmes parachevaient leur maquillage. Elles n'étaient que six. C'était peu pour un nombre de tenues aussi impressionnant. Elles allaient devoir faire vite, mais Dior n'avait pas réussi à trouver d'autres candidates dotées de la grâce et de la vivacité qu'il recherchait. Elles tendaient leurs cous graciles devant le miroir pour épaissir leurs cils avec du mascara, souligner au rouge leurs lèvres charmantes et poudrer leurs magnifiques pommettes. Avec des peignes de toutes sortes entre les dents, la coiffeuse virevoltait de l'une à l'autre pour finir d'ajuster leurs cheveux. Elles arboraient toutes des coiffures hautes et bouclées.

Considérées comme de simples mannequins de bois pendant des semaines, endurant patiemment de longues heures d'essayages, elles étaient soudain propulsées sur le devant de la scène. L'avis que l'on se ferait des nombreux modèles dépendrait de leur charisme et de leur vitalité. Elles devaient montrer les qualités de chaque vêtement, sans toutefois leur faire ombrage, enchanter les spectateurs tout en restant neutres afin de ne pas détourner leur attention des tenues qu'elles présentaient.

Les aiguilles de l'horloge tournaient inexorablement. Une longue file d'invités piaffait devant l'entrée. Il était presque neuf heures trente. On ne pouvait plus retarder l'ouverture des portes. Le dernier ouvrier fut remercié et l'on donna un coup de balai hâtif sur les résidus de sciure. Enfin, les portes du 30, avenue Montaigne, ouvrirent et les invités firent leur entrée. Aussitôt, l'atmosphère devint encore plus pesante. Les lieux vibraient d'un brouhaha de voix haut perchées et de rires surexcités. Après avoir salué les premiers arrivants, Dior s'éclipsa à l'étage, refusant résolument d'en descendre.

Les premières disputes éclatèrent autour des chaises numérotées. C'était étonnant comme des femmes parfaitement civilisées pouvaient devenir impitoyables, jouant des coudes éhontément pour prendre d'assaut les sièges pourtant réservés, et protestant de vive voix quand on osait leur demander de retourner à leur place.

Carmel Snow arriva de bonne heure. Copper vint à sa rencontre dans le hall d'entrée.

— L'heure du jugement a sonné, déclara la rédactrice en chef.

Elle leva son nez irlandais retroussé et huma l'air comme un fin limier.

— Hum, je sens la panique. Où est votre monsieur Dior ?

— Il sera là dans une minute, mentit Copper.

Elle savait pertinemment qu'il s'était terré dans son cagibi, accablé nerveusement par les efforts soutenus de ces dernières journées.

— Je vais vous montrer votre place.

Les invités affluaient. À dix heures et demie, les salons étaient pleins à craquer. On se serrait à trois sur chaque marche de l'escalier. Les *premières* et les autres membres du personnel se penchaient sur les balustrades des différents paliers pour observer la foule en contrebas. La fumée de dizaines dc cigarettes embrumait l'air.

Aux premiers rangs figuraient des visages célèbres. Carmel Snow était assise à côté de Bettina Ballard, de *Vogue*, qui prédisait depuis longtemps que la mode française était morte et qui affichait un dédain amusé. Marlene Dietrich était la voisine de Jean Cocteau. Christian Bérard, la barbe aussi broussailleuse qu'à son habitude, était affalé sur sa chaise. À ses pupilles en têtes d'épingle, on devinait qu'il avait déjà pris sa dose matinale d'opium. Comme toujours, il portait Jacinthe dans les bras. Près de lui avait pris place la comtesse de La Rochefoucauld, proclamée femme la plus élégante de

Paris. Lady Diana Duff Cooper, l'épouse de l'ambassadeur britannique, était là, ainsi que Mme Caffery, la femme de l'ambassadeur américain. Copper était étonnée, mais ravie de la voir. Toutes les actrices, dames du monde et collaboratrices de presse s'étaient donné rendez-vous et se réjouissaient de l'événement.

Copper, son appareil photo autour du cou, avait trouvé une place de choix près de la porte du salon principal, d'où elle pouvait immortaliser à la fois le public et les mannequins qui entreraient et sortiraient pendant le défilé. Obsédé par la crainte qu'on lui vole ses créations, Dior n'avait autorisé que l'appareil de Copper sur les lieux. En cet instant, son Leica, rapide et léger alors qu'elle enchaînait les clichés, lui était d'une valeur inestimable. Espérant lui porter bonheur, elle avait opté pour la toute première robe que Dior lui avait faite sur mesure. Dans le sac qui pendait à son épaule s'entassaient des bobines de rechange au format trente-cinq millimètres. Enfin, le spectacle pouvait commencer.

Le sort voulut que le premier mannequin soit la jeune secrétaire novice, Marie-Thérèse. Elle était en tenue et prête à se lancer, mais son état nerveux était tel qu'elle ne cessait de bredouiller au metteur en scène sur un ton larmoyant :

— Je ne peux pas le faire.

Au même moment, le présentateur annonça :

— Numéro un !

— Tu peux le faire et tu vas y arriver.

Le metteur en scène bouscula Marie-Thérèse comme le ferait un sergent-major avec un parachutiste récalcitrant. La jeune secrétaire déboula dans la salle, le visage livide. Copper la suivit avec son appareil photo.

Marie-Thérèse parvint à progresser dans l'allée étroite mais finit par trébucher lamentablement au moment du demi-tour, s'étalant de tout son long dans le public. Le cœur de Copper se serra. Quel départ catastrophique ! Heureusement que Tian n'était pas là pour y assister. Des exclamations et des gloussements fusèrent tandis qu'elle se relevait et rassemblait sa robe pour repartir en sanglotant. Personne n'avait prêté attention à sa tenue, qui arborait à présent une brûlure de cigarette. Après cet échec cuisant, il y avait peu de chances que la jeune femme accepte de présenter une autre robe.

Elle fut remplacée par Tania, dont le visage ouvert et avenant exprimait son expérience. Avec une assurance parfaite, elle arpenta le podium d'une démarche de biche. Une remarque indignée se fit entendre dans l'assistance. Elle portait une robe d'un rouge intense, avec un double jupon évasé, qui ne ressemblait à rien de ce que l'on connaissait – et encore moins depuis que les tickets de rationnement, les coupons vestimentaires, les uniformes d'hommes et la serge kaki dominaient sans partage l'industrie de la mode féminine. On eût dit une fleur fuchsia vivante qui se pavanait avec sa taille de guêpe et son buste rebondi. Les deux couches de tissu au niveau de la jupe mettaient en valeur la finesse de sa taille.

Point de mire de l'assistance, Tania marqua une pause et jeta un regard autour d'elle. Puis, avec un petit sourire, elle exécuta son demi-tour. La jupe se souleva, révélant ce que la multitude de plis exquis soigneusement repassés avait dissimulé jusqu'alors, les vingt-cinq mètres de tissu carmin qu'avait exigés sa confection. Sous les yeux incrédules du public, la robe rouge s'ouvrit tel un bourgeon et s'épanouit pour remplir la salle de vie et de couleur, se déployant dans un luxe chatoyant qui balaya d'un seul coup les années de privation et de pessimisme.

Tout le monde retenait son souffle. L'instant d'après, des applaudissements éclatèrent, fervents et spontanés. Parmi les spectateurs, on dégaina des carnets pour y prendre des notes fébriles tout en échangeant des commentaires à voix basse. On sentait qu'une chose remarquable était sur le point de se produire. L'atmosphère, déjà chargée d'attentes impatientes, était devenue électrique. L'air commençait même à grésiller.

Le mannequin suivant apparaissait déjà, racé et félin dans une robe du soir intitulée « Jungle », avec son imprimé léopard audacieux, sa taille cintrée marquée par une épaisse ceinture en cuir et son chapeau à larges bords. Devant l'impertinence et l'effronterie du modèle, les réactions furent vives. Était-ce une réponse cinglante aux restrictions et aux contraintes budgétaires ?

La quatrième tenue comptait parmi les éléments phares de la collection. C'était le « tailleur Bar », un classique de Dior que Carmel Snow avait connu dans sa version de 1937. L'austère veste en shantung crème épousait le buste et les hanches, produisant une impression de sensualité presque orientale, tandis que la longue jupe noire calquait avec une insolente légèreté la démarche du mannequin. En effet, sur demande de Dior ou de leur propre initiative concertée, les jeunes femmes avaient toutes adopté une allure leste et chaloupée bien différente des codes en vigueur. Ces mannequins dansaient et caracolaient. Elles étaient vives. Mieux encore : elles étaient *vivantes*, modernes. C'étaient de jeunes femmes dynamiques. Elles marchaient à un rythme si enlevé que l'on avait à peine le temps d'admirer la création. Il fallait avoir l'œil réactif et alerte.

Leurs pieds sautillaient dans les chaussures les plus gracieuses et adorables que l'on ait vues depuis des années, avec leurs bouts pointus, leurs lanières fines et leurs talons effilés. Comme Copper le constata avec malice, les femmes du premier rang baissaient des yeux affligés sur leurs propres souliers, lourds et sans finesse, et tentaient de les dissimuler aux regards. Trois robes du soir se succédèrent dans des tons bleus chamarrés, tandis que les mannequins se changeaient en coulisse avec une rapidité qui relevait du miracle. À présent, elles n'étaient plus que cinq pour assurer le défilé, la malheureuse Marie-Thérèse ayant déclaré forfait. Les survivantes se répartissaient déjà ses tenues.

Des applaudissements euphoriques crépitaient à chaque nouvelle apparition. Les crayons couraient sur les calepins, les acheteurs étaient captivés et les messes basses allaient bon train. À sa plus grande joie, Copper vit plusieurs assistants quitter discrètement leurs sièges pour se précipiter en direction de la cabine. Elle ne voyait qu'une seule explication à cela : on ouvrait déjà les chéquiers pour réserver les premières commandes et couper l'herbe sous le pied des concurrents. En coulisse, les vendeuses devaient s'activer. De temps à autre, des éclats de voix lui parvenaient, indiquant que les acheteurs se disputaient déjà les modèles en vente.

Les robes défilaient avec panache. De temps à autre, un volant effleurait un cendrier ou giflait par mégarde un observateur distrait. L'intonation du présentateur, qui égrenait les noms délibérément provocateurs – « Soirée », « Amoureuse », « Pompon », « Caprice », « Amour » –, gagnait en vibratos et en intensité.

Copper entendit l'une des femmes de chez Bloomingdale s'écrier :

— Bonté divine ! Les pauvres acheteurs qui ont déjà bouclé leurs acquisitions… Voilà qui change absolument tout.

Un homme renchérit en français :

— Dior vient de sauver la saison !

Elle jeta un œil de l'autre côté de la salle en direction de Carmel Snow. Leurs regards se croisèrent pendant un moment et Mme Snow hocha la tête, faisant rebondir les boucles bleutées de ses cheveux décolorés en articulant :

— Vous aviez raison.

À onze heures trente, les quarante premières tenues avaient été dévoilées, chacune étant accueillie avec plus d'enthousiasme que la précédente. La vision de Dior éblouissait l'assistance. Il n'avait pas regardé à la dépense. Après des années de rationnement, il était pratiquement impossible d'obtenir des tissus traditionnels de qualité supérieure, et pourtant il avait réussi cet exploit. Il avait cherché de la soie teinte à même le fil, un procédé délaissé par les tisserands modernes qui teignaient la soie après le tissage, obtenant des couleurs plus ternes que Dior trouvait intolérables.

Il avait exigé du taffetas authentique, de la faille et du satin duchesse. Ces tissus raffinés et hors de prix n'étaient plus produits depuis longtemps, remplacés par des substituts moins onéreux et plus grossiers. Ses acheteurs avaient passé la France au peigne fin pour dégotter le matériau précieux.

Il avait insisté pour des accessoires en or de vingt-quatre carats, dédaignant le simple doré. Étant donné qu'il était pratiquement impossible de se procurer de l'or, ce seul détail avait demandé des sommes folles. Le cuir le plus souple, la dentelle la plus fine, le travail des mains les plus habiles, il les avait obtenus afin que tout soit parfait jusque dans les moindres détails.

À présent, ses efforts portaient leurs fruits avec éclat. L'œil avait du mal à appréhender un tel arc-en-ciel : des jaunes riches et sulfureux jusqu'au cramoisi intense, du bleu outremer chatoyant à la nacre la plus diaphane. Des couleurs comme personne n'en avait vu depuis les premiers coups de feu en 1939.

À elle seule, la quantité de tissu – le foisonnement extravagant et glorieux de chaque tenue – suffisait à subjuguer le public. Avec leurs tailles cintrées et leurs jupes en cloche, semblables à des corolles de fleurs, les robes flattaient tout ce qu'il y avait de plus féminin chez la femme. Après une décennie de vêtements étriqués, informes et fades, qui trahissaient les économies en tout genre, c'était un plaisir des yeux qui dépassait toutes les attentes. Les femmes en mal de mode avaient l'impression de passer de la famine au banquet le plus alléchant. Copper savait que c'était exactement l'effet recherché par Christian Dior. Son génie était indéniable. Il avait osé déclarer que la guerre était terminée. Le rationnement existait peut-être encore, mais il n'avait plus cours dans le royaume magique de Christian Dior.

En haut lieu, certaines personnes risquaient la crise cardiaque collective. Il était peu probable que les créateurs bien établis soient enchantés d'apprendre la percée de leur nouveau rival. Il encourait même des retombées judiciaires de la part des autorités en place. Après tout, Dior enfreignait tous les principes de rigueur encore appliqués aux dépenses vestimentaires. Prise de vertige, Copper entrevoyait déjà Tian escorté par la police de la mode et enfermé dans des oubliettes sinistres où on le sommerait de se repentir du crime d'extravagance. Mais cela n'avait aucune importance. Rien d'autre ne comptait que ce déferlement de couleurs, de formes et de créations qu'il venait de livrer au monde.

Tian, cependant, passait à côté de son propre triomphe. Copper s'esquiva dans la foule et se dirigea vers le salon. Il était plein d'acheteurs qui passaient commande à grand renfort de cris et de supplications. Les esprits s'échauffaient.

— Où est « Soirée » ? Je l'avais dans les mains il y a un instant et on me l'a volée !

— Il me faut « Corolle » ! J'ai absolument besoin de « Corolle » !

— Comment ça, livraison dans trois mois ? J'en veux quatre douzaines tout de suite !

Elle vit deux femmes élégantes en venir aux mains pour une robe dont la soie plissée menaçait d'être déchirée à force d'être tiraillée.

— On ne peut plus suivre, dit l'une des vendeuses à Copper, hors d'haleine. Elles sont devenues folles.

Copper rebroussa chemin et gravit l'escalier bondé jusqu'au cagibi de Dior. Elle frappa à la porte, mais ne reçut aucune réponse. Elle l'ouvrit et jeta un œil à l'intérieur. Dior était voûté sur son fauteuil, les yeux fermés et les doigts enfoncés dans ses oreilles comme un enfant apeuré.

Elle posa doucement la main sur son épaule et il leva vers elle un regard anxieux.

— Écoute, Tian.

Elle lui fit signe d'écarter ses mains. Tout tremblant, il sortit les doigts de ses oreilles.

— Ils me huent, fit-il d'une voix chevrotante, les larmes aux yeux.

— Non, Tian. Écoute.

Du salon au rez-de-chaussée montaient des applaudissements et des acclamations. Le vacarme retomba, le temps pour les invités d'écouter l'annonce suivante, puis reprit de plus belle alors que le mannequin entrait en scène.

— Ils te portent aux nues. Ils disent que c'est la collection la plus importante depuis l'avant-guerre, peut-être même de tous les temps. Ils disent que tu as tout révolutionné, que tu as créé un nouveau look et que rien ne sera plus jamais pareil. Plus besoin de te boucher les oreilles, maintenant, mon ami. Tu as réussi. Tu y es arrivé.

— De quoi parles-tu ? bredouilla-t-il, encore étourdi.

— Tu peux sortir de ton placard, à présent.

Elle le conduisit sur le palier. Là, ils baissèrent les yeux vers la foule fébrile en contrebas et écoutèrent les applaudissements. Il lui serra la main, les joues humides.

— Est-ce bien réel ? chuchota-t-il.

— C'est un triomphe, Tian.

En bas, quelqu'un leva la tête et s'écria :

— Voici Dior !

Une mer de visages se tourna dans sa direction. Il essaya de détaler vers sa cachette, mais Copper le persuada de revenir dans la lumière. Ébloui, il regarda la foule qui tapait des mains et lui envoyait des baisers en le couvrant de *Bravos !* Une bouffée d'encouragements et d'amour monta vers lui dans la cage d'escalier, chaude et chargée de fumée de cigarette, de Miss Dior et du parfum de la soie.

— Mon Dieu. Qu'ai-je fait ? demanda-t-il.

— Tu ne le vois pas ? Tu viens de conquérir le monde.

ÉPILOGUE

On peut conquérir un monde, mais les mondes finissent par s'éteindre. En l'espèce, un monde, celui de Dior, s'estompait déjà.

Quelques jours après ce premier défilé mouvementé, une séance photo organisée par le journal de Marcel Boussac, *L'Aurore*, présenta les modèles de Dior, ce New Look que tout le monde réclamait. La rareté du tissu et la nouveauté de la collection Dior signifiaient, non sans ironie, que les modèles présentés n'existaient encore qu'en un seul exemplaire. Ils menaient déjà des vies trépidantes, étant présentés incognito dans les plus grands hôtels, de nuit, pour être photographiés par les rédacteurs de mode ou inspectés par les acheteurs des grands magasins américains avant de réintégrer l'avenue Montaigne au petit matin, car les vendeuses en avaient besoin en boutique. C'était la première fois que les tenues seraient révélées à la lumière du jour en dehors de la Maison Dior.

Les vêtements seraient présentés avec, en arrière-plan, la rue Lepic, artère commerçante de Montmartre. Le marché coloré, quoique un peu misérable avec ses rues jonchées de feuilles de chou pourrissantes, allait offrir un contraste intéressant avec les créations exquises – et luxueuses – de M. Dior.

Les modèles arrivèrent dans une énorme caisse en bois à l'arrière d'une camionnette. Avec les jeunes femmes qui devaient les présenter, ils furent discrètement acheminés dans un bar au bout de la rue. Le marché était animé. Des pichets de Beaujolais à bas prix étaient arrivés et rencontraient un franc succès parmi la foule. Après les privations des années de guerre, la question de la nourriture excitait encore les passions. Il s'agissait de Montmartre, où pendant quatre ans les gens avaient ramassé ces feuilles de chou piétinées pour se nourrir, pendant que les nazis récupéraient le reste.

Le premier mannequin apparut et défila devant les étals sous les objectifs des photographes de *L'Aurore*. Aussitôt, les passants cessèrent de crier et de négocier pour la regarder. Dans le marché, le silence retomba. Soudain, des insultes fusèrent de la porte du boucher tripier. C'était une femme qui agitait le poing, le visage furibond. Le mannequin s'arrêta et perdit son sourire.

Une autre femme accourut dans la rue avec une bassine d'eau usée. Elle la jeta sur le mannequin. Sidérée, la pauvre fille alla trouver refuge dans l'encadrement d'une porte de magasin tout en essayant d'essuyer la saleté poisseuse sur son vêtement. Malheureusement, deux autres femmes l'attendaient. Hurlant des insanités, l'une lui empoigna les cheveux, tandis que l'autre réduisait la robe en lambeaux.

D'autres femmes – plutôt âgées et mal fagotées, pour la plupart – s'étaient jointes à l'humiliation. Une matrone de forte carrure avec une coiffure volumineuse à la zazou arracha le corsage de la robe jaune, laissant le pauvre mannequin s'enfuir en protégeant tant bien que mal sa poitrine à demi dénudée, suivie par une pluie d'épithètes grossières.

Le second mannequin, qui avait imprudemment tenté de venir en aide à sa collègue, subit le même sort. Les femmes du marché avaient le poing leste et n'hésitaient pas à s'en servir pour rouer de coups les représentantes du VIIe arrondissement.

— Salope ! Putain !

— Allez-vous-en, sales putes !

— Regardez-moi cette garce. Elle paye quarante mille francs pour une robe et mes gosses doivent se priver de lait !

Les hommes riaient, mais les femmes étaient bien décidées à en découdre. Elles coururent après les filles en leur arrachant coiffures et tenues, leur jetant des tomates jusqu'à la porte du bar, où un serveur imposant en tablier blanc les repoussa. Les mannequins, en loques et couvertes d'immondices, disparurent à l'intérieur. On verrouilla les portes au nez des poursuivantes braillardes.

— Et ne revenez pas, s'égosillait l'une d'elles en lançant son projectile, une pomme de terre pourrie, sur la porte du bar. La prochaine fois, vous aurez droit aux cocktails Molotov.

Le combat entre la gauche et la droite allait encore marquer la France pendant plusieurs décennies. Des noms tels que celui de Dior, pourtant synonymes de culture française, étaient également des symboles d'excès et devinrent la cible des haines de classe.

Un succès aussi prompt et retentissant que celui de Dior ne pouvait pas éviter la controverse. Il essuyait l'hostilité de tous côtés, loin des rues de Montmartre. Les couturiers, qui s'étaient battus sans succès pour regagner une part du marché américain, en voulaient tout particulièrement à Dior pour sa conquête fulgurante des acheteurs outre-Atlantique. Leur animosité prit la forme d'accusations virulentes contre les modèles de Dior, qui gaspillaient du tissu précieux tout en étant inaccessibles pour les femmes ordinaires et terriblement rétrogrades à une époque où la mode féminine devait aller de l'avant. Dior avait triché. Il avait séduit tout le monde en usant de l'avantage injuste que représentait l'argent de Boussac. Il avait enfreint les règles et, pour cela, avait été largement récompensé.

Aux États-Unis, il se trouvait aussi des détracteurs américains, chagrinés de constater que la mode française, au mépris de toutes les prédictions, était loin d'avoir dit son dernier mot. À la grande déception des couturiers du pays, qui avaient espéré que New York deviendrait la capitale de la mode, il était évident que les femmes américaines étaient toujours adeptes du style parisien et que leurs dollars américains remplissaient les poches de cet homme qui correspondait à tous les stéréotypes du Français : suffisant, sournois et efféminé.

(Malgré cela, on trouvait des imitations du New Look dans toutes les vitrines des grandes rues pour une fraction du prix d'un véritable Dior. Taillées dans des tissus de qualité inférieure et réduites à leur plus simple expression, elles tentaient de reproduire les coupes extravagantes de l'avenue Montaigne et répandaient la bonne nouvelle d'un retour de la féminité luxueuse.)

Ces jalousies et ces rivalités n'eurent que peu d'effet sur la force dévastatrice de Dior, qui emportait tout sur son passage. Le rôle que devait jouer la haute couture dans le renouveau de l'économie française était d'une évidence frappante. Un flacon de parfum faisait entrer dans les caisses plus de revenus étrangers qu'un baril de pétrole. Une robe parisienne valait plus que dix tonnes de charbon. Aux yeux de certains, ces équations irréfutables étaient la preuve des excès indéfendables de la haute couture.

À lui seul, Dior constitua les trois quarts de toutes les exportations vestimentaires de l'année 1947. C'était un phénomène. Il n'avait peut-être pas gagné de Croix de guerre ni de Légion d'honneur, mais à sa façon, c'était un sauveur de la France. Plus encore, c'était un sauveur de la mode, car il avait remis au goût du jour la notion même de mode. Comble de l'ironie, il abandonnait déjà les modèles extravagants qui avaient fait sa renommée en faveur de lignes plus modernes et épurées.

Il peut sembler facile de comprendre comment et pourquoi Dior remporta un succès aussi formidable, et pourtant les raisons demeurent insaisissables. Il restera toujours un élément de mystère. Dans une vie remplie en grande part de chagrins et d'échecs, les nuages s'étaient dissipés pendant un moment et un dieu doré, quelque part, lui avait souri.

Son étoile avait brillé au firmament. L'abonné aux arrière-boutiques, de nature timide et réservée, avait disparu. À sa place, il laissait Christian Dior, le couturier : un homme dont le visage figurait dans tous les journaux, dont le nom suscitait l'admiration, dont les mots étaient parole d'évangile et dont le génie était d'une évidence indéniable pour ses amis comme pour ses détracteurs.

Comme dans un grand nombre de mes romans, celui-ci inclut des personnages historiques. J'ai essayé, par des recherches minutieuses, d'en brosser des portraits fidèles. Mais il s'agit d'une œuvre de fiction, non d'une biographie, et les « vrais » personnages y sont le produit de mon imagination, tout comme ceux que j'ai inventés. Les pensées, les mots et les actes de tous les personnages de ce livre ont été inventés par l'auteur.

Comme le remarqueront les lecteurs attentifs, j'ai pris quelques libertés avec la chronologie historique ; certains événements de 1944-1947 ont été combinés et condensés dans celle du livre afin de simplifier leur compréhension au fil du texte. J'en appelle à l'indulgence des véritables historiens. Une fois de plus, il s'agit d'une fiction et non d'un manuel d'Histoire.

L'inauguration du *Théâtre de la Mode* eut lieu le 28 mars 1945. Ensuite, l'exposition voyagea dans plusieurs pays, terminant son tour du monde à San Francisco, où les figurines en mauvais état furent abandonnées. Depuis, elles ont été restaurées, ainsi que les costumes, et sont exposées au Maryhill Museum of Art, dans l'État de Washington.

Christian Bérard mourut en 1949 à l'âge de quarante-sept ans, tué par la drogue, l'alcool, le surmenage et l'obésité.

Après son exil, Suzy Solidor ouvrit un autre night-club loin de Paris, à Cagnes-sur-Mer sur la Côte d'Azur, où elle continua à donner des représentations pendant plusieurs années. À l'âge mûr, elle connut un certain retour en grâce et fit quelques apparitions à la télévision, acclamée en tant qu'icône gay par une nouvelle génération. Elle mourut en 1983 à quatre-vingt-deux ans. Catherine Dior reçut de nombreuses récompenses pour sa bravoure, dont la Légion d'honneur. Hervé des Charbonneries fut décoré de la même manière. Il ne divorça jamais de sa femme, mais il vécut et travailla avec Catherine jusqu'à son décès en 1988 à l'âge de quatre-vingt-quatre ans. Elle mourut en 2008 à quatre-vingt-onze ans. Ils sont inhumés ensemble à Callian.

Marcel Boussac amassa une fortune colossale grâce à la maison de haute couture Dior. Toutefois, sa mainmise sur ses sociétés s'affaiblit et il commença à perdre de l'argent. Il fit faillite peu de temps avant sa mort, en 1980. La Maison Dior fut reprise par de nouvelles mains.

Carmel Snow fut mise à la porte du *Harper's Bazaar* en 1958 et prit sa retraite partielle. Ce fut sa protégée charismatique qui lui succéda, Diana Vreeland.

Quant à Christian Dior, il n'eut que dix ans pour profiter de son succès phénoménal. Sa première crise cardiaque survint quelques semaines à peine après son premier défilé.

Il continua à consulter régulièrement Mme Delahaye. À ce jour, ses porte-bonheur constituent encore une partie de la mystique Dior. L'homme timide qui rêvait d'une boutique exclusive dans une rue paisible est devenu l'un des géants de l'industrie de la mode. Il profita de sa richesse en achetant un moulin du XVe siècle près de Fontainebleau, puis un château à Grasse. Il restaura les deux bâtisses avec grand luxe.

Mais les voyages, le travail et la suralimentation eurent raison de sa santé fragile. Il subit une autre crise cardiaque quelques années plus tard, puis une troisième qui lui fut fatale en 1957, alors qu'il n'avait que cinquante-deux ans. Il mourut en jouant aux cartes au Grand Hôtel, dans la station balnéaire huppée de Montecatini Terme en Toscane, en compagnie d'un beau jeune homme qu'il décrivait auprès de ses amis comme l'amour de sa vie. C'était une mort qu'il aurait pu se créer sur mesure.

Des foules entières assistèrent à ses funérailles à Paris et son cercueil fut couvert de trente mille brins de muguet, sa fleur préférée. Ce fut son jeune protégé, Yves Saint Laurent, qui lui succéda. Aux côtés de Chanel et de Fath, Dior est considéré comme l'une des influences principales sur la mode moderne.

Les lecteurs qui aimeraient en savoir plus sur la personnalité de Christian Dior ne trouveront pas meilleures sources que ses propres ouvrages : *Le Petit Dictionnaire de la mode* (1954), *Je suis couturier* (1954) et *Christian Dior et moi* (1957).

Merci du fond du cœur aux nombreuses personnes qui ont rendu ce roman possible, et surtout à Sammia Hamer, à Émilie Marneur et Sana Chebaro, qui m'ont tant inspiré depuis le début, et à Mike Jones, Gillian Holmes et Gemma Wain, qui ont travaillé dur sur le manuscrit.

Achevé d'imprimer en septembre 2021
sur les presses de la Nouvelle Imprimerie Laballery
58500 Clamecy
Numéro d'impression : 109193

Imprimé en France

La Nouvelle Imprimerie Laballery est titulaire de la marque Imprim'Vert®